BUZZ

© 2020 Buzz Editora
© 2020 Blanka Lipińska
© Capa EDIPRESSE POLSKA
Título original: 365 dni

Publisher ANDERSON CAVALCANTE
Editora LUISA MELLO
Assistente editorial JOÃO LUCAS Z. KOSCE
Tradução do polonês ENEIDA FAVRE
Preparação TAMIRES CIANCI VON ATZINGEN
Revisão PAOLA CAPUTO, BEATRIZ GIORGI
Projeto gráfico ESTÚDIO GRIFO
Foto da capa SHUTTERSTOCK

Dados Internacionais de Catalogação na Publicação (CIP)
de acordo com ISBD

L764t
    Lipińska, Blanka
    365 dias / Blanka Lipińska
    Traduzido por Eneida Favre.
    Tradução de: 365 dni
    São Paulo: Buzz Editora, 2020.
    304 pp.

ISBN 978-65-86077-65-0

1. Literatura polonesa. 2. Romance. I. Favre, Eneida. II. Título.

2020-2421

CDD 891.58
CDU 821.438

Elaborado por Odilio Hilario Moreira Junior CRB 8/9949

Índice para catálogo sistemático:
Literatura polonesa: Romance 891.85
Literatura polonesa: Romance 821.438

Todos os direitos reservados à:
Buzz Editora Ltda.
Av. Paulista, 726 – mezanino
CEP: 01310-100 São Paulo, SP

[55 11] 4171 2317
[55 11] 4171 2318
contato@buzzeditora.com.br
www.buzzeditora.com.br

365 dias

BLANKA LIPIŃSKA

Sumário

7	CAPÍTULO 1
33	CAPÍTULO 2
47	CAPÍTULO 3
57	CAPÍTULO 4
71	CAPÍTULO 5
87	CAPÍTULO 6
109	CAPÍTULO 7
123	CAPÍTULO 8
137	CAPÍTULO 9
147	CAPÍTULO 10
163	CAPÍTULO 11

171	CAPÍTULO 12
177	CAPÍTULO 13
195	CAPÍTULO 14
207	CAPÍTULO 15
215	CAPÍTULO 16
229	CAPÍTULO 17
247	CAPÍTULO 18
261	CAPÍTULO 19
275	CAPÍTULO 20
287	CAPÍTULO 21

Capítulo 1

"Massimo, você sabe o que isso significa?"

Virei a cabeça para a janela, olhando para o céu sem nuvens, e depois para o meu interlocutor.

"Vou assumir a empresa, quer a família Manente goste disso ou não."

Fiquei de pé, e Mario e Domenico se levantaram de suas cadeiras, sem pressa, e ficaram atrás de mim. Foi uma boa reunião, mas definitivamente muito longa. Apertei a mão dos homens presentes na sala e me dirigi rapidamente para a porta.

"Veja bem, Mario, isso vai ser bom para todo mundo."

Levantei meu dedo indicador.

"Você ainda vai me agradecer por isso."

Tirei o paletó e desabotoei o primeiro botão da minha camisa preta. Sentei-me no banco de trás do carro, desfrutando o silêncio e o friozinho do ar-condicionado.

"Para casa", resmunguei baixo e comecei a ver as mensagens no celular.

A maioria era de negócios, mas entre elas encontrei também um sms de Anna: "Estou molhadinha, preciso de um castigo". Meu pau cresceu em minha calça, dei um suspiro, ajeitei-o e o apertei com força. Ah, sim, minha namorada tinha adivinhado bem qual era o meu estado de espírito. Sabia que aquela reunião não seria nada agradável e que não me deixaria tranquilo. Sabia também o que poderia me relaxar. "Esteja preparada lá às oito", respondi em poucas palavras, e depois me acomodei no banco olhando pela janela do carro e vendo o mundo passar. Fechei os olhos.

E *ela* apareceu de novo. Meu pau, em um segundo, ficou duro como aço. Meu Deus, vou pirar se *ela* não aparecer na minha vida. Já tinham se passado cinco anos desde o acidente; cinco longos anos desde – como dissera o médico – o milagre: a morte e a ressurreição, durante o qual sonhei com uma mulher que nunca tinha visto na vida real. Eu a conheci nas minhas visões, quando estava em coma. O perfume do seu cabelo, a delicadeza da pele – eu quase podia senti-la me tocando. Toda vez que fazia amor com Anna ou com qualquer outra mulher, na verdade, eu fazia amor com ela. Eu a chamava de minha Senhora. Era minha maldição, minha loucura e, provavelmente, minha salvação.

O carro parou. Peguei o paletó e saí. Domenico, Mario e os caras que eu tinha levado comigo já estavam esperando no pátio do aeroporto. Talvez tenha exagerado, mas, às vezes, é necessário dar uma amostra de poder para ludibriar o oponente.

Cumprimentei o piloto e me sentei na poltrona macia. A comissária de bordo me trouxe uísque com uma pedra de gelo. Dei uma olhada nela; ela sabia do que eu gostava. Lancei um olhar vazio e ela corou e sorriu ligeiramente. *E por que não?*, pensei e, resoluto, me levantei.

Peguei a mulher surpresa pela mão e puxei-a para a parte privada do jatinho.

"Pode decolar!", gritei para o piloto e fechei a porta, desaparecendo atrás dela com a garota.

Dentro do cômodo, eu a peguei pelo pescoço e, com um movimento decidido, virei-a para mim, pressionando-a contra a parede. Eu a olhei nos olhos e vi que estava apavorada. Aproximei minha boca da sua, prendi seu lábio inferior nos meus e ela gemeu. Seus braços pendiam soltos ao lado do corpo e ela mantinha o olhar fixo nos meus olhos. Peguei-a pelos cabelos para que inclinasse mais a cabeça. Ela fechou as pálpebras e novamente soltou um gemido. Era linda, muito feminina, toda a minha equipe tinha que ser assim: eu gosto de tudo o que é bonito.

"Ajoelhe-se", grunhi, empurrando-a para baixo.

Sem hesitar ela fez o que pedi. Murmurei um elogio por ter se submetido da forma adequada e passei o polegar por sua boca, que ela obedientemente entreabriu. Nunca havia feito nada com ela antes, e mesmo assim a comissária sabia o que devia fazer. Encostei sua cabeça na parede e comecei a abrir o zíper. A comissária engoliu em seco, fazendo muito barulho, e seus grandes olhos estavam o tempo todo fixados em mim.

"Feche os olhos", falei calmamente, passando o polegar por suas pálpebras. "Você só vai abrir quando eu permitir."

Meu pau pulou da calça, duro e quase dolorido pela ereção. Eu o encostei nos lábios da mulher e ela, gentilmente, abriu bem a boca. *Você não sabe o que a espera*, pensei, e enfiei meu pau até o fim, segurando a cabeça dela, de modo que não tivesse possibilidade de se mover. Senti que ela sufocava e fui ainda mais fundo. Ah, como eu gostava quando elas abriam os olhos aterrorizadas, quando pensavam que eu realmente iria as estrangular. Devagar me afastei e acariciei sua bochecha com certa ternura e suavidade. Vi que ela tinha se acalmado e que lambia os lábios, tirando a grossa saliva que viera da garganta.

"Vou te foder na boca." A mulher estremeceu. "Posso?"

Eu não sentia nenhuma emoção, não sorria. A comissária me olhou por um momento com olhos arregalados e, depois de alguns segundos, fez que sim com a cabeça.

"Obrigado", sussurrei, passando as mãos pelo seu rosto. Recostei a mulher contra a parede e pela segunda vez passei por cima de sua língua e fui até a garganta. Ela apertou os lábios contra mim. Que delícia! Comecei a mover o quadril e a meter com força dentro dela. Senti que ela não podia respirar. Depois de algum tempo, ela começou a lutar e, então, eu a segurei com mais vigor. Delícia! Ela enterrou as unhas nas minhas pernas. Primeiro tentou me afastar e depois me machucar, arranhando. Eu gostava daquilo, gostava quando elas lutavam, quando ficavam impotentes diante da minha força. Fechei os olhos e vi a minha Senhora. Ela estava ajoelhada na minha frente e seus olhos quase negros me atravessavam completamente. Minha Senhora gostava quando eu a pegava assim. Eu agarrei seus cabelos com mais força ainda e havia desejo em seus olhos. Não consegui mais me segurar. Dei mais duas estocadas fortes e parei, e gozei, sufocando ainda mais a comissária. Abri os olhos e vi sua maquiagem borrada. Me afastei um pouco para dar-lhe espaço.

"Engula", resmunguei, puxando-a pelos cabelos mais uma vez.

As lágrimas escorriam pelo seu rosto, mas, obedientemente, ela fez o que falei que era para ser feito. Tirei o pau da sua boca e ela caiu sobre os calcanhares, deslizando pela parede.

"Agora venha lamber." Ela ficou paralisada. "Tudinho."

Apoiei as duas mãos na parede à minha frente e olhei para ela com fúria. Ela se levantou de novo e segurou meu pau duro com sua mão pequenina. Começou a lamber o que ainda havia de porra. Sorri de leve ao ver que ela se esforçava. Quando percebi que tinha terminado, afastei-me e fechei o zíper.

"Obrigado." Dei-lhe a mão, e ela, com as pernas tremendo ligeiramente, ficou de pé perto de mim. "O banheiro fica ali." Apontei-lhe a direção, apesar de ela conhecer aquele jato como a palma da mão. Ela fez que sim com a cabeça e foi em direção à porta.

Voltei para os meus acompanhantes e de novo me sentei na poltrona. Bebi um gole da bebida excelente, mas que já tinha perdido um pouco da temperatura ideal. Mario largou o jornal e olhou para mim.

"No tempo do seu pai, eles teriam metralhado todos nós."

Suspirei, virei os olhos e bati, irritado, com o copo no tampo da mesa.

"No tempo do meu pai, iríamos negociar ilegalmente com bebidas alcoólicas e drogas, e não dirigiríamos as maiores empresas da Europa." Encostei-me na poltrona e dirigi um olhar furioso para o meu *consigliere*. "Eu sou o cabeça da família Toriccelli e isso não é por acaso, foi uma decisão bem pensada do meu pai. Desde a infância, fui preparado para isso, para que a família entrasse em uma nova era quando eu assumisse o poder", suspirei e relaxei um pouco, e então a comissária passou por nós furtivamente. "Mario, eu sei que você gostava de sair atirando por aí." O velhote, que era o meu conselheiro, sorriu de leve.

"Logo, logo vamos atirar de novo." Olhei sério para ele.

"Domenico", agora me voltei para meu irmão, que me fitou rapidamente, "quero que o seu pessoal comece logo a procurar por aquele puto do Alfredo". Olhei outra vez para Mario. "Você quer tiroteios? Está bem, acho que esse você não vai deixar passar."

Bebi mais um gole.

O sol estava se pondo na Sicília quando, finalmente, aterrissamos no aeroporto de Catânia. Vesti o paletó e nos apressamos em direção à saída do terminal. Tirei os óculos escuros e senti o golpe de ar quente. Dei uma olhada no Etna – naquele dia dava para ver o vulcão em toda a sua glória.

Esses turistazinhos de merda vão morrer de alegria, pensei e entrei no edifício climatizado.

"O pessoal de Aruba quer fazer uma reunião sobre o que conversamos antes", começou Domenico, andando a meu lado. "Temos que cuidar também dos clubes de Palermo."

Escutei-o com atenção, fazendo uma lista mental dos assuntos que deveria resolver ainda naquele dia. De repente, embora tivesse os olhos abertos, minha visão escureceu. E então eu a vi. Pisquei os olhos nervosamente algumas vezes; antes eu só via a minha Senhora quando eu queria. Abri bem os olhos e ela desapareceu. Será que o meu estado havia piorado e as alucinações tinham se intensificado? Tenho que marcar uma consulta com aquele médico cretino para que ele peça uns exames. Mas isso é para depois. Agora está na hora de resolver o problema do contêiner de cocaína que, para mim, morreu. Se bem que "morreu" não é bem o termo mais apropriado nessa situação. Já tínhamos chegado ao carro quando eu a vi de novo. Porra! Não era possível. Sentei-me no carro estacionado. Domenico estava abrindo as portas traseiras dos outros carros e eu quase o puxei para dentro.

"É ela", sussurrei com um aperto na garganta, apontando para as costas da garota que ia pela calçada se afastando de nós. "É ela, a garota."

Minha cabeça zumbia, eu não conseguia acreditar. Será que era apenas a minha imaginação? Eu estava perdendo os sentidos. A partida foi dada nos carros.

"Vá devagar", disse meu irmão, quando nos aproximamos da mulher. "Cacete!", murmurou quando nos emparelhamos com ela.

Meu coração parou por um segundo. A garota me olhava diretamente nos olhos, sem ver nada através do vidro quase negro. Seus olhos, seu nariz, a boca, ela era toda exatamente como aquela que eu tinha imaginado.

Segurei a maçaneta, mas meu irmão me impediu. Um homem grande e calvo chamou minha Senhora e ela foi em sua direção.

"Agora não, Massimo."

Fiquei sentado como se estivesse paralisado. Ela estava lá, vivia, existia. Eu poderia tê-la, tocá-la, tomá-la e viver para sempre com ela.

"Que merda você está fazendo?!", gritei.

"Ela está com outras pessoas, não sabemos quem são."

A velocidade do carro aumentou e eu ainda não conseguia parar de olhar para a silhueta da minha Senhora, que desaparecia.

"Já vou mandar gente atrás dela. Antes mesmo de chegarmos em casa, você já vai saber quem ela é." Ele elevou a voz quando não reagi. "Massimo! Você esperou tantos anos, então pode esperar mais algumas horas."

Olhei para ele com tanta fúria e ódio que parecia que poderia matá-lo a qualquer momento. O tantinho de pensamentos sensatos que ainda me restava me convenceu de que ele tinha razão, mas o restante, decididamente em maior quantidade, não queria que eu o escutasse.

"Você tem uma hora", resmunguei, com o olhar inexpressivo fixo nos bancos à minha frente. "Você tem sessenta minutos para me dizer quem ela é."

Estacionamos na entrada dos carros e, quando descemos do automóvel, o pessoal do Domenico lhe entregou um envelope. Ele o deu para mim e eu, sem dizer nada, fui em direção à biblioteca. Queria ficar sozinho, para poder acreditar que tudo era verdade.

Sentei-me atrás da escrivaninha e lentamente rasguei a parte de cima do envelope com as mãos trêmulas, despejando seu conteúdo no tampo da mesa.

"Caralho!", pus as mãos na cabeça quando as fotos – não imagens pintadas por artistas, mas fotografias – mostraram o rosto da minha Senhora. Ela tinha nome, sobrenome, um passado e um futuro que ela nem imaginava. Escutei baterem à porta. "Agora não!", gritei, sem tirar os olhos das fotos e anotações. "Laura Biel", sussurrei, tocando seu rosto no papel lustroso.

Depois de meia hora analisando tudo o que havia recebido, sentei-me na poltrona e comecei a fitar a parede.

"Posso entrar?", perguntou Domenico, colocando a cabeça pela porta entreaberta. Como não reagi, ele entrou e se sentou à minha frente.

"E agora?"

"Vamos trazê-la para cá", respondi de maneira indiferente, olhando para o irmão mais novo. Ele estava sentado e balançava a cabeça.

"Mas como você pretende fazer isso?" Olhou para mim como se olhasse para um idiota, o que me deixou um pouco irritado. "Por que não vai até o hotel e conta para ela que, quando você morreu, teve uma visão, e nessa visão...", ele olhou para a anotação que estava à minha frente.

E você estava nessa visão, Laura Biel, e agora você vai ser minha, completei em meus pensamentos.

"Eu vou sequestrá-la", decidi sem hesitar. "Mande o pessoal para a casa daquele...", fiz uma pausa, procurando o nome do namorado dela nas anotações, "Martin. Quero informações sobre quem ele é".

"Não seria melhor pedir ao Karl? Ele está na cidade", sugeriu Domenico.

"Está bem, pode deixar que o pessoal do Karl vai vasculhar tudo o que der. Preciso dar um jeito de ela estar aqui o mais rápido possível."

"Você não precisa dar um jeito." Olhei para a porta, de onde vinha uma voz feminina. Domenico também se voltou.

"Aqui estou." Anna veio sorridente em nossa direção. Suas pernas longas em sapatos de salto agulha altíssimos chegavam até o céu.

Puta que pariu!, xinguei em pensamento. Tinha me esquecido completamente dela.

"Bom, vou deixar vocês dois sozinhos." Domenico se levantou com um sorriso idiota e foi para a saída. "Vou cuidar do assunto sobre o qual estávamos conversando e amanhã vamos resolver tudo", acrescentou.

A loura se aproximou de mim. Colocou sua perna delicadamente entre os meus joelhos. Seu cheiro era incrível, como sempre, uma mistura de sexo e poder. Ela suspendeu o vestido de festa de seda preta curtinho e montou em mim, enfiando a língua na minha boca sem aviso.

"Me bate", pediu ela, mordendo meu lábio e esfregando a boceta na braguilha da calça do meu terno. "Bata com força!"

Lambia e mordia a minha orelha, e eu olhava para as fotografias espalhadas pela escrivaninha. Puxei a gravata que tinha afrouxado antes e me levantei, fazendo com que deslizasse rumo ao chão. Eu a virei e amarrei a gravata tapando seus olhos. Ela sorriu, lambendo o lábio inferior. Apalpou a mesa com a mão. Abriu bem as pernas e colocou-se sobre o tampo de carvalho, empinando bem a bunda. Estava sem calcinha. Me aproximei dela por trás e dei-lhe um tapa forte. Ela gritou alto e abriu bem a boca. A visão das fotos espalhadas na mesa e o fato de a minha Senhora estar na ilha fizeram com que meu pau ficasse duro como uma pedra.

"Isso, assim!", rosnei, esfregando sua boceta molhada sem tirar os olhos das fotos de Laura. Eu a levantei pelo pescoço e afastei para o lado todos os papéis que o seu corpo cobria e coloquei-a de novo sobre a escrivaninha, pondo seus braços para o alto, acima da cabeça. Arrumei as fotografias de tal forma que elas olhassem para mim. O que eu mais desejava naquele momento era possuir a mulher das fotos.

Eu estava prestes a gozar a qualquer momento. Tirei rapidamente a calça. Enfiei dois dedos em Anna e ela gemeu se remexendo debaixo de mim. Era apertadinha e estava molhada e extremamente quente. Comecei a massagear em volta do seu clitóris e ela se agarrou ainda com mais força à escrivaninha sobre a qual estava. Peguei-a com a mão esquerda pela nuca e com a direita lhe dei um tapa, sentindo um alívio inexplicável. De novo olhei para a foto e bati nela com mais força ainda. Minha namorada gritava e eu batia nela como se aquilo fizesse com que ela se transformasse em Laura. A bunda dela estava quase roxa. Me inclinei e comecei a lambê-la, estava quente e pulsava. Afastei suas nádegas e comecei a passar a língua por seu delicioso grelinho, mas diante dos olhos eu tinha a minha Senhora.

"Isso, isso", gemia ela baixinho.

Eu preciso ter a Laura, preciso tê-la por completo, pensei, levantando-me e metendo na Anna. Ela arqueou as costas e, depois de um momento, caiu sobre a madeira, toda molhada de suor. Fodi Anna com ímpeto, sempre olhando para Laura. *Já não vai demorar*, pensei. *Daqui a pouco esses olhos negros estarão olhando para os meus enquanto ela estiver ajoelhada diante de mim.* Então gritei: "Sua cadela!". Rangi os dentes, sentindo que o corpo de Anna se enrijecia.

Com energia e insistência, eu fodia ela, sem prestar atenção que ela estava sendo tomada por um orgasmo. Eu não me importava com isso. Os olhos de Laura faziam com que eu sentisse que ainda não era o bastante, mas, ao mesmo tempo, não conseguia mais me segurar. Eu queria sentir mais, mais forte. Tirei o meu pau de dentro de Anna e com um movimento certeiro eu o enfiei no seu cu estreitinho. Da sua garganta saiu um som estranho de dor e de prazer, e eu a sentia toda apertada ao redor de mim. Meu pau explodiu, e tudo o que eu tinha diante de meus olhos era a minha Senhora.

Oito horas antes

O som do despertador literalmente invadiu meu cérebro.

"Levante, amor, já são nove horas. Daqui a uma hora temos de estar no aeroporto para que nossas férias sicilianas comecem à tarde. Anda, anda!"

Martin estava na porta do quarto com um largo sorriso.

Abri os olhos de má vontade. *Afinal de contas, ainda estamos no meio da madrugada. Que ideia absurda voar a essa hora*, pensei. Desde que tinha deixado o trabalho havia algumas semanas, perdi completamente a noção do tempo. Ia dormir tarde demais, acordava tarde demais, e o pior é que não tinha de fazer nada e podia fazer de tudo. Fiquei presa à indústria hoteleira por muito tempo e, quando finalmente consegui o cobiçado cargo de diretora de vendas, desisti de tudo porque tinha perdido a paixão pelo trabalho. Nunca pensei que, aos 29 anos, diria que já estava esgotada, mas foi justamente o que aconteceu.

A hotelaria me dava satisfação e realização, permitia que o meu ego exuberante se desenvolvesse. Sempre que negociava grandes contratos, sentia a emoção da excitação, e quando negociava com pessoas mais experientes e proficientes na arte da manipulação, ficava louca de felicidade, especialmente quando eu ganhava. Cada vitória nas batalhas financeiras me dava uma sensação de superioridade e satisfazia esse meu lado vaidoso. Alguém poderia dizer que isso é tolice, mas, para uma garota de uma cidade pequena, que não terminou a faculdade, provar a todos à sua volta o quanto ela valia era uma prioridade.

"Laura, você quer chocolate ou chá com leite?"

"Martin, por favor! Ainda é madrugada!" Eu me virei para o outro lado e cobri a cabeça com o travesseiro.

O sol claro de agosto entrava no quarto. Martin não gostava de escuridão. Por isso, não havia cortinas blecaute nas janelas do quarto. Ele dizia que a escuridão o deixava depressivo, que só era mais fácil de suportar que o café da Starbucks. As janelas davam para o leste e, só de maldade, o sol atrapalhava meu sono toda manhã.

"Fiz chocolate gelado e chá com leite." Martin, todo satisfeito consigo mesmo, estava na porta com um copo da bebida gelada e uma caneca de chá quente. "Lá fora está uns 38 graus, então achei que você escolheria a bebida gelada", disse e me deu o copo, levantando o edredom.

Irritada, saí da minha toca. Sabia que não tinha jeito. Martin estava sorrindo; ele tinha isso, de estar sempre todo cheio de energia pela manhã. Era um homem grande e careca, daqueles que na minha cidade são chamados de "bombados". Mas, exceto a aparência física, nada o ligava a esse tipo de cara. Era o melhor homem que já tinha conhecido na vida, dirigia sua própria empresa e, toda vez que ganhava um bom dinheiro, transferia uma quantia avantajada para um hospital infantil dizendo: "Deus me deu, então vou compartilhar".

Tinha olhos azuis, bondosos e cheios de afetuosidade, um nariz grande, que uma vez ele quebrou – pois é, nem sempre foi sábio e educado –, lábios cheios, que era o que eu mais adorava nele, e um sorriso encantador, que conseguia me desarmar num segundo quando eu ficava furiosa.

Seus antebraços enormes estavam adornados com tatuagens. Basicamente, todo o seu corpo era tatuado, com exceção das pernas. Era musculoso, um homem de mais de cem quilos, perto de quem eu sempre me sentia protegida. Perto de Martin, eu parecia incrivelmente pequena – eu, com o meu 1,65 m de altura e 50 quilos. Durante toda a minha vida, minha mãe me obrigou a praticar esportes, então eu fazia o que aparecia pela frente, mas, como eu era um fogo de palha, pratiquei de tudo: desde caminhadas até caratê. Graças a isso, meu corpo, ao contrário do corpo do meu homem, era bastante esguio, minha barriga era dura e reta, com pernas musculosas, nádegas bem tensas e empinadas, resultado dos milhares de agachamentos que eu fiz.

"Já vou me levantar", falei, bebendo o delicioso chocolate gelado de uma só vez.

Pus de lado o copo e corri para o banheiro. Quando estava em frente ao espelho, me dei conta de que eu precisava muito de férias. Meus olhos quase negros estavam tristes e resignados – a falta de atividade causava apatia. Meus cabelos castanho-avermelhados escorriam pela minha face magra e caíam nos ombros. No meu caso, o comprimento dos cabelos tinha sido uma grande vitória, porque, normalmente, não teriam ultrapassado os quinze centímetros. Em circunstâncias normais, eu me consideraria uma verdadeira "gata", mas não agora. Me senti muito deprimida com o meu próprio comportamento, a minha relutância em trabalhar, a minha falta de ideia do que fazer a seguir. Minha vida profissional sempre teve influência sobre meu senso de valor. Sem um cartão de visitas na carteira e sem um telefone comercial, eu tinha a impressão de que não existia.

Escovei os dentes, prendi os cabelos com presilhas, passei rímel e decidi que isso era tudo o que poderia fazer naquele dia. De qualquer forma, era o suficiente, porque havia algum tempo que, por preguiça, fiz maquiagem definitiva nas sobrancelhas, nos olhos e lábios, o que me dava o máximo de tempo para dormir, reduzindo o tempo das minhas visitas matinais ao banheiro ao mínimo.

Fui até o armário buscar as roupas que tinha separado no dia anterior. Independentemente do meu humor e das questões que estavam além do meu controle, eu tinha de estar vestida o mais perfeitamente possível. Com a roupa certa, me sentia melhor no mesmo instante e isso parecia ser visível para todos.

Minha mãe vivia me dizendo que uma mulher, mesmo quando está sofrendo, deve estar linda, e como o meu rosto não estava tão atraente como de costume, era necessário desviar a atenção dele. Para a viagem, escolhi um shortinho jeans claro, uma camiseta branca larguinha e, mesmo fazendo trinta graus lá fora às nove da manhã, um blazer de algodão leve, cinza mesclado. Sempre congelo no avião e, mesmo que antes estivesse praticamente cozinhando, pelo menos me sentiria confortável no ar, tanto quanto alguém que tem pânico de voar possa se sentir confortável num voo. Calcei meus tênis da grife Isabel Marant modelo coturno nas cores cinza e branca e estava pronta.

Entrei na sala com cozinha americana. O interior era moderno, frio e *clean*. A parede era forrada com vidro escuro, o bar era iluminado com leds e, em vez de uma mesa, como nas casas normais, havia apenas uma bancada e dois bancos de couro. O enorme e cinzento sofá em L no meio da sala sugeria que o dono não era do tipo pequeno. O quarto era separado da sala por um grande aquário. Procurar naquele espaço o toque de uma mulher era algo em vão. Era perfeito para um eterno solteirão, o que era o dono e senhor daquela casa.

Martin, como sempre, estava sentado com o nariz no computador. Não importava o que estivesse fazendo, trabalhando, recebendo alguém ou vendo um filme na televisão, seu computador, assim como um melhor amigo, era sempre parte integrante da sua existência. Isso me levava à loucura, mas, infelizmente, tinha sido assim desde o começo, então eu não tinha o direito de fazer mudanças. Havia pouco mais de um ano que eu me encontrava em sua vida graças a esse equipamento, logo, seria hipocrisia se eu quisesse, de repente, obrigá-lo a desistir dele.

Era fevereiro, e eu – pasmem! – estava há mais de seis meses sem me relacionar com alguém. Já estava entediada – ou talvez o que mais me afetasse fosse a solidão – e resolvi, então, criar um perfil num site de relacionamentos, o que me dava muita alegria e, sem dúvidas, aumentava a minha já elevada autoestima. Durante uma daquelas noite insones, fuçando os perfis de centenas de homens, deparei-me com Martin, que procurava outra mulher para preencher de uma vez por todas o seu mundo. Isso me surpreendeu, e aí, a menina pequenina domesticou o monstro tatuado. Nosso relacionamento era incomum, pois nós dois tínhamos uma personalidade muito forte e explosiva, ambos dispúnhamos de inteligência e de grande conhecimento nas nossas áreas de atuação profissional. Isso igualmente nos atraía, intrigava e impressionava. As únicas coisas que faltavam na relação eram aquele desejo, atração e paixão animais, que nunca explodiram entre nós. Como Martin enfatizou uma vez eufemisticamente, ele "já tinha trepado até não poder mais na vida". Eu, por outro lado, era um vulcão fervente de energia sexual, cuja liberação eu encontrava na masturbação quase diária. Mas, para mim, estava tudo bem, eu me sentia segura e tranquila, e isso tinha mais valor para mim do que o sexo. Ou, pelo menos, era assim que eu pensava.

"Amor, já estou pronta. Só preciso de um milagre para fechar a mala, e podemos ir."

Martin, com um sorriso, se levantou, pôs o computador na bolsa e foi rapidamente em direção à minha bagagem.

"Vou dar um jeito nisso, amor", disse ele comprimindo a mala, na qual eu poderia caber tranquilamente. "Toda vez é a mesma coisa: excesso de bagagem, trinta pares de sapatos e uma bagagem irracional, metade do guarda--roupa, sendo que depois você só vai usar uns 10% do que está levando."

Me inclinei e cruzei as mãos no peito.

"Mas aí vou ter o que escolher!", lembrei-lhe, colocando os óculos.

No aeroporto, como sempre, eu sentia uma excitação doentia, ou melhor, um medo, já que, por causa da minha claustrofobia, não suportava voar. Além disso, eu tinha herdado o pessimismo da minha mãe, então, sentia a morte me espreitando em todos os lugares, e aquela lata voadora com motores nunca me transmitiu confiança.

No iluminado saguão do terminal de partidas, os amigos de Martin, que escolheram o mesmo destino de nossas férias, já estavam esperando por nós. Karolina e Michał estavam juntos havia muitos anos. Tinham pensado em se casar no papel, mas isso ficou só no pensamento. Ele era do tipo mulherengo que vem de conversinha-fiada, cabelos cortados bem curtos, bronzeado, um tipo bem bonitão de olhos azuis e cabelos louro-claros. Só se interessava pelos peitos das mulheres, o que não escondia de ninguém. Karolina, por sua vez, era alta, uma morena de pernas longas e traços femininos delicados. À primeira vista, não tinha nada de especial, mas, quando prestávamos mais atenção, víamos que era muito interessante. Ela realmente ignorava os ímpetos machistas de Michał. Eu me perguntava como conseguia. Eu, com a minha possessividade, não conseguiria ficar com um cara que, quando passa uma mulher, vira a cabeça como o periscópio de um submarino à procura do inimigo. Engoli dois comprimidos de ansiolítico para não entrar em pânico e não passar vergonha a bordo.

Fizemos uma conexão em Roma. Lá ficamos uma hora esperando e, depois, graças a Deus, pegamos um voo direto de apenas uma hora para a Sicília. A última vez que tinha estado na Itália, eu tinha 16 anos e, desde aquela experiência, não tinha a melhor das opiniões sobre as pessoas que moravam lá. Os italianos eram barulhentos, insistentes e não falavam inglês. Para mim, no entanto, o inglês era como uma língua materna. Depois de tantos anos passados em redes hoteleiras, eu, às vezes, até pensava em inglês.

Quando aterrissamos, finalmente, no aeroporto de Catânia, o sol já estava se pondo. O cara do aluguel de carros realmente demorava demais para atender aos clientes, e ficamos na fila por uma hora. A irritação de um faminto Martin estava me afetando, então, decidi dar uma olhada nas redondezas, que não ofereciam muita coisa para ver. Saí do edifício climatizado e senti o calor paralisante. Ao longe, podia ver o Etna fumegando. Aquela visão me surpreendeu, apesar de eu saber que o vulcão estava ativo. Enquanto andava olhando para cima, não percebi que a calçada tinha terminado e, antes que eu me desse conta, um italiano enorme apareceu na minha frente e quase esbarrei nele. Fiquei a cinco centímetros das costas do homem, mas ele nem se mexeu, como se não tivesse notado que eu quase tinha aterrissado nas suas costas. Do edifício do aeroporto, saíam uns caras apressadamente, vestidos com ternos pretos, e parecia que esse homem os estava escoltando. Não esperei até que passassem, apenas me virei e voltei para a locadora, rezando para que o carro já estivesse pronto. Quando estava chegando ao prédio, três SUVs pretos passaram rapidamente ao meu lado, e o carro que estava no meio diminuiu a velocidade ao passar por mim, mas, por conta do vidro negro, não dava para ver em seu interior.

"Laura!", escutei o grito de Martin, que tinha na mão a chave do carro. "Aonde é que você foi passear? Vamos!"

O Hilton Giardini Naxos nos deu as boas-vindas com um grande vaso em forma de cabeça, que continha enormes lilases brancos e cor-de-rosa. Seu perfume se espalhou pelo imponente hall ricamente ornamentado em dourado.

"Que chique, amor!" Virei-me para Martin com um sorriso. "Meio Luís XVI. Será que no quarto vai ter uma banheira vitoriana?"

Caímos todos na gargalhada, porque, provavelmente, nós quatro tivemos a mesma sensação. O hotel não era tão luxuoso como deveria ser um hotel da rede Hilton. Tinha muitas imperfeições que o meu olhar de especialista logo sacou.

"O importante é que tenha uma cama confortável, vodca e tranquilidade", acrescentou Michał. "O resto não importa."

"Ah é, esqueci que esta é mais uma viagem patológica, sinto-me injustiçada por não ser alcoólatra como vocês", disse fazendo uma careta, fingindo estar azeda. "Estou com fome, a última vez que comi ainda estava em Varsóvia. Podemos nos apressar e ir jantar na cidade? Já estou sentindo o gosto da pizza e do vinho na boca."

"Quem falou foi a não alcoólatra, viciada em vinho e champanhe", disse Martin em tom mordaz, me dando um abraço.

Com todos igualmente tomados pela fome intensa, desfizemos as malas excepcionalmente rápido e apenas quinze minutos depois já estávamos todos juntos no corredor entre nossos quartos.

Infelizmente, tendo tão pouco tempo, não podia me arrumar de maneira adequada para sair, mas enquanto ia até o quarto, já vasculhava em minha mente o conteúdo da minha mala. Meus pensamentos giravam em torno das coisas menos amassadas depois da viagem. Acabei escolhendo um vestido comprido preto com uma cruz de metal nas costas, chinelos pretos, uma bolsa de couro desta mesma cor, com franjas, um relógio de ouro e grandes argolas douradas. Na pressa, delineei os olhos com lápis, passei um pouco de rímel, complementando o que tinha sobrado depois da viagem, e passei um pouco de pó no rosto. Já saindo, peguei um brilho labial dourado e passei nos lábios sem olhar no espelho.

Karolina e Michał me olharam espantados no corredor. Eles estavam exatamente com as mesmas roupas com que viajaram.

"Laura, me diga uma coisa, como é possível que você tenha tido tempo para trocar de roupa, se maquiar e parecer como se tivesse passado o dia todo se arrumando para sair?", sussurrou Karolina no caminho para o elevador.

"Ué...", encolhi os ombros, "vocês têm talento para beber vodca e eu sou capaz de me vestir mentalmente o dia todo, para que eu consiga me arrumar nos quinze minutos que tiver".

"Ok, deixem de sacanagem e vamos encher a cara", reclamou Martin com firmeza.

Fomos os quatro pelo lobby do hotel rumo à saída.

Giardini Naxos era linda e pitoresca à noite. As ruazinhas estreitas vibravam com vivacidade e música, havia gente jovem e mães com crianças. Somente à noite a Sicília começava a viver, porque durante o dia o calor era infernal. Chegamos ao porto, a parte da cidade que ficava mais cheia de pessoas àquela hora. Ao longo do calçadão, enfileiravam-se dezenas de restaurantes, bares e cafés.

"Daqui a pouco vou morrer de fome, vou cair no chão e não levanto mais", disse Karolina.

"O que está acabando comigo é a falta de álcool no sangue. Olhem só aquele lugar, vai ser ideal para nós." Michał apontou para um restaurante na praia.

Tortuga era um restaurante elegante, com poltronas e sofás brancos e mesas de vidro. Por toda a parte, havia velas acesas e o teto era enorme, com toldos feitos de lona para velas de embarcações, que ondulavam ao vento e davam a sensação de que todo o restaurante se elevava no ar. Os compartimentos onde as mesas eram colocadas separavam-se uns dos outros por vigas de madeira espessas às quais foi fixada a estrutura da cobertura removível de lona. Um lugar leve, arejado e mágico. Apesar do preço bastante alto, fervilhava de animação. Martin acenou para o garçom e, logo depois, graças a alguns euros, sentamo-nos confortavelmente nos sofás, virando as páginas do cardápio. Eu e o meu vestido não nos confundíamos no ambiente. Eu tinha a impressão de que todos estavam olhando exclusivamente para mim, pois, no meio de todo aquele branco, eu estava brilhando como uma lâmpada negra.

"Sinto que estou sendo observada, mas quem poderia adivinhar que iríamos jantar numa jarra de leite?", sussurrei para Martin, com um sorriso tolo e com ar de pedido de desculpas.

Ele olhou em volta cuidadosamente, inclinou-se para mim e cochichou:

"Você tem mania de perseguição, pequena, além disso, você está deslumbrante, então, deixe que olhem."

Dei mais uma olhada e, aparentemente, ninguém estava prestando atenção em mim, contudo eu sentia como se alguém estivesse me observando. Afastei de mim mais aquela doença psíquica herdada da minha mãe, achei no cardápio o meu polvo grelhado favorito, acrescentei um vinho prosecco e já estava pronta para fazer meu pedido. O garçom, apesar de ser siciliano, era também italiano, o que significava que não deveríamos esperar que fosse um ás da velocidade, então esperamos um pouco até que ele decidisse vir até nós para que pudéssemos fazer o pedido.

"Preciso ir ao toalete", informei, olhando para os lados.

No canto, ao lado de um lindo bar de madeira, encontrava-se uma pequena porta, então fui em sua direção. Passei pela porta, mas infelizmente atrás dela havia apenas uma pia. Dei a volta para retornar e então esbarrei com ímpeto num sujeito em pé à minha frente. Gemi quando a minha cabeça foi ao encontro do rígido torso masculino. Curvada, massageando minha testa, olhei para cima. Diante de mim estava um italiano alto e bonitão. Eu já não o tinha visto antes? Seu olhar gélido me atravessou completamente. Eu não conseguia me mover enquanto ele me olhava daquele jeito, com seus olhos quase negros. Havia alguma coisa nele que me assustava tanto que, por um segundo, me senti enraizada na terra.

"Parece que você está perdida", disse num inglês lindo e fluente, com sotaque britânico. "Se me disser o que está procurando, posso lhe ajudar."

Ele sorriu para mim com seus dentes brancos e alinhados, pôs a mão entre minhas escápulas, tocando a minha pele nua, e me levou até a porta pela qual eu tinha chegado ali. Quando senti seu toque, meu corpo estremeceu e não foi fácil sair do lugar. Fiquei tão atordoada que, mesmo tentando muito, não consegui falar nem uma palavra em inglês. Eu apenas sorri, ou melhor, fiz uma careta, e fui rapidamente em direção a Martin, uma vez que, por causa daquelas emoções, tinha me esquecido completamente do porquê de eu ter me levantado do sofá. Quando cheguei à mesa, meus acompanhantes estavam se entupindo de álcool. Tinham bebido a primeira rodada e já tinham pedido a segunda. Caí no sofá, peguei a taça de prosecco e esvaziei-a de um só gole. Enquanto isso, sem tirar a taça da boca, sinalizei claramente para o garçom que precisava de mais.

Martin me olhou divertido.

"Pinguça! E depois sou eu que tenho problemas com álcool."

"Hoje, excepcionalmente, me deu vontade de beber", respondi, já um pouco tonta por ter bebido rápido.

"Parece que o toalete tem algum feitiço, já que a visita lá mexeu com você, meu tesouro."

Após ouvir essas palavras, olhei ao redor nervosa, procurando o italiano, fazendo com que os meus joelhos tremessem como quando dirigi uma moto pela primeira vez, depois de ter tirado a carteira de motorista da categoria A. Seria fácil encontrá-lo em meio a todo aquele branco, já que estava vestido como eu, em nada combinando com o ambiente. Calça social preta e larga, camisa preta, de dentro da qual saía um terço de madeira, e mocassins sem cadarço da mesma cor. Apesar de eu tê-lo visto apenas por um momento, lembrava-me perfeitamente do que vi.

"Laura!", a voz de Michał me arrancou da minha busca. "Não fique aí apreciando todo mundo, apenas beba".

Nem tinha percebido que outras taças de espumante tinham aparecido na mesa. Decidi tomar aquele líquido cor-de-rosa devagar, aos goles, se bem que o meu desejo era derramar dentro de mim tantas taças quantas necessárias, enquanto minhas pernas não parassem de tremer. A comida nos foi servida, e nós a atacamos com gula. O polvo estava perfeito; o acompanhamento era apenas de sabor adocicado. Martin comeu uma lula gigante habilmente cortada e servida no prato, acompanhada de alho e coentro.

"Cacete!", gritou Martin, pulando do sofá branco. "Vocês sabem que horas são? Já passou da meia-noite. E aí, Laura? Parabéns pra você, nesta data querida...". Os outros dois, Michał e Karolina, também se levantaram dos lugares e começaram a cantar "parabéns pra você" alto e com alegria, bem ao estilo polonês. Os clientes do restaurante olhavam para eles com curiosidade e depois juntaram-se ao coro, cantando em italiano. Estrondosos aplausos se espalharam pelo ambiente, e eu tinha vontade de me enterrar num buraco no chão. Essa era uma das músicas que eu mais detestava. Acho que não existe ninguém que goste dela, provavelmente porque ninguém sabe bem o que fazer na hora: cantar, bater palmas, sorrir para todo mundo? Qualquer solução é ruim e toda vez o aniversariante fica parecendo um completo idiota. Levantei-me do sofá com um sorriso falso e alcoolizado e acenei para todos, fazendo uma mesura e agradecendo os votos.

"Você tinha que fazer isso, né?", grunhi, falando diretamente para Martin. "Lembrar que estou velha não é nada gentil. Além disso, precisava que essa gente toda participasse?"

"Pois é, meu amor, a verdade dói. Mas para compensar e começar a festança de hoje, encomendei sua bebida favorita." Quando parou de falar, o garçom apareceu segurando um balde com champanhe Moët & Chandon Rosé e quatro taças.

"Adoro!", gritei, dando pulinhos no sofá e batendo palmas como uma menininha.

Minha alegria não passou despercebida pelo garçom, que deixou na mesa um balde com a garrafa pela metade.

"E então, saúde!", disse Karolina, levantando a sua taça. "Que você encontre o que procura, que tenha o que deseja e que esteja aonde sonha estar. Cem anos de vida!"

Batemos nossas taças e entornamos a bebida até o fim. Depois que a garrafa ficou vazia, eu realmente precisava ir ao toalete – dessa vez decidi localizá-lo com a ajuda do pessoal do restaurante. O garçom me mostrou em que direção deveria ir. Depois da meia-noite, o restaurante se transformou numa casa noturna e a iluminação colorida mudou completamente a característica do lugar. O interior branco, elegante e quase estéril explodiu em cores. De repente, o branco adquiriu um sentido completamente diferente. A falta de cores fazia com que a luz pudesse propiciar ao salão todos os tons. Fui me embrenhando na multidão em direção ao toalete, quando pela segunda vez fui tomada pela estranha sensação de que estava sendo observada. Parei e examinei o ambiente à minha volta. O cara vestido de preto estava num estrado, encostado na viga de um dos compartimentos, e mais uma vez me paralisou com o olhar. Calmamente e sem emoção, avaliou-me do calcanhar até o topo da cabeça. Parecia um típico italiano, embora fosse o homem menos típico que eu já tinha visto na vida. Os cabelos negros caíam-lhe revoltos na testa, a barba bem cuidada, que parecia não ter sido feita havia alguns dias, adornava seu rosto, seus lábios eram grossos e a boca bem delineada – como se tivessem sido criados para dar prazer a uma mulher. O olhar era frio e penetrante, como uma fera que se prepara para o ataque. Foi só quando o vi de longe que percebi que ele era bastante alto. Ele era muito mais alto que as mulheres que estavam por perto, então devia ter 1,90 m. Nem sei por quanto tempo nos olhamos; eu tinha a impressão de que o tempo tinha parado. Um homem que esbarrou no meu ombro ao passar por mim me tirou do estupor. Como eu estava rígida como uma tábua por causa daquela contemplação, acabei me desequilibrando e caí no chão.

"Está tudo bem?", perguntou o Homem de Negro, que apareceu ao meu lado como um fantasma. "Se eu não tivesse visto que, dessa vez, não tinha sido você que esbarrou nele, eu pensaria que cair em cima de homens desconhecidos é a sua maneira de chamar a atenção."

Ele me pegou firme pelo cotovelo e me levantou. Era surpreendentemente forte, fez aquilo com tal facilidade que parecia que eu não pesava nada. Dessa vez eu me recompus e o álcool me queimando no sangue me deu coragem.

"E você? Sempre faz papel de parede ou de guindaste?", respondi com raiva, me esforçando para lhe mostrar o mais insensível dos olhares que eu pudesse lançar.

Ele se afastou e, ainda sem tirar de mim os olhos, me examinou de cima a baixo, como se não conseguisse acreditar que eu era de verdade.

"Você tem olhado para mim a noite toda, certo?", perguntei irritada. "Costumo ter mania de perseguição, mas o pressentimento nunca me engana."

O homem sorriu como se eu estivesse zombando dele.

"Eu estou olhando para o clube", respondeu. "Eu controlo o staff, garanto a satisfação dos clientes, procuro as mulheres que precisam de uma parede ou de um guindaste."

A resposta dele me divertiu e confundiu ao mesmo tempo.

"Então eu agradeço por ter sido um guindaste e desejo uma ótima noite." Joguei-lhe um olhar insolente e fui direto para o toalete. Quando ele ficou para trás, respirei aliviada. Pelo menos dessa vez eu não tinha parecido uma completa cretina e pude dar uma resposta.

"Até logo, Laura", escutei atrás de mim.

Quando virei, atrás de mim havia apenas uma multidão se divertindo, o Homem de Negro havia sumido.

Como ele sabia o meu nome? Será que estava escutando nossas conversas? Ele não poderia estar tão perto. Eu o teria visto, eu o teria pressentido.

Karolina me pegou pela mão.

"Vamos, porque você vai demorar a vida inteira para entrar nesse toalete e a gente vai ficar aqui para sempre."

Quando voltamos para a mesa, no tampo de vidro havia outra garrafa de Moët.

"Não acredito, amor! Estou vendo que esse aniversário é um luxo só!", falei rindo.

"Pensei que você tinha pedido", disse Martin admirado. "Eu já paguei a conta e queríamos ir embora."

Fiquei olhando ao redor no clube. Eu sabia que a garrafa não estava ali por acaso, e que ele ainda estava observando.

"Deve ser um presente do restaurante. Depois daquele coral cantando parabéns daquele jeito, acho que não poderiam agir de outra forma", Karolina começou a rir. "Mas já que está aqui, vamos beber."

Até o final da garrafa, eu estava bem agitada no sofá, imaginando quem seria aquele homem vestido de negro, por que ele olhava para mim daquele jeito e como ficou sabendo o meu nome.

Passamos o restante da noite peregrinando de clube em clube. Voltamos ao hotel quando já estava amanhecendo.

Acordei com uma dor de cabeça monstruosa. Claro... o Moët. Adoro champanhe, mas o porre depois dele me arrebenta o crânio. Quem às vezes não bebe demais? Com o que ainda tinha de força, consegui sair da cama e cheguei ao banheiro. Procurei na bolsinha de cosméticos os analgésicos; tomei três e voltei para baixo do edredom. Quando acordei subitamente algumas horas mais tarde, Martin não estava ao meu lado, a dor de cabeça havia passado e, pela janela aberta, entrava o barulho da algazarra de gente se divertindo na piscina. *Estou de férias, então preciso me levantar e me bronzear.* Levada por esse pensamento, tomei uma ducha rápida, vesti meu biquíni e depois de meia hora estava pronta para tomar sol.

Michał e Karolina bebericavam uma garrafa de vinho gelado, deitados perto da piscina.

"Remédio", disse Michał, estendendo uma taça de plástico para mim. "Desculpe, é de plástico, mas você sabe como é o regulamento."

O vinho estava delicioso, gelado, a taça, suada, então entornei tudo de uma vez.

"Vocês viram o Martin? Acordei e ele não estava no quarto."

"Ele está trabalhando no lobby do hotel. No quarto, a internet estava muito ruim", esclareceu Karolina.

É claro – o computador é o melhor amigo e o trabalho, a melhor amante, pensei, deitando-me na espreguiçadeira. Passei o restante do dia sem Martin, na companhia daqueles noivos que ficavam o tempo todo se amassando. De tempos em tempos, Michał interrompia o prelúdio amoroso para exclamar: "Mas que peitinhos aquela ali tem!".

"Quem sabe possamos almoçar juntos?", perguntou Michał. "Vou atrás do Martin. Que férias são essas se ele continua sentado com os olhos fixos no computador?!"

Levantou-se da espreguiçadeira, vestiu uma camiseta e foi até a entrada do hotel.

"Às vezes fico de saco cheio disso", falei para Karolina, que me olhava com os olhos bem arregalados. "Nunca vou ser o mais importante. O trabalho é mais importante que os amigos, que os prazeres. Tenho a impressão de que ele está comigo porque não tem nada melhor para fazer, e assim é bem confortável para ele. É um pouco que nem ter um cachorro – quando você quer, faz um carinho nele, quando tem vontade, brinca com ele, mas quando não está a fim da companhia dele, simplesmente o enxota, porque afinal é ele que pertence a você e não você a ele. Martin fala com mais frequência com os amigos dele no Facebook do que comigo em casa, isso sem falar da cama."

Karolina se virou e se apoiou nos cotovelos.

"Mas, Laura, você sabe que é assim mesmo nos relacionamentos: com o tempo, o desejo desaparece."

"Mas não depois de um ano e meio... ih!, menos ainda que um ano e meio! Será que eu sou corcunda? Será que tem alguma coisa errada comigo? O que é que está acontecendo que ele não quer mais trepar comigo?"

Karolina deu um pulo da espreguiçadeira e pegou a minha mão.

"Acho que a gente deveria é beber, porque você não vai mesmo mudar isso se preocupando. Veja onde estamos! Aqui é divino, e você é magra e linda. Lembre-se: se não for esse, vai ser outro. Venha."

Vesti uma túnica florida, fiz um turbante com um lenço, cobri meus olhos com meus sedutores óculos Ralph Lauren e fui atrás de Karolina até o bar no lobby. Minha companheira foi ao quarto deixar a bolsa e se informar sobre o almoço, já que não tínhamos encontrado nossos parceiros no lobby. Aproximei-me do bar e acenei para o garçom. Pedi-lhe que me desse duas taças de prosecco gelado. Ah, sim, era disso, com certeza, que eu precisava.

"Só isso?", escutei uma voz masculina atrás de mim. "Eu pensei que o seu paladar só aceitava o Moët."

Me virei e fiquei paralisada. Ele estava de novo diante de mim. Agora não poderia dizer que ele era o Homem de Negro. Estava vestindo calça de linho em cor off-white e uma camisa clara aberta, que combinava perfeitamente com sua pele bronzeada. Tirou os óculos e, outra vez, me atravessou com seu olhar gélido. Dirigiu-se em italiano ao garçom, que, desde que ele tinha chegado, passou a me ignorar solenemente, esperando de prontidão o pedido do meu perseguidor. Escondida atrás dos meus óculos escuros, eu estava excepcionalmente corajosa naquele dia, excepcionalmente irada e excepcionalmente de porre.

"Por que será que eu tenho a impressão de que você está me seguindo?", falei, cruzando os braços. Com a mão direita, ele lentamente tirou meus óculos para olhar nos meus olhos. Senti como se alguém tivesse tirado de mim o escudo que me protegia.

"Não é uma sensação", ele disse, olhando-me profundamente nos olhos. "Isso não é por acaso. Desejo tudo de melhor no seu aniversário de 29 anos, Laura. Espero que o próximo ano seja o melhor da sua vida", sussurrou e me beijou o rosto com suavidade.

Fiquei tão confusa que não conseguia pronunciar sequer uma palavra. Como ele sabia quantos anos eu tinha? E por que raios tinha conseguido me achar do outro lado da cidade? A voz do barman me tirou da enxurrada de pensamentos; virei-me para o lado. Tinha colocado à minha frente uma garrafa do rosado Moët e um pequeno cupcake cor-de-rosa, no alto do qual estava espetada uma velinha acesa.

"Caramba!", virei-me para o Homem de Negro, que tinha se dissipado no ar.

"Nossa, que beleza!", disse Karolina se aproximando do bar. "Era para ser uma taça de prosecco e acabou sendo uma garrafa de champanhe."

Encolhi os ombros e examinei nervosamente o hall em busca do Homem de Negro, mas ele deve ter afundado no chão. Tirei meu cartão de crédito da carteira e entreguei ao barman. Num inglês sofrido, ele se recusou a aceitar o pagamento, afirmando que a conta já tinha sido paga. Karolina deu-lhe um sorriso radiante, agarrou o balde com a garrafa e dirigiu-se para a piscina. Eu apaguei a vela que ainda estava acesa no cupcake e fui atrás dela. Eu estava irritada, desorientada e intrigada. Na minha cabeça, desenrolavam-se diversos cenários descrevendo quem poderia ser aquele homem misterioso. A primeira coisa era a teoria de que ele era um desses assediadores pervertidos. No entanto, essa teoria não combinava muito com a imagem do encantador italiano, que prefere fugir das mulheres que o admiram em vez de segui-las. Considerando os sapatos e as roupas de grife que usava nas duas vezes que o vi, não era pobre. E ele tinha mencionado algo sobre verificar a satisfação dos clientes no restaurante. Então, outra teoria natural era a de que ele fosse o gerente do restaurante onde estávamos. Mas o que ele estava fazendo no hotel? Balancei a cabeça, como se quisesse chacoalhar para fora o excesso de pensamentos, e estiquei o braço para pegar a taça. *Não quero nem saber!*, pensei, bebendo um gole. *Com certeza isso foi uma absoluta coincidência, e eu só estou pensando besteiras.*

Quando esvaziamos a garrafa, nossos cavalheiros apareceram. Estavam esfuziantes.

"E então, vamos almoçar?", perguntou Martin com satisfação.

O champanhe me esquentou a cabeça, o de agora e o da noite anterior. Fiquei furiosa por causa da falta de atenção dele comigo e explodi:

"Martin, mas que merda! Hoje é meu aniversário e você desapareceu o dia inteiro, não quer nem saber o que eu estou fazendo, como estou me sentindo, e agora aparece e do nada e vem perguntando pelo almoço? Pra mim já chega. Estou farta desse negócio de que tudo sempre tem que ser como você quer, que é sempre você que diz como vai ser, e que eu nunca sou o mais importante em qualquer circunstância. E o almoço foi há horas, agora está mais para hora do jantar!"

Peguei minha túnica, a bolsa e praticamente corri para a porta do hall do hotel. Atravessei-o e me vi na rua. Senti como se em meus olhos uma torrente de águas estivesse se formando e estava prestes a explodir. Coloquei meus óculos e segui em frente.

As ruas de Giardini eram pitorescas. Ao longo da calçada cresciam árvores cobertas de flores, as construções eram bonitas e bem cuidadas. Infelizmente, não pude desfrutar a beleza da cidade naquele estado de espírito em que estava. Sentia-me só. Em certo momento, percebi que as lágrimas corriam pelo meu rosto e eu estava prestes a soluçar, como se quisesse fugir de alguma coisa.

O sol estava ficando com um tom alaranjado, e eu ainda estava caminhando. Depois que passou meu primeiro ataque de fúria, senti que minhas pernas estavam doendo um pouco. Os meus tênis tipo coturno, embora fossem lindos, não serviam para maratonas. Vi na rua um pequeno café, tipicamente italiano, que me pareceu um lugar ideal para um descanso, já que uma das opções no cardápio era um vinho espumante. Sentei-me do lado de fora, olhando para a calma superfície do mar. Uma senhora de idade me trouxe a bebida pedida numa taça e me disse algo em italiano, examinando a palma da minha mão. Meu Deus! Mesmo sem entender nenhuma palavra, compreendi que ela falava sobre como os homens podem ser terríveis e como não vale a pena chorar. Fiquei sentada lá, com o olhar fixo no mar, até que escureceu. Não conseguia me levantar da cadeira depois do tanto de álcool que havia ingerido, mas, enquanto estava lá, comi uma pizza quatro queijos ótima, que acabou sendo um remédio melhor para a tristeza do que o vinho espumante, e o tiramisù feito por aquela senhora era melhor que o melhor dos champanhes.

Senti-me preparada para voltar e enfrentar o que tinha deixado para trás ao fugir. Fui calmamente em direção ao hotel. As ruas pelas quais eu andava estavam praticamente vazias, já que ficavam distantes do principal calçadão que ladeava o mar. Num certo momento, passaram por mim dois SUVs. Me dei conta do fato de que já tinha visto carros semelhantes quando estava esperando em frente à locadora de carros no aeroporto.

A noite estava quente, eu estava bêbada, o dia do meu aniversário tinha acabado e, em geral, nada estava como deveria ser. Virei quando a calçada acabou, e percebi que não sabia onde estava. Que merda! Eu e o meu senso de direção. Olhei à minha volta e tudo o que vi foram as luzes ofuscantes dos carros que se aproximavam.

Capítulo 2

Quando abri os olhos, já era noite. Olhei ao redor do quarto e percebi que não tinha a menor ideia de onde estava. Eu estava deitada numa cama enorme iluminada apenas por uma claraboia. Minha cabeça estava doendo e eu queria vomitar. *Que merda aconteceu, onde estou?* Tentei me levantar, mas estava completamente impotente, como se eu pesasse uma tonelada e nem minha cabeça quisesse sair do travesseiro. Fechei os olhos e voltei a dormir.

Quando despertei de novo, ainda estava escuro. Não sei quanto tempo dormi. Será que já era a noite seguinte? Não havia um relógio, e eu estava sem a bolsa e o telefone. Dessa vez consegui me levantar e me sentar na beira da cama. Esperei um pouco para que minha cabeça parasse de girar. Percebi o abajur junto à cama. Quando sua luz inundou o quarto, dei-me conta de que aquele lugar em que estava era, provavelmente, bastante antigo e completamente desconhecido para mim.

As esquadrias da janela eram enormes e ricamente ornamentadas, em frente à robusta cama de madeira havia uma enorme lareira de pedra – parecida, eu só tinha visto em filmes. No teto, havia vigas antigas, que combinavam perfeitamente com a cor das esquadrias das janelas. O quarto era aquecido, elegante e muito italiano. Fui à janela e saí por um instante pela porta da sacada, que tinha vista para um jardim de tirar o fôlego.

"Que bom que acordou."

Ao ouvir tais palavras, congelei de susto e meu coração pulou para a garganta. Virei-me e deparei-me com um jovem italiano. O seu sotaque, ao falar em inglês, era inegável. Além disso, sua aparência me confirmou definitivamente essa convicção. Não era muito alto, assim como 70% dos italianos que vi. Tinha cabelos longos e escuros que lhe caíam pelos ombros, traços delicados e lábios grandes. Pode-se dizer que era um rapaz lindo. Apesar de estar vestido perfeita e impecavelmente com um terno elegante, ainda assim parecia um adolescente. Evidentemente, praticava exercícios físicos, e não pouco, porque seus ombros alargavam sua silhueta de maneira desproporcional.

"Onde estou e por que estou aqui?!", perguntei com raiva enquanto ia na direção dele.

"Por favor, depois que a senhora se reanimar, virei buscá-la, e aí a senhora vai saber de tudo", disse e sumiu, fechando a porta atrás de si. Ficou parecendo que ele tinha fugido de mim bem quando eu estava apavorada com a situação.

Tentei abrir a porta, mas ou estava emperrada ou o rapaz tinha uma chave e a usou. Xinguei baixinho. Estava me sentido perdida.

Ao lado da lareira havia outra porta. Acendi a luz e diante dos meus olhos surgiu um banheiro sensacional. No meio, havia uma banheira enorme, num dos cantos estava a penteadeira e, a seu lado, a pia com espelho. No outro lado, vi a ducha, sob a qual caberia, com facilidade, um time de futebol. Não tinha aquela base costumeira dos boxes poloneses nem paredes, somente blindex, e o piso era de mosaicos pequeninos. O banheiro era do tamanho do apartamento inteiro do Martin, no qual morávamos juntos. Martin... provavelmente está preocupado. Ou talvez não, talvez esteja feliz que não haja mais ninguém atrapalhando-o com sua presença. De novo fui tomada pela fúria, dessa vez junto com o medo que havia surgido por conta da situação em que me encontrava.

Fiquei de pé diante do espelho. Estava com uma aparência extremamente boa, bronzeada e bem descansada, já que as olheiras que eu tinha sob os olhos nos últimos tempos desapareceram. Ainda estava vestida com a túnica preta e o biquíni que usava no meu aniversário quando saí do hotel. Como poderia me arrumar sem as minhas coisas? Tirei a roupa e tomei uma ducha, peguei do cabide um roupão grosso e achei que já estava revigorada.

Enquanto andava pelo quarto no qual havia despertado, procurando alguma indicação de onde eu me encontrava, a porta se abriu. Lá estava de novo o jovem italiano, que me mostrava o caminho com um gesto vigoroso. Seguimos por um longo corredor decorado com vasos de flores. A casa estava mergulhada na penumbra, iluminada apenas por lampiões, cuja luz brilhava através das inúmeras janelas. Perambulamos por um labirinto de corredores, até que o homem se aproximou de uma porta e a abriu. Quando passei pela porta, ele me trancou lá dentro e não entrou comigo. O cômodo era talvez uma biblioteca, as paredes estavam cobertas de estantes com livros e quadros em pesadas molduras de madeira. No centro, havia uma lareira espetacular acesa e, em volta dela, estavam dispostos sofás macios cinza-esverdeados, com muitas almofadas com tons de dourado. Diante de uma das poltronas, havia uma mesinha, na qual vi um balde com champanhe. Estremeci toda ao vê-lo; depois daquelas minhas últimas loucuras alcoólicas, não era daquilo que precisava.

"Sente-se, por favor. Você reagiu mal ao sonífero. Eu não sabia que você tinha problemas cardíacos." Ouvi a voz máscula e vi o homem de pé no balcão atrás de mim.

Não conseguia nem me mexer.

"Laura, sente-se na poltrona. Da próxima vez não vou pedir, vou fazer você sentar na marra."

Minha cabeça zumbia, eu estava ouvindo os batimentos do meu coração e parecia que logo, logo eu desmaiaria. Minha visão escureceu.

"Que merda! Por que você não me ouve?"

O homem do balcão veio em minha direção e, antes que eu deslizasse para o chão, ele me agarrou pelos braços. Pisquei os olhos, tentando focalizar. Senti quando ele me pôs na poltrona e colocou um cubo de gelo em minha boca.

"Chupe. Você dormiu durante quase dois dias, o médico lhe deu soro intravenoso para que você não desidratasse, mas talvez queira beber algo e você tem o direito de não estar se sentindo bem."

Eu conhecia aquela voz e, antes de tudo, aquele sotaque característico.

Abri os olhos e então me deparei com aquele olhar frio e animal. Diante de mim estava ajoelhado o homem que vi no restaurante, no hotel e... ai, meu Deus, no aeroporto. Estava vestido daquele mesmo jeito de quando eu tinha aterrissado na Sicília e dei de encontro com as costas daquele enorme guarda-costas. Ele usava um terno preto e uma camisa preta desabotoada no pescoço. Estava elegante e tinha um ar altivo. Cuspi com raiva o cubo de gelo em seu rosto e disse:

"Merda! O que é que eu te fiz? Quem é você e com que direito me mantém aqui?"

Ele enxugou do rosto o resíduo de água, pegou do grosso tapete o cubo transparente e o jogou no fogo da lareira.

"Me responda, cacete!", gritei no auge da fúria, esquecendo-me por um momento de como estava me sentindo mal. Quando tentei me levantar da poltrona, ele me segurou com força pelos ombros e me jogou de volta no lugar onde eu estava sentada.

"Eu disse para ficar sentada, não suporto desobediência e não vou tolerar", ele rosnou, inclinando-se em direção a mim e apoiando-se nos braços da poltrona.

Tomada pela fúria, levantei a mão e dei um tapa na cara daquele homem. Seus olhos faiscavam com uma raiva selvagem e eu quase afundei de medo no assento. Ele se levantou, endireitou-se e inalou sonoramente. Fiquei tão assustada com o que havia feito que decidi não testar qual era o limite da sua tolerância. Ele foi em direção à lareira, parou diante dela e se apoiou com as mãos na parede acima da fornalha. Os segundos passavam e ele se mantinha em silêncio. Se não fosse pelo fato de eu me sentir sua prisioneira, eu agora provavelmente sentiria remorso e as minhas desculpas não teriam fim, mas, naquela situação, eu não conseguia sentir além de raiva.

"Laura, você é tão desobediente que eu até duvido de que não seja italiana."

Ele se virou para mim e seus olhos continuavam a faiscar. Decidi não responder, com a esperança de saber o que eu estava fazendo ali e quanto tempo aquilo ia durar.

De repente, a porta se abriu e aquele mesmo jovem italiano que me havia conduzido até ali entrou.

"*Don* Massimo...", disse.

O Homem de Negro foi em sua direção com um olhar repreensivo e o homem, de repente, parecia estar paralisado. Foi até ele e ficou de tal forma que o rosto deles quase se tocavam. Ele realmente tinha que se inclinar, já que entre ele e o jovem italiano havia uma diferença de mais de dez centímetros, talvez mais de vinte.

A conversa se deu em italiano, tranquila, e o homem que me prendia ali ficou escutando. Respondeu com apenas uma frase e o jovem italiano sumiu, fechando a porta. O Homem de Negro ficou andando pelo quarto e depois foi para a sacada. Apoiou-se com as duas mãos na balaustrada e começou a sussurrar alguma coisa repetidamente.

Don... Pensei que era assim que no filme *O poderoso chefão* as pessoas se referiam a Marlon Brando, que interpretava o chefe de uma família de mafiosos. De repente, tudo começou a se encaixar: os seguranças, os carros com vidros escuros, aquela casa e a aversão a ser contrariado. Eu pensava que a *cosa nostra* era uma invenção de Francis Ford Coppola, e agora eu me encontrava bem no meio de uma história muito siciliana.

"Massimo...?", eu disse baixinho. "Será que posso me dirigir a você assim ou tenho de dizer *Don?*"

O homem se virou e veio com passos decididos até mim. A enxurrada de pensamentos na minha cabeça fez com que me faltasse o ar. O medo inundava o meu corpo.

"Você acha que agora está entendendo tudo?", perguntou, sentando-se no sofá.

"Acho que agora sei o seu nome."

Ele sorriu de leve, como se tivesse relaxado.

"Percebo que você espera alguns esclarecimentos. Mas não sei como vai reagir quando eu os disser, então é melhor beber algo."

Ele se levantou e encheu duas taças de champanhe. Pegou uma delas e me deu, bebeu um gole da segunda e sentou-se de novo no sofá.

"Alguns anos atrás – digamos assim, que foi um acidente –, levei alguns tiros. Isso é parte do risco decorrente por pertencer à família na qual vim ao mundo. Quando estava internado, morrendo, eu vi...", nesse momento, ele parou e se levantou. Aproximou-se da lareira, deixou ali a taça e suspirou profundamente. "Isto que vou contar a você vai parecer tão incrível que, até o dia em que a vi no aeroporto, eu não acreditava que poderia ser verdade. Olhe para o quadro ali no alto, pendurado acima da lareira."

Meus olhos viajaram pelo local que ele me indicava. Paralisei. O retrato mostrava uma mulher que tinha exatamente o meu rosto. Peguei a taça e entornei o champanhe até o fim. Tremi ao sentir o gosto do álcool, mas ele me aliviou, então, segurei a garrafa para mais uma dose. Massimo continuou.

"Quando o meu coração parou, eu vi... você. Depois de várias semanas no hospital, recuperei a consciência e depois me recuperei totalmente. Logo que fui capaz de expressar a imagem que eu tinha o tempo todo diante dos meus olhos, contratei um artista para pintar a mulher que eu via. Ele pintou você."

Era óbvio que a mulher retratada no quadro era eu. Mas como isso era possível?

"Eu procurei você no mundo inteiro, embora procurar seja talvez uma palavra com um significado amplo demais. Em algum lugar dentro de mim, eu tinha certeza de que algum dia você estaria diante de mim. E assim aconteceu. Eu a vi no aeroporto, saindo do terminal. Eu estava pronto para pegá-la e nunca mais largar, mas isso seria muito arriscado. Desde aquele instante, o meu pessoal não tirava os olhos de você. O restaurante Tortuga, para o qual você foi, me pertence, porém, não fui eu, mas o destino que fez com que você fosse lá. Já que você estava lá dentro, não pude perder a oportunidade de falar com você. E, novamente, por arranjo do destino, aconteceu de você aparecer na porta em que não deveria estar. Não posso dizer que a providência não me tenha sido favorável. O hotel onde estava hospedada também me pertence parcialmente..."

Naquele momento, compreendi de onde tinha vindo o champanhe na nossa mesa e de onde vinha a sensação de ser observada todo o tempo. Queria interrompê-lo e fazer um milhão de perguntas, mas decidi esperar e ver o que vinha a seguir.

"Você também precisa me pertencer, Laura."

Não aguentei.

"Eu não pertenço a ninguém, não sou um objeto. Você não pode simplesmente me ter. Não pode me sequestrar e confiar que já sou sua", falei entredentes.

"Eu sei. Por isso vou lhe dar uma chance de se apaixonar por mim e não ficar comigo à força, mas, sim, porque você quer."

Resfoleguei num riso histérico. Levantei-me calmamente, devagar, da poltrona. Massimo não se opôs quando fui até a lareira, envolvendo nos dedos a taça de champanhe. Inclinei a taça e bebi tudo, depois me voltei para o meu sequestrador.

"Você só pode estar de brincadeira." Cerrei os olhos, fulminando-o com um olhar de ódio. "Eu tenho um namorado que vai me procurar, tenho uma família, amigos, tenho a minha própria vida. E não preciso que você me dê uma chance para amar!" O tom da minha voz estava realmente elevado. "Então, eu peço a você educadamente que me deixe ir e que permita que eu volte para a minha casa."

Massimo se levantou e atravessou o quarto. Abriu o armário e tirou de lá dois grandes envelopes. Voltou e ficou ao meu lado. Ficou tão perto de mim que eu sentia o seu cheiro, uma combinação avassaladora de poder, dinheiro e *eau de toilette* com uma nota muito forte de especiarias. Até fiquei zonza com essa mistura. Ele me deu o primeiro envelope e disse:

"Antes que você abra, vou esclarecer o que há dentro..."

Não esperei até que começasse, virei de costas para ele e, num movimento só, rasguei a parte de cima do envelope, e várias fotografias se espalharam pelo chão.

"Meu Deus..." Comecei a chorar e caí no chão, escondendo o rosto com as mãos.

Estava com o coração apertado e as lágrimas rolavam pelo meu rosto. Nas fotos, Martin estava transando com outra mulher. As fotografias foram evidentemente feitas às escondidas e, infelizmente, sem dúvidas, era o meu namorado.

"Laura..." Massimo se ajoelhou ao meu lado. "Daqui a pouco vou lhe esclarecer o que você está vendo, então me escute. Quando eu digo que é para você fazer alguma coisa e você faz diferente, sempre acaba sendo pior para você do que deveria ser. Compreenda isso e pare de lutar contra mim, porque, numa situação assim, você é quem perde."

Levantei-me, com meus olhos ainda repletos de lágrimas, e olhei para ele com tanto ódio que até se afastou de mim.

"Sabe de uma coisa? Vá se foder!" Puxei o envelope da mão dele e fui para a porta.

Massimo, ainda ajoelhado, me agarrou pela perna e me puxou para perto dele. Caí e bati as costas no chão. O Homem de Negro nem se importou com isso, me puxou pelo tapete até que fiquei debaixo dele. Num piscar de olhos, ele soltou o tornozelo da minha perna direita, pelo qual me puxou, e me segurou pelos punhos. Eu me jogava para todos os lados tentando me livrar.

"Me larga, seu puto!", eu gritava, lutando.

Em certo momento, enquanto ele me sacudia para que ficasse quieta, uma arma caiu do seu cinto no chão. Ao ver aquilo, congelei de medo, mas Massimo parecia não ter dado a mínima atenção ao fato, e não tirou os olhos de mim. Ele me segurava pelos punhos com cada vez mais força. Por fim, parei de lutar com ele e me deitei, impotente e aos prantos, e ele me lançava seu olhar imperturbável. Olhou para baixo, para o meu corpo meio nu; o roupão que o cobria tinha subido bastante. Vendo isso, ele sugou o ar num ruído sibilante e mordeu o lábio inferior. Ele aproximou sua boca da minha, até que eu parei de respirar – parecia que ele estava me farejando e que dali a uns poucos instantes saberia qual era o meu gosto. Passou os lábios pelo meu rosto e sussurrou:

"Não vou fazer nada sem que você concorde e queira. Mesmo que me pareça que eu a tenho, vou esperar até que você me queira, me deseje e venha até mim por vontade própria. Isso não significa que não tenha vontade de entrar em você até o fundo e estancar o seu grito com a minha língua."

Essas palavras, ditas assim tão baixinho e calmamente, me fizeram sentir calor.

"Fique quieta e me escute um momento; esta será uma noite difícil para mim, os últimos dias também não foram fáceis, e você não está facilitando minha tarefa. Não estou acostumado a ter de tolerar desobediência, não sei como ser gentil, mas não quero te machucar. Então, em um momento, ou vou amarrá-la a uma cadeira e amordaçá-la ou vou deixá-la sair e você educadamente acatará meus pedidos."

Seu corpo estava pressionado contra o meu e eu podia sentir cada músculo daquele homem de corpo incrivelmente harmonioso. Ele subiu o joelho esquerdo que mantinha entre minhas pernas, porque não reagi às suas palavras. Gemi baixinho, suprimindo um grito quando ele se meteu entre minhas coxas, estimulando um ponto sensível, minhas costas se arquearam involuntariamente e virei a cabeça, deixando de olhar para ele. Meu corpo só agia assim em momentos de excitação, e esse, apesar da agressão tangível, era definitivamente excitante.

"Não me provoque, Laura", sibilou entre os dentes.

"Está bem, vou ficar calma, mas, agora, saia de cima de mim."

Massimo levantou-se do tapete com agilidade e colocou a arma na mesa. Pegou-me pela mão e me pôs sentada na poltrona.

"Assim, com certeza, será mais fácil para nós. E quanto às fotos...", começou. "No seu aniversário, fui testemunha de uma cena na piscina entre você e seu namorado. Quando você partiu, soube que era o dia no qual eu deveria trazer você para a minha vida. Depois de ver que o seu namorado nem se mexeu quando você deixou o hotel, eu sabia que ele não a merecia e que não ficaria desesperado por muito tempo com a sua ausência. Depois que você sumiu, os seus amigos foram comer como se nada tivesse acontecido. Então o meu pessoal pegou as suas coisas do quarto e deixou uma carta, na qual você teria dito a Martin que o estava deixando e que ia voltar para a Polônia, se mudar e sumir da vida dele. Não há possibilidade de ele não ter lido quando voltou para o apartamento depois do jantar. À noite, ao passarem pela recepção, todos arrumados e muito alegres, um dos funcionários do hotel convidou-os para visitar um dos melhores clubes da ilha. O Toro também me pertence e, graças a isso, pude controlar a situação. Se você examinar as fotos, vai ver nelas toda a história que acabou de ouvir. O que aconteceu no clube... bem, eles beberam, se divertiram, até que Martin se interessou por uma das dançarinas – o resto você já viu. As fotos falam por si mesmas."

Sentei-me e olhei para ele com desconfiança. Em apenas algumas horas, a minha vida tinha virado de cabeça para baixo.

"Eu quero voltar para a Polônia, por favor, me deixe voltar para casa."

Massimo levantou-se do sofá e ficou de frente para o fogo que ardia, mas o qual tinha se apagado ligeiramente, criando uma penumbra quente na sala. Apoiou-se com uma das mãos à parede e disse algo em italiano. Respirou fundo, virou-se para mim e disse:

"Infelizmente, isso não será possível durante os próximos 365 dias. Quero que você dedique o próximo ano a mim. Vou me esforçar e fazer de tudo para que você me ame, e, se daqui a um ano, na data do seu aniversário, nada mudar, vou deixá-la ir embora. Isso não é uma proposta, é só uma informação, já que não estou lhe dando uma escolha, apenas estou dizendo como vai ser.

Não vou encostar um dedo em você, não vou fazer nada que você não queira, não vou forçá-la a nada, não vou violentá-la, se você tem medo disso... Porque se você for mesmo um anjo para mim, quero lhe mostrar tanto respeito quanto me vale a própria vida. Tudo na mansão está à sua disposição, você vai ter guarda-costas, não para ser controlada, mas exclusivamente para sua proteção. Você mesma pode escolher as pessoas que irão protegê-la durante a minha ausência. Você terá acesso a todas as propriedades, então, se quiser se divertir nos clubes ou sair, não vejo problema..."

Eu o interrompi.

"Você não está falando sério, está? Como é que eu posso ficar aqui tranquilamente? O que meus pais vão pensar? Você não conhece a minha mãe, ela vai cair no choro quando disserem a ela que fui sequestrada e vai passar o resto da vida me procurando. Você não está vendo o que vai lhe causar? Prefiro que você atire em mim agora do que eu me sentir culpada depois pelo que possa acontecer a ela por minha causa. Se você me deixar sair agora, eu fujo e você nunca mais vai me ver. Eu não tenho a intenção de ser uma propriedade – nem de você nem de ninguém mais."

Massimo se aproximou de mim como se soubesse que algo não muito agradável estava prestes a acontecer de novo. Estendeu a sua mão e deu-me o segundo envelope.

Segurando-o nas mãos, fiquei pensando se, quando o abrisse, aconteceria a mesma coisa que antes. Fiquei observando atentamente o rosto do Homem de Negro. Ele olhava para o fogo, como se esperasse pela minha reação a respeito do que se escondia ali dentro.

Rasguei o envelope e, com as mãos trêmulas, puxei mais fotos. *Mas que merda é essa?*, pensei. As fotos mostravam a minha família: mamãe, papai e meu irmão, em situações corriqueiras: fotos tiradas ao lado da casa, no almoço com amigos, pela janela do quarto onde dormiam.

"Mas o que isso quer dizer?!", perguntei desorientada e extremamente irritada.

"É a minha apólice, ela me garante que você não vai fugir. Você não vai arriscar a segurança e a vida da sua família. Sei onde eles moram, como vivem e onde trabalham, a que horas vão dormir e o que comem no café da manhã.

Não tenho a intenção de tomar conta de você, porque sei que não vou poder fazer isso quando não estiver por aqui. Não quero te prender, amarrar ou te esconder. A única coisa que posso fazer é lhe dar um ultimato: você me dá um ano – e a sua família estará segura e protegida."

Eu me sentei de frente para ele e fiquei pensando se conseguiria matá-lo. A pistola estava na mesa que havia entre nós, e eu queria fazer de tudo para proteger a minha família. Peguei a pistola e apontei para o Homem de Negro. Ele continuava sentado calmamente, mas seus olhos faiscavam de raiva.

"Laura, você está me deixando furioso e louco ao mesmo tempo. Largue a arma, porque daqui a pouco a situação vai deixar de ser divertida e eu vou te machucar."

Quando ele acabou de falar, fechei os olhos e puxei o gatilho. Nada aconteceu. Massimo se jogou em cima de mim, tirou a arma de minha mão. Puxou-me pelo braço, me arrancou da poltrona e me jogou no sofá de onde tinha se levantado. Virou-me de bruços e, com a cordinha de uma das almofadas, amarrou minhas mãos. Quando terminou, me pôs sentada, ou melhor, me jogou sentada num assento macio.

"Primeiro, você precisa destravar a arma! É assim que você gosta de conversar? Está confortável? Você quer me matar, achando que é assim tão fácil? Você acha que ninguém nunca tentou isso antes?"

Quando parou de gritar, passou as mãos pelos cabelos, suspirou e olhou para mim com um olhar irado e frio.

"Domenico!", gritou.

O jovem italiano apareceu na porta, como se estivesse o tempo todo atrás da parede, esperando por um chamado.

"Leve Laura para o quarto dela e não feche a porta à chave", disse ele em inglês, com aquele seu sotaque britânico, para que eu entendesse. Depois se dirigiu a mim:

"Não vou te amarrar, mas será que você vai se arriscar a fugir?"

Ele me levantou pela corda e então fiquei perto de Domenico, que se mantinha completamente alheio à situação. O Homem de Negro enfiou a pistola no cinto e deixou o aposento, lançando-me da entrada um olhar de advertência.

O jovem italiano, com um gesto, mostrou-me o caminho e foi pelo corredor me levando pela "coleira" que Massimo tinha providenciado. Depois de passarmos pelo emaranhado de corredores, chegamos ao quarto onde havia acordado algumas horas antes. Domenico desatou minhas mãos, meneou a cabeça e bateu a porta, saindo. Esperei alguns segundos e segurei a maçaneta – a porta não estava trancada. Não tinha bem certeza se queria atravessar a soleira. Sentei-me na cama e uma torrente de pensamentos passou-me pela cabeça. Ele estava falando sério? O ano inteiro sem a família, os amigos, sem Varsóvia? Só de pensar nisso, meus olhos se encheram de lágrimas. Seria Massimo capaz de fazer algo tão cruel aos meus familiares? Não tinha certeza da veracidade de suas palavras, mas, ao mesmo tempo, não queria ver se ele estava blefando... As lágrimas que inundaram meus olhos foram como uma catarse. Não sei o quanto chorei, mas, por fim, acabei adormecendo de cansaço.

Acordei enrolada como um novelo, ainda vestida com o roupão felpudo branco. Do lado de fora estava escuro e de novo eu não sabia se era a noite daquele dia ou já a seguinte.

Do jardim, vinham vozes masculinas abafadas. Fui à sacada, mas não vi ninguém. Os sons eram baixos demais, então não estavam vindo de tão perto. Insegura, segurei a maçaneta – a porta continuava destrancada. Saí do quarto e por algum tempo fiquei pensando se deveria dar um passo adiante ou talvez recuar. A curiosidade venceu e comecei a caminhar pelo corredor escuro, na direção das vozes que escutava. Era uma noite escaldante de agosto e as cortinas leves nas janelas balançavam ao vento com aroma de mar. A casa, mergulhada na escuridão, estava tranquila. Fiquei curiosa: como era de dia? Sem Domenico, era bastante óbvio que me perderia no emaranhado de corredores e portas. Um minuto depois, já não tinha ideia de onde me encontrava. A única coisa pela qual me guiava ao seguir eram as conversas dos homens, que ficavam cada vez mais claras. Ao passar por uma porta ligeiramente entreaberta, cheguei a um grande salão com janelas enormes que davam para a entrada dos carros. Aproximei-me da vidraça e me apoiei com as mãos contra o enorme umbral, escondendo-me parcialmente atrás dele.

Enxerguei Massimo e algumas pessoas a seu lado na escuridão. Um homem estava ajoelhado à sua frente, gritando algo em italiano. Seu rosto refletia terror e pânico ao olhar para o Homem de Negro. Massimo estava parado calmamente com as mãos nos bolsos de sua calça escura. Lançava ao homem um olhar gélido, esperando o fim das explicações daquele que soluçava. Quando se calou, o Homem de Negro lhe disse em voz calma uma ou duas frases, depois sacou a pistola do cinto e deu-lhe um tiro na cabeça. O corpo do homem caiu na via de pedras.

Ao ver aquilo, deixei escapar um gemido, que abafei tapando a boca com as mãos. Mas foi alto o suficiente para que o Homem de Negro desviasse os olhos do homem caído e olhasse para mim. Seu olhar era glacial e sem emoção, como se o que havia acabado de fazer não lhe tivesse causado nenhum sentimento. Ele pegou a arma pelo silenciador e a deu ao homem que estava a seu lado; então eu desabei no chão.

Eu queria inspirar o ar desesperadamente, mas foi em vão. Só conseguia ouvir o meu coração batendo cada vez mais devagar e o sangue pulsando em minha cabeça, minha visão escureceu e meu estômago sinalizou claramente que, a qualquer momento, o champanhe bebido antes estaria no tapete. Com as mãos trêmulas, eu, nervosa, tentei afrouxar o cinto do roupão, que dava a sensação de estar cada vez mais apertado, dificultando a entrada de ar. Eu revia a morte daquele homem na minha cabeça. Era como um filme renitente que ficava passando a cena do tiro. A cena recorrente fazia com que quase todo o oxigênio abandonasse meu corpo. Desisti e parei de lutar. Com o que me restava de consciência, registrei apenas o cinto do roupão se afrouxando e dois dedos no meu pescoço, tentando sentir a minha fraca pulsação. Uma mão escorregou pelas minhas costas e pescoço até chegar à parte de trás da minha cabeça e outra debaixo das minhas pernas meio dobradas. Sentia que estavam me movendo – queria abrir os olhos, no entanto, não conseguia subir as pálpebras. Ouvia em volta alguns sons, mas apenas um deles chegou até mim:

"Laura, respire."

Esse sotaque, pensei. Eu sabia que os braços de Massimo estavam ao meu redor, os braços do homem que pouco antes havia tirado a vida de alguém. O Homem de Negro entrou no quarto e chutou a porta, fechando-a. Eu ainda lutava com a respiração que, apesar de estar cada vez mais regular, ainda não era suficientemente profunda para me dar o oxigênio de que precisava, quando senti que ele me colocou na cama.

Massimo abriu minha boca com uma das mãos e colocou um comprimido debaixo da língua.

"Calminha, pequena, é um remédio para o coração. O médico que cuida de você deixou aqui, para o caso de uma situação dessas."

Depois de alguns instantes, minha respiração ficou mais regular, mais oxigênio chegou ao meu organismo e meu coração se acalmou, passou de um galope alucinado a um ritmo tranquilo. Afundei na cama e adormeci.

Capítulo 3

Quando abri os olhos, o quarto já estava claro. Estava deitada na roupa de cama branca, de camiseta e calcinha – pelo que me lembrava, eu tinha adormecido de roupão. Será que o Homem de Negro trocou minha roupa? Para ter feito isso, primeiro teve de tirar o roupão, o que significava que tinha me visto nua. Esse pensamento não me parecia muito agradável, apesar de Massimo ser um homem irresistivelmente bonito.

Diante dos meus olhos, passavam os acontecimentos da noite anterior. Inspirei profundamente de medo e cobri meu rosto com o edredom. Todas aquelas informações, os 365 dias que ele tinha me dado, minha família, a infidelidade de Martin e a morte daquele homem – tudo aquilo era demais para uma noite só.

"Não fui eu quem trocou a sua roupa", ouvi a voz que chegava abafada pelo edredom.

Puxei devagar a colcha que cobria meu rosto para poder ver o Homem de Negro. Estava sentado numa enorme poltrona ao lado da cama. Dessa vez, vestia um traje realmente menos oficial – calça cinza de ginástica e uma regata branca, que deixava à mostra seus ombros largos e braços maravilhosamente esculpidos. Estava descalço e seus cabelos revoltos; se não fosse sua aparência fresca e apetitosa, eu pensaria que tinha acabado de se levantar da cama.

"Foi Maria quem fez isso", continuou. "Eu quase nem fiquei no quarto depois. Eu te prometi que sem a sua permissão nada aconteceria, embora não possa negar que fiquei curioso e tive vontade de ver. Especialmente porque você estava inconsciente, tão vulnerável e, por fim, porque tinha a certeza de que não levaria outro tapa na cara." Ao dizer isso, levantou as sobrancelhas de forma divertida, e, pela primeira vez, vi seu sorriso. Estava despreocupado e satisfeito. Parecia que, de forma alguma, se lembrava dos dramáticos acontecimentos da noite anterior.

Levantei e me encostei na cabeceira de madeira. Massimo, ainda com um sorriso divertido e jovial, ajeitou-se de leve na poltrona, cruzou a perna direita sobre o joelho esquerdo e aguardou que saíssem as primeiras palavras da minha boca.

"Você matou um homem", cochichei, e dos meus olhos escorreram lágrimas. "Você deu um tiro nele e fez isso de uma forma tão natural, como quando eu compro um par de sapatos."

Os olhos do Homem de Negro novamente se tornaram frios e animalescos, e o sorriso foi embora do seu rosto. Foi substituído pela máscara de seriedade e intransigência que eu já conhecia.

"Ele traiu a família, e a família sou eu, então ele me traiu." Inclinou-se um pouco. "Eu falei para você, mas parece que você julgou que era uma piada. Eu não tolero contrariedades e desobediência, Laura, e nada é mais importante para mim do que a lealdade. Você ainda não está pronta para tudo, e, provavelmente, nunca estará preparada para uma visão como a de ontem."

Então ele se calou e se levantou da poltrona. Foi até mim e se sentou na beirada da cama. Passou os dedos com ternura pelos meus cabelos, como se quisesse confirmar que eu era real. Em certo momento, enfiou a mão por baixo dos cabelos e os agarrou fortemente, bem perto da raiz. Jogou a perna esquerda sobre o meu corpo e montou nas minhas pernas, imobilizando-me. Sua respiração ficou acelerada e os olhos fulguravam de luxúria e ferocidade animal. Eu estava paralisada de medo, o que com certeza estava nítido em meu rosto. Massimo viu o medo e isso claramente o excitou.

Depois dos acontecimentos da noite anterior, eu sabia que aquele homem não estava brincando; se quisesse que minha família estivesse segura e tranquila, eu precisaria aceitar as condições que me impunha.

O Homem de Negro agarrava meus cabelos com uma força cada vez maior, farejando meu rosto. Inspirava o ar profundamente para os pulmões, absorvendo o cheiro da minha pele. Eu queria fechar os olhos para lhe mostrar com desprezo que aquilo não mexia comigo, mas, hipnotizada por aquele olhar animal, não conseguia tirar os olhos dele. Não dava para esconder que era um homem muito lindo, bem do meu tipo. Olhos pretos, cabelos escuros, boca maravilhosa, grande, bem desenhada, a barba por fazer já há alguns dias, que agora acariciava delicadamente a minha face. E, além disso, o corpo! As pernas longas e delgadas, que me envolviam, os braços fortes e musculosos e o peito trabalhado, que podia ser visto pela camiseta muito justa e sem mangas.

"O fato de eu não fazer nada sem o seu consentimento não é a mesma coisa que dizer que vou saber como me controlar", sussurrou, olhando nos meus olhos.

Sua mão nos meus cabelos me puxava violentamente, empurrando-me mais contra o travesseiro. Gemi baixinho. Ao ouvir aquele som, Massimo inspirou sonoramente. Com delicadeza e devagar, enfiou a mão direita entre minhas coxas e encostou vigorosamente seu pau em mim. Senti nos meus quadris o quanto ele me desejava. No entanto, tudo o que eu sentia era medo.

"Eu quero ter você, Laura, eu quero te possuir inteirinha..." Ele passava o nariz pelo meu rosto. "Quando está assim tão frágil e vulnerável, você me excita mais. Quero te foder como nunca ninguém fodeu antes, quero te causar dor e te trazer alívio. Quero ser seu último amante..."

Ele disse todas essas palavras enquanto seu quadril se esfregava ritmicamente no meu corpo. Compreendi que o jogo no qual eu tinha que tomar parte acabara de começar. Eu não tinha nada a perder. Os 365 dias seguintes, eu poderia vivê-los lutando contra aquele homem, o que de antemão já estava fadado ao fracasso, ou conhecer as regras do jogo que ele havia preparado e participar dele. Levantei lentamente os braços para trás da cabeça e os apoiei no travesseiro, para demonstrar submissão e vulnerabilidade. Ao ver isso, o Homem de Negro soltou meus cabelos e, entrelaçando seus dedos nos meus, pressionou-os contra o travesseiro.

"Assim é bem melhor, pequena", suspirou. "Fico feliz que tenha entendido."

Massimo, cada vez mais rápido e com mais força, empurrava seu imenso pau, que eu sentia chegar até a altura da minha barriga, contra meu quadril.

"Você me quer?", perguntei, levantando um pouquinho a cabeça, passando meu lábio inferior pela sua barba.

Ele gemeu e, antes que eu me desse conta, pôs sua língua em minha boca, empurrando-a frenética e profundamente, ansiosamente procurando a minha. Ele afrouxou o aperto nas minhas mãos, de forma que minha mão direita ficou livre. Ocupado com os beijos, não percebeu que eu fugia do seu abraço.

Levantei o joelho direito e o afastei de mim e, ao mesmo tempo, dei-lhe uma bofetada com a mão livre.

"É esse o respeito que você me garantiu?!", gritei. "Ainda ontem, pelo que me lembro, você teria que esperar a minha clara permissão e não se deixar influenciar por sinais mal interpretados."

O Homem de Negro ficou paralisado, sem se mover, e quando se virou na minha direção, seus olhos estavam calmos e sem expressão.

"Se você me bater mais uma vez..."

"O quê? Vai me matar?", respondi com insolência, antes que terminasse.

Massimo sentou-se aos pés da cama e olhou para mim por um momento. Depois, começou a rir, um riso sonoro e sincero. Parecia um jovem rapaz – eu não tinha ideia de quantos anos ele tinha –, talvez mais novo do que eu.

"Como é que pode você não ser italiana?", perguntou. "Esse não é um temperamento eslavo."

"E quantas eslavas você conhece?"

"Esta aqui já é o suficiente", disse alegre e pulou da cama. Voltou-se para mim e disse com um sorriso: "Vai ser um ano legal, mas vou ter que sair daqui mais rápido, porque estou perdendo a cabeça com você, menina".

Foi até a porta, mas, antes de sair, parou e olhou para mim.

"Trouxeram as suas coisas e elas foram colocadas nos armários. Elas não são exageradas, mas, para quem se preparou para uma viagem de cinco dias, é impressionante a quantidade de roupas que você tem, e de sapatos, ainda mais. Temos de cuidar do seu guarda-roupa, por isso, de tarde, quando eu voltar, vamos comprar umas roupas para você, lingerie e tudo de que você precisar. Este quarto é seu, a não ser que encontre na casa outro que lhe agrade mais, então trocamos. Toda a equipe sabe quem você é. Se precisar de alguma coisa, basta chamar o Domenico. Os carros e os motoristas estão à sua disposição, embora eu prefira que não ande sozinha pela ilha. Vai ter seu guarda-costas, que vai fazer o possível para não tirar os olhos de você. À noite, vou te devolver o telefone e o computador, mas as condições de uso desses aparelhos, isso nós ainda vamos ter de discutir."

Observei-o com os olhos estatelados e fiquei me perguntando o que eu sentia. Não conseguia me concentrar inteiramente, sentindo o cheiro da saliva de Massimo nos meus lábios. A ereção pulsava em sua calça, absorvendo a minha atenção. Inquestionável e indiscutivelmente, o meu torturador me excitava muito. Simplesmente não conseguia responder à minha pergunta, se eu queria subconscientemente me vingar de Martin por sua traição ou se, como de costume, queria provar ao Homem de Negro que eu era durona.

Massimo continuou.

"A mansão tem uma praia particular, jet skis e lanchas, mas, por enquanto, você não pode usá-los. No jardim, há uma piscina, Domenico vai te mostrar tudo, ele vai ser seu assistente pessoal e tradutor, se houver essa necessidade; parte das pessoas na casa não sabe falar inglês. Eu o escolhi porque ele adora moda, que nem você e, além disso, tem mais ou menos a sua idade."

"Quantos anos você tem?", eu o interrompi. Ele largou a maçaneta e se encostou no umbral da porta. "Os chefões da máfia deveriam ser mais velhos, não é?"

Massimo semicerrou os olhos e, sem deixar de me fitar, respondeu:

"Não sou *capo di tutti capi*, eles de fato são mais velhos, sou um *capofamiglia*, ou seja, *don*. Mas essa é uma história muito longa, então, se você se interessa tanto, eu explico tudo mais tarde."

Ele virou e seguiu pelo longo corredor até desaparecer, entrando em alguma das dezenas de portas. Ainda fiquei deitada por alguns minutos, analisando a minha situação. No entanto, esses pensamentos me cansavam, então decidi me dar algum tempo. Pela primeira vez, tive a oportunidade de ver a propriedade à luz do dia. Meu quarto tinha provavelmente uns oitenta metros quadrados e tudo o que uma mulher poderia querer. Por exemplo, um grande closet, como o de *Sex and the City*, só que estava vazio. As coisas que eu levara para a Sicília encheram talvez apenas um centésimo do enorme aposento. As prateleiras de sapatos vazias, convidando para as compras, e as dezenas de gavetas escondiam apenas os forros acetinados para as joias.

Além do closet, eu tinha à minha disposição o banheiro gigante que eu havia usado de noite para tomar uma ducha. Naquela hora, eu estava bastante atordoada para poder prestar atenção aos seus equipamentos. O grande box aberto tinha a função de sauna a vapor e jatos de massagem transversais, parecendo suportes de toalhas com buracos. No toucador com espelho, tive o prazer de descobrir os cosméticos de todas as minhas marcas favoritas: Dior, YSL, Guerlain, Chanel e muitas outras. Na parte superior do lavatório, havia frascos de perfume e entre eles encontrei o *Midnight Rose*, da Lancôme, que eu adorava. Num primeiro momento, me perguntei como ele sabia, mas, é claro, ele sabia de tudo, logo, uma coisa tão prosaica como um perfume, que, *notabene*, poderia ser visto na minha bagagem, não seria nenhum segredo. Tomei uma ducha, longa e quente, lavei os cabelos, que já estavam precisando muito disso, e fui até o closet para escolher alguma coisa confortável para usar. Lá fora fazia trinta graus, então peguei um vestido leve de costas nuas cor de framboesa e sandálias do tipo coturno. Eu pretendia secar os cabelos, mas antes que eu terminasse de me vestir, eles já haviam secado. Então eu os prendi num coque despojado e segui pelo corredor.

A casa parecia um pouco com a mansão do seriado *Dinastia*, só que numa versão italiana. Era enorme e imponente. Andando pelos outros cômodos, descobri outros retratos da mulher das visões de Massimo. Eram muitíssimo bonitos e me mostravam em variados ângulos e poses. Ainda não conseguia compreender como era possível que se lembrasse tão perfeitamente de mim.

Saí para o jardim sem encontrar ninguém no caminho. *Mas que serviço é esse?*, pensei, caminhando pelas alamedas bem cuidadas e projetadas com precisão. Achei a saída para a praia. De fato, havia uma marina onde uma bela lancha branca e vários jet skis estavam atracados. Tirei meus sapatos e entrei no barco. Fiquei surpresa ao descobrir que as chaves estavam ao lado da ignição, e isso me alegrou, e um plano diabólico passou pela minha cabeça, que previa a desobediência às proibições do Homem de Negro. Assim que toquei nas chaves, ouvi uma voz atrás de mim.

"Eu preferiria que a senhora se abstivesse desse passeio hoje."

Virei-me assustada e me deparei com o jovem italiano.

"Domenico! Eu só queria conferir se era a chave certa", disse com um sorriso idiota na cara.

"Posso garantir a você que é, e se a senhora quiser dar uma volta depois, então podemos organizar um passeio após o café da manhã."

Comida! Já nem me lembrava mais de quando fora a última vez que tinha comido. Não sabia quantos dias eu havia passado dormindo; não tinha ideia de qual era o dia nem de que horas eram. Ao pensar em comida, minha barriga "rugiu das profundezas". Ah, eu realmente estava faminta, mas, com todas aquelas emoções pelas quais havia passado ultimamente, tinha me esquecido disso por completo.

Domenico, com um gesto conhecido, mostrou-me a saída do barco, me deu a mão e me levou para o píer.

"Permiti-me preparar o café da manhã no jardim; hoje não está muito quente, então será agradável", disse.

Sim, com certeza, pensei, *trinta graus é quase ameno, então, por que não?*

O jovem italiano me levou pelas alamedas até um enorme terraço nos fundos da mansão. Talvez meu quarto tivesse vista para aquela parte do jardim, já que me parecia surpreendentemente conhecida. No chão de pedras, erguia-se um pavilhão extremamente parecido com os compartimentos do restaurante em que comemos na primeira noite. Tinha suportes de madeira grossa aos quais se prendiam enormes toldos de lona branca para proteger do sol. Sob o teto ondulante, havia uma grande mesa feita com a mesma madeira usada nos suportes e várias poltronas confortáveis com almofadas brancas.

O café da manhã era verdadeiramente régio, então minha fome de súbito se exacerbou. Travessas com queijos, azeitonas, frios maravilhosos, panquecas, frutas, ovos – lá estava tudo que eu amava. Sentei-me à mesa e Domenico sumiu. De certa forma, eu estava acostumada a comer sozinha, mas aquela vista e aquela quantidade de comida pediam uma companhia. Pouco depois, o jovem italiano voltou e colocou jornais diante de mim.

"Pensei que talvez a senhora gostaria de dar uma olhada nas notícias." Virou-se e novamente desapareceu.

Olhei espantada para os jornais poloneses *Rzeczpospolita* e *Wyborcza*, para a versão polonesa da *Vogue* e algumas revistas de fofocas. Logo me senti melhor, podia me informar sobre o que acontecia na Polônia. Ao colocar no prato mais delícias e folhear os jornais, pensei que, durante aquele próximo ano, essa seria a maneira pela qual eu saberia das notícias do meu país.

Ao terminar a refeição, não tinha forças para nada, não estava me sentindo bem. Certamente, comer aquela quantidade de comida depois de alguns dias de jejum não tinha sido a melhor das ideias. Enxerguei ao longe, na orla do jardim, uma espreguiçadeira com almofadas brancas e um baldaquino acima dela. *Aquele será o lugar ideal para esperar passar a indigestão*, pensei, e fui até lá, levando debaixo do braço o restante dos impressos não lidos.

Tirei meus sapatos e entrei no meio fofo do quadrado de madeira, deixando os jornais ao lado. Acomodei-me confortavelmente. A vista era deslumbrante: pequenos barcos no mar ondulavam em ritmo lento. Bem ao longe, uma lancha puxava um enorme paraquedas com um casal preso a ele, a água azul convidava ao mergulho, e as rochas monumentais saindo das profundezas eram uma promessa de vistas maravilhosas para os entusiastas do mergulho. O vento fresco e agradável que soprava do mar e os níveis crescentes de açúcar no meu organismo faziam-me afundar cada vez mais naquele apoio macio.

"Você pretende dormir mais um dia?" O sussurro baixo com sotaque britânico me despertou.

Abri os olhos e Massimo estava sentado à beira da espreguiçadeira, olhando gentilmente para mim.

"Fiquei com saudade", disse ele, segurando minha mão próxima a seus lábios e beijando-a. "Nunca na vida disse isso a ninguém, porque nunca tinha sentido isso. O dia todo fiquei pensando que, finalmente, você estava aqui e que eu deveria voltar."

Ainda parcialmente aturdida pela soneca, espreguicei-me lentamente, tensionando o vestido leve que deixava à mostra parte do meu corpo. O Homem de Negro se levantou e ficou de pé ao lado. Seu olhar de novo se acendeu pelo desejo selvagem e animal.

"Será que você poderia não fazer isso?", perguntou, lançando-me um olhar de advertência. "Se provoca alguém, você deve considerar que a sua atitude pode ser eficaz."

Vendo seu olhar, pulei e fiquei de pé diante dele. Sem sapatos, eu não chegava nem à altura de seu queixo.

"É um costume meu me espreguiçar, é um movimento natural ao despertar, mas, se o incomoda, é claro que não farei mais isso na sua presença", disse fazendo cara de ofendida.

"Acho que você sabe exatamente o que está fazendo, menina", retrucou Massimo, levantando meu queixo com o polegar. "Mas, já que se levantou, então podemos ir. Precisamos comprar algumas coisas para você antes da viagem."

"Viagem? Eu vou para algum lugar?", perguntei, cruzando os braços na altura do peito.

"Certamente, e eu também. Tenho alguns assuntos para resolver no continente e você vai me acompanhar. Enfim, restam-me apenas 359 dias."

Massimo estava nitidamente se divertindo, o seu humor despreocupado logo me afetou. Estávamos frente a frente como dois adolescentes de namorico no recreio da escola. Tensão, medo e desejo fluíam entre nós. Parecia-me que ambos sentíamos as mesmas emoções, com a única diferença de que era bem provável que tínhamos medo de coisas completamente diferentes.

O Homem de Negro estava com as mãos nos bolsos da calça larga e escura, sua camisa meio aberta mostrava os pelos minúsculos do peito. Parecia apetitoso e sensual quando o vento batia em seu cabelo bem penteado. Sacudi novamente a cabeça, eliminando os pensamentos que, na minha opinião, eram inadequados.

"Eu queria conversar um pouco", consegui dizer com calma.

"Eu sei, mas não agora. O jantar é a hora para fazer isso, você terá que esperar. Venha."

Ele me pegou pelo punho, tirou os meus sapatos da grama e foi em direção à casa. Atravessamos um longo corredor e nos encontramos na entrada dos carros. Fiquei de pé na superfície de pedra, como se tivesse criado raízes. A vista conhecida trouxe de volta o horror da noite anterior. Massimo sentiu que o meu punho ficou mole e fraco. Ele me tomou nos braços e me sentou no suv preto que estava estacionado a alguns metros adiante. Eu piscava de nervoso, tentando me manter consciente e me esforçando para me desvencilhar daquele pesadelo que, como um filme recorrente, ficava passando na minha cabeça.

"Se todas as vezes que tentar sair de casa, você tiver essa tendência a perder a consciência, vou mandar que quebrem tudo e mudem toda a entrada de carros", esclareceu com calma, ainda com os dedos em meu pulso e olhando para o relógio. "Seu coração logo vai sair pela boca, então, tente se acalmar, porque se não vou ter que lhe dar remédio novamente, e nós sabemos que, depois dele, você vai querer dormir algumas horas."

Ele me colocou em seu colo, encostou minha cabeça no seu peito, passou os dedos pelos meus cabelos e começou a se balançar leve e ritmicamente.

"Quando eu era pequeno, minha mãe fazia assim. Na maioria das vezes, ajudava", disse com um tom suave, acariciando a minha cabeça.

Ele era cheio de contradições. Um bárbaro sensível – essa era a definição ideal para Massimo. Perigoso, intolerante à contradição, poderoso e, ao mesmo tempo, protetor e terno. A combinação de todas essas características me apavorava, fascinava e intrigava ao mesmo tempo.

Ele disse alguma coisa em italiano para o motorista e apertou um botão do painel ao lado, o que fez com que a vidraça diante de nós se fechasse, garantindo privacidade. O carro partiu e o Homem de Negro não parava de acariciar os meus cabelos. Depois de algum tempo, já estava completamente calma e o meu coração batia rítmica e regularmente.

"Obrigada", sussurrei, saindo do seu colo e me sentando ao seu lado.

Examinou-me cuidadosamente com o olhar, assegurando-se de que eu estava bem.

Querendo fugir de sua mirada penetrante, olhei pela janela e percebi que o tempo todo estávamos subindo. Olhei mais para o alto e vi uma paisagem lindíssima, que se descortinava acima de nós. Parecia-me que já tinha visto aquela cidade nas rochas.

"Onde exatamente estamos?", perguntei.

"A mansão fica nas encostas de Taormina, e nós estamos indo para a cidade. Acho que você vai gostar", disse, sem tirar os olhos do vidro.

Capítulo 4

Giardini Naxos, para onde tinha ido com Martin, ficava a alguns quilômetros de Taormina, e era possível vê-la de praticamente qualquer ponto da cidadezinha. A cidade nas rochas foi um dos pontos do nosso passeio. E se Martin, Michał e Karolina estiverem seguindo os planos? E se cruzarmos com eles? Eu me mexia inquieta no meu lugar, o que não escapou à atenção do Homem de Negro. Como se estivesse lendo meus pensamentos, disse:

"Decolaram ontem da ilha."

Como ele sabia no que eu estava pensando? Fitei-o com ar questionador, mas ele nem me deu atenção.

Quando chegamos ao lugar, o sol começava a se pôr e as ruas de Taormina estavam tomadas por milhares de turistas e moradores. A cidade pulsava com vida, as ruazinhas estreitas e pitorescas eram uma tentação com suas centenas de cafés e restaurantes. As vitrines das lojas caras sorriam para mim. Marcas exclusivas num lugar daqueles, praticamente no fim do mundo? No centro de Varsóvia, procurar butiques que nem aquelas era em vão. O carro parou, o motorista desceu e abriu a porta. O Homem de Negro desceu, me deu a mão e me ajudou a descer do SUV, que era muito alto para mim. Depois de alguns instantes, percebi que mais um carro nos acompanhava, e dele desceram dois homens grandes vestidos de preto. Massimo segurou minha mão e me conduziu para uma das ruas principais. Seu pessoal nos seguia a certa distância, que não deveria chamar muita atenção. Isso parecia bem esquisito – se não queriam chamar muita atenção, deveriam estar usando bermudas e chinelos, e não ternos de coveiros. Só que, com um look praiano, seria difícil esconder uma arma.

A primeira loja que visitamos foi a Roberto Cavalli. Quando cruzamos a entrada, a atendente veio praticamente correndo ao nosso encontro, cumprimentando cordialmente o meu acompanhante e depois a mim. Dos fundos, veio um senhor elegante, que cumprimentou Massimo com dois beijos na face, dizendo-lhe algo em italiano e depois voltando-se para mim.

"*Bella*", disse, segurando minha mão.

Essa era uma das poucas palavras que eu entendia em italiano. Sorri para ele radiante, em agradecimento pelo cumprimento.

"Eu me chamo Antonio e vou ajudá-la na escolha de um guarda-roupa adequado", começou a falar em inglês fluente. "Tamanho 36, certo?", examinou-me com atenção.

"Às vezes 34, depende, como o tamanho do sutiã. Como o senhor pode ver, a natureza não foi generosa comigo", falei, apontando para meus seios com um sorriso.

"Ah, querida!", exclamou Antonio. "Roberto Cavalli adora formas assim. Vamos, deixemos que *don* Massimo descanse e espere pelos resultados."

O Homem de Negro se sentou no sofá de tecido prateado que lembrava cetim. Antes que seu traseiro tocasse as almofadas, já havia uma garrafa de Dom Pérignon ao seu lado, e uma vendedora, se engraçando toda, encheu-lhe a taça. Massimo lançou-me um olhar sensual e depois disso se escondeu atrás do jornal. Antonio levou dezenas de vestidos para o provador, que, um após outro, eu experimentei, beijando a ponta dos dedos como sinal de aprovação. Diante dos meus olhos, passavam apenas as etiquetas com os preços das criações. *Com a pilha que ele separou para mim, daria para comprar tranquilamente um apartamento em Varsóvia*, pensei. Depois de mais de uma hora, escolhi algumas criações, que foram embaladas em caixas lindamente ornamentadas.

Nas outras lojas, foi semelhante: saudações calorosas e eufóricas e compras intermináveis... Prada, Louis Vuitton, Chanel, Louboutin e, por fim, Victoria's Secret.

O Homem de Negro, todas as vezes, se sentava e folheava as revistas, falava ao telefone ou olhava alguma coisa no iPad. Não estava nem um pouco interessado em mim. Por um lado, isso me agradava, por outro, me enervava. Não entendia: naquele dia pela manhã ele não conseguia se separar de mim, agora, quando tem a oportunidade de ficar me observando em cada uma daquelas peças maravilhosas, simplesmente não demonstrava vontade de o fazer.

Definitivamente isso se afastava da minha versão original, como em *Uma linda mulher* – eu, lhe oferecendo as mais variadas personificações sensuais, e ele, no papel de fã excitado.

Victoria's Secret nos saudou em cor-de-rosa, cor que estava literalmente em todos os lugares: nas paredes, nos sofás, nas vendedoras; tinha a sensação de ter caído numa máquina de fazer algodão doce e que, no momento seguinte, vomitaria. O Homem de Negro olhou para mim, tirando o telefone do ouvido.

"Esta é a última loja, não temos mais tempo. Leve isso em consideração nas suas escolhas e necessidades", falou de má vontade e depois se sentou no sofá e voltou a falar ao telefone.

Fiz uma careta e fiquei ali durante algum tempo, olhando para ele com desaprovação. Não era por causa daquela peregrinação louca, porque já estava cansada, mas por causa da forma como ele tinha se dirigido a mim.

"*Signora*", a atendente virou-se para mim e convidou-me para ir ao provador, com um gesto amigável.

Quando entrei no provador, vi uma grande pilha de roupas de banho e conjuntos de *lingerie* já separada.

"A senhora não precisa provar tudo. Peço apenas que prove um conjunto, para ter certeza se o tamanho que escolhi está adequado", disse ela e então desapareceu, deslizando atrás de si a pesada cortina cor-de-rosa.

Para que tantas calcinhas? Acho que não tive tantas durante toda a minha vida. Na poltrona diante de mim havia um monte de tecidos coloridos, a maioria rendado. Espreitei pela cortina e perguntei:

"Quem escolheu isso tudo?"

Ao me ver, ela se levantou de um pulo e se aproximou.

"*Don* Massimo mandou que separássemos exatamente esses modelos do nosso catálogo."

"Entendo", respondi e me escondi atrás da cortina.

Enquanto examinava a pilha, percebi um padrão: renda, renda fina, renda grossa, renda... e talvez um pouco de algodão. "Adorável e muito confortável", grunhi ironicamente. Escolhi um conjunto de renda vermelha combinada com seda e comecei a tirar lentamente o vestido, para provar e não me preocupar mais com as medidas. O sutiã delicado ficou perfeito em meus seios pequenos. Descobri surpresa que, embora não fosse uma versão *push-up*, meu busto parecia realmente tentador nele. Abaixei-me e puxei pelas pernas o caleçon rendado. Quando me endireitei e me olhei no espelho, vi Massimo parado atrás de mim. Estava encostado na parede do provador, com as mãos nos bolsos, me examinando de cima a baixo. Virei-me fulminando-o com um olhar cheio de fúria.

"O que foi?...", consegui colocar para fora, antes que ele me pegasse pelo pescoço e me pressionasse contra o espelho.

Seu corpo ficou contra o meu e ele passou suavemente o polegar pelos meus lábios. Eu fiquei paralisada e seu corpo tenso bloqueava todos os meus movimentos. Parou de brincar com meus lábios e colocou a mão ao redor do meu pescoço. Não apertou com força, não precisava, queria apenas me mostrar que dominava.

"Não se mova", disse ele, penetrando-me com seu olhar impassível e selvagem. Baixou os olhos e gemeu baixinho. "Você está linda", sibilou entre os dentes. "Mas você não pode usar isso, ainda não."

As palavras "não pode" em sua boca eram como um incentivo, uma provocação para fazer exatamente o contrário. Desencostei minha bunda do espelho frio e comecei a dar o primeiro passo lentamente. Massimo não se opôs, afastou-se no ritmo em que eu andava, o tempo todo me segurando a distância, com a mão apertando meu pescoço. Quando tive certeza de que estava tão longe do espelho que ele poderia me ver inteira, olhei para ele. Como eu havia suposto, seu olhar ficou preso no meu reflexo. Ele observava sua presa e eu via sua calça ficando bastante apertada na altura do quadril. Ele respirava alto e o seu peito se elevava num ritmo mais rápido.

"Massimo", eu disse baixinho.

Ele tirou os olhos da minha bunda e olhou-me nos olhos.

"Saia ou eu garanto que você está vendo meu corpo pela primeira e última vez", rosnei, esforçando-me para fazer uma cara ameaçadora.

O Homem de Negro sorriu, encarando minhas palavras como um desafio. Sua mão apertava meu pescoço com força. Seus olhos brilhavam com um desejo violento; ele deu um passo à frente, depois mais um e, de novo, colei meu corpo ao espelho frio. Então ele largou meu pescoço e disse num tom calmo:

"Eu escolhi isso tudo e eu decido quando vou ver." Depois disso, saiu.

Fiquei ali ainda mais um pouco, ao mesmo tempo irada e satisfeita. Aos poucos começava a compreender as regras daquele jogo e a reconhecer os pontos fracos do meu oponente.

Depois que coloquei o vestido, a fúria ainda fazia meu sangue ferver. Peguei a pilha de *lingerie* que tinha sido preparada para mim e, com passo decidido, saí do provador. A vendedora se levantou, mas eu passei por ela indiferente. Vi Massimo sentado no sofá. Aproximei-me e joguei tudo o que tinha nas mãos em cima dele.

"Você mesmo escolheu, então, tome! É tudo seu!", gritei e saí rapidamente da loja.

Os seguranças, que estavam esperando na frente da butique, nem se mexeram quando passei por eles. Apenas olharam para o Homem de Negro e ficaram parados no mesmo lugar. Corri pelas ruazinhas lotadas pensando no que estava fazendo, no que faria e no que aconteceria. Vi uma escadaria entre duas lojas, virei e subi por ela, de novo virei na primeira ruazinha que encontrei e, logo depois, avistei outra escadaria. Eu subia cada vez mais alto, até que me vi a dois quarteirões do local de onde havia fugido. Encostei-me na parede, ofegando pelo esforço. Meus sapatos podiam ser lindos, mas, com certeza, não tinham sido feitos para correr. Olhei para o céu, para um castelo que ficava no topo de Taormina. *Merda, não vou aguentar um ano dessa maneira*, pensei.

"Antigamente aqui era uma fortaleza", escutei. "Você quer correr até lá em cima ou vai poupar os rapazes desse esforço? Eles não têm a mesma condição física que eu."

Virei a cabeça. Massimo estava na escadaria. Via-se que tinha corrido, porque seus cabelos estavam revoltos, mas ele não estava ofegante – ao contrário de mim. Ele se apoiou na parede e, despreocupadamente, colocou a mão no bolso da calça.

"Temos que voltar agora. Se você quer se exercitar, em casa temos uma academia e uma piscina. E se tem vontade de correr uma maratona nas escadas, vai encontrar muitos degraus na mansão."

Eu sabia que não tinha saída e que precisava voltar com ele, mas, pelo menos por um momento, senti que estava fazendo o que eu queria. Massimo estendeu a mão para mim, eu ignorei e desci as escadas, indo até onde estavam os dois homens de terno preto. Passei por eles com cara de reprovação e me aproximei do suv estacionado ali pertinho. Entrei e bati a porta.

Passou-se um momento antes que Massimo se juntasse a mim. Sentou-se no lugar ao lado, com o telefone na orelha e, até que estacionássemos na entrada de carros, ficou conversando. Eu não tinha ideia sobre o que falava, porque ainda compreendia apenas algumas palavras de italiano. Seu tom era calmo e objetivo, escutava muito, falava pouco, e eu não conseguia adivinhar nada apenas observando sua expressão corporal.

Paramos do lado externo da casa, tentei entrar, mas as portas estavam trancadas. O Homem de Negro terminou a conversa, guardou o telefone no bolso interno do paletó e olhou para mim.

"O jantar será servido daqui a uma hora. Domenico vai te buscar."

A porta do carro se abriu e eu vi o jovem italiano, que me estendeu a mão para me ajudar a descer. Dei-lhe a mão com ostentação, sorrindo radiante para ele. Atravessei o lugar até a casa, sem olhar para onde tinha sido, na noite anterior, o maior pesadelo. Domenico seguia atrás de mim.

"À direita", disse baixinho, quando virei para o lado errado da porta.

Olhei para ele e agradeci a indicação. Depois de um momento, entrei no meu quarto.

O jovem italiano continuava na entrada, como se esperasse permissão para entrar.

"Logo trarão todas as coisas compradas hoje. A senhora precisa de mais alguma coisa?", perguntou.

"Sim, eu beberia alguma coisa antes do jantar. Talvez não me seja permitido..."

Ele sorriu e, inclinando a cabeça em sinal de aprovação, saiu na escuridão do corredor.

Entrei no banheiro, tirei o vestido e fechei a porta. Fiquei embaixo do chuveiro e abri a água gelada. Mal consegui inspirar o ar, estava gelada de verdade, mas, após alguns momentos, tornou-se agradável. Eu precisava relaxar. Quando a corrente de água fria arrefeceu as emoções, mudei um pouco a sua temperatura. Lavei os cabelos, usei um condicionador e sentei-me contra a parede. A água estava agradavelmente morna, escorria pelo vidro e agia em mim como um bálsamo. Tirei um momento para avaliar a situação que tinha ocorrido naquele dia pela manhã e, depois, o que acontecera na loja. Estava confusa. Massimo era tão complicado, o tempo todo, imprevisível. Lentamente me ocorreu que, se eu não me adequasse à situação e não começasse a viver de maneira normal, isso me esgotaria.

Então, tudo ficou mais claro para mim. Na verdade, não tinha contra o que lutar nem do que fugir. Em Varsóvia, nada mais me esperava, eu não perdera nada, pois o que eu tinha acabara. Agora só me restava participar da aventura que o destino havia preparado para mim.

"Laura", disse a mim mesma, "é hora de se conciliar com essa situação", e, depois disso, me levantei do chão.

Enxaguei os cabelos e os enrolei na toalha, pus o roupão e saí do banheiro.

Dezenas de caixas enchiam o quarto e, ao vê-las, fui tomada pela alegria. Antes, eu faria loucuras para poder fazer compras daquele jeito e agora minha intenção era desfrutá-las. Eu tinha um plano.

Procurei as sacolas com a logomarca da Victoria's Secret, esmiucei por entre todos aqueles conjuntos e achei o vermelho de renda. De uma das caixas lacradas, tirei um vestido preto curto e transparente. Da outra, uns sapatos Louboutin de salto agulha que combinavam com tudo. Sim, aquele era um conjunto ao qual Massimo não sobreviveria. Fui para a penteadeira no banheiro, pegando no caminho a garrafa de champanhe, que estava na mesinha perto da lareira. Tomei uma taça, esvaziando-a de uma só vez – eu precisava de coragem. Tomei mais uma, sentei-me na frente do espelho e peguei os cosméticos.

Quando terminei, meus olhos estavam fortemente delineados, a pele, perfeitamente coberta com base e meus lábios brilhavam com um batom nude da Chanel. Sequei os cabelos, ondulei-os um pouco e os prendi num coque alto.

Do quarto, chegou-me a voz de Domenico.

"Dona Laura, o jantar está à espera."

Colocando a *lingerie*, gritei pela porta aberta:

"Dois minutos e já estarei pronta."

Pus o vestido, enfiei os pés nos sapatos salto agulha tremendamente altos e passei uma farta quantidade do meu perfume predileto. Fiquei diante do espelho e balancei a cabeça com satisfação. Estava divina, o vestido me servia perfeitamente e a renda vermelha visível através dele combinava de modo ideal com o solado vermelho dos sapatos. Estava elegante e provocante. Tomei a terceira taça do líquido rosado. Estava pronta e já um pouco embriagada.

Quando saí do banheiro, Domenico arregalou os olhos quando me viu.

"A senhora está..." Interrompeu-se, procurando as palavras certas.

"Eu sei, obrigada", respondi e sorri fugazmente.

"Esses saltos são divinos", acrescentou, quase num sussurro, e deu-me o braço. Tomei-o e me deixei conduzir pelo corredor.

Saímos para o terraço, em que, pela manhã, eu tinha tomado o café. O caramanchão com teto de lonas estava iluminado por centenas de velas. Massimo estava de costas para a casa, olhando ao longe. Larguei a mão do jovem italiano.

"Daqui sigo sozinha."

Domenico saiu e eu, em passo decidido, fui em direção ao Homem de Negro.

Ao ouvir os saltos batendo no chão de pedra, ele se virou. Estava usando uma calça de linho cinza e um suéter leve da mesma cor, com as mangas arregaçadas. Ele se aproximou da mesa e pôs lá a taça que segurava. Observava cada um dos meus passos enquanto eu me aproximava dele, medindo-me com o olhar. Quando parei à sua frente, apoiou-se na mesa e abriu ligeiramente as pernas. Fiquei entre elas, sem tirar meus olhos dos dele. Ele estava pegando fogo, e mesmo que eu fosse cega, teria sentido seu desejo pulsando através da pele.

"Você vai me servir uma bebida?", perguntei baixinho, mordiscando o lábio inferior.

Massimo se endireitou, como se quisesse me mostrar que, mesmo de saltos, eu ainda era muitíssimo mais baixa que ele.

"Você está ciente", começou num sussurro, "de que, se você ficar me provocando, eu não vou me controlar?".

Encostei a mão em seu peito rígido e o empurrei delicadamente, dando-lhe um sinal claro de que era para sentar-se. Massimo não resistiu e fez o que eu queria. Olhou com curiosidade e paixão para meu rosto, meu vestido, meus sapatos e, acima de tudo, para a renda vermelha que definitivamente se destacava.

Fiquei muito perto dele, para que não deixasse de sentir meu perfume. Trancei minha mão direita em seus cabelos e puxei sua cabeça gentilmente para baixo. Ele se entregou àquilo, sem tirar os olhos de mim. Aproximei a boca de seus lábios e perguntei-lhe de novo calmamente:

"Vai me servir ou devo fazer isso sozinha?"

Depois de um instante de silêncio, larguei seus cabelos, me aproximei do balde e enchi uma taça. O Homem de Negro ainda estava sentado, apoiado na mesa, apreciando-me com o olhar, e sua boca tinha a forma de algo parecido com um sorriso. Sentei-me à mesa, divertindo-me com a haste da taça.

"Vamos comer?", perguntei, lançando-lhe um olhar entediado.

Ele se levantou, foi até mim e pousou as mãos nos meus ombros. Inclinou--se, inspirou profundamente o ar e cochichou:

"Você está maravilhosa." Tocou de leve a minha orelha com a ponta da língua. "Não me lembro de alguma outra mulher ter mexido assim comigo." Seus dentes passearam suavemente pela pele do meu pescoço.

Senti um arrepio pelo corpo, que começou entre as pernas.

"Estou com vontade de colocar você de bruços na mesa, levantar esse vestido curto e, sem tirar a calcinha, meter em você."

Inspirei profundamente, sentindo a excitação crescente em mim. Ele continuou.

"Senti seu perfume desde quando você estava na entrada da casa. Queria tirá-lo de você lambendo seu corpo." Dizendo isso, começou a apertar os meus ombros com força e ritmo. "Só existe um lugar no seu corpo onde, na certa, não dá para senti-lo. É onde eu mais gostaria de estar agora."

Ele interrompeu seu discurso sensual e começou novamente a me beijar com meiguice o pescoço. Não me opus, apenas inclinei a cabeça para o lado para que ficasse mais fácil para ele. Sua mão escorregou devagar pelo decote, para um pouco depois pressionar meus peitos. Gemi.

"Você sabe que me deseja, Laura."

Senti suas mãos e boca se afastarem.

"Lembre-se de que é o meu jogo, então, sou eu que estabeleço as regras." Beijou-me no rosto e sentou-se na cadeira ao lado.

Triunfou, nós dois sabíamos disso, o que não mudou o fato de que, pela segunda vez, sua calça ficou definitivamente muito pequena.

Fingi que toda a situação não tinha me abalado, mas aquilo somente fez com que a minha companhia naquela noite se divertisse. Sentou-se, entretido com a taça de champanhe, com um sorriso travesso no rosto.

Domenico apareceu na porta, para logo depois sumir. Um instante depois, dois jovens nos serviram as entradas. O carpaccio com polvo estava delicioso e suave, e cada prato servido era melhor que o outro. Comemos em silêncio, de vez em quando olhando um para o outro. Depois da sobremesa, afastei a poltrona da mesa, peguei uma taça do vinho rosé e com a voz decidida comecei:

"*Cosa nostra.*"

Massimo me lançou um olhar de advertência.

"Pelo que sei, não existe, não é verdade?"

Ele começou a rir zombeteiro e perguntou em voz baixa:

"E o que mais você sabe, pequena?"

Desorientada, comecei a girar a taça nos dedos.

"Ora, *O poderoso chefão*, acho que todos viram. E eu me pergunto o quanto daquilo é verdade em relação a vocês."

"A nós?", perguntou admirado. "Em relação a mim não há nada disso. Quanto ao resto, não tenho ideia."

Ele estava me sacaneando. Eu sentia isso e então perguntei diretamente:

"No que você trabalha?"

"Faço negócios."

"Massimo", eu não me dava por vencida, "estou perguntando seriamente. Você espera que eu o obedeça durante um ano e que me declare a você nesse prazo e não pensa que eu deva saber no que estou me metendo?!".

Seu semblante ficou sério. Cravou em mim seu olhar gélido.

"Você tem direito de esperar um esclarecimento, e eu vou dá-lo, à medida que seja necessário." Bebeu um gole de vinho. "Depois que meus pais morreram, eu me tornei o chefe da família, por isso as pessoas me chamam de *don*. Tenho algumas empresas, clubes, restaurantes e hotéis – como uma corporação, da qual sou o presidente. Todo o resto faz parte de um negócio maior. Se você quiser uma descrição completa, vai tê-la, mas eu creio que um conhecimento detalhado seria desnecessário e perigoso." Ele então me fitou com um olhar furioso e sério. "Não sei do que você ainda necessita saber. Você quer saber se tenho meu próprio *consigliere?* Sim, tenho, acho que em breve você o conhecerá. Em relação às perguntas: se tenho uma arma, se sou perigoso e se resolvo sozinho os meus problemas, você já sabe a resposta pelo que aconteceu na outra noite. Não sei o que você ainda quer saber. Pergunte."

Na minha cabeça, enrolaram-se um milhão de pensamentos, mas eu não precisava mesmo saber de mais nada. Já fazia algum tempo que a situação estava clara. Para dizer a verdade, desde a noite anterior, eu já sabia de tudo.

"Quando você vai me devolver o telefone e o computador?"

O Homem de Negro virou calmamente sua cadeira e cruzou as pernas.

"Quando você quiser, pequena. Mas precisamos combinar o que você vai dizer para as pessoas com quem quer entrar em contato."

Inalei o ar para dizer algo, mas ele levantou a mão, não permitindo que eu continuasse.

"Antes que me interrompa, vou lhe dizer como vai ser. Você vai ligar para seus pais, e se for mesmo necessário, poderá pegar um avião para a Polônia."

A essas palavras, meus olhos brilharam e a alegria se estampou em meu rosto.

"Você vai dizer-lhes que recebeu uma proposta muito lucrativa de trabalho num hotel na Sicília e que tem intenção de aproveitar a oportunidade. O contrato inclui um ano de período de experiência. Graças a isso, você não precisa mentir para as pessoas queridas quando quiser entrar em contato com elas. Todas as suas coisas foram retiradas do apartamento de Martin antes mesmo de ele voltar para Varsóvia. Amanhã já deverão estar aqui na ilha. Dou o assunto com esse sujeito como encerrado. Não quero que você tenha ainda alguma coisa a ver com ele.

Olhei para ele com ar indagador.

"Se não me fiz claro, posso especificar: eu proíbo que você tenha qualquer tipo de contato com esse sujeito", disse com firmeza. "Algo mais?"

Por um momento, fiquei em silêncio. Ele pensou em tudo com perfeição, a situação tinha sido bem planejada e era lógica.

"Não, tudo bem. E se eu precisar visitar minha família?", continuei. "O que vai acontecer então?"

Massimo franziu a testa.

"Ora... Então vou conhecer de perto o seu lindo país." Deu uma risada, bebendo antes um outro gole de vinho.

Já estou até vendo: o chefe de uma família mafiosa aparecendo em Varsóvia.

"Eu tenho o direito de não concordar com você?", perguntei cautelosa.

"Infelizmente, isso não é uma proposta, apenas a descrição de uma situação que vai acontecer." Ele se inclinou em minha direção. "Laura, você é tão esperta, será que ainda não percebeu que eu sempre consigo o que quero?"

Estremeci, relembrando os acontecimentos do dia.

"Pelo que eu saiba, *don* Massimo, nem sempre." Olhei para a lingerie rendada visível por baixo do meu vestido e mordisquei o lábio.

Levantei-me lentamente da poltrona. O Homem de Negro observava cada um dos meus movimentos. Tirei os maravilhosos sapatos de salto agulha e solas vermelhas e corri em direção ao jardim. A grama estava úmida e o ar tinha gosto de sal. Eu sabia que ele não resistiria à tentação e que me seguiria. Passado algum tempo, isso aconteceu. Caminhei na escuridão, vendo ao longe apenas as luzes do barco se balançando no mar. Parei quando cheguei à espreguiçadeira quadrada com baldaquino, na qual eu tinha tirado uma soneca durante o dia.

"Você se sente bem aqui, não é verdade?", Massimo perguntou em pé ao meu lado.

De fato, ele tinha razão, ali eu não me sentia uma estranha ou recém--chegada. Eu tinha a sensação de que sempre estivera ali. Além disso, que mulher não gostaria de se ver numa bela *villa*, sendo servida e com todos os confortos?

"Aos poucos estou aceitando a situação, me acostumando. Já que sei que não tenho saída", retruquei, bebendo um gole da taça.

O Homem de Negro tirou-a da minha mão e a jogou no gramado. Pegou--me e me colocou com suavidade sobre as almofadas brancas. Minha respiração se acelerou, porque eu sabia que poderia esperar qualquer coisa. Passou uma das pernas sobre mim e, de novo, estávamos deitados como na manhã daquele dia. A diferença era que antes eu tinha medo e, nesse momento, as únicas coisas que eu sentia eram curiosidade e excitação. Talvez fosse culpa da bebida alcoólica, ou talvez eu tenha aceitado a situação e tudo tenha ficado mais simples.

O Homem de Negro, com as mãos na minha cabeça, inclinou-se sobre mim.

"Eu gostaria...", sussurrou, cutucando meus lábios com seu nariz, "que me ensinasse a ser delicado com você."

Fiquei paralisada. Um homem tão perigoso, forte e poderoso me pedia permissão, afeto e amor.

Levei minhas mãos até seu rosto e coloquei-as sobre suas bochechas. Fiquei assim por um momento para poder observar seus olhos escuros e calmos. Com um gesto suave, eu o puxei para mim. Quando nossas bocas se encontraram, Massimo atacou-me com força e desejo, abrindo minha boca cada vez mais. Nossas línguas se retorciam ritmicamente. Seu corpo caiu sobre o meu e ele entrelaçou seus braços em volta dos meus ombros. Sem dúvida, havia a sensação de que ambos nos desejávamos, nossas línguas e lábios fodiam-se com força e avidamente, mostrando que o nosso temperamento sexual era quase idêntico.

Passado algum tempo, quando a adrenalina baixou e eu arrefeci um pouco, percebi o que estava fazendo.

"Espere, pare", eu disse, empurrando-o para longe.

O Homem de Negro não tinha a intenção de parar. Segurou-me com força pelos punhos, os quais eu agitava, e os pressionou contra o colchão branco. Elevou meus braços e os pegou com uma só mão. Com a outra, vagava ao longo das minhas coxas, para cima, subindo, até que encontrou a calcinha de renda. Agarrou-a, afastando a sua boca da minha. A luz pálida do longínquo farol iluminava minha face aterrorizada. Não lutei com ele, não tinha mesmo chance. Fiquei deitada, calma, e lágrimas rolavam pelo meu rosto. Ao ver isso, ele soltou minhas mãos, levantou-se e sentou, apoiando os pés na grama molhada.

"Menina...", cochichou com dificuldade, "quando durante toda a vida você só conhece a violência e tem que lutar por tudo, é difícil reagir de forma diferente quando alguém lhe tira o prazer que você deseja."

Levantou-se e passou as mãos pelos cabelos, e eu nem me mexi, ainda estava deitada de costas, imóvel. Estava com raiva e, ao mesmo tempo, com pena de Massimo. Tinha a impressão de que ele não era um daqueles homens que torturam as mulheres e as tomam à força. Para ele, uma atitude assim era normal. Um contato forte, como eu chamaria, era para ele tão óbvio quanto um aperto de mão. Provavelmente ele também nunca tinha se preocupado com ninguém, nem teve de se esforçar pelos sentimentos de ninguém, ou cuidar deles. Agora ele queria impor a reciprocidade para uma mulher, e a única maneira de fazer isso era à força.

Fomos arrancados daquele silêncio aterrador pelo barulho do celular vibrando no bolso de sua calça. O Homem de Negro puxou o telefone, deu uma olhada no visor e atendeu. Enquanto ele falava, enxuguei os olhos e me levantei da espreguiçadeira. Caminhei calmamente em direção à casa. Estava cansada, um pouco bêbada e completamente desorientada. Levei uns instantes para chegar ao quarto e, exausta, caí na cama. Nem sei que horas adormeci.

Capítulo 5

Acordei quando já estava claro. Senti uma mão pesada na minha cintura. Ao meu lado, Massimo dormia encolhido, abraçado ao meu corpo.

Seus cabelos cobriam o rosto e a boca estava levemente aberta. Ele inspirava devagar e regularmente, e seu corpo bronzeado, com as mesmas roupas que usava na manhã anterior, contrastava excepcionalmente com a roupa de cama branca. *Meu Deus, como ele é gostoso*, pensei, lambendo os lábios e inspirando o cheiro da sua pele.

Está tudo uma maravilha, mas o que ele está fazendo aqui?, pensei. Temia me mexer e acordá-lo, e eu precisava ir ao banheiro. Comecei a sair de debaixo de sua mão e me levantar com suavidade. O Homem de Negro inspirou uma grande quantidade de ar e virou-se de costas; ainda dormia. Levantei-me da cama e fui para o banheiro. Quando estava diante do espelho, até fiz uma careta quando me vi. Não tinha tirado a maquiagem antes de dormir e agora parecia usar a máscara do Zorro. O meu vestido justo estava todo torcido e o meu coque gracioso parecia um ninho de passarinho.

"Que lindeza!", sibilei entre os dentes e comecei a limpar as manchas negras em volta dos olhos com algodão. Quando terminei, tirei a roupa e entrei no box. Abri a água e molhei o sabonete na palma da mão. Nesse momento, a porta se abriu e o Homem de Negro estava lá. Olhava para mim sem qualquer embaraço, nem o menor resquício.

"Bom dia, pequena, posso me juntar a você?", perguntou, esfregando os olhos de sono e sorrindo alegremente. No primeiro momento, quis me aproximar dele, dar-lhe uns tantos tapas e pô-lo para fora do banheiro. Mas pela experiência que tinha adquirido nos últimos dias, sabia que não iria funcionar, e que sua reação seria violenta e não muito agradável para mim. Por isso respondi sem emoção, espalhando sabão no corpo:

"Claro, venha."

Massimo parou de esfregar os olhos, piscou e ficou parado como se estivesse pregado ao chão. Talvez não tivesse certeza do que tinha escutado, mas, com certeza, não estava preparado para aquilo.

Eu não podia mudar o fato de que ele tinha entrado ali e me visto nua, mas, pelo menos, eu poderia vê-lo sem roupa.

Massimo se aproximou devagar do box do chuveiro, que, na verdade, deveria se chamar sala do chuveiro. Pegou a camisa por trás e a puxou pela cabeça. Eu estava encostada à parede, passando vagarosamente outra porção do sabonete líquido no corpo. Não tirei os olhos de Massimo, e ele passava os olhos por mim. Fiquei assim tanto tempo, observando-o, que só depois percebi que estava ensaboando apenas os meus seios e que já estava fazendo isso havia muito tempo.

"Antes que eu tire a calça, quero te avisar que sou um cara saudável, que é de manhã e você está nua, então..." Nesse momento ele parou de falar e encolheu os ombros de modo casual, curvando os lábios num sorriso astuto.

Ao ouvir essas palavras, meu coração veio à garganta. Dei graças a Deus de estar no chuveiro, pois aquela informação, em um segundo, me deixou molhada. *Quando tinha sido a última vez em que tinha feito sexo?*, pensei. Martin tratava o assunto como uma obrigação esporádica, portanto, fazia algumas semanas que eu desconhecia o prazer que outra pessoa poderia me dar, e me virava sozinha. Além disso tudo, a minha ovulação estava para começar e os hormônios alvoroçavam a minha libido. "Mas que tortura", murmurei baixinho e, virando-me para o chuveiro, abri a torneira para que a água ficasse gelada.

Eu estava excitada porque, em instantes, poderia vê-lo em toda a sua grandeza. Contraía os dedos dos pés e os músculos das minhas costas se tensionavam involuntariamente. Para o meu próprio bem e segurança, fechei os olhos e entrei debaixo da água gelada, fingindo que enxaguava o sabonete da pele. Infelizmente, a temperatura dessa vez não estava ajudando e a água me parecia apenas morna.

Massimo entrou no box e abriu o chuveiro que havia ao lado. No total, num espaço separado atrás do vidro, havia quatro duchas e um enorme painel de hidromassagem que parecia um aquecedor de banheiro com furinhos.

"Hoje nós vamos viajar", o Homem de Negro começou calmamente. "Não será apenas por alguns dias, talvez seja por duas semanas, mas isso ainda não sei. Vamos visitar algumas empresas oficiais, então, quando estiver fazendo as malas, leve isso em conta. Domenico se encarregará de tudo, você apenas precisa mostrar o que vai levar."

Eu ouvia o que ele dizia, mas não o escutava. Tentava não abrir os olhos por nada, mas a curiosidade era maior. Abri e vi Massimo se apoiando na parede, com braços estendidos, deixando que a água escorresse por seu corpo. A visão era impressionante – suas pernas nuas e esguias se encontravam com uma bunda lindamente esculpida, e seu tanquinho era testemunha da enorme quantidade de exercícios que ele havia feito cuidando da forma. Naquele momento, meu olhar parou de vaguear, concentrando-se em um ponto. Eu vi a imagem que mais temia. Seu pau lindo, uniforme e extremamente grosso se projetava como a vela fincada no bolo que ganhei do hotel no meu aniversário. Era perfeito, o ideal, não muito comprido, mas quase tão grosso quanto meu pulso, simplesmente magnífico. Fiquei assim, debaixo da água gelada que caía do chuveiro, e engolindo em seco. Os olhos de Massimo ainda estavam fechados e seu rosto estava virado para as gotas que caíam. Ele virava a cabeça suavemente de um lado para o outro para deixar a água correr por seu cabelo.

Dobrou os braços antes esticados e se apoiou com os cotovelos na parede, de forma que sua cabeça saiu da corrente de água.

"Você quer alguma coisa de mim ou só está olhando?", perguntou com os olhos ainda fechados.

Meu coração batia violentamente e eu não conseguia tirar os olhos dele. Amaldiçoei o momento em que permiti que ele entrasse naquele maldito banho – embora, provavelmente, o fato de eu me opor não mudaria nada. Ele estava de frente para mim e todas as minhas células desejavam tocá-lo. Passei a língua pelos lábios ao pensar que poderia tê-lo dentro da boca.

Diante dos meus olhos, estava a fantasia de ficar por trás dele, com a água escorrendo pelo corpo todo, e segurar seu pau. E devagar apertá-lo, e então ele gemer, encorajado pelo meu toque. Depois, virá-lo e encostá-lo à parede, me aproximar dele sem tirar os olhos de seu pau duro. Então, lamber sem pressa seus mamilos e passar a mão por todo o pau dele. Aí, sentir como ficaria cada vez mais duro e como seus quadris avançariam ao encontro dos meus movimentos...

"Seu olhar, Laura, mostra que você não está pensando nas roupas que deve levar."

Sacudi a cabeça como se tivesse acabado de acordar e quisesse afastar um sonho. O Homem de Negro estava de pé na mesma posição, com os cotovelos encostados à parede, com a diferença de que, agora, ele olhava para mim com um ar divertido. Entrei em pânico. Eu não estava em condições de retaliar, porque naquele momento eu só pensava em fazer um boquete em Massimo. O meu pânico o atraiu como atrai o predador de um animal ferido.

Massimo veio em minha direção e eu me esforçava, de todas as maneiras, para olhá-lo nos olhos. A distância até mim era de uns três passos, o que decididamente me alegrou, já que, graças a isso, o objeto do meu interesse logo sumiria do meu campo de visão. Infelizmente, meu alívio não durou muito, uma vez que, no momento em que ficou à minha frente, seu pau ainda ereto encostava de leve na minha barriga. Eu me afastei e Massimo foi atrás de mim. Para cada dois passos meus, ele dava um, o que bastou para que estivesse bem perto de novo. Apesar de o box ser gigante, eu sabia que, a qualquer momento, nos faltaria espaço. Quando encostei na parede, o Homem de Negro colou em mim o seu corpo.

"O que você estava pensando enquanto olhava para ele?", perguntou, inclinando-se sobre mim. "Quer tocá-lo, porque, por enquanto, é ele que está te tocando..."

Eu não conseguia dizer nada. Abria a boca, mas nenhum som saía. Sentia-me impotente, aturdida e tomada pelo desejo, e ele se esfregava em mim e, cada vez mais forte, pressionava a minha barriga. A pressão foi ficando rítmica, com movimentos pulsantes. Massimo gemia e encostou a testa na parede atrás de mim.

"Vou fazer isso com a sua ajuda ou sem", cochichou acima da minha cabeça.

Eu não conseguia mais me segurar e peguei com as mãos as nádegas rígidas do Homem de Negro. Quando enterrei as unhas nelas, um gemido baixo saiu de sua garganta. Com um movimento firme, voltei-me e o encostei à parede. Seus braços estavam inertes, e seu olhar, cravado em mim, brilhava de desejo. Eu sabia que, se não o interrompesse naquela hora, no instante seguinte eu não poderia mais controlar a situação e aconteceria o que não deveria acontecer.

Virei-me e com rapidez andei pelo box e pelo banheiro. Apanhei o roupão pendurado ao lado da porta e, cruzando a soleira, rapidamente o vesti. Caminhei de modo ligeiro pelo corredor, apesar de não ouvir passos atrás de mim. Só parei quando passei pelo jardim, as escadarias e cheguei ao píer. Ofegando pesadamente, corri para o convés da lancha e caí num dos sofás.

Analisei a situação, tentando recuperar o ar, mas as imagens na minha cabeça não formavam um pensamento lógico. Via diante dos olhos o filme recorrente do maravilhoso e ereto pau de Massimo. Eu quase podia sentir seu gosto na minha boca e, nas mãos, o toque de sua pele delicada.

Não sei quanto tempo passei olhando fixamente para a água, mas, por fim, senti que poderia me levantar e voltar para a mansão.

Quando abri cuidadosamente a porta do meu quarto, encontrei Domenico lá dentro com uma enorme mala L.V. aberta.

"Onde está *don* Massimo?", perguntei quase num sussurro, com a cabeça entre a porta e o umbral.

O jovem italiano levantou os olhos para mim e sorriu.

"Creio que na biblioteca. A senhora quer ir até lá? Agora ele está falando com seu *consigliere*, mas eu recebi uma recomendação de levá-la até *don* Massimo a qualquer momento que a senhora sentir necessidade."

Entrei e fechei a porta.

"Ah, de jeito nenhum", respondi acenando as mãos. "Mandaram que você fizesse minhas malas?"

Domenico continuou a abrir malas.

"Daqui a uma hora vocês devem viajar, então talvez a senhora precise de ajuda, mas talvez a senhora não queira..."

"Pare de me chamar de senhora, isso me irrita, e, além disso, acho que temos a mesma idade, então, não precisamos ficar de palhaçada."

Domenico sorriu e inclinou a cabeça, sinalizando que aceitava a minha sugestão.

"E será que você pode me dizer para onde iremos?", perguntei.

"Para Nápoles, Roma e Veneza", respondeu. "Depois, para a Costa Azul."

Abri os olhos admirada. Durante toda a minha vida, eu não tinha visitado tantos lugares quantos Massimo planejava me levar nos próximos dias.

"Você conhece o motivo por trás de cada uma dessas visitas?", perguntei. "Gostaria de saber o que devo levar."

Domenico parou de abrir malas e foi ao closet.

"Basicamente, sim, mas não deveria dizer a você. *Don* Massimo vai esclarecer tudo, eu vou apenas ajudá-la a pôr nas malas os trajes adequados, não se preocupe." Piscou-me o olho significativamente. "A moda é o meu hobby."

"Se é assim, confio em você 100%. E já que tenho menos de uma hora para me arrumar, gostaria de começar agora."

Domenico inclinou a cabeça e sumiu nas profundezas do closet incrivelmente grande.

Entrei no banheiro, onde ainda podia sentir o aroma do desejo. Me deu até um aperto no estômago. *Eu não vou aguentar*, pensei. Voltei para o quarto, atravessei-o, entrei no closet e me dirigi a Domenico:

"As coisas da minha casa em Varsóvia já chegaram?"

O homem abriu um dos imensos armários e apontou as caixas.

"Claro, mas *don* Massimo disse para não mexer nelas."

Perfeito, pensei. "Você poderia me deixar um momento sozinha?"

Antes que conseguisse me virar para vê-lo, Domenico já tinha saído do quarto.

Corri para fuçar as caixas em busca da única coisa que me interessava – meu parceiro cor-de-rosa de três cabecinhas. Depois de uns quinze minutos vasculhando dezenas de caixas, por fim ele estava nas minhas mãos e respirei aliviada. Escondi-o no bolso do roupão e corri para o banheiro.

Domenico estava na sacada, esperando um sinal meu. Passando pelo quarto, fiz um sinal com a cabeça e ele voltou para o lugar que eu rapidamente deixara.

Puxei o cor-de-rosa do bolso e lavei-o cuidadosamente. Gemi só de vê--lo – naquele momento, era o meu melhor amigo. Olhei ao redor do banheiro, procurando um lugar confortável. Eu gostava de me masturbar deitada, confortavelmente, não sabia como fazer aquilo na correria nem em posições de equilibrista. O ideal seria o quarto, mas a presença do meu assistente me distrairia. No canto do banheiro, ao lado da penteadeira, havia um moderno divã de couro branco. *Não será o lugar mais confortável, mas fazer o quê?!*, pensei. Estava tão desesperada que, se demorasse mais um segundo, me deitaria no chão mesmo.

A *chaise longue* era incrivelmente macia e se ajustava perfeitamente ao meu corpo. Desamarrei o cinto do roupão, que caiu dos dois lados do meu corpo. Deitei-me nua e desejosa de um orgasmo. Lambi dois dedos e os enfiei em mim para reduzir o atrito. Descobri, surpresa, que estava tão molhada que isso era completamente desnecessário. Liguei o vibrador e introduzi devagar a cabeça maior em mim. À medida que sua parte mais grossa afundava cada vez mais, a segunda terminação, em forma de coelhinho, entrava na parte de trás. Um arrepio atravessou o meu corpo e eu sabia que não precisaria de muito tempo para me satisfazer. A terceira parte do meu amigo de borracha vibrava até não poder mais, e cuidava do meu clitóris inchado. Fechei os olhos. Na minha cabeça, só havia uma visão e era só o que queria ver naquela hora – Massimo de pé, debaixo da ducha, com o seu belo pau nas mãos.

O primeiro orgasmo veio em poucos segundos e os outros vieram em ondas, num intervalo de no máximo trinta segundos. Depois de alguns minutos, eu estava tão exausta que foi com dificuldade que tirei o cor-de-rosa de dentro de mim e baixei as pernas.

Trinta minutos depois, estava na frente do espelho guardando meus cosméticos numa das bolsas de couro. Olhei para meu reflexo; não lembrava em nada a mulher que era uma semana antes. Minha pele estava bronzeada, eu tinha aparência saudável e revigorada. Estava com meus cabelos presos num coque achatado, meus olhos levemente maquiados e a boca nitidamente desenhada com um batom escuro. Para a viagem, Domenico escolheu para mim um conjunto branco Chanel. A calça pantalona leve na cor off-white, de seda pura semitransparente, praticamente se fundia com a blusa delicada de alças largas e excelente caimento. O conjunto era complementado por sapatos Prada salto agulha com bico fino.

"A sua bagagem já está arrumada", disse Domenico, entregando-me minha bolsa.

"Agora eu gostaria de ver o Massimo."

"Ele ainda não terminou a reunião, mas..."

"Então, logo vai terminar", disse, e fui até ele, saindo do quarto.

A biblioteca era um dos aposentos de cuja localização me lembrava. Fui pelo corredor e o ruído do meu salto batendo no chão se disseminava pelo piso de pedra. Quando cheguei à porta, respirei fundo e segurei na maçaneta. Enquanto entrava, um arrepio perpassou as minhas costas. Não tinha estado ali desde a minha primeira conversa com o Homem de Negro, logo depois de despertar daquele coma que tinha durado alguns dias.

Massimo estava sentado no sofá. Vestia um terno claro de linho e tinha a camisa desabotoada. A seu lado, numa poltrona, estava um belo homem grisalho, sem dúvida, mais velho que seu interlocutor. *Um italiano típico*, pensei, os cabelos penteados para trás e a barba muito bem cuidada. Ambos se levantaram quando me viram. O primeiro olhar que o Homem de Negro me deu foi gélido, como se estivesse me castigando por interromper a reunião. Mas quando seus olhos varreram toda a minha silhueta, suavizaram-se, se é que assim se podia dizer. Disse algo para o homem sem tirar os olhos de mim e veio em minha direção. Aproximou-se, inclinou-se e me beijou a face.

"Viu? Tive que me virar sozinho, sem você", disse, antes de me beijar.

"Eu também me virei sozinha", acrescentei baixinho, quando seus lábios se afastaram.

Essas palavras o deixaram imobilizado por alguns momentos. Penetrou-me com os olhos cheios de desejo e fúria. Pegou-me pela mão e me levou até seu interlocutor.

"Laura, quero que você conheça Mario, meu braço direito."

Aproximei-me do homem para lhe apertar a mão, mas ele me pegou com delicadeza pelos ombros e me beijou nas duas bochechas. Eu ainda não estava acostumada com esse gesto. No meu país, só cumprimentamos assim as pessoas mais próximas.

"*Consigliere*", falei com um sorriso.

"Apenas Mario." O homem mais velho sorriu suavemente. "Muito prazer em, finalmente, vê-la com vida."

Essas palavras me derrubaram. Como assim: com vida? Por acaso esperava que eu não vivesse o suficiente para poder me encontrar? Acho que meu rosto denunciou o meu terror, porque Mario rapidamente esclareceu o que queria dizer.

"Seus retratos estão por toda a casa. Estão pendurados aqui há anos, mas eu nunca acreditei que você existisse de verdade. Bom, acho que você mesma ficou estupefata com essa história."

Encolhi os ombros impotente.

"Não vou esconder que toda essa situação é muito surreal e avassaladora para mim. Mas todos sabem que não tenho condições de confrontar *don* Massimo, por isso tento aceitar com humildade cada um dos mais de 360 dias que ainda me restam aqui."

Massimo caiu na gargalhada.

"Com humildade!", repetiu e dirigiu-se em italiano a seu acompanhante, que, no mesmo instante, já estava se divertindo tanto quanto ele.

"Fico feliz que a minha pessoa os divirta. Para que possam desfrutar a minha ausência, vou esperar no carro", resmunguei entredentes, provocando um sorriso irônico nos dois homens. Quando lhes virei as costas e fui em direção à porta, divertido, Mario disse:

"De fato, Massimo, difícil acreditar que não seja italiana!"

Ignorei o comentário e fechei a porta.

Ao sair, parei um pouco na entrada de carros. Ainda tinha diante dos olhos a imagem do homem morto caído nas lajes de pedra. Engoli em seco e, sem olhar para os lados, fui rapidamente para o SUV estacionado a alguns metros dali. O motorista abriu a porta e me deu a mão para que pudesse me sentar confortavelmente lá dentro.

Meu iPhone estava no banco e, ao lado dele, o computador. Ao vê-los, quase gritei de alegria. Apertei o botão do painel que fechava o vidro entre a parte de trás do carro e os bancos da frente. Cheia de alegria liguei o telefone e descobri com pavor dezenas de ligações da minha mãe e, pasmem!, até uma ligação de Martin. *É muito estranho e triste ficar sabendo que por mais de um ano alguém estava me sacaneando assim*, pensei.

Liguei para o número da minha mãe. No fone ouvi uma voz assustada:

"Minha querida, mas que merda, hein?! Eu aqui já estava superpreocupada e morrendo de medo!", disse minha mãe, quase chorando.

"Mãezinha, você só ligou para mim ontem. Calma, não me aconteceu nada!"

Infelizmente, seu instinto materno lhe dizia algo completamente diferente, então, não se deu por vencida.

"Tudo bem mesmo, Laura? Você já voltou da Sicília? Como foi lá?"

Respirei fundo e sabia que não dava para enganá-la assim tão facilmente. Se estava tudo bem? Bem... Olhei para mim e depois ao redor.

"Está tudo muito bem, mãe. Sim, já voltei, mas eu tenho que te contar uma coisa." Apertei os olhos e rezei para que ela mordesse a isca. "Durante a viagem, recebi uma proposta de trabalho num dos melhores hotéis da ilha." Minha voz indicava uma excitação exagerada. "Eles me ofereceram um ano de contrato, que eu resolvi aceitar, e, por isso, estou me preparando para viajar." Parei e esperei sua reação, mas do outro lado tudo era silêncio.

"Mas você não fala nenhuma palavra em italiano!", trovejou.

"Eeei, por favor, e o que isso tem a ver? O mundo inteiro fala inglês!"

A situação ficou tensa e eu sabia que, se continuássemos a falar por mais algum tempo, minha mãe pressentiria alguma coisa. Para evitar que isso acontecesse, falei brevemente:

"Em alguns dias, vou visitá-los e contarei tudo, mas agora tenho um monte de coisas para resolver antes da viagem."

"Está bem, mas e o Martin?", perguntou sondando. "Aquele workaholic não vai largar a empresa."

Suspirei pesado.

"Ele me traiu quando estávamos na Itália. Eu o deixei e, graças a isso, sei que essa viagem é a grande chance que o destino me deu", acrescentei no tom de voz mais calmo e neutro que consegui.

"Desde o começo eu te falei que ele não era o cara certo para você, filha."

E pensei: *Ah, claro. Ainda bem que você não conhece o cara de agora.*

"Mãezinha, preciso desligar, porque tenho de providenciar uns documentos. Ligue e lembre-se de que eu te amo."

"E eu também te amo. Cuide-se, querida."

Quando desliguei o telefone vermelho, respirei aliviada. Parecia ter dado certo. Agora eu só precisava falar com o Homem de Negro sobre a viagem à Polônia, que não daria para evitar. Nesse momento, a porta do carro se abriu, e Massimo, num movimento elegante, entrou.

Olhou para a minha mão, na qual estava o telefone.

"Falou com sua mãe?", perguntou numa voz um pouco preocupada, enquanto o carro dava partida.

"Sim, mas isso não muda o fato de ela ainda estar preocupada", respondi, sem tirar os olhos do vidro. "Infelizmente, só uma conversa por telefone com ela não dá em nada, e eu preciso aparecer e ficar na Polônia por alguns dias. Especialmente porque ela acha que eu já estou lá." Ao terminar, virei a cabeça para o lado do Homem de Negro, para verificar sua reação. Ele estava sentado de lado e olhava para mim.

"Eu já esperava por isso. Por esse motivo, no fim da nossa viagem, planejei ir para Varsóvia. Não vai acontecer assim tão rápido como você gostaria, mas penso que ligar com mais frequência vai acalmar a sua mãe e nos dar algum tempo."

Aquelas palavras me deixaram muito contente.

"Obrigada, eu agradeço."

Massimo ficou me fitando e depois, apoiando a cabeça no encosto do assento, suspirou.

"Eu não sou assim tão mau quanto você pensa. Não quero te prender ou chantagear, mas, pense bem, você ficaria comigo sem ser forçada?" Seus olhos tinham um ar de indagação.

Voltei a cabeça para o vidro. *Será que eu ficaria?*, repeti em pensamentos. *É claro que não.*

O Homem de Negro esperou um pouco pela resposta e, como não a recebeu, pegou o iPhone e começou a ler alguma coisa na internet.

Aquele silêncio era insuportável. Naquele dia, excepcionalmente, eu precisava muito conversar com ele. Talvez por causa da saudade do meu país, ou talvez porque o banho da manhã tenha me afetado muito. Sem virar a cabeça, olhando para o vidro, perguntei:

"Aonde estamos indo agora?"

"Para o aeroporto de Catânia. Se não houver engarrafamento, chegaremos lá em menos de uma hora."

Ao ouvir a palavra aeroporto, até me passou um arrepio. Meu corpo se enrijeceu e a respiração acelerou. Voar era uma das atividades mais odiosas para mim.

Comecei a me revirar inquieta no assento e o ar frio agradável do ar-condicionado, subitamente, me parecia o ar gelado do Ártico. Comecei a esfregar os braços com as mãos de nervoso, querendo aquecê-los, mas a pele arrepiada não cedia. Massimo olhou para mim com seu olhar gélido, que logo se transformou em fogo:

"Mas por que raios você não está usando sutiã?!", rosnou.

Franzi a testa e olhei para ele de modo questionador.

"Dá para ver seus bicos", ele disse.

Olhei para baixo e descobri que, de fato, estavam aparecendo um pouco através da seda delicada. Deixei cair levemente a alça larga da blusa e descobri o ombro. Sobre o corpo bronzeado, a leve renda do sutiã bege cintilava.

"Não é minha culpa que toda a lingerie que possuo seja de renda", comecei impassível. "Não tenho nenhum sutiã forrado, então me perdoe se a minha aparência chama a sua atenção, mas não fui eu quem escolheu tudo isso." Olhei nos olhos dele, esperando sua reação.

O Homem de Negro observou, por um momento, a peça de renda protuberante, então estendeu a mão e desceu a alça larga da blusa ainda mais para baixo. O corte solto da blusa a fez deslizar pelo meu ombro, revelando meus seios. Meu acompanhante estava sentado absorvendo a visão, e eu não pretendia impedi-lo. Depois do encontro matinal com o cor-de-rosa, eu tivera pelo menos uma ilusão de satisfação e de controle sobre os meus pensamentos. O Homem de Negro dobrou uma perna e sentou-se de lado. Sem pressa, estendeu a mão e deslizou o polegar entre a alça de renda e a minha pele. Seu toque me fez estremecer mais uma vez, entretanto dessa vez não tinha nada a ver com voar.

"Você está com frio?", perguntou, deslizando o polegar mais para baixo e colocando os outros dedos sob o tecido.

"Não suporto voar", respondi, para não deixar perceber a crescente excitação. "Se Deus quisesse que o homem se afastasse da Terra, teria lhe dado asas", eu disse quase num sussurro com os olhos semicerrados, o que, felizmente, não dava para ver pelos óculos escuros.

A mão de Massimo ainda se dirigia em direção aos meus seios; colocou a renda lentamente entre seus dedos, descendo cada vez mais. Quando chegou ao ponto, a lascívia ficou evidente em seu rosto e seus olhos se acenderam com um desejo animal. Eu já tinha visto isso e, a cada vez, depois de algum tempo, fugia. Agora, no entanto, não tinha para onde fugir.

O Homem de Negro apertava cada vez mais o meu seio e se encostava cada vez mais em mim. Sem perceber, meus quadris começaram a se mover levemente, e a cabeça caiu no encosto do assento, quando ele segurou o mamilo e ficou virando-o nos dedos. Com a mão livre, me segurou pelo pescoço com cuidado, como se soubesse quanto tempo eu tinha passado arrumando o cabelo e como eu detestava que estragassem tudo. Inclinou minha cabeça e segurou com os dentes o meu mamilo protuberante. Mordeu-o suavemente pela renda.

"Isso é meu", sussurrou, afastando momentaneamente a boca.

Aquele tom rouco e o que ele disse fizeram com que saísse um ruído surdo da minha boca.

Massimo puxou minha blusa com as duas mãos, até que ela ficou na altura da cintura. Tirou o sutiã e colou a boca no mamilo nu. Tudo em mim pulsava, as brincadeiras matutinas não ajudaram em nada, pois eu ainda estava com um puta tesão por ele. Fiquei imaginando que rasgava a minha calça e, sem tirá-la completamente, me fodia por trás, se esfregando, enquanto isso, na renda da calcinha. Excitada pelos próprios pensamentos, trancei os dedos em seus cabelos e o pressionei contra mim.

"Mais forte!", sussurrei, tirando os óculos escuros com a mão livre. "Me morda com mais força."

Esse convite foi como apertar o botão vermelho em sua cabeça. Ele quase me arrancou a parte superior da renda e, avidamente, enterrava os dentes nos meus seios, chupando-os e mordendo-os alternadamente. Eu sentia que uma onda de desejo me inundava e que eu não ia aguentar por muito tempo. Levantei a sua cabeça pelos cabelos e permiti que sua boca encontrasse a minha. Depois o afastei gentilmente para poder olhá-lo nos olhos. Ele estava cheio de tesão, suas enormes pupilas preenchiam as íris, que pareciam completamente negras. Ele respirava na minha boca, tentando pegar meus lábios com os dentes.

"*Don*... não comece algo que não vai poder terminar", eu disse, lambendo-o com delicadeza. "Daqui a pouco, eu vou ficar tão molhada que será impossível viajar sem trocar de roupa."

Com essas palavras, o Homem de Negro apertou com tanta força a beirada do assento que o couro chegou a ranger. Ele me atravessou com seu olhar selvagem, e eu via que estava lutando com seus pensamentos.

"A segunda parte do seu discurso era dispensável", ele disse, enquanto sentava em seu assento. "Pensar no que se passa agora entre suas pernas me leva à loucura."

Dei uma olhada em sua calça e engoli a saliva. Aquela ereção maravilhosa já não estava apenas na minha imaginação. Eu sabia muito bem como seu pau era maravilhosamente grosso e o qual agora estava ereto em sua calça. Massimo parecia bastante satisfeito por ver minha reação ao que eu via. Sacudi a minha cabeça para que os meus pensamentos saltassem para o caminho certo, e comecei a vestir-me às pressas.

Ele ainda me observava enquanto eu ajeitava o minha blusa bastante enrugada. Alisei o meu cabelo e coloquei os óculos. Quando terminei, ele tirou do porta-luvas uma sacola de papel preto.

"Tenho uma coisa para você", ele disse e me deu.

As elegantes letras douradas na sacola formavam as palavras Patek Philippe. Eu sabia que marca era aquela, então tinha uma ideia do que ganhara. Eu também tinha ideia de quanto custava um relógio da marca.

"Massimo, eu..." Olhava para ele indagativa. "Não posso aceitar um presente assim."

O Homem de Negro riu e pôs seus óculos Ray-Ban aviador.

"Minha pequena, esse é um dos presentes mais baratos que você vai ganhar de mim. Além disso, lembre-se de que você não tem escolha durante mais de trezentos dias. Abra."

Sabia que aquela discussão não ia dar em nada e que se resistisse poderia me dar mal, principalmente porque eu não tinha nenhuma saída. Puxei o estojo preto e o abri. O relógio era maravilhoso, de ouro rosé, ornamentado com pequeninos diamantes. Perfeito.

"Nos últimos dias, você não estava tendo muito contato com o mundo. Sei que tirei bastante de você, mas agora, aos poucos, poderá recuperar tudo", disse, fechando o relógio no meu pulso.

Capítulo 6

Sem maiores problemas, chegamos ao aeroporto. O motorista abriu a porta para o Homem de Negro, enquanto eu enfiava na bolsa as coisas que, por acaso, caíram no assento. Massimo contornou o carro, abriu a porta do meu lado e me deu a mão. Agia como um cavalheiro e estava deslumbrante no terno de linho.

Quando meus pés já estavam no chão, ele pegou discretamente na minha bunda e deu um empurrãozinho em direção à saída. Olhei para ele admirada com tal gesto, que para mim parecia coisa de adolescente. Ele apenas sorriu levemente e, colocando sua mão nas minhas costas, conduziu-me para o terminal.

Nunca fiz um check-in tão rápido, já que durou tanto tempo quanto o necessário para atravessar o prédio até o portão de embarque. Depois de sairmos para o pátio claro do aeroporto, outro carro nos pegou e nos levou até as escadas do pequeno avião. Quando ficamos diante da escada, senti-me mal. O avião parecia microscópico, como um tubinho com asas. Eu tinha problemas em voar em aviões fretados que, como aquele à minha frente, eram como Davi diante de Golias.

"Suba na escada", escutei atrás de mim.

"Nada disso, Massimo, não vou conseguir", rosnei. "Você não me disse que iríamos voar numa casquinha de noz. Eu não vou entrar ali." Fiquei histérica e tentei recuar até o carro.

"Laura, não faça uma cena, porque senão vou pôr você lá dentro à força", disse com raiva, mas eu não conseguia dar um passo adiante.

Sem perder tempo, o Homem de Negro me pegou nos braços e, apesar de eu gritar implorando e de agitar meus braços, enfiou-se pela entrada minúscula. Gritou alguma coisa em italiano para o piloto, que permanecia no topo da escada e tentava nos cumprimentar, e a porta do avião se fechou.

Eu estava apavorada e meu coração martelava de um jeito que eu não distinguia meus próprios pensamentos. Por fim, a minha luta teve efeito e Massimo me soltou.

Logo que meus pés tocaram o chão e ele se afastou de mim, dei-lhe um tapa forte no rosto.

"O que você está pensando, seu puto?! Me deixe sair, eu quero ir embora!", gritei apavorada e corri em direção à porta.

Ele me pegou pela segunda vez e me jogou no sofá de couro branco, que ocupava quase todo um lado da aeronave. Pressionou-me com seu corpo, de modo que eu não tinha como me mexer.

"Vai à merda, Massimo!" Eu continuava a gritar e xingar.

Para me amordaçar, ele enfiou a língua pela minha garganta, mas, dessa vez, eu não tinha vontade de me divertir, e logo que ele entrou em mim, mordi-o com força. O Homem de Negro saltou para trás e levantou a mão como se quisesse me bater. Fechei os olhos e me encolhi à espera do golpe. Quando os abri novamente, reparei que ele estava desafivelando o cinto da calça bruscamente. *Ah, Deus, o que será que ele vai fazer?*, pensei. Comecei a recuar pelo longo sofá, empurrando nervosamente os calcanhares pelo chão. Continuou, até que, finalmente, com um movimento rápido, puxou o cinto de couro do cós. Ele tirou o paletó devagar e o pendurou no encosto da poltrona que estava ao seu lado. Estava zangado, seus olhos faiscavam de fúria e sua mandíbula se apertava ritmicamente.

"Massimo, não, por favor... eu...", eu dizia palavras inconclusas.

"Fique de pé", disse ele com secura, e quando não reagi, ele gritou: "Fique de pé, porra!".

Apavorada, saí do lugar.

Ele veio até mim, segurou o meu queixo e o levantou para que eu o olhasse nos olhos.

"Agora você vai escolher o seu castigo, Laura. Eu te avisei para que não fizesse isso. Estique os braços."

Ainda olhando para ele, segui as ordens. Ele me pegou pelos pulsos e atou-me os braços habilmente com o cinto. Quando terminou, pôs-me na poltrona e fechou o cinto de segurança. Momentos depois, percebi que o avião taxiava na pista.

O Homem de Negro estava sentado de frente para mim e me olhava, ainda fervendo de raiva.

"Para que não tenha de se esforçar muito, eu vou dar opções para você escolher", ele começou devagar, com uma voz calma. "Cada vez que me bate na cara, você demonstra uma absoluta falta de respeito, você me insulta, Laura. É por isso que quero que você realmente veja como me sinto. Seu castigo será carnal, e te garanto que, assim como eu, você também não vai ter vontade de fazer. Você pode escolher entre me fazer um boquete ou ser bem chupada pela minha língua."

O avião decolou, enquanto eu ouvia essas palavras. Quando senti que subimos, desmaiei.

Quando despertei, estava deitada no sofá e minhas mãos ainda estavam atadas. O Homem de Negro estava sentado na poltrona com as pernas cruzadas, penetrando-me com o olhar e se entretendo com a haste da taça de champanhe.

"E então?", perguntou impassível. "O que vai escolher?"

Abri bem os olhos e me sentei mirando-o.

"Você está brincando, não é?", perguntei alto, engolindo em seco.

"E eu pareço estar brincando? Quando você me estapeia a cara também faz de brincadeira?" Ele se inclinou na minha direção. "Laura, temos uma hora ainda de voo e durante essa hora você será punida. Eu sou muito mais justo com você do que você comigo, porque eu permito que você escolha." Piscou os olhos e lambeu os lábios. "Mas daqui a pouco a minha paciência vai acabar e vou fazer o mesmo que você, quer dizer, aquilo que eu tiver vontade."

"Eu chupo você", respondi sem emoção alguma. "Você vai soltar as minhas mãos ou vai me foder na boca?", perguntei com rudeza.

Eu não podia demonstrar a ele meu medo. Sabia que isso só o incentivava à ação. Ele era como um predador caçando; quando sentia cheiro de sangue, atacava.

"Esperava que fosse essa a resposta", disse, levantando-se e desafivelando o cinto. "Não tenho a intenção de te soltar, por temer o que você pode fazer e eu ter de imaginar outro castigo que seja doloroso."

Quando ele se aproximou de mim, fechei os olhos. *Vamos acabar com isso logo e deixar tudo para trás*, pensei. Em vez de seu pau, senti meu corpo sendo elevado. Abri os olhos. O corredor se estreitava nessa parte do avião de tal forma que ele teve que me carregar de lado para poder passar. Fomos para uma cabine escura, na qual havia uma cama.

O Homem de Negro me colocou devagar nos lençóis. Deixou-me lá e foi para um pequeno cômodo ao lado. Voltou dele segurando na mão o cinto negro do roupão. Eu observava seus movimentos e, num certo momento, dei-me conta de que, apesar do pavor que sentia pelo que teria que fazer, aquilo não era um castigo para mim.

O Homem de Negro agarrou o cinto que prendia minhas mãos e o desatou. Depois virou-me de bruços e trocou as amarras duras de couro pelo cinto macio do roupão. Terminou e me pôs de novo de costas. Eu não podia mover os braços, deitada sobre eles.

Alcançou a mesinha de cabeceira ao lado e tirou de lá uma venda para os olhos. Eu usava uma daquelas quando o sol não me deixava dormir de manhã.

Ele se inclinou e pôs a venda nos olhos, de forma que eu só podia ver sua negra superfície aveludada.

"Minha pequena, você nem imagina as coisas que gostaria de fazer com você agora", sussurrou.

Eu estava deitada, completamente desorientada, não sabia onde ele estava e o que estava fazendo. Eu lambia os lábios nervosamente, me preparando para quando seu pau entrasse em minha boca.

Subitamente, senti que ele estava desabotoando a minha calça.

"O que você está fazendo?", perguntei, esfregando-me nos lençóis para tentar tirar a venda dos olhos. "Acho que, para o que você pretende, basta a minha boca."

Massimo deu uma risada irônica e, sem parar de me despir, sussurrou: "A minha satisfação não será nenhum castigo para você. Eu sei que você tem vontade de fazer isso pelo menos desde hoje de manhã. Mas se eu fizer isso em você, sem a sua participação e controle, então estaremos quites", terminou e, num só movimento, tirou a minha calça.

Eu estava deitada com as pernas dobradas o mais forte que podia, apesar de saber que não resistiria se ele quisesse fazer alguma coisa.

"Massimo, por favor, não faça isso."

"Eu também te pedi para não fazer aquilo..." Calou-se e senti que o colchão no qual estava deitada afundou com seu peso.

Não via aonde estava nem o que fazia, podia apenas ouvi-lo. Senti sua respiração no rosto e uma mordida sutil no lóbulo da orelha.

"Não tenha medo, pequena", ele disse, deslizando a mão entre as minhas pernas para abri-las. "Vou ser delicado, prometo."

Apertei minhas pernas com mais força, gemendo baixinho de pavor.

"Shhhhh..." ele sussurrou. "Vou abrir suas pernas daqui a pouco e colocar um dedo dentro de você para começar. Relaxe."

Eu sabia que ele faria da maneira que quisesse, não importando se me convinha. Então eu afrouxei as pernas.

"Muito bem, agora abra bem as pernas para mim."

Fiz o que ele desejava.

"Você deve ser obediente e fazer o que peço, porque não quero te machucar, pequena."

Ele começou a beijar delicadamente os meus lábios e sua mão foi descendo vagarosamente. Segurou meu rosto e aprofundou o beijo. Eu me entreguei e, um pouco depois, nossas línguas dançavam com suavidade, aumentando o ritmo a cada segundo. Eu o desejava e minha boca se tornava cada vez mais ávida.

"Calma, menina, devagarinho, lembre-se de que isso é um castigo", sussurrou, quando a mão dele chegou à superfície rendada da minha calcinha. "Adoro a combinação do seu corpo com esse tecido delicado. Fique calmamente deitada."

Seus dedos deslizaram sem pressa para o lugar mais íntimo do meu corpo. Lentamente, com os lábios contra minha orelha, ele primeiro examinou a parte interna das minhas coxas, acariciando-as, com suavidade, com dois dedos, como se estivesse me provocando. Ele friccionou meus grandes lábios até que finalmente deslizou para o meio deles. Quando senti seu toque maravilhoso, minhas costas se arquearam e um gemido de prazer escapou da minha boca.

"Não se mova e fique calada. Você não pode fazer nenhum barulho. Está entendendo?"

Fiz que sim com a cabeça, em sinal de compreensão. Seu dedo deslizou mais e mais fundo até que finalmente entrou em mim. Eu cerrei meus dentes para não deixar nenhum som sair, e ele começou a impulsionar o dedo, sutil e sensualmente, dentro de mim. Seu dedo médio deslizava para dentro e para fora, o polegar acariciando suavemente o clitóris inchado. Senti seu peso em cima de mim diminuir, e ele foi descendo. Até parei de respirar. Seus dedos não paravam de me acariciar quando chegou ao lugar. Subitamente, tirou-os de dentro de mim e eu retorci a boca de insatisfação. Um momento depois, senti sua respiração na renda da tanga que eu ainda vestia.

"Sonhava com isso desde o dia em que te vi. Queria que você me dissesse quando começar. Quero saber se está bom pra você, me diga como devo lhe proporcionar prazer", sibilou, puxando a calcinha na direção dos meus tornozelos.

Fechei as coxas num reflexo, sentindo vergonha e embaraço.

"Abra bem as pernas para mim, abra! Quero te ver."

Naquele momento compreendi por que ele tinha me dado uma venda para os olhos – queria, apesar de tudo, certificar-se do meu conforto durante a primeira aproximação. Graças a isso, me parecia que o Homem de Negro poderia me ver menos do que na realidade via. Um pouco como as crianças, que fecham os olhos quando estão com medo, pois creem que, se não veem, nada vai lhes acontecer.

Aos poucos, cedi a seu convite e ouvia como inspirava alto o ar para os pulmões. Ele abria minhas pernas cada vez mais e penetrava seu olhar cada vez mais profundamente no lugar mais íntimo do corpo de qualquer mulher.

"Me chupe", falei, já não podendo mais aguentar. "Por favor, *don* Massimo!"

Àquelas palavras, ele começou a friccionar o meu clitóris ritmicamente com o polegar.

"Você é impaciente, acho que gosta de ser castigada."

Inclinou-se e afundou a língua na minha boceta. Eu desejava agarrá-lo pelos cabelos, mas meus braços, atados às costas, me impediam de fazer isso. Esfregava a língua em mim com força, movendo-a rapidamente. Com uma das mãos ele abria a minha boceta para alcançar o ponto mais sensível.

"Agora eu quero que você goze e depois vou atormentá-la com uma série de orgasmos – até que você comece a implorar para eu parar, e eu não vou parar, porque quero te castigar, Laura."

Então ele tirou a venda dos meus olhos.

"Quero que você me veja, quero ver seu rosto, quando você estiver gozando."

Ele se levantou e enfiou um travesseiro por baixo da minha cabeça.

"Você tem que ter uma boa vista", acrescentou.

O Homem de Negro era ao mesmo tempo sexy e terrível entre as minhas pernas. Nunca gostei que os homens olhassem para mim durante o orgasmo, pois me parecia algo íntimo demais, mas daquela vez eu não tinha saída. Ele pressionou os lábios no meu clitóris e enfiou dois dedos dentro de mim. Fechei os olhos, presa no limite do prazer.

"Mais forte", sussurrei.

Seu punho hábil fazia movimentos rápidos e sua língua penetrava minha parte mais sensível.

"Aaahhh! Puta merda!", gritei em polonês, quando gozei pela primeira vez. O orgasmo foi longo e potente, e todo o meu corpo, tenso como uma corda, continuava preso à armadilha que ele tinha elaborado. Quando viu que o orgasmo tinha passado, ele pressionou o meu clitóris inchado e hipersensível, me levando ao limite da dor. Eu rangia os dentes cerrados e me remexia, contorcendo-me por causa de seus dedos.

"Hummmm!", gritei na segunda onda de prazer doloroso.

O Homem de Negro diminuiu a pressão devagar e acalmou meu corpo, beijando e acariciando com a língua os pontos doloridos. Meus quadris caíram pesadamente no colchão quando ele terminou. Enquanto eu estava deitada, ele deslizou sua mão por baixo de mim e, num só movimento, afrouxou as amarras para que eu pudesse esticar os braços. Abri meus olhos e olhei para ele. Ele saiu da cama sem pressa, enfiou a mão na gaveta da mesinha de cabeceira e tirou uma caixa de lenços umedecidos. Limpou suavemente os lugares que acabara de tratar com tanta brutalidade.

"Eu aceito as suas desculpas", ele disse e desapareceu atrás da parede que levava à cabine principal.

Fiquei ali deitada por um tempo, analisando a situação, mas era difícil para mim entender o que acabara de acontecer. Eu sabia de uma coisa: estava tão saciada e dolorida que parecia que tinha passado a noite toda transando com ele.

Quando voltei para a cabine principal, Massimo estava sentado na poltrona, mordendo o lábio superior. Ele olhou para mim.

"Minha boca está com o cheiro da sua xota. E agora não sei se foi um castigo para você ou para mim."

Sentei-me na poltrona em frente a ele, aparentando impassibilidade a respeito do que escutara.

"Que planos temos para hoje?", perguntei, tirando da mão dele a taça de champanhe.

"Você se faz de atrevida de uma forma encantadoramente bela." Sorriu e se serviu de outra taça. "Vejo que o tamanho do avião já não te incomoda."

Foi com dificuldade que consegui engolir o gole de champanhe. Durante toda aquela situação, tinha me esquecido do meu medo.

"O passeio pelo avião certamente mudou a minha perspectiva. E então? O que nos aguarda hoje?"

"Você saberá a seu tempo. Eu vou trabalhar um pouco e você vai fazer o papel de mulher de mafioso", disse com uma expressão de divertimento juvenil na cara.

No aeroporto, já esperavam por nós a segurança e o SUV preto estacionado na saída. Um dos homens abriu a porta para mim e depois a fechou quando me sentei. Todas as vezes em que eu via aquele conjunto de carros, tinha a sensação de que faziam uma mágica – e transferiam toda a parafernália de um lugar para o outro. Como era possível aquelas pessoas e os seus carros seguirem Massimo assim em tão pouco tempo? Fui arrancada das minhas deliberações caóticas, provavelmente causadas pelos orgasmos recentes, pela voz do meu torturador, falando bem no meu ouvido.

"Eu queria meter em você", sussurrou, e o seu hálito quente, paradoxalmente, me congelou. "Bem fundo e com força; queria sentir a sua boceta molhada se apertando ao redor de mim."

As palavras que ouvi ativaram com força cada partícula da minha imaginação exuberante. Quase senti fisicamente o que ele falou. Fechei os olhos e tentei acalmar meus batimentos cardíacos; aos poucos tinham ficado cada vez menos regulares. De repente, o hálito quente do Homem de Negro desapareceu e ouvi-o dizer algo ao homem que estava ao volante. As palavras eram incompreensíveis para mim, mas, passados alguns segundos, o carro parou no acostamento e o condutor saiu e nos deixou sozinhos.

"Sente-se na frente, no banco do passageiro", ele disse, perfurando-me com seu olhar gélido e sombrio. Ele disse essas palavras sentado, imóvel, o que de certa forma me desconcertou.

"Por quê?", perguntei confusa.

Massimo demonstrava irritação e sua mandíbula começou a ficar rígida.

"Laura, vou dizer pela última vez: vá lá para o banco da frente ou eu vou ter que levar você."

Seu tom de novo despertou minha agressividade e uma vontade enorme de contrariá-lo, apenas pela curiosidade de saber o que aconteceria a seguir. Já sabia que meus castigos seriam muito bons para ele e estavam relacionados com certo tipo de coerção, mas não tinha certeza absoluta se aquela coerção era algo que me desagradava.

"Você me dá ordens como se eu fosse um cachorro, e eu não tenho intenção de ser um..."

Respirei fundo para poder despejar uma ladainha sobre o seu comportamento em relação a mim, mas, antes de poder dizer outra palavra, ele me puxou pelos braços e fui colocada no banco do passageiro na frente.

"Cachorro, não, cadela", disse, atando minhas mãos com uma faixa de tecido.

Antes de me dar conta do que ele acabara de fazer, eu estava sentada, com as mãos atadas atrás do banco, e o Homem de Negro ocupou o lugar do motorista. Toquei com os dedos as minhas amarras e descobri que se tratava do cinto do roupão com o qual eu tinha sido atada no avião.

"Você gosta de amarrar mulheres?", perguntei, enquanto ele ajustava alguma coisa no painel de controle.

"No seu caso, não é uma questão de preferência, mas de coerção."

Apertou o botão de partida e a voz feminina e suave do GPS começou a indicar o caminho.

"Meus braços e minhas costas estão doendo", informei-o depois de alguns minutos de viagem naquela posição antinatural dobrada.

"E a mim dói uma coisa completamente diferente e por um motivo totalmente diferente. Vamos fazer um leilão? Quem dá mais?"

Sabia que ele estava zangado ou talvez frustrado – ainda não conseguia entender bem, mas não tinha ideia de como o meu comportamento tinha lhe causado aquilo. Infelizmente, mesmo que eu não tivesse causado nada, tudo tinha recaído justamente em mim.

"Seu filho da mãe, seu egoísta teimoso", murmurei em polonês, sabendo que ele não me entenderia. "Assim que você me desamarrar, vou lhe dar um tapão na cara e você vai ter que pegar todos os seus dentes de gângster no chão."

Massimo diminuiu a velocidade e parou no semáforo, depois, virou-se para mim e, com aquele olhar frio, me disse: "Agora diga tudo em inglês", sibilou entre os dentes.

Sorri com altivez e comecei a pôr para fora um monte de xingamentos e palavrões em polonês dirigidos a ele. Massimo continuava sentado, perfurando-me com seu olhar, que expressava sua fúria crescente, até que o sinal ficou verde e o carro avançou.

"Vou aliviar a sua dor, ou, pelo menos, tirar a sua atenção dela", disse, desabotoando com uma das mãos o botão da minha calça.

Um instante depois, sua mão esquerda repousava calmamente no volante, e a direita deslizava por baixo da calcinha de renda. Eu me virava e me jogava no assento, xingando-o e pedindo que não o fizesse, mas era tarde demais.

"Massimo, me desculpe!", gritei, tentando tornar difícil o que queria fazer. "Afinal, isso não me dói e o que eu disse em polonês..."

"Isso não me interessa mais, e se você não parar, terei de amordaçá-la. Eu quero ouvir o GPS, então você vai ficar quieta de agora em diante."

Sua mão movia-se lentamente em minha calcinha, e eu senti que o pânico e a submissão total me oprimiam.

"Você prometeu que não faria nada contra a minha vontade", sussurrei, inclinando-me contra o encosto de cabeça do banco.

Os dedos de Massimo friccionavam delicadamente meu clitóris, espalhando sobre ele a umidade que apareceu assim que ele me tocou.

"Não estou fazendo nada contra a sua vontade, eu quero que seus braços parem de doer."

Sua pressão foi ficando cada vez mais forte, e os movimentos circulares me mandaram mais uma vez para o abismo de seu poder sobre mim. Fechei meus olhos e saboreei o que ele estava fazendo em mim. Sabia que ele agia instintivamente, já que tinha de dividir sua atenção entre as duas atividades: dirigir e me punir.

Eu me contorcia no banco, esfregando ritmicamente meus quadris contra o assento quando o carro parou de repente. Senti sua mão sair de onde deveria ter ficado por mais uns dois minutos e minhas amarras se afrouxaram.

"Chegamos", declarou, desligando o carro.

Olhei para ele com as pálpebras semicerradas, uma voz na minha cabeça gritando furiosa e chamando-o dos piores nomes. Como se pode deixar uma mulher à beira do prazer que está buscando e, num instante, largá-la à beira do desespero? Não precisei fazer essa pergunta em voz alta, porque sabia muito bem qual era o motivo da atitude de Massimo. Ele queria que eu pedisse, decidiu me provar o quanto eu o queria, embora eu tentasse me rebelar contra tudo o que ele fazia.

"Tudo vai muito bem", falei, esfregando preguiçosamente meus pulsos. Meus braços doíam tanto que por pouco não perdi o controle. "Espero que tenha passado o que te machucava", eu disse provocativa e encolhi os ombros como se me desculpando.

Foi como apertar um botão vermelho. O Homem de Negro me agarrou e montei em cima dele, de modo que minhas costas ficaram contra o volante. Ele agarrou meu pescoço com força e pressionou minha boceta contra seu pau duro. Eu gemi, sentindo-o roçar meu clitóris sensível e excitado.

"O que... me dói", ele arrastava cada palavra, "é que ainda não gozei na sua boca."

Seus quadris faziam círculos preguiçosos e ele os empurrava de vez em quando para cima. O movimento e a pressão do seu pau me deixaram sem fôlego.

"E você não vai demorar muito para gozar", sussurrei em sua boca, lambendo seu lábio no final. "Estou começando a gostar desse jogo que você me propôs", eu disse divertida.

Ele parou imóvel, seus olhos me examinavam questionadores em busca de respostas para as perguntas não feitas. Não sei quanto tempo ficamos nos encarando, porque uma batida no vidro nos tirou dessa luta silenciosa. Massimo o abaixou e do outro lado vi o rosto não muito surpreso de Domenico.

Meu Deus, é impressão minha ou esse cara viu tudinho?, pensei.

Ele disse algumas frases em italiano, ignorando por completo a posição em que estávamos sentados, e o Homem de Negro negou veementemente o que ouviu. Não fazia ideia do que estavam falando, mas, pelo tom da discussão, era possível concluir que o Homem de Negro não queria saber daquilo sobre o que Domenico falava. Quando terminaram, Massimo abriu a porta e, sem me soltar, saiu do carro, e depois dirigiu-se para a entrada do hotel em frente ao qual estacionamos. Trancei sua cintura com as minhas pernas e fiquei surpresa com o olhar dos outros sujeitos quando ele passou por eles sem dizer uma só palavra.

"Consigo andar sozinha", falei, levantando as minhas sobrancelhas e acenando ligeiramente com a cabeça.

"Assim espero, mas há algumas boas razões para eu não soltar você, ou pelo menos duas."

Passamos pela recepção e entramos no elevador, onde ele me encostou contra a parede. Nossos lábios quase se encostaram.

"A primeira é que meu pau de tão duro está prestes a rasgar minha calça e a segunda é que a sua calça está tão encharcada que a única coisa que poderia disfarçar eram minhas mãos e seus quadris."

Fiquei calada diante de suas palavras, especialmente porque o que ele falou fazia sentido.

A campainha do elevador anunciou que havíamos chegado ao andar no qual desceríamos. Depois de alguns passos, ele encostou o cartão que Domenico lhe dera na porta e entrou na suíte monumental, colocando-me no centro dela.

"Eu queria tomar uma ducha", falei, procurando minha bagagem.

"Tudo de que você precisa está no banheiro; eu tenho que fazer uma coisa agora", disse ele, levando o telefone à orelha e desaparecendo no enorme salão.

Tomei uma ducha e passei uma loção de baunilha que encontrei no armário. Saí do banheiro e, andando pelos quartos seguintes, deparei-me com uma garrafa da minha querida bebida. Servi-me de uma taça, depois de uma segunda e ainda outra, vi televisão, bebi champanhe e perguntei-me aonde é que o meu torturador tinha ido. Depois de algum tempo, aborrecida, comecei a vagar pelo lugar, descobrindo que ocupava uma grande parte do andar do hotel. Quando cheguei à última porta, atravessando o seu limiar, caí na escuridão e, por algum tempo, meus olhos tiveram de se acostumar à falta de luminosidade.

"Sente-se", ouvi um sotaque familiar.

Sem hesitar, obedeci a sua ordem, sabendo que de nada adiantaria me opor. Após vários segundos, vi Massimo nu, enxugando seus cabelos com uma toalha. Até fiz barulho ao engolir em seco, atordoada pelo que via e estimulada pelo álcool que tinha bebido. Estava diante de uma cama enorme, que era sustentada por quatro vigas monumentais. Dezenas de almofadas nas cores violeta, dourada e preta estavam no colchão, e o lugar todo era escuro, clássico e extremamente sensual. Agarrei com força os braços da cadeira quando ele começou a se aproximar de mim, incapaz de tirar os olhos do seu pau, que estava na altura do meu rosto. Como de costume, olhava para ele com a minha boca ligeiramente aberta. Ele só parou quando suas pernas se apoiaram em meus joelhos dobrados. Jogou a toalha branca sobre os ombros e segurou suas extremidades. Quando seus olhos frios e animais se encontraram com os meus, comecei a rezar; pedi fervorosamente a Deus que me desse força para resistir ao que via e sentia.

Massimo sabia perfeitamente como aquilo mexia comigo. Acho que estava tudo escrito na minha cara, e, além disso, a sucção involuntária do meu lábio inferior não me ajudava em nada a mascarar os meus sentimentos.

Lentamente, ele pegou seu pau com a mão direita e começou a movê-lo por toda a sua extensão até chegar à ponta. Rezei ainda mais fervorosamente. O corpo dele estava tenso, os músculos da sua barriga, rígidos, e o pau, para o qual tentei não olhar, começou a endurecer e crescer.

"Você me ajuda?", perguntou, sem tirar os olhos de mim e sem parar de brincar consigo mesmo. "Não vou fazer nada contra a sua vontade, lembre-se."

Meu Deus, ele não precisava fazer nada, sequer precisava me tocar para me deixar pegando fogo, até ficar toda vermelha, e concentrar os meus pensamentos apenas em mim, no pau dele e no sonho de tê-lo em minha boca.

Os últimos lugares sóbrios da minha mente me disseram, no entanto, que se ele conseguisse o que queria, o jogo deixaria de ser interessante, e eu não me sentia tão confortável em ceder a ele tão facilmente. O fato de que aquele cara me teria era mais do que certo, a única coisa desconhecida era quando isso iria acontecer. A minha mente perversa, como parte da luta contra aquela exigência, me trouxe de volta o pensamento de que aquele homem divino, que se masturbava à minha frente, queria matar a minha família. Toda a excitação desapareceu num segundo e foi substituída pela raiva e pelo ódio.

"Você só pode estar sonhando!", falei, fungando com desprezo. "Não tenho a intenção de te ajudar em nada. Além do mais, você tem pessoas para fazer de tudo, então você também pode pedir a elas que façam isso." Olhei para ele. "Já posso ir?"

Tentei me levantar da poltrona, mas ele me agarrou pelo pescoço e de novo me empurrou contra o encosto, inclinou-se e, com um sorriso sagaz, perguntou:

"Você tem certeza do que está dizendo, Laura?"

"Me solte, merda!", sibilei com os dentes cerrados.

Ele fez o que pedi e se afastou em direção à cama. Fiquei de pé e segurei a maçaneta, querendo sair o mais rápido possível do quarto, antes que os meus pensamentos começassem de novo a rondar o que eu não deveria desejar. A porta, no entanto, estava trancada. O Homem de Negro pegou o telefone que estava na mesinha de cabeceira, ligou para alguém, disse algumas palavras e desligou.

"Venha cá!", ordenou.

"Me deixe, quero sair!", bati na maçaneta, gritando.

Ele jogou a toalha na cama e ficou em pé com os braços pendidos ao longo do corpo, penetrando-me com seus olhos gélidos e escuros.

"Venha cá, Laura, é a última vez que digo."

Eu estava encostada na porta e não tinha a intenção de me mover nem, com certeza, de fazer o que ele pedia. Um rugido profundo saiu de sua garganta quando ele veio em minha direção. Fechei os olhos de medo, sem ter ideia do que iria acontecer. Senti meu corpo ser levantado e, num instante, cair na cama. O Homem de Negro resmungava o tempo todo em italiano. Quando senti que estava deitada entre as almofadas, abri as pálpebras e vi Massimo me olhando de cima. Ele pegou meu braço direito e o prendeu a uma longa corrente que terminava numa argola e vinha de cima de um dos quatro pilares. Depois, pegou meu braço esquerdo, mas eu consegui livrá-lo e bater nele. Ele rangeu os dentes e, um instante depois, soltou um grito furioso. Eu sabia que tinha ultrapassado o limite. Ele apertou meu pulso esquerdo com força redobrada, puxou-o e o prendeu à segunda corrente, imobilizando toda a parte superior do meu corpo.

"Vou fazer com você o que eu quiser", disse, sorrindo com insolência.

Eu chutava e me debatia na cama, até que ele se sentou nas minhas pernas, de costas para mim e puxou um tubo curto. Eu não tinha ideia do que era aquilo, só queria que ele saísse de cima de mim. Ele atou duas tornozeleiras macias, que estavam presas a uma barra, em volta dos meus tornozelos. Depois disso, alcançou o outro tubo, desenrolou dele uma corrente e a prendeu à argola no meu tornozelo direito e fez o mesmo com o esquerdo. Depois, desceu da cama. Ficou de pé observando o meu corpo preso às quatro colunas da cama. Estava evidentemente satisfeito e excitado com aquela visão. Eu, por minha vez, estava desorientada e aturdida. Quando queria sacudir minhas pernas, o tubo ao qual estava presa se expandia e bloqueava. Massimo mordiscou o lábio inferior.

"Eu esperava que você fizesse isso, é uma barra telescópica e pode se expandir cada vez mais e não encolhe de novo, se não se souber onde apertar."

Depois que disse isso, o pânico tomou conta de mim, eu estava imobilizada e minhas pernas bem abertas para os lados – como um convite para ele. Naquele momento, ouvi uma batida na porta e eu me tensionei ainda mais.

O Homem de Negro se aproximou de mim, puxou num só movimento a colcha em que eu estava deitada e me cobriu toda.

"Não tenha medo", disse com um leve sorriso, indo até a porta.

Ele a abriu e deixou uma jovem mulher entrar. Eu não podia vê-la claramente, mas tinha os cabelos longos e escuros e usava saltos incrivelmente altos, que acentuavam suas pernas esguias. Massimo disse-lhe duas frases e a mulher ficou parada sem se mover. Depois de um instante, dei-me conta de que ele estava o tempo todo nu e que aquilo, de forma alguma, deixava a mulher espantada.

Ele foi até mim e colocou uma almofada por baixo da minha cabeça, de tal forma que eu pudesse observar sem dificuldade ou esforço dos meus músculos abdominais todo o aposento.

"Eu queria te mostrar uma coisa – mostrar o que você está perdendo", sussurrou, mordiscando minha orelha.

Voltou para o outro lado do quarto e se sentou na poltrona, exatamente em frente à cama, de forma que somente alguns metros nos separavam. Sem tirar os olhos de mim, disse alguma coisa em italiano para a mulher que estava parada como um poste, e ela tirou o vestido e ficou diante dele só de lingerie. Meu coração galopava no momento em que ela se ajoelhou e começou a chupar o meu opressor. A mão dele vagava pela cabeça dela e se trançava com força nos cabelos escuros. Eu não podia acreditar naquilo que via. Seus olhos negros estavam fixos em mim, e os lábios entreabertos sugavam o ar cada vez mais profundamente. Via-se que ela era entendida no que estava fazendo. De vez em quando ele falava uma palavra em italiano, como se estivesse dando instruções para a jovem e ela gemia de prazer. Eu observava a cena e tentava entender o que sentia. O seu olhar libidinoso fazia com que eu me excitasse ao máximo ao ver Massimo em êxtase, mas o fato de não estar entre as pernas dele acabava com toda a minha alegria. *Será que tenho ciúmes desse indiscutível cuzão?*, pensei. Afastei de mim o pensamento de querer estar no lugar dela, mas não conseguia tirar os olhos dele. Num certo momento, Massimo pegou a cabeça da mulher com força e enfiou seu pau brutalmente em sua boca, tanto que ela começou a sufocar. Não era ela que lhe fazia um boquete, era ele que fodia sua boca bem fundo, num ritmo alucinado. Eu me contorcia na cama e as correntes presas a meus braços e pernas esfregavam-se contra as vigas de madeira. Eu respirava cada vez mais fundo e meu peito subia e descia muito rapidamente. O show em que ele era o ator principal me excitava, me dava tesão e me irritava ao mesmo tempo. Só agora eu entendia o significado das palavras que ele dissera antes que a mulher chegasse. Sim, definitivamente eu estava com ciúme. Com muito esforço, fechei os olhos e virei a cabeça para o lado.

"Abra os olhos agora mesmo e olhe para mim", sibilou Massimo num sussurro.

"Não tenho essa intenção, você não vai me obrigar", eu disse com a voz rouca, que escapou de mim com dificuldade.

"Se você não olhar para mim agora, vou me deitar ao seu lado daqui a pouco, e ela vai terminar se esfregando contra o seu corpo. Decida-se, Laura."

A ameaça foi convincente o bastante para que eu obedecesse a suas ordens.

Quando meus olhos encontraram os de Massimo, ele me olhou com satisfação, seus lábios entreabertos formaram um sorriso vago. Ele se levantou da cadeira e se aproximou, de modo que agora a mulher, que estava ajoelhada na frente dele, se encostava na cama, e ele estava a apenas um metro e meio de mim. Meus quadris faziam círculos, esfregando-se contra os lençóis de cetim, e meus lábios secos suavizavam-se pela minha língua quando eu os lambia. Eu o queria. Se não fosse pelo fato de estar amarrada, provavelmente a expulsaria da sala e terminaria o serviço. Massimo sabia bem disso. Depois de um tempo, seus olhos ficaram escuros e vazios, e gotas de suor escorriam por seu peito. Eu sabia que ele gozaria em breve, porque a mulher ajoelhada na frente dele definitivamente acelerou.

"Isso, Laura, isso!"

Um gemido abafado escapou de seus lábios e todos os músculos se enrijeceram e ele chegou ao clímax, inundando a garganta dela com porra.

Eu estava tão excitada e tomada pelo desejo que pensei que gozaria com ele. Uma onda de calor inundou meu corpo. Nem mesmo por um momento ele tirou os olhos de mim.

Soltei um suspiro de alívio, esperando que o espetáculo houvesse acabado. O Homem de Negro disse uma frase em italiano e a jovem terminou, levantou-se, pegou o vestido e saiu. Ele também desapareceu pela porta do banheiro. Ouvi o som da água caindo do chuveiro e, depois de alguns minutos, ele estava de pé na minha frente novamente, secando o cabelo com uma toalha.

"Já vou aliviar você, pequena. Vou lamber você lentamente e te deixar gozar por um tempão, a menos que prefira me sentir dentro de você."

Eu abri bem os olhos e meu coração bateu como os aplausos do público ao término de um show da Beyoncé. Eu queria me opor, mas não conseguia pronunciar uma única palavra.

Massimo arrancou as cobertas de mim com um movimento brusco, e então lentamente abriu o roupão que eu estava vestindo.

"Eu gosto deste hotel por dois motivos", começou, enquanto sentava lentamente na cama. "Primeiro, porque é meu e, segundo, por ele ter este apartamento. Procurei durante muito tempo os aparelhos certos para equipá-lo." Sua voz estava calma e sexy. "Veja bem, Laura, neste momento, você está imobilizada com tanta eficácia que não conseguiria escapar de mim ou me resistir." Ele lambia a parte de dentro da minha coxa. "Ao mesmo tempo, tenho acesso a absolutamente todas as partes do seu belo corpo."

Ele agarrou meus tornozelos, abrindo minhas pernas ainda mais para os lados. O tubo telescópico estalou algumas vezes e depois ficou bloqueado, deixando minhas pernas em um V muito aberto.

"Por favor", sussurrei, porque foi a única coisa que me ocorreu.

"Você está me pedindo para começar logo ou está me pedindo para sair?"

Essa pergunta simples parecia tão difícil para mim naquele momento que, quando eu quis responder, apenas um gemido de resignação escapou da minha garganta. O Homem de Negro foi subindo e ficou pairando sobre meu rosto, me atravessando com os olhos. Seu lábio inferior tocou meu nariz, boca, bochechas.

"Daqui a pouco vou te foder tanto que vão ouvir seus gritos na Sicília."

"Eu imploro, não", falei com minhas últimas forças e fechei os olhos com veemência, e lágrimas de medo escorriam pelo meu rosto. Fez-se silêncio e eu estava com receio de abrir os olhos, com medo do que poderia ver. Ouvi um clique e senti minha mão direita livre, depois mais um clique e ambas as mãos caíram sobre os travesseiros. Em seguida, mais dois cliques nos fechos e fiquei completamente livre das correntes.

"Vista-se, temos que estar em um dos meus clubes em uma hora", disse ele, saindo nu do quarto.

Fiquei ali mais um momento, analisando o que acabara de acontecer. Então, uma onda de fúria me inundou, fiquei de pé e corri atrás dele. Ele já estava vestido com a calça do terno, bebendo uma taça de champanhe.

"Será que você poderia gentilmente me explicar tudo isso?!", gritei enquanto ele se virava lentamente ao ouvir meu passo nervoso em direção a ele.

"Mas o que é isso, pequena?", perguntou, despreocupadamente encostado à mesa em que a garrafa estava. "Está interessada na garota? É uma puta. Tenho várias agências de acompanhantes, e você não quis me ajudar a relaxar. Obviamente você gostou da cama e dos brinquedos instalados nela, então nenhum comentário é necessário sobre isso. Da mesma forma sobre o que Veronica fez, a julgar pela sua reação." Ele ergueu as sobrancelhas ligeiramente. "Então, o que mais teria de lhe dizer?" Ele cruzou as mãos sobre o peito. "Não vou meter em você se não quiser, prometi isso. Eu tenho dificuldade em me controlar, mas me controlo." Ele se virou e atravessou a sala. "Mesmo que nós dois saibamos que seria o melhor sexo que teríamos na vida, e você ainda me pediria mais."

Fiquei sem saída e não tinha como negar. Por mais que eu não quisesse admitir, ele estava certo. Me faltaram apenas alguns minutos para que sucumbisse. Massimo, porém, queria que eu me entregasse a ele por afeto, e não por causa da minha necessidade animal. Ele queria me possuir inteira e não apenas enfiar seu pau em mim. Meu Deus, a sua astúcia e sua habilidade de manipulação me deixavam louca. Depois das palavras que ele dissera ao sair, eu o queria ainda mais, e agora era eu que tinha de me disciplinar para não o sentar num daqueles grandes sofás. Gritei impotente e, cerrando os punhos, fui para a ducha fria, que acabou sendo um tiro certeiro. Quando saí do banheiro, encontrei Domenico no quarto, colocando uma garrafa de champanhe na mesa.

"Estou surpreso que você ainda não tenha ficado de saco cheio disso", disse ele, servindo uma taça.

"E quem disse que não? Você nunca me pergunta o que beber, apenas continua me servindo esses carboidratos cor-de-rosa", falei rindo enquanto tomava um gole. "Que tipo de clube é esse aonde vamos?"

"É o Nostro. Provavelmente o clube favorito de Massimo. Ele supervisiona pessoalmente todas as mudanças nele, é um lugar exclusivo, onde políticos, empresários se divertem e..."

Ele fez uma pausa, o que despertou minha curiosidade.

"E quem? As putas dele? Como a Veronica?", dirigi-me a ele.

Domenico me olhou com ar investigativo, como se verificasse o quanto eu sabia e o quanto blefava. Fiquei ali com o rosto impassível, fingindo vasculhar minhas roupas em busca de algo. De vez em quando, pressionava a taça contra os lábios.

"Talvez não exatamente como Veronica, mas é assim que as pessoas lá se divertem, de uma maneira que não conseguiriam se divertir em nenhum outro lugar."

"Depois que vi como ela chupou o Massimo na minha frente hoje, parece que ela o conhece bem, então, provavelmente, já fizeram isso várias vezes nesse clube." Quando terminei de dizer essa frase, cuja minha intenção era manter apenas em meu pensamento, gelei e, por um momento, não sabia o que fazer. Então dei de ombros e fui em direção ao banheiro, censurando-me pela súbita facilidade com que me expressei. Deixei a porta aberta e, depois de um tempo, quando comecei a passar base no rosto, o jovem italiano parou na porta, encostado no umbral. Ele não escondia sua diversão com minha honestidade. Ele disse:

"Sabe, não é da minha conta quem faz boquete nele ou quem ele contrata."

"Talvez você também vá dizer que não se importa com o jeito como o recrutamento é feito."

Primeiro, os olhos de Domenico se arregalaram e, depois, ele caiu na gargalhada.

"Laura, me perdoe, mas você está com ciúme?"

Um arrepio percorreu minha espinha quando ele disse isso. Será que eu tinha fingido a indiferença tão mal assim?

"Estou impaciente, esperando que este ano acabe para que eu possa ir para casa. O que eu devo vestir?", perguntei, afastando-me do espelho e tentando mudar de assunto.

Domenico sorriu maliciosamente e caminhou para o outro lado do quarto.

"Você não deve ter ciúme de uma puta, porque o que ela faz é o trabalho dela. Já separei um vestido para você."

Quando ele saiu, eu me inclinei em direção à pia com a cabeça entre as mãos. "Já que é tão fácil ver que não estou aguentando a pressão, o que vai acontecer depois? Concentre-se!", disse para mim mesma, dando um tapa nas bochechas.

"Se você quiser se disciplinar dessa maneira, ficarei feliz em bater em você com mais força."

Levantei os olhos e vi Massimo sentado na cadeira atrás de mim.

"Quer me bater na cara?", perguntei, enquanto delineava os olhos com o lápis.

"Se isso lhe..."

Tentei me concentrar no que tinha que fazer, mas seus olhos penetrantes tornavam cada tarefa, mesmo a mais simples, muito difícil.

"Quer alguma coisa ou vai me deixar em paz?"

"Veronica é uma puta, ela vem e me chupa, e eu trepo com ela se quiser. Ela gosta de violência e dinheiro e satisfaz os clientes mais exigentes, inclusive a mim. Todas as meninas que trabalham para mim..."

"Eu tenho que ouvir isso?" Virei-me para ele, cruzando os braços sobre o peito. "Eu fico contando para você como é que o Martin me fodia? Ou, quem sabe, você gostaria de ver?"

Seus olhos ficaram completamente negros e o sorrisinho malicioso deu lugar a um semblante de pedra. Ele se levantou e se aproximou de mim, com passo decidido. Agarrou meus ombros e me colocou na bancada ao lado da pia.

"Tudo o que você vê aqui me pertence." Segurou minha cabeça com as duas mãos e virou meu rosto para o espelho. "Tudo... o que... você vê", disse entredentes. "E vou matar qualquer um que ponha a mão no que é meu." Então se virou e saiu do banheiro.

Tudo era dele, o hotel era dele, as putas eram dele e o jogo era dele. Um plano sinistro surgiu na minha cabeça, com o qual decidi punir a hipocrisia indizível do Homem de Negro. Entrei no quarto e olhei para o vestido de costas nuas dourado e de lantejoulas estendido na cama. Infelizmente, embora fosse lindíssimo, de forma alguma se adequava à minha intenção. Fui até o armário onde todas as minhas roupas estavam cuidadosamente penduradas.

"Você gosta de putas? Então vou lhe mostrar uma puta pra você ver só...", murmurei em polonês.

Escolhi meu vestido e sapatos e fui acertar minha maquiagem para que ficasse mais adequada. Trinta minutos depois, quando Domenico bateu à porta, eu estava abotoando as botas.

"Puta que pariu!", disse ele, fechando a porta nervosamente. "Ele vai matar você e logo depois vai me matar se você sair assim."

Eu ri zombeteiramente e parei na frente do espelho. O vestido nude com alças finas parecia mais uma combinação que um vestido. Deixava as costas inteiras e a lateral dos seios à mostra, não cobria quase nada, mas era para ser exatamente assim. Como o vestido era muito bem elaborado no peito, pendurei uma cruz enorme com cristais pretos nas costas para que minha nudez se sobressaísse mais ainda. As botas de cano alto, no meio da coxa, enfatizavam perfeitamente o fato de que o vestido mal cobria minha bunda. Estava calor lá fora, mas, felizmente, Emilio Pucci, cujas botas eu tinha nos pés, sabia que havia mulheres que adoravam usar botas de cano alto o ano todo, e desenhou aquele modelo para que fosse bem arejado, com cadarço em toda a sua extensão e sem bico. Obscena e exorbitantemente cara. Amarrei meu cabelo em um rabo de cavalo bem apertado no topo da cabeça. O penteado sexy, simples e com efeito lifting combinava perfeitamente com os olhos esfumados e o batom claro e brilhante.

"Domenico, quem me comprou todas essas coisas? Se ele pagou por isso, acho que sabia que eu usaria algum dia. Você está muito bonito, então suponho que você vem conosco."

O jovem italiano tinha as duas mãos sobre a cabeça, e seu peito movia-se apressadamente para cima e para baixo.

"Vou com você, porque o Massimo ainda tem coisas para fazer. Você sabe que terei problemas quando ele a vir com essa roupa, não é?"

"Então você diz a ele que tentou me impedir, mas que eu fui mais forte. Venha!"

Peguei uma carteira preta e um pequeno bolero de pele de raposa branca, passei por ele com um sorriso feliz e cruzei a porta. Ele resmungou algo enquanto me seguia, mas, infelizmente, eu ainda não conseguia falar sua língua.

Quando saímos do elevador e entramos no saguão, todos os funcionários da recepção pararam atônitos. Domenico acenou com a cabeça para eles, e eu, ainda orgulhosa de mim mesma, passei sorrindo. Entramos na limusine estacionada em frente à entrada e fomos para a festa.

"Eu vou morrer hoje", disse ele, servindo-se de um líquido âmbar num copo. "Você é má, por que está fazendo isso comigo?" Ele bebeu tudo de uma vez.

"Ahhhh, Domenico, não exagere. Além disso, não é com você, mas com ele. De qualquer forma, acho que estou muito elegante e sexy."

O jovem italiano bebeu mais um copo e voltou a enchê-lo, esparramando-se no assento. Ele parecia estar seguindo a moda especialmente naquele dia, com calça cinza-clara, sapatos de cor semelhante e camisa branca com as mangas arregaçadas. Em seu pulso brilhava um lindo Rolex de ouro e várias pulseiras feitas de madeira, ouro e platina.

"Sexy com certeza, mas elegante? Sinceramente, duvido de que Massimo aprecie esse tipo de elegância."

Capítulo 7

O Nostro refletia perfeitamente a personalidade de Massimo. Dois guarda-costas grandes cuidavam da entrada, e, depois, dela, o piso era tomado por tapetes roxos. Após descer as escadas, via-se um lugar elegante e escuro. Grandes cortinas de tecido escuro e pesado separavam os boxes. As paredes de ébano e a iluminação à luz de velas tornavam o lugar sensual, erótico e muito atraente. Mulheres quase nuas, com máscaras em seu rosto, se contorciam em duas plataformas ao som da música do Massive Attack.

O extenso bar preto forrado com couro acolchoado era servido apenas por mulheres vestindo *bodies* justos e sapatos de salto agulha. Nos punhos elas usavam pulseiras de couro imitando braçadeiras. Sim, você podia definitivamente sentir Massimo naquele lugar.

Passamos pelo bar e as pessoas na multidão se esfregavam umas nas outras preguiçosamente ao ritmo da música. O enorme guarda-costas, que nos abria a passagem entre as pessoas, puxou uma cortina e eu vi uma sala, cujo pé-direito era da altura do primeiro andar do prédio. As esculturas monumentais de madeira preta pareciam mostrar corpos unidos, mas fiquei mais impressionada com seu tamanho do que com o que o autor quis exprimir. No canto da sala, em uma plataforma levemente protegida com tecido translúcido, havia um espaço para o qual fomos conduzidos. Era definitivamente maior do que os outros e eu fiquei imaginando o que acontecia ali, já que havia um *pole* no meio.

Domenico estava sentando, mas antes que suas nádegas pudessem tocar o forro de cetim do sofá, já estavam trazendo bebidas alcoólicas, petiscos e uma bandeja coberta com uma tampa de prata. Meu primeiro instinto foi pegá-la, mas Domenico agarrou meu pulso, balançando a cabeça. Ele me serviu champanhe.

"Não estaremos sozinhos hoje", ele começou, cautelosamente, como se temesse o que iria dizer. "Estaremos acompanhados por algumas pessoas com quem temos de resolver certos assuntos."

Fiz que sim com a cabeça e repeti:

"Algumas pessoas, certos assuntos. Ou seja, vocês vão se divertir com a máfia." Esvaziei meu copo e entreguei a ele para enchê-lo novamente.

"Vamos fazer negócios, acostume-se."

De repente, seus olhos ficaram arregalados. Ele olhou para o espaço atrás de mim.

"É agora que vai começar", disse ele, passando a mão pelos cabelos.

Virei-me e vi vários homens entrando no cômodo, e Massimo entre eles. Quando me viu, ele ficou paralisado, me examinando com o olhar frio e zangado de cima a baixo. Engoli em seco e pensei que minha ideia de me vestir como uma prostituta hoje não tinha sido a melhor escolha. Seus acompanhantes passaram por ele e caminharam em direção a Domenico enquanto Massimo permanecia imóvel e sua raiva era quase palpável.

"Mas que merda é essa que você está vestindo?", rosnou ele, agarrando-me pelo cotovelo.

"Alguns dos seus milhares de euros", retruquei, afastando sua mão.

Minhas palavras o fizeram ferver como água na chaleira, eu quase podia ver o vapor saindo de suas orelhas. Então um dos homens gritou algo para ele, que respondeu sem tirar os olhos de mim.

Sentei-me à mesa e peguei outra taça de champanhe. *Se vou ter que fazer papel de poste, pelo menos serei um poste mamado.*

O álcool estava descendo maravilhosamente bem naquele dia. Entediada, eu observava as outras salas e ouvia o som das palavras ditas pelo Homem de Negro. Quando ele falava italiano, era muito sensual. Então Domenico me tirou de meus pensamentos, levantando a cúpula da bandeja de prata. Olhei seu conteúdo e senti um aperto de medo no estômago – era cocaína. A droga, dividida em várias dezenas de linhas bem organizadas, cobria toda a travessa, que na casa da minha família seria usada para servir peru assado. Ao ver aquilo, suspirei pesadamente e me levantei da mesa. Saí do espaço, mas nem tinha tido tempo de virar a cabeça para olhar ao redor quando um enorme guarda-costas apareceu ao meu lado. Olhei para Massimo, que me encarava. Inclinei-me para a frente, fingindo coçar as pernas para, antes de sair, mostrar a ele o comprimento, ou melhor, a curteza do meu vestido. Endireitei-me e mirei seu olhar animal a alguns milímetros do meu rosto.

"Não me provoque, pequena."

"Por quê? Você tem medo de que eu me dê bem demais?", perguntei, lambendo o lábio inferior. O álcool sempre tem uma ação liberadora em mim, mas, quando estava bêbada ao lado de Massimo, um demônio parecia descer em mim.

"Alberto vai acompanhá-la."

"Você está mudando de assunto", eu disse, agarrando as abas de seu paletó e inalando o aroma de sua água de colônia. "Estou com um vestido tão curto que você entraria em mim sem tirá-lo do meu corpo." Peguei sua mão e fui descendo-a pela minha cintura, e depois enfiei-a por baixo do vestido. "Renda branca, do jeito que você gosta. Alberto!", gritei e me dirigi para o corredor que levava ao salão de dança do clube.

Virei-me e olhei para Massimo, que estava encostado na coluna com as mãos nos bolsos e um largo sorriso no rosto; ele tinha ficado com tesão.

Atravessei a sala e me encontrei no lugar onde a música batia num ritmo forte. As pessoas dançavam, bebiam e, certamente, transavam nos compartimentos privados. Isso não me interessava muito, queria desligar. Acenei com a mão para a *bartender* e, antes que eu abrisse a boca, uma taça de champanhe rosé já estava na minha frente. Eu estava com sede, então virei tudo de uma vez e peguei outra taça que apareceu como num passe de mágica no balcão. Passei uma hora assim, talvez mais – e quando decidi que já estava bem alta, voltei para os viciados que havia deixado no aposento.

Quão enorme foi minha surpresa quando, passando pela divisória preta translúcida, vi que os cavalheiros não estavam mais sozinhos. Havia mulheres que se movimentavam ao redor deles e se esfregavam como gatas em suas pernas, braços e virilhas. Elas eram lindas, e definitivamente putas. Massimo estava sentado no meio, mas não notei nenhuma mulher refestelada em seus joelhos. Quer tenha sido um acaso ou um ato deliberado, eu estava feliz por ele estar sozinho, porque o álcool que eu já tinha bebido poderia me levar à agressão. O álcool poderia e deveria, mas, infelizmente, minha mente doentia e bêbada viu primeiro o *pole*. Que surpresa! O *pole* estava livre.

Quando me mudei para Varsóvia, não demorei a me inscrever nas aulas de *pole dance*. No começo, pensava que essa dança só servia para aprender a se contorcer de uma forma sexy. Porém, minha instrutora logo me corrigiu, provando que era uma ótima maneira de ter um corpo perfeitamente esculpido. Um pouco parecido com ginástica, mas em uma barra vertical. Fui até a mesa e, olhando Massimo bem nos olhos, tirei lentamente a cruz que pendia nas minhas costas. Eu a beijei e coloquei na mesa à sua frente. A música *Running Up That Hill*, do Placebo, ressoava ao meu redor, o que era como um convite. Percebi que não poderia fazer tudo o que queria, dado o comprimento do vestido e a presença dos convidados. Mas eu sabia que no momento em que tocasse a barra, eu mandaria tudo para o inferno! Quando eu agarrei o metal em minha mão e me virei para estudar a reação de Massimo, vi que ele estava de pé e todos os homens ao redor ignoraram as mulheres que os bajulavam e passaram a me observar junto com ele. *Te peguei!*, pensei, quando comecei meu show. Depois de alguns segundos, percebi que, apesar de alguns anos de pausa nos exercícios, me lembrava de tudo, e os movimentos ainda não eram um problema. Dançar era algo completamente natural para mim, que eu conhecia e treinava desde criança. E fosse *pole dance*, dança de salão ou latino-americana, sempre me davam a mesma satisfação.

Fiquei toda empolgada; o álcool, a música, o clima do lugar onde eu estava e toda a situação me causavam muitas transformações. Depois de longos minutos, olhei na direção onde o Homem de Negro estava antes. Agora o lugar estava vazio, mas os olhos de todos os homens estavam cravados em mim, inclusive os de Domenico, esticado no sofá. Me virei novamente e paralisei. O olhar selvagem, frio e animal me derreteu; ele estava a uns centímetros de mim. Envolvi minha perna em torno dele e enfiei meus dedos em seus cabelos, apoiando-o contra a barra.

"Seleção musical interessante para um clube."

"Porque, como você deve ter percebido, isso é um clube, não uma discoteca."

Dei uma volta e descansei minha bunda contra sua virilha, movendo-me suavemente. Massimo agarrou meu pescoço e pressionou minha cabeça em seu ombro.

"Você vai ser minha, eu te garanto, e aí vou te pegar como e quando eu quiser."

Ri sedutoramente e deslizei para fora da plataforma. Fui até a mesa, e então um dos homens sentados se levantou e agarrou meu pulso, puxando-me para perto dele. Perdi o equilíbrio e caí direto no sofá. O cara levantou meu vestido, agarrou minha bunda e me deu uns tapas, gritando algo em italiano. Eu queria me levantar para bater na cabeça dele com a garrafa, mas não conseguia me mover. A certa altura, senti alguém me arrastando pelos ombros sobre o material macio e, quando levantei a cabeça, vi Domenico. Virei-me e vi Massimo segurando pela garganta o homem que havia me apalpado. Em sua mão ele tinha uma pistola, com a qual mirou meu admirador. Afastei-me do jovem italiano que tentava me tirar do aposento e corri para o Homem de Negro.

"Ele não sabia quem eu era", falei, acariciando seus cabelos.

Massimo gritou alguma coisa e Domenico me agarrou novamente, mas desta vez com força suficiente para que eu não me afastasse dele. *Don* Massimo virou a cabeça para o homem que estava ao lado do sofá e, logo depois, todas as mulheres desapareceram da sala. Quando ficamos sozinhos, ele puxou o homem pelo pescoço em direção a seus joelhos e apontou a arma para sua cabeça. A cena fez meu coração pular. Diante de meus olhos, revi a cena da entrada da casa, que ainda era um pesadelo indescritível para mim. Eu me virei para encarar Domenico e pressionei minha cabeça contra seu ombro.

"Ele não pode matá-lo aqui", eu disse, certa de que, em público, Massimo não o faria.

"Sim, ele pode", o jovem italiano respondeu calmamente, abraçando-me. "E vai."

O sangue sumiu do meu rosto e um barulho insuportável explodiu em meus ouvidos. Minhas pernas pareciam feitas de algodão e lentamente comecei a deslizar pelo torso de Domenico. Ele me segurou e gritou alguma coisa, e eu o senti me segurar e me carregar para algum lugar. Então a música foi silenciando e eu caí de volta nas almofadas macias.

"Você gosta de saídas glamorosas, hein?", disse ele, colocando um comprimido sob minha língua. "Vamos, Laura, calminha!"

Meu coração estava voltando ao ritmo normal quando a porta do quarto se abriu e Massimo entrou com a pistola enfiada no cinto.

Ele se ajoelhou no chão à minha frente e me olhou apavorado.

"Você o matou?", falei, quase sussurrando, rezando silenciosamente para que ele negasse.

"Não."

Soltei um suspiro de alívio e virei de costas.

"Eu só atirei nas patas que ele ousou colocar em você", disse ele, levantando-se e entregando a arma ao meu guardião.

"Quero voltar para o hotel, posso?", perguntei, tentando ficar de pé, mas a mistura da minha medicação para o coração e do álcool fez a sala girar e eu cambaleei e caí de costas nos travesseiros.

O Homem de Negro me pegou em seus braços e me abraçou com força. Domenico abriu a porta e fomos para a sala dos fundos e, depois, para a cozinha, até que finalmente nos encontramos na parte de trás do clube. Havia uma limusine esperando e Massimo entrou sem me soltar. Ele se sentou no banco e me cobriu com seu paletó. Adormeci aninhada em seu amplo torso.

Acordei no hotel quando, praguejando em voz baixa, ele tentava tirar minhas botas.

"Tem um zíper atrás", sussurrei, meus olhos semicerrados. "Você acha que seria necessário tirar o cadarço todas as vezes?"

Ele levantou os olhos e me encarou bravo, enquanto tirava as botas dos meus pés.

"O que aconteceu com você esta noite, de querer se parecer com uma..."

"Termine de falar!", rebati, irritada e despertei num segundo, com o que estava prestes a sair de sua boca. "Como uma puta. É isso que você queria dizer?"

O Homem de Negro cerrou os punhos e sua mandíbula se contraiu e relaxou.

"Afinal, você gosta de putas, e o melhor exemplo disso é a Veronica, não é?"

Seus olhos ficaram completamente vazios quando terminei de falar, e eu fiquei parada, os lábios num bico malicioso, esperando uma resposta. Ele não falou, e os nós dos seus dedos ficaram brancos, de tanto que cerrava as mãos. Então, Massimo se levantou de um pulo e se sentou em cima de mim, com as pernas em volta dos meus quadris. Ele agarrou meus pulsos e, pressionando-os contra o colchão, elevou-se acima da minha cabeça. Meu peito começou a ondular em um ritmo louco quando ele trouxe seu rosto para mais perto de mim e, depois de algum tempo, forçou brutalmente a língua na minha boca. Eu gemia enquanto me contorcia sob ele, mas não tinha intenção de lutar com ele, eu não queria. Sua língua pressionava minha garganta, cada vez mais fundo e mais forte.

"Quando eu vi você dançando hoje...", ele sussurrou, afastando-se de mim caoticamente. "Porra, Laura!" Ele pressionou seu rosto contra meu pescoço. "Por que você faz isso, Laura? Você quer me provar alguma coisa? Você quer ver qual é o limite? Sou eu que dou as regras, não você. E se você quiser que eu pegue para mim o que desejo, vou fazer isso sem sua permissão."

"Eu só estava me divertindo. Não era isso que eu deveria fazer hoje? Além do mais, saia de cima de mim, eu quero uma bebida."

Ele levantou a cabeça e olhou para mim surpreso.

"O que você quer?"

"Quero beber", falei, engatinhando por baixo dele enquanto ele me soltava e caía de lado na cama. "Você está me irritando, Massimo", murmurei e caminhei até a mesa, me servindo do líquido âmbar da garrafa.

"Laura, você não está acostumada a beber bebidas fortes, e depois dos remédios que tomou e da quantidade de champanhe que bebeu no clube, isso não é uma boa ideia."

"Eu não estou acostumada?", perguntei, levando o copo à boca. "Então olhe só!"

Inclinei a taça e entornei todo o conteúdo na garganta. *Meu Deus, que coisa nojenta*, pensei, estremecendo. No entanto, essa reação chocante do meu corpo não me impediu de me servir de outra dose. Enquanto caminhava em direção ao terraço, me virei e olhei para o Homem de Negro, que estava assistindo minha performance com a cabeça apoiada nas mãos.

"Você vai se arrepender disso, menina!", gritou, enquanto eu desaparecia pela porta que dava para fora.

A noite estava adorável, o calor tinha se amenizado e o ar parecia surpreendentemente fresco, embora estivéssemos bem no centro de Roma.

Sentei-me num sofá grande e entornei outro grande gole. Depois de alguns minutos, quando o copo já estava vazio, comecei a sentir sono e tontura. De fato, eu não costumava beber bebidas muito fortes e agora sabia o porquê. O helicóptero que girava na minha cabeça não tornava fácil para mim andar, e ver tudo duplicado dificultava que eu atingisse a porta. Então fechei um olho, concentrando-me em percorrer o caminho de volta para a cama, salvaguardando o que me restava de classe. Levantei-me da maneira mais elegante possível, agarrando o umbral da porta e dando-me conta de que Massimo poderia estar olhando para mim. E eu não estava enganada – ele estava na cama com um computador no colo. Ele estava nu, exceto pela cueca boxer CK branca e justa. *Ai, meu Deus, como ele é lindo!*, pensei, enquanto ele olhava para mim por cima do monitor. Mais uma vez, meu cérebro bêbado me levou a inventar um plano diabólico de me deixar levemente vulnerável e depois deixá-lo sozinho. Avancei, agarrando as alças do meu vestido; deixei-as descer dos ombros e o tecido caiu no chão. Tentei levantar meu joelho graciosamente e desaparecer no banheiro, mas, naquele momento, minhas pernas se recusaram a cooperar. O tornozelo direito ficou preso no vestido e o pé esquerdo pisou nele. Eu desabei no tapete com um gemido e logo depois caí num riso nervoso.

O Homem de Negro apareceu em cima de mim como na primeira noite em que o vi no clube. Dessa vez, porém, ele não me ergueu pelos cotovelos, mas me tomou nos braços e me deitou na cama, verificando se eu estava bem. Quando minha histeria diminuiu, ele olhou para mim com preocupação.

"Está tudo bem com você?"

"Me pega", sussurrei, tirando o restante das minhas roupas. Quando a tanga de renda branca estava em meus tornozelos, levantei minha perna e agarrei-a com a mão. "Entra em mim, Massimo." Eu joguei meus braços para trás da cabeça e abri bem minhas pernas.

O Homem de Negro ficou sentado olhando para mim, um sorriso vagando em seu rosto. Ele se inclinou sobre mim e me beijou levemente nos lábios, em seguida, cobriu meu corpo nu.

"Eu te disse que não era uma boa ideia beber. Boa noite!"

Sua atitude ambivalente em relação à minha proposta me enfureceu. Fiquei balançando os braços, para lhe dar um tapa na cara de novo, mas, ou fui extremamente lenta, ou ele foi tão rápido que me agarrou pelo pulso e o prendeu com a correia à qual eu estava amarrada antes de sair, quando Veronica estava dando seu show. Ele pulou na cama e, logo depois, eu estava esticada entre os pilares, lutando como um peixe tirado da água.

"Me solte!", gritei.

"Boa noite!", disse ele, saindo do quarto e apagando a luz.

O sol de agosto entrou em meu quarto e me acordou. Minha cabeça estava pesada e doía, mas esse não era o maior problema – eu não conseguia sentir meus braços. *Que porra está acontecendo?*, pensei, olhando para as braçadeiras em meus pulsos. Eu as sacudi, e o som do metal batendo contra a madeira parecia rasgar meu cérebro. Gemi baixinho e olhei ao redor do quarto. Estava sozinha. Tentei muito me lembrar dos acontecimentos da noite anterior, mas tudo o que me lembrava era do meu desempenho no *pole*. "Meu Deus!", suspirei, ao pensar no que devia ter acontecido quando voltamos, para eu ter acordado naquelas condições. Provavelmente Massimo conseguira o que queria, e agora eu morreria atormentada pela ressaca e pela culpa. Depois de alguns minutos de autocomiseração, tinha chegado a hora de pensar com lógica. Comecei a vasculhar com a ponta dos dedos o fecho, mas o desenhista da armadilha planejou-a de tal forma que era impossível se libertar sozinha.

"Merda, merda, merda!", gritei desistindo, e então ouvi uma batida leve na porta.

"Sim?", eu disse, insegura e preocupada com quem estaria à porta.

Quando vi Domenico, fiquei feliz como sempre, e ele ficou parado e olhou para mim por um momento, divertido. Abaixei minha cabeça para ver se nenhum dos meus seios estava olhando para ele agora, mas eu estava perfeitamente coberta pelo edredom.

"Que merda! Você vai ficar aí achando graça ou vai me ajudar?", grunhi irritada.

O jovem italiano se aproximou e soltou minhas mãos.

"Vejo que a noite foi um sucesso", disse ele, erguendo as sobrancelhas comicamente.

"Me dá um tempo, tá?" Cobri meu rosto com as cobertas, querendo morrer.

Quando minhas mãos passaram por baixo das cobertas, fiquei chocada ao descobrir que estava completamente nua.

"Nããããooo", gemi baixinho.

"Massimo viajou, tem muito trabalho, então você está condenada a ficar comigo. Estou esperando na sala, vamos tomar café."

Depois de trinta minutos, um banho e comprimidos de paracetamol, eu estava à mesa, tomando um gole do meu chá com leite.

"Você se divertiu ontem?", perguntou ele, deixando o jornal de lado.

"Pelo que eu me lembre – médio, e depois, a julgar pela maneira como você me encontrou, provavelmente mais, só que graças a Deus eu não me lembro de nada."

Domenico riu tanto que engasgou com um pedaço de croissant.

"Até que ponto você se lembra?"

"*Pole dance* e depois um buraco negro."

Ele assentiu com a cabeça com conhecimento de causa.

"Da dança, até eu me lembro, você se alonga muito bem." Um sorriso ainda maior apareceu em seu rosto.

"Pode me matar," eu disse, batendo minha cabeça contra a mesa. "Ou me diga o que aconteceu depois."

Domenico ergueu as sobrancelhas e bebeu um gole de café *espresso*.

"*Don* Massimo levou você para o quarto e..."

"E deu uma rapidinha", terminei por ele.

"Sinceramente, duvido, eu não estava com vocês, mas o encontrei um pouco depois de virmos e eu o vi sair daqui para dormir no outro quarto. Eu já o conheço há tempos e ele não parecia...", Domenico ficou procurando as palavras certas por um tempo, "... satisfeito, e acho que ele ficaria satisfeito depois de uma noite com você".

"Meu Deus, Domenico, por que você está me atormentando? Você, com certeza, sabe o que aconteceu, então por que não pode simplesmente me contar?"

"Posso, mas será definitivamente menos divertido." Meu semblante parece tê-lo convencido de que eu não estava com vontade de brincar. "Ok, você ficou bêbada e armou uma confusão, então ele prendeu você na cama e foi dormir."

Soltei um suspiro de alívio ao ouvir o que dizia e, ao mesmo tempo, comecei a me perguntar o que havia acontecido.

"Pare de se preocupar e coma agora, temos uma agenda bem cheia."

Ficamos em Roma por apenas três dias e durante os três sequer vi Massimo, nem por um momento. Depois da noite infeliz no clube, ele desapareceu sem deixar vestígios, e o jovem italiano estava silencioso como uma sepultura.

Passei todos os dias com Domenico, que me mostrou a Cidade Eterna. Ele comia comigo, fazia compras, ia ao *spa*. Eu ficava me perguntando se todas as nossas viagens seriam assim.

Quando, no segundo dia, estávamos almoçando em um restaurante encantador, com vista para as escadarias da Piazza di Spagna, eu perguntei a ele:

"Será que um dia ele vai me deixar trabalhar? Não posso ficar sem fazer nada, só esperando por ele."

O jovem italiano ficou em silêncio por um longo tempo, depois disse:

"Não posso ficar fazendo comentários sobre *don* Massimo, sobre o que ele quer, faz ou pensa. Por favor, não me pergunte sobre essas coisas, Laura. Você tem de lembrar quem ele é. Quanto menos perguntas, melhor para você."

"Que merda! Acho que tenho o direito de saber o que ele está fazendo, por que não telefona e se está vivo", retruquei, enquanto jogava os talheres no prato.

"Ele está vivo", disse Domenico bruscamente, não respondendo ao meu olhar questionador.

Eu fiz uma careta e voltei a comer minha refeição. Por um lado, gostava da vida que levava havia algum tempo, mas, por outro, eu não era do tipo "a mulher do seu homem". Principalmente porque Massimo nem era meu homem.

Na manhã do terceiro dia, Domenico tomou café comigo, como sempre. Quando seu telefone tocou, ele se desculpou e se levantou da mesa. Ele falou por um minuto, depois voltou até onde eu estava.

"Laura, você vai embora de Roma hoje."

Eu olhei para ele com surpresa.

"Mas acabamos de chegar!"

O jovem italiano sorriu desculpando-se e caminhou em direção ao meu guarda-roupa. Terminei meu chá com leite e o segui.

Prendi meu cabelo em um rabo de cavalo alto e passei rímel; o bronzeado cada vez mais forte em meu rosto me permitia usar cada vez menos maquiagem. Lá fora, todos os dias, a temperatura beirava os trinta graus. Sem saber para onde estava indo, coloquei um shortinho jeans azul marinho e um top branco minúsculo, que mal cobria meus humildes seios. Tratei a roupa daquele dia como um protesto. *Não vou ser elegante*, pensei, e enfiei as pernas nos meus amados tênis Isabel Marant. Quando coloquei os óculos e peguei a bolsa, Domenico saiu de um canto. Ele parou e me olhou por um momento.

"Tem certeza de que quer sair assim?" perguntou embaraçado. "*Don* Massimo não ficará feliz em vê-la vestida assim."

Eu me virei indiferente e, deslizando os óculos para a ponta do nariz, lancei-lhe um olhar de desprezo.

"Você sabe para onde foi minha paciência, depois desses três dias?"

Eu me virei e caminhei em direção ao elevador.

Meu relógio absurdamente caro marcava onze horas quando Domenico me levou ao carro.

"Você não vem comigo?", perguntei, fazendo biquinho como uma menina.

"Não posso, mas o Claudio vai cuidar de você durante a viagem." Domenico fechou a porta e o carro começou a andar. Eu me senti sozinha e triste. *Será que estou sentindo saudade do Homem de Negro?*, pensei.

Meu motorista, Claudio, que também era, ao mesmo tempo, meu guarda-costas, não era de falar muito.

Peguei meu telefone e liguei para minha mãe. Ela estava mais calma, mas não muito satisfeita depois de eu lhe ter dito que não os visitaria naquela semana.

Quando terminei a longa conversa, o carro estava justamente saindo da rodovia e logo estávamos em Fiumicino. Claudio era muito eficiente dirigindo o grande suv pelas ruazinhas estreitas e pitorescas. Em certo momento, o carro freou e vi um grande porto repleto de iates exclusivos.

Um homem mais velho vestido de branco abriu a porta. Eu examinei o motorista, que inclinou com a cabeça assentindo para mim, me deixando sair.

"Bem-vinda ao Porto di Fiumicino, sra. Laura. Eu sou o Fabio e vou mostrar a você o barco. Por aqui, por favor." Ele fez um gesto, mostrando-me o caminho.

Quando, após alguns passos, paramos para embarcar no convés, olhei para cima e fiquei presa no chão. Meus olhos estavam vendo o Titã. A maioria dos barcos no porto eram brancos como a neve, enquanto aquele era de uma cor fria e escura de aço com vidros escuros.

"O iate tem noventa metros. Tem doze cabines de hóspedes, jacuzzi, sala de cinema, spa, academia e, claro, uma enorme piscina e um heliporto."

"Bem modesto", comentei, com a boca ligeiramente aberta.

Quando pisei no primeiro dos seis deques, vi um salão impressionante, apenas parcialmente coberto. Era elegante e bem despojado. Quase todos os móveis eram brancos, acessórios de aço e um piso de vidro completavam o conjunto. Depois havia a sala de jantar, as escadas e uma jacuzzi na proa. Havia rosas brancas em vasos nas mesas, mas minha atenção foi atraída por uma mesa sem flores. Em vez delas, havia um enorme vaso com gelo e garrafas submersas de Moët Rosé.

Quando terminei de analisar aquele andar, Fabio apareceu ao meu lado com uma taça cheia na mão. *Será que todos eles pensam que sou uma alcoólatra e que a única maneira que conheço de passar o tempo é bebendo?*

"O que a senhora gostaria de fazer antes de partirmos? Conhecer todo o iate? Tomar sol ou talvez queira que sirvamos o almoço?"

"Gostaria de ficar sozinha, se possível." Larguei minha bolsa e me dirigi para a proa.

Fábio fez que sim com a cabeça e desapareceu. Fiquei parada, observando o mar. Bebi uma taça, depois a segunda e outras mais, até que a garrafa ficou vazia. A digestão do porre da noite anterior diminuiu e eu estava bêbada de novo.

Titã deixou o porto. Quando a terra estava desaparecendo no horizonte, pensei em como gostaria de nunca mais voltar para a Sicília e não encontrar Massimo e não ser a salvação dele. Então ainda poderia viver pacificamente em meu mundo normal – em vez de ficar trancada em uma gaiola de ouro.

"Mas que porra é essa que você está vestindo!", ouvi um sotaque familiar. "Você parece uma..."

Virei-me e quase esbarrei em Massimo, que havia aparecido na minha frente, como na noite em que o vi pela primeira vez. Eu já estava bêbada, então me virei e caí no sofá.

"Eu pareço o que quiser, e não dou a mínima para o que você pensa", gaguejei. "Você me deixou sem dizer nada e me trata como uma marionete com a qual brinca quando tem vontade. Hoje a marionete quer brincar sozinha." Pulei desajeitadamente do sofá, peguei outra garrafa de champanhe e fui cambaleando em direção à popa. Os sapatos de salto alto não facilitavam minha caminhada e eu estava ciente de que parecia patética, então, frustrada, tirei-os.

O Homem de Negro me seguiu, gritando algo, mas sua voz não interrompeu o zumbido alcoólico em minha cabeça. Eu não conhecia o barco, mas, para escapar dele, desci as escadas correndo e... essa é a última coisa de que me lembro.

Capítulo 8

"Respire", ouvi a voz como se viesse de dentro de uma caixa. "Laura, respire, você está me ouvindo?"

A voz ficou mais distinta.

Senti meu estômago subir na garganta e comecei a vomitar e a engasgar com alguma coisa salgada.

"Graças a Deus! Pequena, você está me ouvindo?", perguntou Massimo, acariciando meus cabelos.

Abri os olhos com dificuldade e, acima de mim, vi o Homem de Negro com água pingando pelo corpo. Ele estava vestido, faltavam apenas os sapatos. Eu olhava, mas não conseguia dizer uma palavra. Minha cabeça rugia e o sol me cegava. Fabio entregou-lhe uma toalha e o Homem de Negro me enrolou com ela e me pegou nos braços. Ele me carregou pelos deques, até que entrou no quarto e me deitou na cama. Eu ainda estava atordoada e não tinha ideia do que tinha acontecido. Massimo secou meus cabelos, olhando para mim com os olhos cheios de um misto de preocupação e raiva.

"O que aconteceu?", perguntei numa voz baixa e rouca.

"Você caiu da ponte do convés. Graças a Deus que não estávamos navegando mais rápido, e você caiu ao lado do iate. O que não muda o fato de que você quase se afogou." Massimo se ajoelhou ao lado da cama. "Porra, Laura, eu queria matar você, e ao mesmo tempo estou muito grato por você estar viva."

Toquei sua bochecha.

"Você me salvou?"

"Ainda bem que eu estava bem perto. Nem quero pensar no que poderia ter acontecido com você. Por que é tão desobediente e teimosa?", suspirou.

O álcool ainda zumbia na minha cabeça e eu sentia o gosto da água do mar na minha boca.

"Eu queria tomar um banho", disse e tentei me levantar.

O Homem de Negro me segurou, me tomando gentilmente pelo braço.

"Não vou deixar você fazer isso sozinha agora, porque não faz cinco minutos que você não estava nem respirando, Laura. Se você quiser, eu mesmo vou te dar um banho."

Olhei para ele com o olhar cansado, não tive forças para me opor. Além disso, ele já tinha me visto nua e não só me viu como também me tocou, então nenhuma parte do meu corpo era segredo para ele. Eu balancei a cabeça em concordância. Ele sumiu por um momento e, quando voltou, pude ouvir o barulho da água correndo no banheiro.

O Homem de Negro tirou a camisa molhada, a calça e finalmente a cueca boxer. Em circunstâncias normais, vê-lo assim me deixaria muito excitada, mas não naquela hora. Ele abriu a toalha na qual eu estava enrolada e tirou minha blusa com delicadeza, completamente alheio ao que via. Desabotoou meu short e ficou surpreso ao descobrir que eu não estava usando calcinha.

"Você não está usando calcinha?!"

"Observação muito valiosa!", sorri. "Não achava que a gente ia se ver."

"Por isso mesmo deveria usar!" Seu olhar ficou frio, então decidi não prosseguir com o assunto.

Ele me pegou nua em seus braços e me carregou até o banheiro que ficava a poucos metros da cama. A enorme banheira contra a parede já estava parcialmente cheia de água. Ele entrou nela, sentou-se e ficou de costas na beirada, depois, me virou e me colocou entre suas pernas, de modo que minha cabeça repousava em seu peito. Primeiro ele me lavou toda, sem esquecer nenhum lugar, depois começou a lavar minha cabeça. Fiquei surpresa com a delicadeza com que soube lidar comigo. Por fim, me tirou da banheira, me enrolou em uma toalha e me carregou para a cama. Massimo apertou um botão no controle remoto e cortinas enormes cobriram completamente as janelas, proporcionando uma escuridão agradável. Nem sei quando adormeci.

Acordei assustada, puxando o ar nervosamente. Entrei em pânico, sem ter ideia de onde estava. Depois de um tempo, quando recobrei meus sentidos, lembrei-me dos acontecimentos do dia anterior. Saí da cama e acendi a luz, e a vista do apartamento imponente se desdobrou diante dos meus olhos. Sofás ovais brancos na sala de estar faziam uma maravilhosa composição com o chão quase preto. O interior era minimalista e muito masculino. Mesmo as flores nas colunas claras não pareciam delicadas.

Cadê o Massimo?, pensei. *Será que desapareceu de novo?* Coloquei o roupão sobre meu corpo nu e fui até a porta. Os corredores eram amplos e levemente iluminados, e eu não tinha ideia de para onde estava indo, porque tinha optado por ficar bêbada em vez de conhecer o iate. Ao pensar no álcool, estremeci de nojo. Enquanto subia as escadas, encontrei um deque que despertou em mim lembranças ruins. Mesmo sabendo da situação pela história contada, senti medo. Estava completamente vazio e praticamente escuro; o piso de vidro era iluminado apenas por pontos de luz embutidos nele. Caminhei em direção à sala semiaberta e cheguei à proa.

"Dormiu bem?", ouvi uma voz na escuridão.

Eu olhei em volta. O Homem de Negro estava sentado com os braços apoiados abertos na borda da jacuzzi, segurando um copo na mão.

"Vejo que você está se sentindo melhor. Por que não vem aqui comigo?"

Ele inclinou a cabeça para o lado, como se a nuca estivesse relaxando. Levou o copo à boca e tomou um gole do líquido âmbar, sem tirar seus olhos gélidos de mim.

O Titã estava parado e, ao longe, viam-se as luzes bruxuleantes da terra. O mar calmo balançava ligeiramente, batendo com suavidade na embarcação.

"Onde está a tripulação?", perguntei.

"Lá onde deveria estar, um lugar que, definitivamente, não é aqui". Massimo sorriu e pousou o copo. "Você está esperando outro convite, Laura?"

Seu tom era sério e seus olhos brilhavam com a luz refletida dos lustres. Estando agora junto dele, percebia que havia sentido sua falta naqueles últimos dias.

Segurei e puxei a faixa do roupão e deixei que ele deslizasse. Massimo observava com interesse, apertando ritmicamente a mandíbula. Fui devagar em sua direção e entrei na água; sentei-me de frente para ele.

Eu o observava enquanto ele tomava outro gole; quando mostrava seu lado comedido, ficava terrivelmente sedutor.

Inclinei-me e me aproximei dele, sentando-me sobre seus joelhos, meu corpo firmemente pressionado contra o dele. Sem pedir permissão, coloquei minhas mãos em seus cabelos, ele gemeu e inclinou a cabeça para trás, fechando os olhos. Absorvi aquela visão por um momento, então peguei seu lábio inferior com meus dentes. Sentia que ele endurecia embaixo de mim. Esse impulso involuntariamente desencadeou um movimento suave nos meus quadris. Chupei e mordi seus lábios devagar até que, em certo momento, coloquei minha língua em sua boca. O Homem de Negro abaixou os braços e agarrou minha bunda com força, pressionando-me contra ele.

"Senti saudade", sussurrei, afastando minha boca da dele.

Ao som dessas palavras, ele me empurrou para longe dele e me penetrou com seu olhar inquisidor.

"É assim que você demonstra sua saudade, pequena? Porque se vai expressar sua gratidão por eu ter salvado sua vida dessa maneira, escolheu a pior maneira possível. Não vou fazer isso com você até que você tenha certeza de que quer isso mesmo."

Essa declaração me magoou. Eu o empurrei para longe de mim e pulei para fora da água como se ela estivesse me queimando. Peguei o roupão e, com vergonha, joguei-o por cima de mim. Eu queria chorar e desejava ficar longe dele o mais rápido possível.

Desci correndo as escadas pelas quais chegara até ele alguns minutos antes e virei em um emaranhado de corredores. Todas as portas pareciam quase idênticas, então, quando achei que uma delas era a certa, agarrei a maçaneta. Entrei no cômodo e passei a mão na parede procurando o interruptor de luz. Quando finalmente o encontrei, percebi que não estava no lugar para onde queria ir. A porta atrás de mim se fechou e ouvi o som da fechadura trancando. A luz se apagou quase completamente e eu fiquei paralisada, com medo de me virar, embora, inconscientemente, soubesse que estava segura ali.

"Eu adoro quando você me pega pelos cabelos", disse o Homem de Negro, em pé atrás de mim. Ele segurou a faixa do meu roupão, me virou e, com um movimento enérgico, tirou a peça de roupa que eu estava vestindo.

Quando me encostei nele, senti que estava nu, molhado e quente. Ele prendeu meus lábios com os dele, beijando-me forte e profundamente. Suas mãos percorreram todo meu corpo até que acabaram na minha bunda. Ele me levantou, sem parar de me beijar, e me carregou até a cama. Depois me deitou e ficou me olhando por um momento, de pé. Eu o encarei e, por fim, pus meus braços atrás da cabeça, sobre os travesseiros, querendo mostrar a ele a vulnerabilidade, que eu agora realmente sentia, e minha confiança.

"Você sabe que, se começarmos, desta vez não vou conseguir parar, não é?", perguntou com voz séria. "Se passarmos de um certo limite, vou comer você, quer você queira ou não."

Nos lábios dele, aquilo parecia uma promessa que só fazia aumentar meu tesão.

"Então me come", falei, sentando-me à sua frente na beirada da cama.

Ele murmurou algo em italiano com os dentes cerrados e ficou a alguns centímetros de mim. O restinho de luz que iluminava o cômodo me permitiu enxergar sua ereção. Eu agarrei sua bunda e o puxei para perto o suficiente para que pudesse agarrar seu pau duro com minha própria mão. Ele era maravilhoso, grosso e duro. Corri meus dedos sobre ele, lambendo meus lábios com gosto.

"Segure a minha cabeça", falei, olhando em seus olhos, "e aplique aquele castigo que eu tinha escolhido." Massimo expirou sonoramente e agarrou meus cabelos com força.

"Agora você está me pedindo para tratá-la como uma puta, é isso que você quer?"

Eu obedientemente inclinei minha cabeça para trás e abri bem minha boca.

"Sim, *don* Massimo", sussurrei.

Com essas palavras, o aperto em meus cabelos se intensificou. Ele se aproximou e, com um movimento calmo e suave, enfiou seu pau duro em minha boca. Eu gemi quando o senti deslizar pela minha garganta. Seus quadris começaram a ondular ritmicamente, mantendo-me sem fôlego.

"Se a qualquer momento você não estiver mais gostando, apenas me diga isso, para que eu saiba que você não está só me atiçando," disse ele, sem parar de se movimentar.

Eu recuei um pouco e o tirei da boca, continuando com o movimento da mão.

"O mesmo vale para você", falei com confiança, levantando minhas sobrancelhas ligeiramente, e comecei a chupá-lo de novo.

O Homem de Negro riu zombeteiramente e gemeu, enquanto eu acelerava para mostrar a ele que não estava brincando. Eu o chupei mais rápido e mais forte do que suas mãos, que controlavam minha cabeça, queriam. Ele estava ofegante e puxava meus cabelos. Senti-o crescer em minha boca, isso era um incentivo para mostrar a ele quem estava dando as cartas agora. Ele era doce, sua pele, lisa, e seu corpo cheirava a sexo. Eu me deliciava com ele, queria me satisfazer com o que desejava há tanto tempo. A outra parte de mim queria provar algo para ele, mostrar que, naquele momento, eu tinha poder sobre ele em minha boca; acelerei mais uma vez. Eu sabia que ele não aguentaria muito tempo e que ele também sentia isso. Ele tentou diminuir meus movimentos, mas sem sucesso.

"Devagar", sibilou, e eu ignorei completamente seu comando.

Depois de um momento de ritmo frenético, ele puxou o pau, me empurrando para longe dele. Eu me lambia lascivamente, quando ele se levantou e olhou para mim ofegante. Agarrou meus ombros e me empurrou para a cama, então me rolou de bruços, seu corpo todo pressionado contra o meu.

"Você está querendo me provar alguma coisa, é?", perguntou, lambendo dois dedos. "Relaxe, pequena", sibilou, e enfiou os dedos dentro de mim. Um gemido alto escapou da minha garganta. Dois dedos eram o suficiente para preencher minha boceta.

"Acho que você está pronta." Essas palavras fizeram um arrepio correr pela minha coluna. Expectativa, incerteza, medo e luxúria estavam todos misturados em mim.

Massimo lentamente começou a entrar em mim, eu podia sentir cada centímetro de seu pau grosso.

Seus braços me envolviam com uma força que causava dor. Quando ele estava totalmente dentro de mim, parou, puxou o pau para fora e depois enfiou de novo, com mais força ainda. Eu gemia, e a excitação e o prazer se misturavam à dor. Seus quadris se aceleraram e sua respiração seguia o ritmo. A fricção maravilhosa que eu sentia se espalhava em ondas de prazer pelo meu corpo. Ele de repente diminuiu a velocidade e eu dei um suspiro de alívio.

Ele deslizou a mão sob minha barriga e levantou meus quadris, seu joelho abrindo minhas pernas ligeiramente cerradas.

"Quero ver essa bundinha linda", disse, acariciando minha bunda.

Eu fiquei com medo, esperava que ele não quisesse tentar já na primeira vez o que eu definitivamente não estava pronta para fazer.

"*Don...*", sussurrei indecisa, olhando para ele.

Ele agarrou meus cabelos e pressionou meu rosto contra os travesseiros.

"Calma, menina", sussurrou, inclinando-se sobre mim. "Nós vamos fazer isso também, mas não hoje."

Lenta e ritmicamente, ele metia em mim, empurrando minha coluna para que minha bunda ficasse bem empinada.

"Assim, assim". Ele ofegava com satisfação, segurando meus quadris com mais força.

Eu adorava ser fodida por trás, e o controle que ele tinha sobre meu corpo naquela posição me apavorava e me excitava ao mesmo tempo. Massimo se curvou ligeiramente e deslizou uma mão sobre meu clitóris. Eu abri minhas pernas ainda mais para que ele pudesse brincar comigo.

"Abra a boca", disse, enfiando os dedos nela.

Quando eles estavam devidamente molhados, ele voltou a friccionar minha boceta. Fazia isso com perfeição e sabia exatamente onde suas mãos deveriam estar para me levar à loucura. Agarrei o travesseiro com força, incapaz de suportar o movimento de seus quadris. Eu gemia e me contorcia embaixo dele, murmurando em polonês.

"Ainda não, Laura", ordenou e me rolou de costas. "Eu quero ver você chegando ao clímax."

Ele enfiou as duas mãos debaixo de mim e me juntou a ele com força, seu pau deslizando para dentro e para fora cada vez mais enérgico e rápido, até que lá dentro começaram as contrações. Eu joguei minha cabeça para trás e deixei o orgasmo dominar meu corpo.

"Mais forte", gemi.

Ele me fodia com força redobrada, senti que ele estava logo atrás de mim, mas não consegui segurar o prazer por mais tempo. Eu gritava, enrijecida na armadilha do orgasmo, e os quadris de Massimo continuavam metendo em mim. Outra estocada e mais outra, e meus ouvidos estavam zumbindo; era gostoso demais. Com um grito estridente, gozei mais uma vez e meu corpo suado caiu mole no colchão.

O Homem de Negro desacelerou, quase preguiçoso no movimento que estava fazendo. Ele agarrou meus pulsos e os ergueu. Ele se apoiou nos joelhos e observou meus seios ondulantes; estava satisfeito, triunfante.

"Termine na minha barriga, eu quero ver", falei exausta.

Massimo sorriu e apertou ainda mais meus pulsos.

"Não", respondeu, seu corpo em uma velocidade frenética.

Depois de um instante, senti uma onda quente se derramando em mim. Congelei de medo. Ele estava bem ciente de que eu não estava usando anticoncepcionais. Ele gozou longa e intensamente, lutando contra meu corpo, que eu queria proteger a todo custo de seu doce conteúdo. Quando terminou, caiu sobre mim suado e quente.

Tentei organizar meus pensamentos, contando os dias do ciclo na minha cabeça, sabendo muito bem que ele havia escolhido o pior dia possível. Eu queria me soltar dele, mas seu peso não me deixava me mover.

"Massimo, que raios você quer fazer?", perguntei irada. "Você sabe muito bem que eu não tomo pílula."

Ele riu e se apoiou nos cotovelos. Olhava para mim, enquanto eu me lançava furiosamente sob ele.

"A pílula pode ser segura ou não. Você está com um implante anticoncepcional, olhe aí."

Seus dedos tocaram a parte de dentro do meu braço esquerdo, na altura do meu bíceps. Havia um tubinho sob a pele. Ele soltou minhas mãos e descobri, para meu horror, que não estava mentindo.

"No primeiro dia, quando você estava dormindo, eu mandei que implantassem isso em você, não queria arriscar. Vai funcionar por três anos, mas é claro que você pode removê-lo depois de um ano", disse com um sorriso no rosto.

Foi a primeira vez que o vi com aquele sorriso, o que não mudou o fato de que eu estava furiosa. Satisfeita, mas furiosa.

"Você não vai sair de cima de mim?", perguntei, olhando para ele impassível.

"Infelizmente, não será possível por um tempo, pequena, vai ser difícil eu deixar você se afastar agora", disse, mordiscando meu lábio. "Quando vi seu rosto pela primeira vez, não te desejava, fiquei apavorado com a visão que tive. Mas, com o tempo, quando seus retratos já estavam espalhados por toda a parte, comecei a compreender cada detalhe da sua alma. Você é muito parecida comigo, Laura", disse isso e beijou meus lábios suavemente.

Fiquei deitada olhando para ele e sentia que a raiva que eu tinha estava se esvaindo. Eu adorava quando ele era honesto comigo, percebia o quanto isso lhe custava e apreciava isso.

Seus quadris começaram a ondular ligeiramente e eu senti seu tesão dentro de mim novamente. Ele beijou meu rosto e continuou.

"Na primeira noite, fiquei olhando para você até amanhecer. Eu podia sentir o seu cheiro, o calor do seu corpo, você estava viva, você existia e estava deitada ao meu lado. Não fui capaz de me afastar de você o dia todo, sentia um medo irracional de voltar e você ter ido embora."

Seu tom ficou triste e com um ar de desculpas, como se quisesse que eu soubesse que o fato de ele estar me segurando à força não lhe trazia a glória. Mas a verdade era que, se não fosse pelo medo, eu teria fugido na primeira oportunidade. Seus quadris se aceleravam lentamente, seus braços em volta de mim, eu podia sentir seu corpo ficando quente e molhado.

Não queria mais ouvir o que ele estava dizendo, porque isso me lembrava que tudo o que estava acontecendo não era exatamente o que eu queria. Comecei a pensar sobre quão impiedoso ele poderia ser, quão brutal e cruel. Nunca experimentei sua crueldade, mas eu a tinha presenciado e sabia do que Massimo era capaz.

Os pensamentos em minha cabeça me fizeram sentir a fúria crescendo novamente. Seu corpo ondulando me irritou, me enervou e fez minha fúria se acumular.

Massimo afastou o rosto da minha bochecha e me olhou nos olhos. O que viu o fez parar.

"Laura, o que está acontecendo?", perguntou, com olhar indagador.

"Você não vai querer saber, e sai de cima de mim, porra!" Lutei para me levantar, mas ele sequer se moveu. Seus olhos estavam gélidos; eu sabia que agora estava lidando com o *don*, e uma luta com ele não fazia sentido. "Eu quero montar em você", falei, meus dentes cerrados enquanto agarrava sua bunda.

O Homem de Negro continuou a estudar meu rosto com cuidado; de repente, ele me agarrou com força e, sem me soltar, rolou e ficou deitado de costas. Ele se deitou e ergueu os braços, assim como eu tinha feito uns minutos antes.

"Sou todo seu", sussurrou, fechando os olhos. "Não sei o que a deixou tão brava, mas já que você precisa de controle sobre mim para liberar sua raiva, então, por favor", disse ele, abrindo um olho. "A arma está na gaveta esquerda, destravada, se você precisar."

Eu lentamente fiquei acima do seu peito, me enfiando cada vez mais no pau duro dele. Eu me diverti com o que Massimo disse e ao mesmo tempo fiquei zangada e confusa. Eu segurei sua bochecha com minha mão direita e apertei com força. Ele não abriu os olhos, apenas começou a cerrar a mandíbula ritmicamente. Eu levantava minha bunda lentamente e afundava nele, levando-o cada vez mais fundo em mim. Queria que ele soubesse como eu me sentia, queria castigá-lo por tudo e fazê-lo sofrer, e só havia uma maneira de fazer isso.

Eu me levantei de cima dele. Quando sentiu o que eu estava fazendo, abriu os olhos. Lancei-lhe um olhar repreensivo e fui pegar a faixa do roupão na porta. O resto de porra escorria pelas minhas pernas. Corri meu dedo para pegar um pouquinho do líquido pegajoso e, no caminho de volta, lambi sem tirar os olhos do Homem de Negro. Ao ver isso, seu pau começou a latejar ritmicamente.

"Você é doce", falei, passando a língua nos lábios. "Quer provar?"

"Não sou fã do meu próprio gosto, então, é melhor não", respondeu com nojo.

"Sente-se", ordenei, montando em suas pernas.

Massimo calmamente se levantou e cruzou as mãos atrás das costas, como se soubesse o que eu queria fazer.

"Você tem certeza?", perguntou num tom mais sério do que a situação exigia.

Ignorei completamente a pergunta e amarrei suas mãos com tanta força que, quando terminei, ele sibilou de dor.

Eu o empurrei para a cama, para que se deitasse, e alcancei a gaveta esquerda ao lado da cama, pegando a arma. O Homem de Negro nem se mexeu, ele estava olhando para mim com seus olhos que pareciam dizer "Eu sei que você não teria coragem". De fato, eu não tinha tanta coragem e, além disso, naquela circunstância, não queria. Procurei na gaveta, mas o que eu procurava não estava lá. Procurei na outra e bingo! Peguei a venda.

"Agora vamos nos divertir, *don* Massimo", disse, colocando a venda em seus olhos. "Antes de começar, lembre-se de que, se não gostar de algo, você tem que me dizer claramente, para que eu possa entender, embora haja poucas chances de eu fazer o que quer."

Ele sabia que eu estava zombando dele, então apenas sorriu e descansou a cabeça confortavelmente no travesseiro.

"Você me sequestrou, me prendeu, ameaçou minha família", falei, agarrando-o novamente pela bochecha. "Você tirou de mim tudo o que eu tinha, e mesmo que você me dê muito tesão, eu te odeio, Massimo. Eu gostaria que você pudesse sentir o que é ser forçado a fazer alguma coisa."

Tirei minha mão de sua bochecha e dei-lhe um tapa com a palma aberta. Sua cabeça se inclinou ligeiramente para o lado e ele engoliu em seco.

"De novo", disse ele lentamente entre os dentes.

O que eu fiz e a reação dele surpreendentemente me excitaram. Eu agarrei sua cabeça novamente.

"Isso sou eu quem decide", sibilei.

Eu me movi para cima dele e minha boceta molhada estava acima da sua cabeça.

"Comece a chupar," falei, esfregando-a contra sua boca.

Eu sabia que ele não ficaria satisfeito sentindo o gosto de si mesmo, e essa foi a única razão pela qual decidi fazer aquilo. Quando vi que ele não reagia, pressionei minha boceta molhada contra seus lábios, para que ele involuntariamente provasse o gosto que rejeitava. Depois de um tempo, senti sua língua acariciar minhas entranhas. Ele ergueu o queixo e moveu sua carícia para o clitóris. Eu gemi e descansei minha testa contra a parede acolchoada acima da cama. Ele fazia aquilo muito bem e, depois de um tempo, eu estava à beira do orgasmo. Eu me ajoelhei e olhei para baixo – ele estava lambendo de seus lábios o que havia ficado do meu gosto, ronronando suavemente. Massimo claramente tinha gostado dessa parte da punição. Eu deslizei minha bunda pelo seu peito, barriga e o senti entrar na minha boceta toda molhada com a saliva dele. Seu pau era duro, grosso e se encaixava perfeitamente em mim. Eu gemi, agarrei-o pelas costas e me sentei na sua pica. Eu sentia que Massimo me ajudava, sabendo que eu não poderia fazer aquilo sozinha. Agarrando a cabeceira da cama, movi-nos para a parte acolchoada da parede e pressionei suas costas contra ela. Eu adorava essa posição, me dava controle absoluto sobre meu parceiro e ao mesmo tempo me permitia uma penetração profunda. Agarrei seus cabelos e lentamente comecei a esfregar meu clitóris em sua barriga. O pau dentro de mim subia ligeiramente, e eu me esfregava contra ele mais rápido e com mais força. Eu o fodia segurando seu cabelo com uma mão e o pescoço com a outra. Massimo respirava ruidosamente e eu sentia que a qualquer momento explodiria. Dei outro tapa em seu rosto.

"Goze!", falei e dei outro tapa nele.

Isso me excitou tanto que eu podia sentir que estava quase gozando, mas não queria acabar logo. Quando um pouco depois o Homem de Negro gozou em mim, ele deu um gemido poderoso e suas mãos envolveram meu corpo, me pressionando com mais força contra ele. Ele arrancou a venda dos olhos e agarrou-se aos meus lábios com avidez. Colocou a mão na minha bunda e começou a apertá-la com vontade.

"Eu não quero gozar", disse, ofegante.

"Eu sei", sussurrou, me movendo mais rápido e mais forte. "Bata em mim!", sibilou. Agora, que ele estava sem a venda e olhava para mim, tive medo de fazer isso.

"Me bata, porra!", gritou e eu lhe dei outro tapa.

Quando minha mão atingiu seu rosto, senti uma onda de orgasmo poderoso me inundando. Eu não conseguia mover meus quadris, meu corpo inteiro tremia, todos os músculos estavam tensos e duros. Massimo me movia encravada nele com força e vigor, até que tudo relaxou dentro de mim e eu caí em seus ombros. Enquanto estávamos sentados lá, ele acariciava suavemente minhas costas.

"Quando você soltou as mãos?", perguntei sem tirar meu rosto de seu ombro.

"Logo que você terminou de me amarrar", respondeu ele, divertido. "Você não é muito boa nisso, Laura, mas eu, de certa forma, sou especialista em amarrar e desamarrar."

"Então por que você só usou as mãos no final?"

"Eu sabia que você estava danada com alguma coisa, algo de mim ou do que eu disse, então decidi deixar você descarregar. Eu tinha certeza de que você não me machucaria, porque sentiu saudade de mim", disse e se levantou comigo da cama. Beijando meus lábios, rosto e cabelos, Massimo me carregou para o banheiro. Ele me colocou no chuveiro e abriu a água. "Devíamos dormir", disse, esfregando-me com o sabonete. "Teremos um longo dia amanhã. Devo admitir que preferia transar com você a noite toda, mas é claro que você não usa sua bocetinha deliciosa há muito tempo e ela já teve o suficiente para a primeira vez depois desse intervalo, então vou poupá-la", disse, lavando-me com cuidado entre as pernas. "Você é muito agressiva. E isso te excita, pequena." Suas mãos pararam e seu olhar me atravessou completamente.

"Não posso evitar o fato de que gosto de sexo selvagem", falei, agarrando suas bolas. "Para mim, a cama é uma espécie de jogo, você pode ser o que quiser e fazer o que quiser, claro que sempre dentro do que for razoável", continuei, virando suas bolas na minha mão. "É uma diversão, e não uma questão de vida ou morte."

"Nós vamos nos dar bem juntos, Laura, você vai ver", respondeu beijando minha testa.

Capítulo 9

Quando abri meus olhos, uma luz suave brilhava através das cortinas fechadas do quarto, e eu estava completamente sozinha em uma cama enorme que cheirava a sexo. Os pensamentos sobre a noite passada me davam calor. Eu não sabia se tinha sido uma boa decisão, mas tinha acontecido assim e não tinha mais importância.

A verdade era que eu tinha sentido saudade de Massimo naqueles últimos dias, e o que ele fez, salvando a minha vida, mostrou o quanto eu era importante para ele. Finalmente, alguém havia me tratado do jeito que eu queria, como uma princesa, como algo muito precioso e importante. Fiquei ali me perguntando por que havia me enfurecido na noite anterior e concluí que a única coisa que me irritava em nossa situação era o fato de ele estar ameaçando minha família. Tentei explicar a mim mesma seu comportamento, que, se ele não tivesse me mantido sob controle, eu teria escapado sem nos dar a chance de nos conhecermos melhor. Mais uma vez me sentia perplexa. Sacudi a cabeça: eram pensamentos pesados demais para aquela hora do dia.

A porta do quarto se abriu e Massimo sorriu. Ele estava usando uma bermuda branca que ia até o joelho e uma regata, também branca, com os pés descalços e os cabelos molhados. Eu gemi ao vê-lo e me espreguicei, baixando as cobertas com meus pés. Ele se aproximou, olhando para mim dos pés até o topo da cabeça.

"Dormir é provavelmente sua atividade favorita, hein?", disse, me beijando a testa.

Joguei os braços para trás da cabeça e me espreguicei mais ainda, ostensivamente tensionando todo o meu corpo.

"Adoro dormir", gemi com um sorriso.

O Homem de Negro agarrou meu quadril, me rolou de barriga e deu um tapa na minha bunda. Segurando minha nuca com uma das mãos e pressionando minha cabeça contra o travesseiro, ele se aproximou da minha orelha e sussurrou:

"Você está me provocando, menina". E, dessa vez, ele estava absolutamente certo.

A mão que descansava na minha bunda se moveu e com ela Massimo abriu minhas pernas. Seus dois longos dedos deslizaram suavemente para dentro de mim.

"No que é que você estava pensando, que está tão molhada?", perguntou.

Eu me apoiei em meus joelhos e empinei a bunda com mais vontade, seus dedos se movendo lentamente dentro de mim. Ele se elevou um pouco e ficou olhando o que estava fazendo.

"Se não fosse pelo anticoncepcional, eu estaria ovulando, então, estaria molhada o tempo todo", respondi com um sorriso, balançando os quadris.

A expressão do Homem de Negro havia mudado, ele estava evidentemente satisfeito com algo.

"O que eu queria agora", disse ele, esticando os dedos, "era tirar minha bermuda e foder você por trás, encostada na janela."

Ele apertou um botão no painel ao lado da cama e a luz inundou o cômodo.

"Assim, pra você poder admirar a paisagem, mas, infelizmente, você ainda está muito inchada depois da noite de ontem, e, além disso, tem um cara nos esperando para mergulhar, então não temos tanto tempo quanto gostaria." Ele lambeu os dedos ao tirá-los de mim. "Fabio o trouxe muito cedo. Venha."

Massimo me agarrou e me jogou por cima do ombro. Caminhando pela sala, ele pegou meu roupão e cobriu meu corpo nu apoiado em seu ombro. Seguiu pelo corredor, e eu morria de rir, em cima dele. Passamos por várias portas idênticas e várias pessoas do serviço ficavam surpresas. Não sei qual era a expressão dele, porque minha cabeça pendurada estava virada para suas costas, mas suspeito de que ele estava tão sério como sempre. Depois de algum tempo, chegamos ao meu quarto. Ele me colocou no chão, jogando o roupão na cama.

"Acho que vou dispensar os empregados para que você possa ficar nua o tempo todo", disse, dando um tapinha na minha bunda.

Sobre a mesa do cômodo, havia uma bandeja com comida e, ao lado, um bule de chá, chocolate quente, leite e Moët Rosé.

"Café da manhã interessante", falei, servindo-me de chocolate. "Acho que champanhe é algo que deveria estar no meu cardápio todas as manhãs."

"Que você gosta de champanhe, disso eu não tenho dúvida. Agora, se você gosta de alguma das outras coisas aqui, eu apenas suponho que sim."

Eu olhei para Massimo interrogativamente, e ele se encostou no vidro do quarto e estremeceu ligeiramente.

"Quando meu pessoal empacotou suas coisas em sua casa em Varsóvia, havia dois copos na pia: um com sobras de chocolate, o outro com chá e leite, quase vazio. Não creio que o homem tenha bebido os dois, mas quem sabe?" Encolheu os ombros. "O importante é que alguma dessas bebidas seja de seu agrado. Além disso, em Roma, quando você acordou, você também bebeu a mesma coisa, então não foi difícil adivinhar", falou, caminhando até o balde de champanhe.

"Você, pelo que posso ver, já vai começar a beber desde cedo, não é?!", perguntei, bebericando do meu copo.

Massimo pegou o balde com a garrafa, tirou-o da mesa grande e o colocou no chão.

"Não, estou abrindo espaço para mim", disse, enquanto colocava de lado uma bandeja com chá e leite. "Eu pensei que daria conta, mas quando você fica desfilando nua na minha frente, é difícil me concentrar, então vou colocá--la na mesa daqui a pouco e, com delicadeza, mas também com firmeza, vou te possuir."

Fiquei estática, assistindo enquanto ele mudava tudo o que estava no tampo da mesa de lugar. Eu devia mesmo estar com uma cara de idiota, porque Massimo estava achando tudo muito divertido quando me colocou em cima da mesa. Ele abriu minhas pernas, ajoelhou-se entre elas e mergulhou sua língua em mim. Demorou apenas um momento, e claramente isso não tinha sido projetado para o meu prazer, mas para reduzir o atrito. Então ele fez o que disse, com delicadeza e firmeza.

Saí para o convés usando apenas óculos escuros e um lindo biquíni branco da Victoria's Secret. Havia um equipamento de mergulho na popa e o rapaz que o estava desdobrando não parecia nada italiano. Tinha cabelos dourados claros e feições que sugeriam que ele provavelmente era do Leste Europeu.

Seu rosto magro era iluminado por grandes olhos azuis e um sorriso radiante. Massimo estava parado do outro lado do convés conversando com Fabio e gesticulando bastante. Preferi não me aproximar deles, então fui em direção ao mergulhador. Ao descer as escadas, tropecei e quase caí na água.

"Puta merda, um dia ainda vou morrer por causa disso", murmurei em polonês.

Com essas palavras, o rosto do jovem se iluminou, ele estendeu a mão para mim e disse em um belo polonês:

"Meu nome é Marek, mas todos aqui me chamam de Marco. A senhora nem imagina como é bom ouvir algumas palavras em polonês!"

Fiquei lá parada, sorrindo para ele até que, depois de um tempo, comecei a rir.

"Acredite em mim, você não tem ideia de como fico feliz em ouvir minha língua materna. Pensar em inglês faz meu cérebro doer. Eu sou Laura e, por favor, me chame pelo meu nome."

"O que você está achando das suas férias na Itália?", perguntou, voltando a lidar com o equipamento.

Pensei um pouco na resposta que daria.

"Não são realmente férias", gaguejei, olhando para a água. "Tenho um contrato de um ano na Sicília e tive que vir morar aqui", disse, sentando-me na escada. "É só uma coincidência ter encontrado um polonês aqui, ou eles te encontraram de propósito para mim?", perguntei, tirando meus óculos.

"É uma pena que seja só coincidência, embora para nós dois aparentemente tenha sido uma feliz coincidência. O Paulo é que deveria mergulhar com vocês hoje, mas, por azar, quebrou a perna ontem e tive que substituí-lo." Naquele momento, Marco se endireitou e o sorriso desapareceu de seu rosto.

Olhei ao redor e, no topo da escada, vi Massimo descendo lentamente. Eles foram em direção um ao outro e disseram olá, conversaram um pouco em italiano e então o Homem de Negro se virou para mim e disse:

"Lamento, mas vou ter uma reunião e não posso ir com vocês", disse, com o maxilar tenso de raiva.

"Reunião?" Eu olhei em volta. "Mas estamos no meio do mar!"

"Vai chegar um helicóptero daqui a pouco, eu te encontro quando vocês terminarem."

Eu me virei para Marco e falei em polonês:

"Pois é, ficamos sozinhos, não sei se devo ficar feliz ou chorar."

Massimo ficou nos olhando, seus olhos fervendo de raiva.

"Marco é polonês, maravilhoso, né? Vai ser um dia incrível", falei. Então me virei para o Homem de Negro e o beijei no rosto.

Quando me afastei de Massimo, ele me pegou pelo braço e sussurrou, para que só eu pudesse ouvir:

"Eu gostaria de que você não falasse em polonês na minha frente, porque eu não entendo nada." Sua mão agarrou meu ombro com força.

Arranquei sua mão e falei com raiva:

"E eu gostaria de que você não falasse em italiano, pode ser?"

Olhei-o repreendendo-o, furiosa, e me dirigi para a lancha onde Marco estava carregando as coisas. Aproximei-me e dei-lhe um tapinha nas costas, perguntando em polonês se eu poderia ajudá-lo e se tínhamos tudo de que precisávamos, então acenei para o Homem de Negro e entrei na lancha.

Não sei se Massimo tinha o dom de se teletransportar, mas nem dei um passo, e ele já me segurava pelos braços, beijando-me com força. Estava curvado e me levantava ligeiramente pela bunda, a qual ele apertava com força. Sua boca se colava à minha com tanta avidez, como se estivesse se despedindo de mim para sempre. O som de um helicóptero se aproximando o tirou do frenesi do beijo.

Massimo segurou meu rosto com as duas mãos e deu um sorriso largo, antes de piscar para mim e sussurrar:

"Eu vou matá-lo se ele tocar em você."

Beijou minha testa e começou a subir as escadas.

Fiquei parada, vendo-o ir embora, desconfortável com o que acabara de ouvir. Infelizmente, eu sabia que Massimo era capaz disso e não queria ser a responsável pela vida de outra pessoa.

"Ele deve estar muito apaixonado, hein?", observou Marco, estendendo a mão para mim.

"Está mais para possessivo e controlador", respondi, embarcando na lancha.

Fomos em frente e eu me virei para ver Massimo, com seu cabelo revolto pelo pouso do helicóptero. Ele estava muito chateado, e eu não precisava nem ver seu rosto, bastava sua linguagem corporal – suas pernas compridas bem abertas e os braços cruzados no peito enorme, o que não era um bom sinal.

"Você ensina as pessoas a mergulhar todos os dias?", perguntei enquanto navegávamos.

Marco riu e diminuiu a velocidade para que não tivéssemos que gritar por causa do vento.

"Não, não mais. Tive muita sorte e acertei num nicho bom do mercado. Agora eu possuo um império subaquático", ele riu alegremente. "Você consegue imaginar um polonês na Itália sendo o dono da maior empresa de equipamentos de mergulho e todos os serviços relacionados?"

"Então, neste caso, o que você está fazendo aqui comigo?", perguntei, rindo.

"Já te disse: destino e perna quebrada. Era para ser assim!", gritou ele. Em seguida, aumentou a velocidade e a lancha avançou impetuosa.

O sol ficava cada vez mais intensamente alaranjado enquanto Marco arrumava o equipamento.

"Foi fantástico", falei, mastigando um pedaço de melancia.

"Foi bom você já ter mergulhado antes, então pudemos passar mais tempo nadando e menos tempo aprendendo."

"Onde estamos exatamente?"

"Perto da Croácia." Marco apontou para um pedaço de terra que mal se via ao longe. "Já está muito tarde, ainda tenho que ir para Veneza hoje."

Quando chegamos, estava começando a escurecer. A bordo do Titã, avistei Fabio, que me ajudou a sair do barco. Despedi-me de Marco e fui em direção às escadas.

"O cabeleireiro e o maquiador estão esperando no salão junto à jacuzzi. Você gostaria de comer algo?", ouvi uma voz nas minhas costas.

"Cabeleireiro? Para quê?", perguntei surpresa.

"Vocês vão a um banquete. O Festival Internacional de Cinema está em andamento em Veneza e *don* Massimo tem participação majoritária em uma das companhias cinematográficas. Infelizmente, devido ao seu longo atraso, você só tem uma hora e meia para se preparar."

Ah, que maravilha, pensei. *Fiquei de molho na água salgada o dia todo para deixar todos deslumbrados na festa com minha pele seca.* Inclinei a cabeça, me perguntando se, algum dia, eu saberia dos planos com antecedência, isso sem contar se tomaria minha própria decisão sobre eles. Subi as escadas.

Poli e Luigi eram exemplos de gays 100%. Maravilhosos, sensacionais e fantásticos, os melhores amigos de uma mulher. Em uma hora, eles cuidaram do ninho que havia na minha cabeça e das escamas em meu rosto. Quando terminaram, fui para meu quarto escolher alguma coisa para vestir. Entrei no quarto e um dos trajes de Roberto Cavalli que escolhi em Taormina estava pendurado em um cabide ao lado do banheiro. E nele uma nota com as palavras "use este". Então eu já sabia a resposta para a pergunta sobre o que usaria naquela noite. Era maravilhoso e muito ousado. Feito de tecido preto translúcido, parecido com uma rede, com incrustações que pareciam zíperes ou cordões. Mangas compridas deixavam os braços delgados, mas ninguém prestava atenção a isso por causa da ausência de tecido nas costas, pois o vestido tinha apenas uma ligação estreita logo acima das omoplatas e só começava novamente no limite do bumbum.

"Não posso usar calcinha", falei, fazendo uma careta, de pé na frente do espelho.

Roberto Cavalli previu isso e o vestido, nos lugares mais nevrálgicos, não transparecia completamente, mas isso não mudava o fato de que eu gostava de usar nem que fosse um modesto fio dental.

Peguei minha bolsa, me encharquei de perfume, calcei minhas sandálias elegantes e me dirigi para a porta. Antes de sair, parei no espelho pela última vez. Eu estava incrível. A linda maquiagem esfumada em tons de preto e dourado combinava perfeitamente com a minha pele bronzeada. E o coque preso no topo da cabeça me deixou mais magra e acrescentou classe. *Valeu a pena colocar um quilo de cabelo artificial*, pensei, enquanto acariciava a intrincada estrutura.

Saí ao convés e olhei em volta. Sobre a mesa, como sempre, notei uma garrafa de champanhe e uma taça servida. Então, o Homem de Negro estava ali em algum lugar. Me aproximei e bebi uma taça. Andei pelo convés, procurando, mas não encontrei ninguém. Por outro lado, descobri com curiosidade que o Titã havia chegado à terra firme e, graças a isso, um maravilhoso panorama com luzes piscando ao longe se descortinava diante de meus olhos.

"É Lido, uma ilha também conhecida como a praia de Veneza", ouvi uma voz familiar.

Virei minha cabeça na direção de onde as palavras vinham. Domenico estava parado a alguns passos de distância, bebendo champanhe.

"Eu sabia que esse vestido ficaria perfeito. Você está linda com ele, Laura." Ele se aproximou e me beijou nas duas bochechas.

"Senti sua falta, Domenico", respondi, abraçando-o com força.

"Chega, querida, porque daqui a pouco Poli e Luigi vão ter que começar tudo de novo", disse ele com uma risada e me conduziu até a poltrona de couro.

"Onde está *don* Massimo?", perguntei, tomando um gole. Domenico olhou para mim como que se desculpando. Só então percebi que ele estava vestindo um smoking, o que significava que mais uma vez o Homem de Negro tinha armado pra mim.

"Ele tinha que..." Levantei a mão e Domenico parou no meio da frase.

"Vamos tomar uma bebida e nos divertir", falei, virando a taça toda.

A lancha para a qual fomos transferidos deslizou pelas águas calmas do mar Adriático, depois entrou no canal, e me perguntei se eu só queria aquele ano, ou mais, ou se não aguentaria aquilo. Agora que Massimo havia conseguido o que queria, por que não me deixava ir? Mas será que eu queria voltar? Por que eu sentia falta dele?

Domenico me tirou do turbilhão de pensamentos.

"Estamos chegando, você está pronta?", perguntou, me dando sua mão.

Levantei-me e, ao ver todas aquelas luzes, pessoas e luxo, senti medo.

"Não, definitivamente não estou e não quero estar pronta. Domenico, por que estou fazendo isso?", perguntei, horrorizada, quando o barco parou no cais.

"Para mim", ouvi um sotaque familiar e senti meu corpo quente. "Desculpem a confusão, pensei que não iria conseguir, mas entramos em acordo sem grandes problemas e já estou aqui."

Eu olhei para cima para ver meu deslumbrante sequestrador parado no cais. Vestido com um smoking preto trespassado, parecia uma pintura. Fiquei tão impressionada que não conseguia me levantar. A camisa branca enfatizava a cor de sua pele, e a gravata-borboleta lhe acrescentava elegância e seriedade.

"Venha." Ele estendeu a mão para mim, e, um momento depois, eu estava a seu lado.

Alisei meu vestido e olhei para cima para encontrar seu olhar. Massimo ficou segurando minha mão esquerda com força, acho que ele estava tão atordoado quanto eu.

"Laura, você..." Ele parou e franziu a testa. "Você está tão linda hoje que não sei se quero que alguém além de mim a veja assim."

Eu sorri com essas palavras, fingindo falsa modéstia.

"*Don* Massimo!" A voz de Domenico nos tirou de nosso deleite mútuo. "Temos de ir, e eles já nos viram. Por favor, suas máscaras."

Quem nos viu e por que temos de ir?, pensei, enquanto pegava uma máscara de renda maravilhosa que parecia óculos.

Massimo virou-se para mim, amarrou-a sobre meus olhos e ronronou, esfregando o nariz na lateral da máscara: "Renda e você... Eu amo", sussurrou, beijando-me suavemente.

Antes que ele afastasse os lábios da minha boca, flashes iluminaram a noite. Entrei em pânico.

Ele se afastou lentamente e se virou para os fotógrafos, segurando minha cintura com força. Ele não sorriu, apenas esperou calmamente que terminassem. A multidão de paparazzi estava gritando algo em italiano, e eu estava tentando parecer o mais digna possível e me manter de pé com minhas pernas bambas.

O Homem de Negro acenou para eles como se estivesse dando um sinal de que já tinham tido o suficiente, e caminhamos pelo tapete em direção à entrada. Atravessamos o hall e chegamos a um salão de baile sustentado por colunas monumentais. Havia velas e flores brancas nas mesas redondas. A maioria dos convidados usava máscaras, o que me serviu muito bem, porque, graças à minha, senti pelo menos um resquício de anonimato.

Sentamo-nos a uma mesa onde era evidente que só faltávamos nós dois. Após um tempo, os garçons apareceram, servindo entradas e depois os outros pratos.

Capítulo 10

O banquete foi incrivelmente enfadonho; organizei centenas deles, então minha única diversão era flagrar os erros do serviço em minha mente. Massimo conversava com os homens sentados à nossa mesa, acariciando discretamente minha coxa de vez em quando.

"Eu tenho de ir para a sala ao lado", disse, virando-se para mim. "Infelizmente, você não pode fazer parte dessa conversa, então vou deixá-la aos cuidados de Domenico." Ele beijou minha testa e começou a andar em direção à porta, seguido pelo restante dos homens que estavam sentados à nossa mesa.

Meu assistente apareceu rapidamente e ocupou a cadeira do Homem de Negro.

"Aquela mulher de vestido vermelho parece uma bola de pelos", disse ele e nós dois caímos na gargalhada ao ver uma senhora com um traje que parecia uma bola de árvore de Natal. "Se não fosse por essas curiosidades da moda, provavelmente morreria de tédio aqui", acrescentou.

Eu sabia o que ele sentia, então fiquei encantada com sua companhia. Passamos muitos minutos conversando e bebendo champanhe. Já bem embriagados, decidimos dançar.

A pista de dança estava lotada, repleta de pessoas elegantes. *Ninguém aqui vai fazer loucuras*, pensei, olhando para o quarteto de cordas. Depois de outra música tipo canção de ninar, eu já estava de saco cheio. Ao contrário de Domenico, eu sabia dançar perfeitamente, pois minha querida mamãe havia me mandado para as aulas de dança durante todo o ensino fundamental e o médio.

Quando saímos da pista de dança, ouvi um idioma familiar.

"Laura? Acho que não vou conseguir me livrar de você hoje."

Virei-me e vi Marco vestido com um terno cinza cintilante.

"O que você está fazendo aqui?", perguntei surpresa.

"Minha empresa trabalha com a maioria dos hotéis da região, além disso, é um baile de caridade e eu sou um dos patrocinadores", falou dando de ombros e sorrindo.

Domenico pigarreou para ser notado.

"Ah, desculpe", eu disse, mudando para o inglês rapidamente. "Este é Domenico, meu assistente e amigo."

Os homens trocaram amabilidades em italiano e já estávamos de saída quando outros músicos se juntaram ao quarteto e um tango argentino ressoou no salão. Até gritei de alegria. Os dois me olharam surpresos.

"Adoro tango", disse, intencionalmente, olhando para Domenico.

"Laura, eu fiquei pisando nos seus saltos exorbitantemente altos durante os últimos quinze minutos e você ainda acha que não basta?"

Fiz uma careta, admitindo que ele estava certo.

"Pratiquei dança de salão por oito anos, então, se você não tem medo, será uma honra para mim", disse Marco, estendendo-me a mão.

"Uma música só", falei na direção do jovem italiano e seguimos para a pista de dança.

Marco me agarrou com força nos braços e, depois de um tempo, quase todos os pares desapareceram, nos dando espaço para nossas performances dançantes. Ele me levava muito bem, tinha segurança em seus movimentos, sentia a música e conhecia os passos perfeitamente. Acho que todas as pessoas que nos observavam estavam convencidas de que dançávamos juntos havia anos. Na metade da música, a pista de dança já estava completamente vazia e nós girávamos juntos, mostrando nossas habilidades da infância. Quando a música silenciou, ouviram-se aplausos estrondosos na sala. Ambos nos curvamos elegantemente para o público e fomos para onde havíamos deixado Domenico. No entanto, em vez de Domenico, eu vi o Homem de Negro cercado por vários homens. Quando nos aproximamos deles, eles inclinaram a cabeça cumprimentando-nos – todos, exceto Massimo. Havia fúria em seu rosto e o fogo brilhava em seus olhos. Se seu olhar pudesse matar, eu teria me transformado numa pilha de cinzas, sem falar em meu companheiro.

Aproximei-me dele e o beijei no rosto, e Marco tirou a mão do meu ombro e esticou-a para cumprimentar o Homem de Negro.

"*Don* Massimo", disse e acenou com a cabeça.

Eles ficaram se olhando, a atmosfera cada vez mais densa, a ponto de ser difícil respirar. Sem soltar minha mão, o Homem de Negro se virou para seus companheiros e falou algumas palavras em italiano. Todos começaram a rir.

"Você sabia quem ele era?", perguntei a Marco, porque percebi que mesmo que Massimo ouvisse, não entenderia uma palavra.

"Claro. Moro na Itália há quase vinte anos." Marco piscou para mim significativamente.

"E mesmo assim você dançou comigo?"

"Bem, acho que isso não vai me matar, pelo menos não aqui", ele riu. "Além disso, ele não pode fazer isso por vários motivos, então espero que não tenha sido nossa última dança."

Ele beijou minha mão livre e desapareceu entre as mesas. Massimo o observou ir embora e se virou para mim.

"Você dança lindamente. Isso explica por que seus quadris funcionam tão bem em outras situações."

"Eu estava entediada e Domenico é um dançarino muito fraco", respondi, encolhendo os ombros em sinal de desculpas. Um *paso doble* rítmico soou no salão.

"Vou te mostrar como se dança", disse ele, tirando o paletó do smoking e entregando-o a Domenico.

Ele agarrou minha mão e caminhou com confiança para a pista de dança. Os outros dançarinos não haviam tido tempo de voltar depois do meu último show, então, quando viram que eu estava voltando com outro parceiro, abriram espaço para nós. Massimo acenou com a cabeça para a orquestra, para que começasse de novo.

Eu estava tão embriagada e confiante em minhas habilidades que me afastei dele e puxei para cima um tanto do vestido para expor minha perna. *Meu Deus, por que raios não pus minha calcinha?*, pensei. Os músicos tocaram os primeiros compassos, e a posição que o Homem de Negro assumiu indicava que ele não estava fazendo isso pela primeira vez. A dança era selvagem e apaixonada, perfeitamente adequada a Massimo e à sua natureza imperiosa. Dessa vez, não era só uma dança, era meu castigo e recompensa ao mesmo tempo, prenúncio do que iria acontecer quando saíssemos do banquete e a promessa que esconde em si uma surpresa. Fiquei encantada, desejava que a música não acabasse e nossos corpos entrelaçados ficassem daquele jeito para sempre.

O final, é claro, tinha que ser espetacular e extraordinário; rezei para que minha perna não subisse muito, revelando demais. A música parou e eu estaquei perdida em seus braços, respirando com dificuldade. Depois de alguns segundos, vieram os gritos e os aplausos. O Homem de Negro elegantemente me elevou da posição inclinada em que eu estava e me girou várias vezes antes que nós dois nos curvássemos para o público. Com passo calmo e confiante, segurando firmemente a minha mão, Massimo saiu da pista de dança e vestiu o paletó que Domenico lhe havia dado no caminho.

Sem nos despedirmos dos outros convidados, quase corremos para fora do salão. Ele me arrastou pelos corredores do hotel sem dizer uma palavra, com a mão firmemente no meu pulso.

"Belo show", ouvi uma voz feminina.

Massimo ficou parado como uma pedra. Ele se virou calmamente, me posicionando atrás ele.

Uma loira deslumbrante usando um vestido curto dourado estava no meio do hall. Suas pernas terminavam na altura da minha primeira costela, ela tinha lindos seios falsos e um rosto angelical. Veio lentamente até nós e beijou o Homem de Negro.

"Então você a encontrou", disse, sem tirar os olhos de mim.

Seu sotaque indicava que era inglesa e ela parecia uma modelo recém--saída do desfile da Victoria's Secret.

"Laura", falei confiante, estendendo minha mão para ela.

Ela a segurou e ficou em silêncio por um momento, um sorriso irônico no rosto.

"Anna, o primeiro e verdadeiro amor de Massimo", respondeu, ainda segurando minha mão.

A mão do Homem de Negro até suava de raiva e ele segurava meu pulso cada vez com mais firmeza.

"Estamos com pressa, me perdoe", disse ele entredentes e me puxou para o corredor.

Quando nos viramos, a loira ainda estava parada, cuspindo algumas palavras em italiano. Massimo cerrou os dentes. Ele soltou minha mão e recuou em direção a ela. Disse-lhe calmamente algumas frases com uma expressão impassível no rosto e depois se afastou. Em seguida, agarrou minha mão de novo e seguimos em frente. Entramos no elevador e subimos até o último andar do hotel. Massimo puxou o cartão do bolso apressadamente e abriu a porta. Fechou-a com um estrondo e, sem acender a luz, se jogou em mim. Beijava-me com força avidez, penetrando meus lábios com lascívia crescente. Depois da situação lá embaixo, eu não estava com vontade do que ele estava fazendo, então fiquei lá sem reagir. Após um momento, quando sentiu que algo estava errado, ele parou por um momento em meio a sua onda insana de excitação e acendeu a luz.

Eu me endireitei, cruzando os braços sobre o peito. Massimo suspirou e passou as mãos pelos cabelos negros.

"O que é isso, Laura?!", falou, sentando-se na grande poltrona que estava atrás dele. "Ela é... passado."

Fiquei em silêncio por um momento e ele examinava minha reação.

"Sei que não sou a primeira mulher da sua vida. Isso não tem nada de errado e é bastante natural", comecei em um tom calmo. "E eu não vou olhar para o seu passado ou julgá-lo. Mas estou interessada em saber o ela disse, que fez você decidir voltar e falar com ela e, antes de mais nada, por que ela estava tão furiosa."

O Homem de Negro ficou em silêncio, olhando para mim com fúria.

"Anna é um caso bastante recente", disse.

"Quão recente?", não me dei por vencida.

"Eu a deixei no dia em que você pousou na Sicília."

Bem, isso explica muita coisa, pensei.

"Eu não a enganei, seus retratos estavam pendurados na casa havia anos, mas ninguém mais além de mim realmente acreditava que eu iria te encontrar algum dia. E muito menos ela. No dia em que te vi, mandei que ela fosse embora." Ele olhou para mim, esperando uma reação. "E quer saber de mais alguma coisa?"

Fiquei ali olhando para ele e me perguntando o que eu estava sentindo. O ciúme é uma fraqueza e com o passar dos anos aprendi a eliminar as imperfeições do meu caráter; além disso, não me sentia ameaçada porque não me importava com Massimo. Mas será que era verdade?

"Laura, diga alguma coisa", sibilou por entre os dentes.

"Estou cansada", falei, afundando numa poltrona. "Além disso, não é da minha conta. Estou aqui porque preciso, mas cada novo dia que chega me aproxima do meu aniversário e da liberdade."

Eu sabia que não era verdade o que estava dizendo, mas não tinha vontade ou força para ter aquela conversa.

O Homem de Negro olhou para mim por bastante tempo, a mandíbula tensa. Eu sabia que minhas palavras o haviam ferido e enfurecido, mas não me importei.

Ele se levantou da poltrona e caminhou em direção à porta, agarrando a maçaneta. Massimo se virou, olhou e disse impassível:

"Ela disse que mataria você, para tirar de mim aquilo que me era mais importante, da mesma forma como fiz com ela."

"O quê?!", gritei enfurecida. "E você agora quer sair daqui, depois do que me disse?" Corri em direção a ele. "Seu maldito egoísta..." Parei quando o vi pendurar a indicação de "não perturbe" na maçaneta e fechar a porta. Eu fiquei lá com os braços soltos e desamparados, com o olhar fixo nele.

"Dançar com você hoje", começou ele, aproximando-se de mim, "foi a preliminar mais eletrizante que já tive. No entanto, isso não muda o fato de que eu queria matar aquele polaquinho quando o vi trocando confidências com você, embora ele saiba quem eu sou."

"Aparentemente, você não pode fazer isso", falei agressivamente.

"Infelizmente, você está certa, o que é uma pena", disse ele, vindo até mim.

Massimo passou seus braços enormes ao meu redor e me abraçou com força. Ele nunca tinha feito isso, e fiquei tão surpresa, que não sabia o que fazer com minhas mãos. Descansei meu rosto contra seu peito e senti seu coração bater forte. Ele suspirou alto, dobrando os joelhos. Ficou com a testa apoiada na junção dos meus seios; então, eu deslizei lentamente minha mão em seus cabelos e comecei a acariciar sua cabeça. Ele estava vulnerável, exausto e totalmente dependente de mim.

"Eu te amo", sussurrou. "Não posso lutar contra isso. Eu já te amava muito antes de você aparecer, eu sonhava com você, via e sentia como você era. Tudo acabou sendo verdade", disse ele, segurando meus quadris com as mãos.

O álcool zumbia na minha cabeça, o terror se misturando com a calmaria.

Segurei o rosto do Homem de Negro com minhas duas mãos e levantei seu queixo para que pudesse olhá-lo nos olhos. Ele os ergueu e me lançou um olhar de amor, confiança e humildade.

"Massimo, querido", sussurrei, acariciando seu rosto. "Por que você teve que estragar tudo?"

Suspirei e me joguei no tapete ao lado dele, com as lágrimas brotando dos meus olhos. Fiquei pensando em como seria se tivéssemos nos conhecido em outras circunstâncias, se ele não tivesse me feito prisioneira, se não houvesse existido todas as ameaças e chantagens e, principalmente, se ele não fosse quem é.

"Faça amor comigo", disse ele, colocando-me sobre o chão macio.

Com essas palavras, meu coração até parou. Completamente confusa, olhei para ele com os olhos quase fechados.

"Pode ser que haja um pequeno problema," falei, me acomodando entre seus ombros.

O Homem de Negro pairava sobre mim, apoiando-se em seus cotovelos, seu corpo levemente colado ao meu, cobrindo-o perfeitamente, e seus olhos questionadores me fitando.

"Porque, veja bem", comecei um pouco envergonhada, "eu nunca fiz amor com ninguém. Sempre trepei, gosto disso. Nenhum cara me ensinou a fazer amor, então pode ser que haja um problema e você fique desapontado", terminei e, envergonhada por minha confissão, virei minha cabeça para o lado.

"Ei, pequena", falou ele, virando meu rosto para ele. "Você é tão delicada, eu não via isso antes. Não tenha medo, esta será sua primeira vez, assim como será a minha. Não se levante, estou falando sério."

"Diga as coisas claramente, por favor", sugeri, virando de bruços. "Você só precisa pedir, nem sempre é preciso mandar."

Massimo parou por um momento e observou meu rosto com os olhos semicerrados. Não havia gelo em seu olhar, seu lugar havia sido ocupado pela luxúria e paixão.

"Por favor, fique onde está", ele se engasgou, rindo.

"Sem problemas", respondi, rolando no tapete.

Fiquei observando o que fazia, com curiosidade. Ao passar pela poltrona, tirou o paletó e o pendurou no encosto, desabotoou as abotoaduras de diamante e arregaçou as mangas. *Hahaha!*, pensei, rindo por dentro, *está se preparando para uma grande tarefa.* Quando desapareceu pela porta, tudo o que podia fazer era dar uma olhada no apartamento. O tapete espesso e claro no qual eu estava deitada combinava perfeitamente com o restante do enorme hall. Além dele, havia apenas duas poltronas macias e um pequeno banco preto. Provavelmente havia uma sala de estar mais adiante, mas tudo o que eu podia ver deitada no chão eram as enormes janelas com cortinas pesadas, um amplo terraço atrás delas e o mar ondulante quase imperceptível a distância.

Um pensamento perturbador a respeito dos meus cabelos me tirou da minha alegre expectativa.

"Puta merda, estou com um quilo de cabelo artificial na minha cabeça", sibilei e comecei a puxar nervosamente as centenas de grampos que seguravam o coque. Lutei com eles por bastante tempo, implorando em meu íntimo que o Homem de Negro não visse aquilo. Depois de conseguir me livrar deles, em pânico, comecei a procurar um lugar onde pudesse esconder aquele ninho morto. O tapete! Foi como uma revelação e enfiei tudo debaixo do pesado material. Corri meus dedos pelo meu cabelo e mechas onduladas caíram sobre meu rosto. Levantei-me e olhei no espelho que ocupava grande parte da parede ao lado das poltronas. Percebi com admiração que eu parecia estar bem apetitosa e caí de costas no tapete de novo.

"Feche os olhos", ouvi uma voz da outra sala. "Por favor."

Deitei-me de barriga para cima e obedientemente fiz o que ele me pediu. Eu não sabia muito bem como me posicionar, quando senti que ele estava parado perto de mim.

"Laura, nessa posição, você parece uma pessoa morta num caixão", falou sinceramente e riu.

De fato, minhas mãos cruzadas sobre o peito podiam mesmo lembrar alguém morto.

"Eu não vou discutir a morte com você", falei, olhando para ele piscando um dos olhos em uma expressão divertida.

O Homem de Negro me levantou e me pegou em seus braços. Toda vez que ele fazia isso era com tanta leveza que parecia que eu não pesava nada. Ele me carregou pelo corredor e, de repente, senti o ar quente e agradável com aroma de mar em meu rosto.

Ele me pôs de pé no chão e, levando as mãos ao meu rosto, começou a me beijar suavemente.

Devagar, estendi a mão para tocá-lo. Ele não se opôs. Eu desabotoei sua camisa, botão por botão, e seus lábios viajaram pelo meu pescoço nu, descendo.

"Eu adoro seu cheiro", sussurrou, mordendo meu queixo.

"Posso abrir meus olhos agora?", perguntei. "Eu quero te ver."

"Pode", disse e devagar começou a abrir o zíper que mantinha o vestido no lugar.

Abri minhas pálpebras e uma imagem encantadora me apareceu aos olhos. Do último andar em que estávamos, tinha-se uma vista de quase toda a ilha. Luzes tremeluzentes iluminavam a noite, emprestando seu brilho às ondas que batiam contra a costa. O terraço era enorme: havia um bar privado, uma jacuzzi, algumas espreguiçadeiras e um sofá com baldaquino que lembrava o do jardim da casa de Massimo. A diferença era que aquele poderia ser completamente fechado por paredes de tecido, e o colchão estava coberto com roupa de cama jogada descuidadamente e alguns travesseiros. *Acho que sei onde vamos passar a noite*, pensei.

O vestido escorregou e o zíper de metal bateu no chão. As mãos do Homem de Negro deslizavam com delicadeza pelo meu corpo nu, e sua língua preguiçosamente rastejava pelos meus lábios entreabertos.

"Você está sem calcinha de novo, Laura", murmurou sem tirar os lábios dos meus. "E desta vez você não fez isso para mim, porque você não poderia saber que eu chegaria a tempo."

Não havia raiva em seu tom, apenas curiosidade e diversão.

"Quando pus o vestido, pensei que você o tivesse escolhido e não tinha ideia de que iria ao banquete com Domenico", falei, tirando sua camisa e me ajoelhando na frente dele.

Calma e lentamente, desafivelei seu cinto, olhando para cima de vez em quando para observar a reação daquele homem encantador. Suas mãos balançavam frouxamente ao longo do corpo, e ele não se parecia em nada com o homem que me enchia de pavor algumas semanas antes. Em um movimento firme, agarrando seu cinto, abaixei sua calça e uma ereção bem impressionante estava à minha frente.

"Você também ou estava com pressa ou a reunião não era o que eu pensava", disse eu, olhando para ele interrogativamente. "Cadê sua cueca?"

Massimo deu de ombros com um sorriso e enfiou os dedos nos meus cabelos milagrosamente salvos.

Coloquei minha mão devagar na sua bunda e o trouxe gentilmente para mais perto de mim, de forma que eu estava a apenas alguns milímetros de seu pau. Segurei-o e comecei a beijar sutilmente a cabeça. O Homem de Negro gemeu, e seus dedos faziam círculos lentos em meus cabelos. Eu o acariciei delicadamente com minha língua e lábios até seu pau ficar duro e inchado. Abri minha boca e suguei todo o comprimento com muita suavidade, para sentir cada centímetro. Eu me afastava e sugava outra vez, brincando, beijando, mordiscando, até sentir um líquido pegajoso escorrer pela minha garganta. Massimo observava o que eu fazia e ofegava alto.

Ele se abaixou, enfiou as mãos sob minhas axilas e me levantou. Ele beijou meus lábios enquanto caminhava até a fumegante banheira redonda construída no terraço. Entrou nela e me sentou sobre ele. Enquanto olhava para mim, seus lábios corriam pelo meu rosto e pescoço, até que os fechou envolvendo meu mamilo. Ele sugou e mordiscou suavemente meus seios enquanto suas mãos agarravam minha bunda. Então, um de seus dedos começou a vagar por um lugar que eu, definitivamente, não associava com fazer amor. E eu até me enrijeci.

"Calma, menina. Você confia em mim?", perguntou, afastando-se de meu mamilo durinho.

Eu fiz que sim com a cabeça e seu dedo começou a esfregar ritmicamente entre minhas nádegas. Ele me levantou um pouco e, quase com veneração, enfiou seu pau na minha vagina. Eu gemi e joguei minha cabeça para trás. A água quente intensificava tudo o que eu sentia. Seus movimentos eram firmes e suaves ao mesmo tempo, ele estava apaixonado, ávido e terno.

"Não tenha medo de mim", disse, e deslizou a ponta do dedo para dentro da minha bunda.

Da minha garganta saiu um grito de prazer, que ele bloqueou com a língua. Ele metia cada vez mais forte; a água batia na borda da banheira no ritmo de seus quadris, e uma onda de prazer até então desconhecida subiu pelo meu corpo. Tudo ao redor parecia abafado, eu só sentia o que ele estava fazendo. Deslizou sua mão livre sob a água e começou a friccionar meu clitóris, que era como apertar o botão vermelho. Seu dedo penetrando meu cu deslizou mais fundo e começou um movimento duro e decidido.

"Mais um", sussurrei, lutando para conter meu orgasmo. "Enfie mais um dedo em mim."

Esse pedido quase fez o Homem de Negro perder o controle. Sua língua entrava profundamente em minha garganta e seus dentes mordiam meus lábios com força, causando-me uma dor maravilhosa.

"Laura", ele gemeu e obedeceu. "Você é tão apertada."

Não perguntei se tinha permissão ou se deveria, mas quando ele meteu o outro dedo, simplesmente gozei. Gritei e alcancei o auge do meu prazer, e todo o meu corpo, apesar de estar na água, suou e esfriou em questão de segundos.

Massimo esperou até eu terminar, me pegou no colo e me carregou para a cama. Eu estava apenas meio consciente quando ele pressionou seu corpo molhado contra o meu e entrou em mim mais uma vez. Ele afagava o rosto em meus cabelos e seus quadris empurravam forte e intensamente. Senti que ele estava prestes a gozar. Eu me contorcia e gemia e cravei minhas unhas em suas costas. Beijava seu pescoço com voracidade, mordia seus ombros e ouvia sua respiração cada vez mais rápida anunciando a explosão. Ele apertou as duas mãos sob minhas costas e me abraçou com tanta força que eu quase não conseguia respirar. Massimo agarrou meu pescoço com uma das mãos e olhou nos meus olhos.

"Eu te amo, Laura," disse, e eu senti a onda quente de sua porra me inundando. Ele gozou longa e intensamente, nunca tirando os olhos do meu rosto. A visão era tão sexy que depois de um tempo senti meus músculos enrijecerem e me juntei a ele. Ele desabou em cima de mim, ofegando pesadamente, seu corpo sugando oxigênio.

"Como você é pesado!", falei, tentando me mover para o lado. "E tem um pau maravilhoso."

Com essas palavras, Massimo caiu na gargalhada e rolou para o lado, me liberando.

"Vou considerar que isso é um elogio, pequena."

"Eu preciso me lavar," informei, tentando me levantar.

O Homem de Negro me puxou com a mão para a coberta.

"Não concordo." Estendeu a mão e pegou uma caixa de lenços umedecidos da mesinha ao lado.

Assim como no avião, quando pela primeira vez provou minha boceta, ele me limpou suavemente antes de me cobrir com o edredom.

Ficamos conversando deitados até o amanhecer. Ele me contou sobre como foi crescer em uma família mafiosa e como eram seus tios. Me falou sobre como o Etna fica lindo quando está em erupção e sobre o que ele gostava de comer. Quando o sol nasceu, pedimos o café da manhã e, sem sair de debaixo do edredom, ficamos olhando o dia despertar.

"Laura, que dia é hoje?", perguntou, sentando-se à minha frente.

Franzi as sobrancelhas e, por um momento, eu o encarei pensando sobre o que ele perguntara.

"Não sei", eu disse, envolvendo-me nas cobertas. "Acho que é quarta-feira."

"Mas que dia?", perguntou de novo. Então compreendi do que se tratava.

Tentei contar os dias em silêncio, mas depois dos eventos recentes, isso não importava mais para mim.

"Não tenho ideia, parei de contar os dias", respondi, tomando um gole da minha xícara de chá.

O Homem de Negro se levantou e ficou de pé com as mãos apoiadas na balaustrada do terraço. Eu me deitei de lado e olhei para ele. Sua bunda era lindamente esculpida, bem torneada e pequena. As pernas delgadas faziam com que as costas e os ombros parecessem ainda mais largos do que realmente eram.

"Quer que eu a deixe livre?", disse enquanto me observava tenso. "Estou arriscando muito agora, mas não sei ser feliz sabendo que estou te deixando infeliz. Então, se você quiser ir embora, você pode estar em Varsóvia ainda hoje."

Eu o encarei incrédula, e meus olhos brilhavam de alegria. Quando um largo sorriso apareceu em meu rosto, Massimo se transformou em gelo e, me perfurando com seu olhar, sem demonstrar qualquer sentimento, disse:

"Domenico vai levá-la ao aeroporto. O próximo voo sai às onze e meia."

Senti-me feliz e apavorada ao mesmo tempo, olhando para o mar. *Eu posso voltar!*, repetia silenciosamente. Ouvi a porta do apartamento se fechar. Enrolada em um edredom, corri para o quarto. Massimo não estava em lugar nenhum, olhei para o corredor, mas também não havia ninguém. Eu voltei para dentro, me encostei na parede e fui deslizando para baixo. Os acontecimentos da noite anterior passavam diante dos meus olhos: o jeito como fez amor comigo, todas as conversas, as bobeiras; parecia um filme. Lágrimas vieram aos meus olhos – senti como se houvesse perdido algo.

Meu coração doía e mal batia. *Será possível que eu tenha me apaixonado por ele?*

Fui até o terraço e peguei meu vestido, mas ele estava em tal estado que não dava para ser usado de novo naquele momento. Voltei para o quarto e disquei o número da recepção. Ouvi a voz no fone e pedi para ligar para Domenico. Era estranho, mas o homem do outro lado sabia exatamente com quem eu queria falar. Minhas mãos tremiam e eu não conseguia recuperar o fôlego. Quando o jovem italiano atendeu, eu simplesmente soluçei descontroladamente: "Venha aqui", e desabei na cama.

"Laura, você está me ouvindo?"

Eu abri meus olhos lentamente e vi Domenico sentado ao meu lado. Havia frascos de remédios sobre a mesa e, do outro lado da cama, um homem mais velho falava ao telefone.

"O que aconteceu? Onde está o Massimo?", falei apavorada, tentando me levantar.

Domenico me interrompeu e explicou calmamente:

"Esse é o médico que cuidou de você, não encontrei seus remédios."

O senhor idoso disse algumas frases em italiano, sorriu e desapareceu.

"Onde está o Massimo? E que horas são?"

"Já é quase meio-dia e *don* Massimo viajou", respondeu ele, como se desculpando.

Eu estava tonta, me sentindo mal e meu corpo todo doía.

"Me leve até ele agora mesmo, preciso de uma roupa!", gritei, enrolando o edredom firmemente à minha volta.

Domenico ficou me olhando por um momento, depois se levantou e começou a caminhar em direção ao armário.

"Eu mandei que colocassem algumas de suas coisas aqui antes de você chegar. O barco está esperando lá embaixo, então, quando você estiver pronta, podemos ir."

Dei um pulo e corri em direção ao armário. Eu não me importava com o que estava usando. Peguei o agasalho esportivo branco da Victoria's Secret que Domenico me entregou e, um momento depois, estava me vestindo nervosamente no banheiro. Olhei no espelho para a maquiagem um pouco borrada. Naquela hora, não estava ligando muito para a aparência, mas nem tanto assim. Limpei a maquiagem e voltei para o meu quarto, onde o jovem italiano me esperava na porta.

Para mim, a lancha estava navegando muito devagar, apesar de estar desenvolvendo sua velocidade máxima.

Depois de quase meia hora, vi o casco cinza do Titã.

"Finalmente", falei inquieta.

Não esperei que atracássemos, apenas pulei no convés. Corria por todos os conveses, abrindo todas as portas, mas ele não estava em lugar algum.

Desisti e, chorando, caí no sofá do salão aberto. As lágrimas inundavam meus olhos, e o nó crescendo em minha garganta tornava impossível respirar.

"Um helicóptero o levou ao aeroporto há uma hora", disse Domenico, sentando-se ao meu lado. "Ele tem muito trabalho para se concentrar agora."

"Ele sabe que estou aqui?", perguntei.

"Acho que não. O celular dele ficou no quarto, então não pude falar com ele. Além disso, há lugares onde ele não pode ficar com o telefone."

Chorando, me joguei em seus braços.

"O que eu faço agora, Domenico?"

O jovem italiano me abraçou e acariciou minha cabeça.

"Não faço ideia, Laura, nunca estive numa situação assim, por isso é difícil dizer. Agora tenho que esperar até que ele entre em contato."

"Eu quero voltar", falei, levantando-me do sofá.

"Para a Polônia?"

"Não, para a Sicília, vou esperá-lo voltar. Posso?" Olhei para Domenico interrogativamente, como se esperasse sua permissão.

"Claro. Não sei de nada que tenha sofrido alguma mudança."

"Então, vamos pegar as malas e voltar para a ilha."

Eu dormi durante a maior parte da viagem, entupida que estava de sedativos. Quando finalmente entrei no SUV, no aeroporto de Catânia, parecia que estava voltando para casa. A rodovia percorria a encosta do Monte Etna, mas eu só via o alegre Massimo, envolto numa coberta, contando-me histórias da sua infância.

Quando paramos na entrada de carros, fiquei surpresa ao descobrir que ela estava completamente diferente. O pavimento de concreto cor de vinho fora substituído pela cor grafite, outros arbustos e flores foram plantados ali, e eu mal conseguia reconhecer a entrada da propriedade. Surpresa, observava tudo, para ter certeza de que estávamos no lugar certo.

"*Don* Massimo mandou mudar tudo aqui durante a sua viagem", disse Domenico, descendo do carro.

Atravessei o corredor e fui para o meu quarto. Afundei na cama e adormeci.

Os dias seguintes foram idênticos. Passava alguns dias na cama, às vezes, saía e me sentava na praia. Domenico tentou me forçar a comer, mas sem sucesso, não conseguia engolir nada. Vagava pela casa, procurando o menor indício da presença do Homem de Negro. Enviava mensagens para minha mãe, mas não conseguia falar com ela – sabia que não a enganaria e que ela perceberia imediatamente que havia algo de errado. Eu assistia à TV polonesa, que Massimo instalou no meu quarto. Às vezes, tentava assistir a programas em italiano, mas, apesar dos meus esforços, ainda não conseguia entender uma palavra.

Como se isso não bastasse, as manchetes de todos os jornais e portais de fofoca italiana traziam uma foto do banquete no qual o Homem de Negro me beijava no cais. Quase todas as manchetes diziam "Quem é a eleita secreta do magnata siciliano?". E também uma descrição abrangente das minhas habilidades na dança.

Mais dias se passaram e eu senti que era hora de voltar para a Polônia. Liguei para Domenico e pedi a ele que trouxesse apenas as coisas que tinham sido levadas para a ilha. Eu não queria levar nada que me fizesse lembrar de Massimo.

Na internet, encontrei um apartamento aconchegante longe do centro de Varsóvia e o aluguei. Eu não tinha ideia do que fazer a seguir e não me importava, só queria que parasse de doer.

Na manhã seguinte, fui acordada pelo som do relógio do meu telefone. Tomei meu chocolate na mesinha de cabeceira e liguei a TV. *É hoje*, pensei. Depois de um tempo, Domenico entrou na sala com um sorriso triste.

"Seu voo sai daqui a quatro horas." Ele se sentou ao lado da cama. "Vou sentir sua falta", disse, pegando minha mão. Eu segurei a dele e senti as lágrimas brotando em meus olhos.

"Eu sei. Eu também vou sentir sua falta."

"Vou verificar se está tudo pronto", falou, levantando-se.

Deitei-me e fiquei olhando para a TV, zapeando. Liguei no noticiário e fui para o banheiro.

"O chefe de uma família mafiosa siciliana foi morto a tiros em Nápoles. O jovem italiano era considerado um dos mais perigosos..." Ao ouvir aquelas palavras, saí correndo do banheiro, como se ele estivesse em chamas. Fragmentos da cena passavam pela tela, mostrando dois sacos para cadáveres e um SUV preto ao fundo. Senti uma sensação de queimação no esterno, que não me deixava respirar, e uma sensação de dor aguda, como se alguém houvesse enfiado uma faca no meu coração. Tentei gritar, mas nenhum som saiu da minha garganta. Caí inconsciente no tapete.

Capítulo 11

Abri os olhos, a sala estava clara e o sol brilhava tão forte que eu quase não conseguia ver nada. Levantei a mão para cobrir minhas pálpebras e arranquei do braço o soro que gotejava ao lado. *O que está acontecendo?*, pensei. Quando meus olhos se acostumaram com a luz do ambiente, examinei tudo em volta. Os aparelhos que me rodeavam indicavam que eu estava num hospital.

Tentei me recordar do que havia acontecido e então me lembrei. Massimo, ele... pensar nisso fez meu coração acelerar novamente, e todos os dispositivos ao lado da cama começaram a apitar. Depois de uns instantes, o médico e a enfermeira apareceram na sala, seguidos por Domenico.

Eu vi o jovem italiano e lágrimas inundaram meus olhos, e os soluços não me deixavam pronunciar uma única palavra. Enquanto eu estava sufocando, agitando meus braços, a porta se abriu novamente e o Homem de Negro apareceu e ficou parado à porta.

Ele passou por todos e caiu de joelhos à minha frente, agarrou minha mão e a apertou contra seu rosto, olhando para mim com olhos apavorados e cansados.

"Desculpe", sussurrou. "Meu amor, eu..." Movi minha mão para cobrir sua boca.

Não agora e não aqui, pensei, e as lágrimas escorreram ainda mais pelo meu rosto, embora agora fossem lágrimas de felicidade.

"Dona Laura", começou a falar calmamente o senhor de jaleco, olhando para o prontuário pendurado na cama. "Tivemos de realizar um procedimento de restauração arterial, porque sua vida estava em risco. Por isso inserimos um tubo em seu corpo, daí o curativo na virilha. Um catéter foi conduzido pela abertura até o coração, o que nos permitiu reparar a artéria. Isso de modo bem resumido. Estou ciente de que, apesar do seu excelente conhecimento da língua inglesa, seu entendimento da nomenclatura médica não me permite fornecer explicações mais detalhadas, definitivamente desnecessárias no momento. De qualquer forma, deu tudo certo."

Eu ouvi o que ele dizia, mas não conseguia tirar os olhos de Massimo. Ele estava ali – são e salvo!

"Laura, está me ouvindo?!" Senti que alguém forçava minhas pálpebras a abrirem. "Não faça isso comigo, senão ele vai me matar."

Abri meus olhos lentamente. Eu estava deitada no tapete e Domenico tremia de nervoso à minha volta.

"Graças a Deus", suspirou enquanto eu olhava para ele.

"O que aconteceu?", perguntei confusa.

"Você desmaiou de novo! Que bom que aqueles comprimidos estavam na gaveta. Você está se sentindo melhor?"

"Onde está o Massimo? Eu quero vê-lo agora mesmo!", gritei enquanto tentava me levantar. "Você disse que, toda vez que eu quisesse, você me levaria até ele, então eu quero que você faça isso agora!"

O jovem italiano olhava, como se procurasse em sua cabeça uma resposta para a minha pergunta.

"Eu não posso", sussurrou. "Ainda não sei o que aconteceu com ele, mas sei que algo deu errado. Laura, lembre-se de que a mídia nem sempre fala a verdade. Mas hoje você tem de sair da ilha e voltar para a Polônia. Essas foram as orientações de *don* Massimo e são para a sua segurança. O carro está esperando. Em Varsóvia, tem um apartamento para você e também uma conta em um dos bancos das Ilhas Virgens, e pode usar o dinheiro nela disponível o quanto quiser."

Eu olhava para ele com horror e não acreditava no que estava ouvindo. Domenico continuou:

"Todos os documentos, os cartões e as chaves estão na sua bagagem de mão. Um motorista irá buscá-la no aeroporto e levá-la ao seu novo apartamento. Haverá um carro para você na garagem, todas as suas coisas compradas na Sicília serão transportadas conforme você pediu."

"Ele está vivo?", interrompi. "Diga, Domenico, ou vou enlouquecer."

O jovem italiano ficou petrificado novamente, ponderando sobre a resposta.

"Com certeza ele está em deslocamento. Mario, seu *consigliere*, o acompanha, então há boas chances de que ele esteja vivo."

"Como assim, 'ele está em deslocamento'?", perguntei, franzindo a testa. "Será que os dois podem estar..." Fiz uma pausa, com medo de dizer a palavra "mortos".

"*Don* Massimo tem um transmissor implantado no lado interno do braço esquerdo, um pequeno chip como o seu", disse, e tocou no meu implante. "Então sabemos onde ele está."

Pensei por um momento no que ouvi enquanto acariciava nervosamente o pequeno tubinho.

"Mas que raios é isso?", perguntei furiosa. "É um implante contraceptivo ou um transmissor?"

Domenico não respondeu, entendendo que eu não tinha a menor ideia do que havia sido implantado em mim. Ele suspirou pesadamente e se levantou do tapete, me puxando com ele.

"Você vai num voo comercial, será mais seguro. Levante-se, temos de ir agora", disse, levando as malas para o closet. "Laura, lembre-se, quanto menos você souber, melhor será para você." Ele então se virou e desapareceu pela porta.

Fiquei sentada por um momento, pensando no que tinha ouvido, mas, apesar da fúria que sentia, fiquei grata a Massimo por ter cuidado de tudo. Com a ideia de nunca mais vê-lo, de nunca mais ele me tocar, as lágrimas brotaram dos meus olhos. Depois de algum tempo, os pensamentos sombrios foram substituídos pela esperança e pela certeza ilusória de que Massimo estava vivo e de que um dia eu voltaria para a Sicília. Arrumei minhas coisas e depois de uma hora já estava no carro. Domenico ficou na mansão; disse que não poderia ir comigo. Eu estava sozinha de novo.

O voo foi relativamente curto, apesar de uma conexão em Milão. Não sei se era por causa dos remédios que o jovem italiano me dera ou da apatia que se abateu sobre mim, mas meu pânico de avião tinha desaparecido completamente. Ao sair do terminal, vi um homem segurando um pedaço de papel com meu nome.

"Sou Laura Biel", disse, por hábito, em inglês.

"Boa tarde, sou Sebastian", ele se apresentou, e estremeci ao ouvir a língua polonesa.

Cerca de duas semanas antes, eu teria feito praticamente qualquer coisa por uma conversa assim, mas agora o idioma me lembrava de onde eu estava e o que tinha acontecido. Meu pesadelo, que se transformara num conto de fadas, tinha acabado e eu estava de volta à estaca zero. Havia uma Mercedes preta Classe S estacionada em frente à entrada. Sebastian se aproximou e abriu a porta traseira para mim. Partimos.

Era setembro e já se podia sentir o ar fresco do outono. Abri a janela e inspirei fundo o ar para os pulmões. Nunca tinha me sentido tão mal como naquele momento. Até os meus cabelos doíam de desespero e tristeza, e qualquer motivo bastava para eu sucumbir às lágrimas. Não queria ver outras pessoas, falar com elas, comer e, acima de tudo, não queria viver.

Saímos do aeroporto e o carro seguiu em direção ao centro da cidade. *Meu Deus, tomara que não vá para Śródmieście*, pensei. Quando seguimos em direção a Mokotów, me alegrei. O carro entrou num condomínio fechado e estacionou em frente a um dos prédios baixos. O motorista saiu e abriu a porta para mim, entregando minha bagagem de mão. Ainda fiquei sentada um pouco, examinando seu conteúdo, até que encontrei um envelope em que estava escrito "apartamento". Dentro dele, havia chaves e um endereço.

"Vou levar sua bagagem; o outro carro com o restante das coisas deve chegar logo", disse Sebastian, apertando minha mão.

Saí e me dirigi à porta e, ao me aproximar, logo o outro carro já estava estacionando. O motorista desceu e começou a retirar as coisas.

Entrei no saguão e me aproximei do jovem na recepção.

"Boa tarde, sou Laura Biel."

"Seja bem-vinda. Que bom que a senhora já chegou. Seu apartamento está pronto, fica no quarto andar, a porta à esquerda. Posso ajudar a senhora com sua bagagem?"

"Não, obrigada, acho que os motoristas darão um jeito nisso."

"Até logo!", exclamou o rapaz atrás do balcão, com um largo sorriso.

Logo depois, eu já estava no elevador, indo para o último andar do prédio. Coloquei a chave na fechadura da porta cujo número era o que havia sido indicado no envelope e, depois de abri-la, vi uma linda sala com janelas que iam do piso até o andar de cima. Tudo era escuro e estéril, bem ao estilo de Massimo.

Os motoristas trouxeram minha bagagem e desapareceram, me deixando sozinha. O interior era elegante e aconchegante. A maior parte da sala de estar era ocupada por um sofá de canto preto e macio de alcântara, sob o qual estava um tapete branco de pelos longos. Também havia uma mesinha de centro de vidro e uma enorme TV de tela plana pendurada na parede. Atrás dela ficava a entrada para o quarto, com uma lareira de dupla face cercada por placas de cobre. Quando entrei no quarto, vi uma cama enorme e moderna com iluminação LED que dava a impressão de que os móveis estavam levitando. Havia também uma passagem para o closet e um banheiro com uma banheira grande.

Voltei para a sala e liguei a TV no canal de notícias. Abri minha bagagem de mão e me sentei no tapete. Examinei os envelopes, descobrindo seu conteúdo. Cartões, documentos, informações; no último, encontrei uma chave de carro com três letras: BMW. Surpresa, descobri que eu era a dona do apartamento em que estava, assim como do carro. Depois de ler os outros papéis, descobri que a conta bancária com saldo de sete dígitos também era minha. *Para que preciso de tudo isso se ele se foi? Será que com isso ele queria me recompensar por aquelas poucas semanas? Olhando para trás, para o tempo que passou, eu é quem deveria pagar a ele por todos os momentos maravilhosos.*

Depois que terminei de desfazer minhas malas, já estava de noite e eu não queria ficar lá sozinha. Peguei meu telefone, os documentos do carro e as chaves e entrei no elevador da garagem. Encontrei o lugar atribuído ao número do meu apartamento e vi um enorme SUV branco. Peguei a chave e os faróis se acenderam com o apertar de um botão. *Acho que não poderia ser mais seguro e ostentoso*, pensei, enquanto afundava no banco de couro claro. Apertei o *start* e atravessei a garagem em busca da saída.

Eu conhecia bem Varsóvia e gostava de percorrê-la. Dirigi sem rumo pelas ruas, virando ao acaso em uma rua ou outra. Depois de dirigir por uma hora, parei em frente à casa da minha melhor amiga, com quem não falava havia semanas. Não poderia ir a nenhum outro lugar. Digitei o código no interfone, subi a escada, parei na frente da porta e toquei a campainha.

Éramos amigas desde os 5 anos de idade, ela era como uma irmã para mim. Às vezes mais jovem, às vezes mais velha, dependendo da ocasião. Ela tinha cabelos pretos e um corpo curvilíneo e voluptuoso. Os homens a adoravam, não sei se pela vulgaridade, pela promiscuidade ou talvez pelo rosto bonito. Porque Olga era, sem dúvida, uma linda mulher, com uma beleza muito exótica. Suas raízes meio armênias davam a seu rosto traços interessantes e marcantes e – o que era mais injusto – um tom de pele oliva.

Olga nunca trabalhou, ela aproveitava ao máximo o fato de causar impacto nos homens. Era uma defensora da quebra de estereótipos, especialmente do fato de que uma mulher com muitos parceiros é uma prostituta. Seu trato com os caras era simples: ela dava o que eles queriam e eles lhe davam dinheiro. Ela não era uma prostituta, mas sim uma governanta de homens que se entediavam com mulheres tolinhas. Muitos deles estavam perdidamente apaixonados por ela, mas Olga não conhecia a palavra amor e não queria conhecer. Era a namorada permanente de um solteirão influente, dono de um império de cosméticos, que não tinha tempo nem desejo de se ligar a ninguém. Ela o acompanhava a recepções formais, jantava com ele e massageava suas têmporas quando ele estava cansado. Ele lhe fornecia todos os confortos e luxos que ela imaginava. Quem visse de fora, poderia ser chamado de relacionamento, mas nenhum deles pensava assim.

"Laura, puta merda!", exclamou Olga, se jogando no meu pescoço. "Acho que vou te matar, pensei que tinham te sequestrado. Entre, o que você está fazendo parada aí?!" Ela agarrou minha mão e me puxou para dentro.

"Desculpe, eu... tinha que...", gaguejei, as lágrimas inundando meus olhos.

Olga ficou me olhando assustada. Colocou o braço em volta de mim e me levou para a sala.

"Algo me diz que precisamos de uma bebida", disse, e logo depois estávamos sentadas no tapete com uma garrafa de vinho.

"Martin esteve aqui", começou ela, olhando com suspeição. "Ele ficou me fazendo perguntas sobre você e contou o que aconteceu. Que você tinha desaparecido e deixado uma carta, e que aparentemente tinha voltado antes dele e se mudado. Que merda, Laura, o que aconteceu lá?! Eu queria ligar, mas sabia que você faria isso se quisesse falar comigo."

Eu a observava enquanto bebia meu vinho e percebi que não podia contar a verdade.

"Já estava farta de ele me ignorar e, além disso, eu me apaixonei." Olhei para cima, para Olga. "Eu sei o que parece, e é por isso que não quero falar sobre esse assunto, agora tenho que me reorganizar de novo."

Eu sabia que Olga sabia que eu não estava dizendo a verdade, mas ela era minha amiga, e sempre entendia quando eu não queria falar.

"Humm, então tudo bem!", falou irritada. "E como foi? Tudo certo? Você tem um lugar para morar? Está precisando de alguma coisa?", continuou, fazendo mais perguntas.

"Eu peguei emprestado o apartamento de um amigo, um apartamento grande, mas ele tinha que viajar rápido e precisava deixar com alguém de confiança."

"Ah, sensacional! Isso é o mais importante. E o trabalho?"

Olga não se dava por vencida.

"Tenho algumas propostas, mas, por enquanto, quero me concentrar em mim", murmurei enquanto brincava com a taça. "Eu tenho que deixar tudo resolvido, e aí vai ficar tudo bem. Posso passar a noite aqui? Eu não quero beber e dirigir."

Ela começou a rir e se aconchegou a mim.

"Claro, claro, e como você arrumou aquele carro?"

"Veio junto com o apartamento, para eu cuidar", falei, servindo-nos de outra taça. Ficamos até tarde conversando sobre o que havia acontecido no decorrer naquele mês. Contei a Olga sobre os encantos da Sicília, sobre a comida, as bebidas e os sapatos. Depois de esvaziar outra garrafa pela metade, ela perguntou:

"Ok, e ele? Me diga alguma coisa ou vou enlouquecer fingindo que não estou curiosa."

Fragmentos de todos os meus momentos com Massimo passaram pela minha cabeça. A primeira vez que o vi nu, quando ele entrou no chuveiro comigo, as compras com ele, os momentos no iate, a noite em que dançamos e a última noite, depois da qual desapareceu.

"Ele é", comecei, pousando minha taça, "excepcional, majestoso, altivo, afetuoso, bonito, muito atencioso. Imagine um homem típico que odeia oposição e sempre sabe o que quer. Adicione a isso um guardião e protetor que sempre faz você se sentir como uma menininha. E, por fim, acrescente a realização de suas fantasias sexuais mais íntimas. E como se isso não bastasse, tem um metro e noventa, zero por cento de gordura corporal e parece ter sido esculpido por Deus. Uma bunda pequena, ombros gigantes, um peito largo... e... Esse é o Massimo", respondi, encolhendo os ombros.

"Puta que pariu!", praguejou Olga. "Minhas pernas até ficaram moles. Tá bom, mas o que aconteceu com ele?"

Por um momento, pensei no que dizer a ela, mas nada de sábio me veio à mente.

"Bem, precisamos de um tempo para pensar sobre isso, porque infelizmente não é tão simples assim. Ele é de uma rica família siciliana com tradições. E eles não aceitam uma mulher estrangeira", falei, fazendo uma careta.

"Mas ele te pegou de jeito!", disse Olga, tomando mais um gole. "Quando você fala dele, você brilha mais que uma lâmpada acesa."

Eu não queria mais falar sobre o Homem de Negro, porque cada lembrança maravilhosa doía quando pensava que aquilo não se repetiria.

"Vamos dormir, amanhã tenho de visitar meus pais", falei.

"Bom, mas com a condição de sairmos no sábado para algum lugar."

Estremeci ao ouvir aquelas palavras.

"Vamos, sim, vai ser legal! Vamos passar o dia no spa e de noite vamos agitar por aí. Ba-la-da, ba-la-da!", gritava Olga, dando pulinhos.

Vendo sua alegria e animação, senti-me culpada por tê-la deixado de lado por tanto tempo.

"Hoje é segunda ainda, mas tudo bem, que seja! O fim de semana será nosso."

Capítulo 12

A estrada até a casa dos meus pais me pareceu excepcionalmente curta, apesar dos 150 quilômetros que tive de dirigir. Não deu nem tempo de pensar no que eu diria a eles. Decidi não deixar minha mãe mais nervosa e continuar mantendo a mentira idealizada anteriormente pelo Homem de Negro.

Parei na garagem e saí do carro.

"Você desaparece por um mês e volta com um carrão desses? Estão te pagando bem naquela Sicília, hein?", ouvi a voz divertida do meu pai. "Tudo bem, meu bebê?", disse e me abraçou com força.

"Oi, paizinho, é um carro da empresa", falei, aninhando-me nele. "Senti muita saudade de você."

Ao sentir seu calor e ouvir sua voz carinhosa, lágrimas brotaram dos meus olhos. Eu me sentia como a garotinha que eu ainda era em algum lugar dentro de mim, sempre correndo para os pais quando está com problemas.

"Não sei o que aconteceu, me diga, se você quiser", disse ele, enxugando meus olhos.

Papai nunca se intrometia, ele esperava que eu fosse até ele e confessasse o que havia em no meu coração.

"Meu Deus, como você está magra!"

Afastei-me do meu pai e me virei para a varanda, onde minha admirável mamãe saiu de trás da porta. Como sempre, estava impecavelmente vestida e maquiada. Eu não era nada parecida com ela. Ela tinha longos cabelos loiros e olhos azul-acinzentados. Apesar de estar na meia-idade, parecia ter 30 anos, e muitas jovens de 20 anos não teriam vergonha de ter seu corpo.

"Mãezinha!" Eu me virei e caí em seus braços soluçando.

Ela era como um abrigo nuclear para mim, eu sabia que sempre me protegeria do mundo inteiro. Apesar de ser superprotetora, era minha melhor amiga, e ninguém me conhecia melhor do que ela.

"Eu não te disse? Essa viagem não foi uma boa ideia", começou minha mãe, acariciando minha cabeça. "E agora você está desesperada de novo. Você pode me dizer por que está chorando?"

Eu não podia, porque, na verdade, não sabia.

"Ah, é que estava com saudades de vocês e sabia que aqui eu poderia finalmente expressar todas as emoções."

"Se você continuar a chorar assim, seus olhos vão inchar e amanhã você vai lamentar porque estará com uma aparência horrível. Você tomou seu remédio para o coração, para que não aconteça uma tragédia agora?", perguntou ela, afastando meu cabelo do rosto.

"Tomei, está na minha bolsa", respondi, limpando o nariz.

"Tomasz", ela se dirigiu a meu pai. "Pegue uns lencinhos e faça um chá."

Papai sorriu e desapareceu dentro de casa, e nós nos sentamos nas poltronas macias do jardim.

"E aí?", perguntou minha mãe, acendendo um cigarro. "Me conte o que está acontecendo e por que precisei esperar tanto tempo pela sua visita."

Suspirei pesadamente, sabendo que a conversa não seria fácil e que não tinha como evitá-la.

"Mãe, eu te disse e escrevi que tive de fazer algumas viagens por causa do meu trabalho na Sicília. Eu tive de voltar para a Itália por um tempo e demorei mais do que tinha planejado. Por enquanto, vou ficar na Polônia, pelo menos até o fim de setembro, porque aqui também temos filiais dessa rede hoteleira e posso me preparar para o trabalho estando na Polônia. Além disso, tenho um professor de italiano em Varsóvia, então não se preocupe porque não vou fugir amanhã. Como você pode ver, a empresa se preocupa comigo", apontei para a BMW parada na garagem. "Eles também alugaram um apartamento para mim e me deram um cartão de crédito da empresa."

Ela me olhou desconfiada, mas como não vacilei na mentira, relaxou.

"Bem, você me acalmou um pouco", falou, enfiando a ponta do cigarro no cinzeiro. "Agora me conte como foi lá."

Papai trouxe chá, e eu, sem lhes poupar dos detalhes geográficos, falei sobre a Sicília. Algumas das histórias eram de guias de turismo que lera, porque não tive tempo de ver a ilha. Graças ao conto de fadas sobre os hotéis da minha nova rede, que ficavam em Veneza, pude contar-lhes sobre o Lido e o festival. Ficamos sentados conversando até tarde, até eu ficar cansada.

Quando estava na cama, minha mãe me trouxe um cobertor e se sentou ao meu lado.

"Lembre-se de que, aconteça o que acontecer, pode contar sempre com a gente." Ela beijou minha testa e saiu, fechando a porta.

Nos dias seguintes, minha mãe estabeleceu a meta de me engordar. Eram comida e vinho que não tinham fim. Quando a sexta-feira finalmente chegou, agradeci a Deus por estar indo embora, porque, mais um dia ali, e a minha barriga explodiria. Era bom o fato de que meus pais viviam perto de uma floresta, então eu corria todos os dias para queimar tudo o que minha mãe fazia eu ingerir. Colocava meus fones de ouvido e saía correndo, às vezes por uma hora, às vezes, mais. A impressão de que alguém me observava não me deixava. Eu parava e olhava em volta, mas nunca via ninguém. Pensava em Massimo, se ele estava vivo e se também pensava em mim.

À tarde, entrei no carro e voltei para Varsóvia. Liguei para Olga para avisá-la.

"Que bom que você chegou, porque acho que precisamos ir às compras. Preciso de um par de sapatos novos", disse ela. "Me dê seu endereço, estarei com você em uma hora."

"Não, pode deixar que eu vou buscar você. Ainda tenho umas coisas para resolver."

Quando estacionei em frente ao prédio dela, eu a vi fechar a porta da frente e depois parar como se estivesse grudada ao chão. Ficou apontando o dedo para o carro e tinha a outra mão na cabeça, depois caminhou em minha direção e, ao entrar no carro, disse incrédula:

"Mas quem te deu um carro deste?"

"Eu disse a você que veio com o apartamento", respondi, encolhendo os ombros.

"Estou curiosa para saber como é seu novo apartamento."

"Ah, porra, é como um apartamento qualquer. E o carro é um carro." Olga tinha me irritado, ou talvez não poder lhe contar a verdade foi o que havia me irritado mais ainda. Ela sabia que eu estava mentindo e que eu estava fazendo papel de idiota, ignorando sua inteligência. "Que diferença faz? Você se lembra de quando morávamos naquela quitinete em Bródno?"

Olga começou a rir e colocou o cinto de segurança.

"Claro, com aquela mulher que morava embaixo de nós, que dizia que fazíamos orgias?!"

"Você sabe que não era exatamente uma mentira." Olhei-a atentamente enquanto saía do estacionamento.

"Você me sacaneava porque eu, de repente, começava a gritar alto demais."

"Isso! Eu me lembro do dia em que voltei mais cedo sem querer e achei que alguém estava matando você."

"Ah, aquele merdinha que trepava comigo naquela época era realmente bruto e, além disso, o pai dele tinha uma clínica odontológica."

"E ele garantia suas consultas gratuitas."

Graças a Deus, consegui desviar daquele assunto de carro e moradia, e pelo restante do caminho nossas conversas se concentraram exclusivamente na exuberante vida sexual de Olga.

Fazer compras sempre era uma coisa que melhorava o meu humor. Corremos de loja em loja, comprando novos pares de sapatos desnecessários. Por fim, depois de algumas horas daquela louca maratona, estávamos exaustas. Entramos na garagem de vários andares e começamos a procurar o carro. Demorou um pouco, mas encontramos, e começamos a colocar nossas compras no porta-malas.

"De carro novo?", ouvi uma voz familiar.

Eu me virei e fiz uma careta ao ver o melhor amigo de Martin.

"Oi, Michał, como vão as coisas?", perguntei, beijando-o no rosto.

"É melhor que você me diga como vão as coisas! O que te deu na cabeça de nos deixar daquele jeito? Porra! O Martin quase morreu de preocupação."

"Tá, já sei como ele morreu de preocupação: traçando aquela siciliana", falei, virando-me e colocando a última sacola no carro. "Coitado! Ele ficou tão mexido com tudo que teve que fazer aquilo para não morrer."

Michał ficou paralisado e olhou para mim com espanto. Me aproximei dele.

"O que você estava pensando? Que eu não sabia? O babaca trepou com ela no dia do meu aniversário!", falei com fúria e entrei no carro.

"Ele estava bêbado", falou, balançando os braços, mas eu fechei a porta com ímpeto.

"Bom, daqui a pouquinho ele vai ficar sabendo que você voltou", afirmou Olga, colocando o cinto. "Que beleza! Adoro essas confusões!"

"Eu, nem tanto, principalmente quando têm a ver comigo. Vamos para o meu apartamento e você hoje fica comigo, porque não quero ficar sozinha, ok?"

Olga balançou a cabeça assentindo e fomos embora.

"Caralho!" Sem pesar as palavras, como sempre fazia, minha amiga reagiu à visão da sala assim que entramos em casa. "E foi esse seu amigo que alugou pra você, né? Claro, ainda adicionando um carro e quem sabe uma empregada? Eu o conheço?"

"Ei, pode parar, é só um favor. E você não o conhece, porque é alguém com quem trabalhei algum tempo atrás. O quarto de hóspedes é lá em cima, mas eu prefiro que você durma comigo."

Olga andou pela casa toda, exclamando palavrões a cada instante. Eu observava sua reação e me divertia e me perguntava o que ela diria se visse o Titã ou a mansão nas encostas de Taormina. Peguei uma garrafa de vinho português da geladeira e duas taças e a segui escada acima.

"Venha cá, quero te mostrar uma coisa", falei, subindo as escadas.

Quando abri a porta, ela ficou petrificada. Fomos para o lindo terraço de mais de cem metros quadrados localizado na cobertura. Havia uma mesa com seis lugares, churrasqueira, espreguiçadeiras e uma jacuzzi para quatro pessoas. Coloquei a garrafa na mesa e servi o vinho nas taças.

"Você tem alguma pergunta?"

Levantando minhas sobrancelhas ligeiramente, entreguei a ela a taça.

"O que você fez pra ele em troca disso? Confesse! Sei que não é o seu estilo, é mais o meu, mas eu nunca ganhei um apê com jardim na cobertura." Olga riu e deixou-se cair numa das poltronas brancas. Nós nos cobrimos com cobertores e ficamos observando o centro da cidade tremeluzindo a distância. Embora estivesse rodeada por pessoas que eu amava, não havia um minuto em que não pensasse em Massimo. Até liguei para Domenico algumas vezes, mas ele não respondeu a nenhuma das minhas perguntas, só queria saber se eu estava bem. Mesmo assim, gostei de ouvir a voz dele, porque me fazia lembrar da do Homem de Negro.

Capítulo 13

Quando acordamos no dia seguinte e nos arrumamos, me senti surpreendentemente bem. Em frente ao espelho, tentei explicar a mim mesma que tinha de viver, organizar tudo de novo e começar a esquecer as semanas que tinha passado na Itália. Tomamos café da manhã, vasculhamos o guarda-roupa e as compras do dia anterior, em busca de roupas para a noite, e depois das três da tarde fomos para o spa.

"Sabe de uma coisa, Olga, estou com vontade de dar uma de maluca", falei ao sair de casa. "Temos cabeleireiro marcado hoje?"

Ela olhou para mim, franzindo a testa.

"E você acha que eu, por algum acaso, sei fazer meu próprio cabelo? Claro que temos!", disse ela rindo, enquanto fechava a porta.

Nossa estada no spa era um ritual ao qual nos submetíamos de vez em quando. Peeling, depois massagem, tratamentos faciais, unhas, cabeleireiro e, por fim, maquiagem. Quando chegou a hora da penúltima atividade, sentei-me na cadeira e Magda, minha cabeleireira, passou a mão numa mecha dos meus cabelos.

"Então, Laura, o que faço com isso?"

"Quero um loiro." Olga até deu um pulo na cadeira ao lado. "E quero um corte bob, com a nuca batida e a frente mais comprida."

"O quê?!", gritou Olga tão alto, que todas as mulheres nas outras poltronas viraram a cabeça. "Despirocou?! Laura, acho que você está fora de si."

Magda riu, alisando as mechas.

"Eles não estão danificados, então nada de mal vai acontecer com eles. Você tem certeza?"

Balancei a cabeça fazendo que sim e Olga afundou na cadeira, balançando a cabeça em sinal de descrença.

Enquanto isso, para acelerar o ligeiro atraso causado pelos meus caprichos, os maquiadores apareceram e começaram a trabalhar.

"Pronto", disse Magda depois de mais de duas horas, olhando para o meu reflexo no espelho com satisfação.

O efeito foi fenomenal, o tom, que lembrava o do trigo maduro, combinava perfeitamente com minha pele bronzeada e olhos negros. Eu parecia jovem, revigorada e gostosa. Olga estava parada atrás de mim, olhando com uma das sobrancelhas levantada.

"Ok, eu estava enganada, você está um tesão! Agora vamos porque é hora da festa." Ela agarrou minha mão e fomos em direção ao carro.

Estacionamos na garagem e subimos de elevador. Coloquei a chave na fechadura e girei.

"Que estranho, pensei que tinha dado só uma volta na chave", disse, fazendo beiço. Depois de beber uma garrafa de vinho e vestir algo menos confortável do que um agasalho, mas muito mais espetacular, paramos em frente ao espelho. Nós estávamos prontas.

Para a saída do dia, escolhi um conjunto preto muito sensual. Uma saia lápis de cintura alta e um top curto de mangas compridas, que combinava perfeitamente. Uma lacuna de cerca de quatro centímetros se formava entre o fim da blusa e o início da saia, revelando sutilmente os músculos abdominais. Salto alto preto com bico não muito fino e uma carteira com tachas, da mesma cor, em perfeita harmonia com o look todo. Já Olga se concentrou nos seus melhores atributos, ou seja, seios generosos e quadris maravilhosos, usando um vestido nude justo. Ela completou o vestido com saltos altos e bolsa no mesmo tom, e quebrou o tom neutro com acessórios dourados.

"Esta noite é nossa", falou. "Mas fique de olho em mim, porque eu gostaria de voltar para casa com você."

Eu ri e a empurrei porta afora.

A vantagem indiscutível da vida que Olga levava era que, em cada clube exclusivo, ela conhecia pelo menos um dos seguranças que selecionavam quem entrava e, na maioria deles, conhecia os gerentes ou os proprietários.

Pegamos um táxi e nos dirigimos para um dos nossos lugares favoritos no Centro. O Ritual, na rua Mazowiecka, nº 12, onde bebíamos, comíamos e – eu gostaria de dizer: pegávamos uns caras, mas, infelizmente, essa honra era apenas para minha amiga.

Quando descemos do carro, cerca de cem pessoas estavam na fila em frente ao clube. Olga passou pela multidão, com certa ostentação, e foi até a corda, dando dois beijinhos na moça que selecionava quem ia entrar e quem não ia.

Ela tirou a corda que bloqueava a passagem e depois de um minuto já estávamos dentro, saudados pela esposa do proprietário, Monia, que colocou nossas pulseiras VIP.

"Como sempre, você está deslumbrante", Olga disse a ela, e Monia balançou a mão, afastando-a.

"Você sempre diz isso." A linda morena riu e balançou a cabeça. "Isso não vai livrar você de beber comigo de qualquer maneira." Ela piscou para nós e acenou com a cabeça para que a seguíssemos.

Subimos as escadas e nos sentamos à mesa, e Monia, após dar instruções à garçonete, saiu.

"Hoje é por minha conta!", falei, gritando em meio à música e tirando da bolsa o cartão que Domenico havia me dado.

Decidi que era hora de usá-lo. Eu só queria fazer isso apenas uma vez e comprar apenas uma coisa com ele.

Acenei minha mão para a garçonete e fiz meu pedido. Depois de algum tempo, ela veio trazendo pelo clube o Moët Rosé no balde com gelo. Vendo isso, Olga começou a pular euforicamente na cadeira.

"Que luxo!", gritou, pegando uma taça na mão. "A que vamos brindar?"

Eu sabia a que queria brindar e por que queria provar daquele sabor específico.

"A nós," disse eu, tomando um gole.

Mas eu não brindei a mim ou a Olga. Brindei a Massimo e aos 365 dias que não aconteceram. Sentia tristeza e ao mesmo tempo tranquilidade, porque me parecia que eu, em parte, tinha aceitado a situação. Depois de beber metade da garrafa, fomos para a pista de dança. Nós mexíamos os braços na batida da música, zoando muito. Mas meus lindos sapatos não tinham sido feitos para dançar, então tive que descansar depois de três músicas. Voltando para a mesa, senti que alguém me segurava pela mão.

"Oi!", me virei e vi Martin.

Puxei minha mão e fiquei lá, olhando-o com frieza e ódio.

"Onde você esteve todo esse tempo?", perguntou ele. "Podemos conversar um pouco?"

As fotos que haviam caído do envelope que me fora dado por Massimo me vieram à mente. Eu só queria cortá-lo em pedacinhos naquele dia, mas, agora, quando as emoções já tinham arrefecido, eu me sentia completamente indiferente.

"Não tenho nada para lhe dizer", falei e me virei, indo para o sofá.

Martin não se deu por vencido e depois de um tempo estava de novo ao meu lado.

"Laura, por favor. Me dê um minuto!"

Sentei-me e olhei para ele, continuando a bebericar indolente o champanhe, cujo sabor me deu forças.

"Você não vai me contar nada que eu já não saiba ou não tenha visto."

"Falei com o Michał. Deixe eu te explicar, por favor, aí eu te deixo em paz."

Apesar da raiva e do nojo que eu sentia dele depois de ter visto as fotos, achei que Martin merecia a oportunidade de me contar sua versão.

"Ok, mas não aqui. Espere um pouco."

Fui até Olga e expliquei a situação. Ela não ficou surpresa nem brava, porque já havia encontrado um substituto para mim na forma de um louro encantador.

"Pode ir!", gritou. "Hoje é provável que eu não volte, então não me espere."

Fui até Martin e acenei com a cabeça, sinalizando para ele vir.

Quando saímos do clube, ele me levou para o estacionamento e abriu a porta do seu carro.

"Pelo que vejo, você não veio até aqui para agitar, não é?", perguntei, entrando no Jaguar XKR branco.

"Eu vim aqui por você", respondeu e fechou a porta.

Fomos pelos bairros e eu sabia exatamente onde aquela viagem terminaria.

"Laura, você fica incrível com esse cabelo", disse ele calmamente, olhando para mim.

Eu o ignorei porque sua opinião não me interessava em nada e continuei a contemplar a paisagem através do vidro.

Martin apertou o botão do controle remoto da garagem e a porta se elevou. Ele estacionou e subimos. Quando parei no corredor de seu apartamento, até me senti tonta. Mesmo seu interior, embora nunca tenha sido visitado pelo Homem de Negro, me lembrava dele.

"Quer beber alguma coisa?", perguntou enquanto caminhava até a geladeira.

Sentei-me no sofá e me senti desconfortável. Tive a estranha impressão de que, naquele momento, estava agindo contra a vontade de Massimo, rompendo sua proibição de contato com Martin. Se ele me visse naquele momento, se ele soubesse, ele o mataria.

"Acho que é melhor água", decidiu, colocando o copo à minha frente. "Vou te contar tudo e você faz o que quiser."

Eu me acomodei e acenei com a mão, para que ele começasse.

"Quando você se mandou da espreguiçadeira e saiu correndo, percebi que você tinha razão e fui atrás de você. Mas, na recepção, um dos funcionários do hotel me parou, dizendo que no nosso quarto havia um problema sério e que eles precisavam entrar. Quando terminamos a verificação do tal alarme, eu e o pessoal do serviço, vimos que tinha sido um erro do sistema e não havia nada de errado. Saí pelas ruas te procurando até anoitecer. Tinha certeza de que iria te encontrar, achei que você não tinha ido longe, então não usei logo o telefone. E quando finalmente cheguei ao hotel para fazer a ligação, havia a carta no quarto, em que você escreveu aquilo tudo e com razão. Eu sabia que tinha fodido tudo." Ele baixou a cabeça e começou a mordiscar os dedos. "Então fiquei furioso, pedi bebidas para o meu quarto e liguei para o Michał. Não sei se foi por causa do meu nervosismo ou porque estava de ressaca, mas fiquei bêbado logo depois de terminar o primeiro drinque."

Ele levantou a cabeça e me olhou profundamente.

"E quer você acredite ou não, não me lembro de mais nada do que aconteceu depois. Quando acordamos de manhã e a Karolina me contou o que eu tinha feito, tive vontade de vomitar." Martin inalou o ar e baixou a cabeça novamente. "E quando pensei que a coisa não podia ficar pior, a recepção nos informou que tínhamos de sair do hotel, porque nossos cartões de crédito não eram aceitos lá. Então fomos embora da ilha. Parece até que rogaram uma praga nessas férias, como se tudo tivesse de dar errado desde o início."

Quando Martin terminou de falar, coloquei minhas mãos sobre o rosto e suspirei alto. Eu sabia do que ele estava falando. Por mais bobo que parecesse, com uma pequena intervenção de Massimo, tudo era muito provável. Agora eu não sabia de quem tinha mais raiva: se do Homem de Negro e suas armações, ou de Martin, que se deixou meter nisso.

"Mas o que muda nisso tudo?", respondi depois de um momento. "O fato de você não se lembrar ou de ter dormido com ela? Fora isso, a verdade é que nossas expectativas são completamente diferentes. Você quer ter um doce e comer o doce, e eu sempre espero receber mais atenção do que você pode me dar."

Martin deslizou pelo sofá, ajoelhando-se ao meu lado.

"Laura", começou ele, pegando minhas mãos, "você está certa sobre tudo, era assim mesmo. Mas essas semanas me fizeram entender o quanto te amo e que não quero perder você. Vou fazer qualquer coisa para provar que posso ser diferente."

Olhei para ele perplexa e senti o champanhe recém-bebido subir pela minha garganta.

"Estou enjoada", disse, levantando-me do sofá e cambaleando em direção ao banheiro.

Vomitei até meu estômago ficar completamente vazio; já estava farta daquele dia e daquela conversa. Saí do banheiro e tentei calçar os sapatos que tinha deixado no corredor.

"Vou para casa", disse eu, enfiando meus pés nos sapatos de salto alto.

"Você não vai a lugar nenhum, não vou deixar você sair assim nesse estado", rebateu ele, tirando a bolsa da minha mão.

"Martin, por favor!" Eu estava impaciente. "Eu quero ir para casa."

"Ok, mas deixe que eu te levo."

Sem aceitar minhas recusas, ele pegou a chave do carro.

Saímos da garagem e Martin se virou para mim com uma pergunta estampada em seu rosto. Eu tinha me esquecido de que ele não sabia meu novo endereço.

"Para a esquerda", apontei, acenando com a mão. "Depois à direita e em frente."

Finalmente, após dez minutos de orientação, estávamos em casa.

"Obrigada", falei, puxando o trinco, mas a porta do carro nem se mexeu.

"Vou te acompanhar, quero ter certeza de que você chegou bem."

Subimos, e eu queria ficar sozinha a todo custo.

"É aqui", disse eu, enfiando a chave na porta do meu apartamento. "Obrigada pela sua preocupação, mas vou ficar bem agora."

Martin não se deu por vencido; quando abri a porta, ele tentou entrar no meu apartamento atrás de mim.

"Que porra é essa que você está fazendo? Você ainda não entendeu que eu não preciso mais da sua companhia?", rosnei parada na porta. "Você disse o que tinha para dizer e agora eu quero ficar sozinha. Tchau!"

Tentei fechar a porta, mas as mãos enormes de Martin não me deixaram.

"Senti tanta saudade de você, me deixe entrar."

Ele não desistia.

Por fim, soltei a porta, voltei para dentro e acendi a luz.

"Que droga, Martin! Vou chamar a segurança agora mesmo!", gritei.

Meu ex-namorado ficou parado na porta sem cruzá-la, olhando com raiva para algo atrás de mim. Eu me virei e meu coração quase parou. Massimo estava se levantando lentamente do sofá e caminhando em direção à porta da frente.

"Não entendo o que vocês estão dizendo, mas parece que Laura não quer que você entre", disse o Homem de Negro, parando a poucos centímetros de Martin. "Será que sou eu que preciso repetir isso, para que você entenda? Será que em inglês fica mais fácil?"

Martin enrijeceu o corpo todo e, sem tirar os olhos do Homem de Negro, disse em um tom calmo e baixo:

"Até logo, Laura. Depois nos falamos." Martin se virou e entrou no elevador.

Quando ele saiu do campo de visão, o Homem de Negro fechou a porta e me encarou. Eu não tinha certeza se tudo aquilo estava realmente acontecendo. Horror e fúria misturados com alegria e alívio. Ele estava lá, são e salvo. Ficamos ali por um longo tempo, olhando um para o outro, e a tensão entre nós se tornou insuportável.

"Mas onde é que você estava?!", gritei, dando-lhe antes uma enérgica bofetada. "Você tem ideia, seu egoísta, do que eu passei? Você acha que perder a consciência o tempo todo é minha maneira perfeita de passar o tempo? Como você pôde me deixar assim? Meu Deus!"

Desistindo, deixei-me escorregar pela parede.

"Você está deslumbrante, pequena!", disse, tentando me pegar nos braços. "Esse cabelo..."

"Merda, não me toque! Você nunca mais vai pôr a mão em mim se não me explicar o que aconteceu."

Ao ouvir o tom de voz alto, o Homem de Negro se endireitou e parou por um momento acima de mim. Ele parecia ainda mais bonito do que eu me lembrava. Usando uma calça escura e uma camiseta de mangas compridas da mesma cor, ele exibia sua figura perfeitamente esculpida. Mesmo agora, furiosa com ele, não podia deixar de notar quão atraente ele era. Eu sabia que Massimo estava me espreitando como um animal selvagem e que estava prestes a atacar.

Eu não estava enganada. Massimo se inclinou e me agarrou pelos braços, pôs-me de pé, deslizou habilmente seu ombro por minha barriga e me jogou por cima dele.

Percebi que minha resistência ou meus gritos seriam inúteis, então fiquei ali, esperando para ver o que ele faria. Ele entrou pela porta do quarto e me jogou na cama, pressionando seu corpo contra o meu, bloqueando minhas possibilidades de movimento.

"Você se encontrou com ele apesar da minha proibição. Você sabe que, se for preciso, vou matar esse homem para que ele não te veja?"

Fiquei em silêncio, não queria abrir a boca, porque sabia que uma torrente de palavras sairia dela. Já era tarde, eu estava cansada, com fome e toda a situação era demais para mim.

"Laura, estou falando com você!"

"Eu estou ouvindo, mas não estou com vontade de falar com você", falei suavemente.

"Assim é melhor, porque a última coisa que quero fazer agora é ter uma conversa difícil", disse, e forçou brutalmente a língua dentro da minha boca.

Eu queria afastá-lo, mas quando senti seu gosto e seu cheiro, todos aqueles dias que passei sem ele passaram diante dos meus olhos. Lembrei-me bem do sofrimento e da dor que então me acompanharam.

"Dezesseis", sussurrei sem interromper o beijo.

Massimo parou seu frenesi insano e olhou para mim interrogativamente. "Dezesseis", repeti. "Você me deve todos esses dias, *don* Massimo."

Ele sorriu e, com um único movimento, tirou a camiseta preta que vestia. A luz suave da sala iluminou seu torso. Vi feridas recentes, algumas ainda com curativos.

"Meu Deus, Massimo!", sussurrei, saindo de debaixo dele. "O que aconteceu?"

Toquei seu corpo suavemente, como se quisesse remover os pontos doloridos com um encantamento.

"Eu prometo que vou te contar tudo, mas não hoje, ok? Quero que você esteja bem descansada, bem alimentada e, acima de tudo, sóbria. Laura, você está terrivelmente magra", disse ele, acariciando meu corpo ajustado pelo tecido preto. "Me parece que você está desconfortável com isso", disse, me virando de bruços.

Massimo então abriu lentamente o zíper da minha saia e a deslizou pelos meus quadris até que ela caísse no chão. Fez o mesmo com o top e, logo depois, eu estava deitada na frente dele usando apenas a lingerie rendada.

Ele me observava enquanto desabotoava o cinto da calça. Enquanto o via fazendo aquilo, me lembrei da cena drástica do avião.

"Não conheço esse conjunto", comentou, baixando a calça e a cueca boxer. "E eu não gostei dele, acho que você deveria tirar isso."

Eu o observava, enquanto desabotoava devagar meu sutiã. Pela primeira vez pude ver seu membro sem estar ereto. Seu pau grosso e pesado lentamente se levantava enquanto eu tirava minha lingerie, mas mesmo quando não estava duro, ele era maravilhoso, e tudo em que eu conseguia pensar naquele momento era que queria senti-lo dentro de mim.

Deitada nua na cama, coloquei meus braços atrás da cabeça, mais uma vez mostrando submissão.

"Venha cá", eu disse, abrindo mais as pernas.

Massimo agarrou meu pé e o levou à boca, beijou todos os meus dedos e lentamente caiu no colchão. Ele passou a língua na parte interna das minhas coxas até chegar ao ponto onde elas se uniam. Levantou a cabeça e me fitou, fervendo de desejo. Aquele olhar dele me avisou de que não seria uma noite romântica.

"Você é minha", gemeu ele, enfiando sua língua em mim.

Ele me lambia avidamente, bem nos pontos mais sensíveis. Eu me contorcia embaixo dele e senti que não demoraria muito para chegar ao orgasmo.

"Não quero," falei, segurando-o pela cabeça. "Venha cá, entre em mim, eu quero sentir você."

Massimo fez o que lhe pedi sem hesitar; entrou em mim com brutalidade e força, dando aos nossos corpos um galope semelhante às batidas do meu coração naquele momento. Ele me fodeu com paixão, seus braços me apertando, e me beijou tão profundamente que eu não conseguia recuperar o fôlego. De repente, uma onda de prazer se espalhou pelo meu corpo, cravei minhas unhas em suas costas, descendo por todo o caminho até sua bunda. A dor que lhe causei foi como um impulso decisivo para ele, e o calor de sua gozada se espalhou dentro de mim. Começamos e terminamos quase simultaneamente. Uma onda descontrolada de lágrimas irrompeu pelo meu rosto e me senti aliviada. *Isso está realmente acontecendo*, pensei, e pressionei meu rosto contra ele.

"Ei, menina, o que foi?", perguntou, saindo de cima de mim.

Eu não queria conversar com Massimo, não naquele momento, e me virei e o abracei como se quisesse me esconder dentro dele. Ele acariciou meus cabelos e usou seus lábios para tirar as lágrimas do meu rosto, até que adormeci.

Acordei com a luz do sol que entrava pela janela aberta da sala de estar. Com os olhos semicerrados, estendi a mão rumo ao outro lado da cama, procurando-o. Massimo estava lá. Eu desviei o olhar e dei um pulo gritando. Todos os lençóis estavam cheios de sangue, e ele nem se mexia.

"Massimo," eu o puxei gritando. Eu o virei de costas e ele, confuso, abriu os olhos. Afundei no colchão sentindo alívio. Ele olhou em volta e passou a mão no peito, enxugando o sangue.

"Não é nada, amor, os pontos arrebentaram", disse ele, levantando-se e sorrindo para mim. "Nem senti isso de noite. Mas acho que precisamos tomar banho, porque parece que nós dois matamos alguém", falou de maneira divertida, arrumando o cabelo com a mão limpa.

"Não acho isso engraçado", rebati e fui para o banheiro.

Não tive que esperar muito para que ele aparecesse ao meu lado. Desta vez, fui eu que o esfreguei, retirando delicadamente os curativos ensopados de sangue. Quando terminei, peguei o kit de primeiros socorros e fiz os curativos sobre as feridas.

"Você vai ver um médico", anunciei em um tom que não aceitava nenhuma objeção.

Massimo lançou para mim um olhar caloroso, que mostrava obediência.

"Vai ser como você quiser, mas primeiro você tem de tomar o café da manhã. O seu jejum acabou ontem", disse, saindo da banheira e beijando minha testa.

Fui até a geladeira e descobri que não havia absolutamente nada para comer. Apenas vinho, água e sucos estavam nas prateleiras. O Homem de Negro veio atrás de mim e, pressionando seu rosto contra o meu, olhou para o interior quase vazio.

"Estou vendo que temos um cardápio bem limitado."

"Nos últimos tempos, eu andava sem apetite. Mas lá embaixo tem uma loja, aja como um cara normal e vá fazer compras; vou fazer uma lista para você e, depois, prepararei o café da manhã", falei, fechando a porta da geladeira.

Ao ouvir isso, ele deu um passo para trás e encostou-se a uma pequena mesa na cozinha.

"Compras?", perguntou, franzindo a testa.

"Sim, *don* Massimo, compras. Manteiga, pãezinhos, bacon e ovos significam café da manhã."

O Homem de Negro, sem esconder que se divertia, saiu da cozinha, falando lá da porta:

"Faça a lista."

Depois de lhe dar breves instruções sobre como chegar à loja, que ficava do lado de fora, no mesmo prédio, a cerca de cinco metros das escadas, fiquei observando-o entrar no elevador.

Eu previ que Massimo levaria mais tempo do que deveria, mas voltou em menos tempo do que eu precisei para me arrumar. Corri então para o banheiro, ajeitei o cabelo, coloquei uma maquiagem leve no estilo "não passei maquiagem, acordo exatamente assim todas as manhãs" e, depois de pôr um agasalho rosa, me deitei no sofá.

Massimo subiu com uma rapidez surpreendente, sem usar o interfone.

"Desde quando você está na Polônia?", perguntei quando ele entrou.

Ele hesitou e ficou me olhando por um momento.

"Primeiro o café da manhã, depois a conversa, Laura. Eu não vou a lugar algum, e certamente não sem você."

Massimo colocou as compras sobre o balcão da cozinha e voltou para perto de mim.

"Você faz o café da manhã, pequena, porque eu não tenho ideia de como cozinhar, e enquanto isso vou usar o seu computador."

Levantei-me e fui para a cozinha.

"Você tem sorte de eu adorar cozinhar e de ser muito boa nisso", disse e comecei a trabalhar.

Depois de trinta minutos, sentamo-nos no tapete macio da sala de estar, comendo no estilo *all-american*.

"Bem, Massimo, já aguentei demais. Fale!", rosnei, enquanto colocava os talheres na mesa.

O Homem de Negro encostou-se na beirada do sofá e respirou fundo.

"Pergunte!" Ele me lançou aquele seu olhar álgido.

"Há quanto tempo você está na Polônia?", comecei.

"Desde ontem de manhãzinha."

"Você já estava neste apartamento quando eu ainda não tinha voltado para cá?"

"Sim, quando você e a Olga saíram por volta das três da tarde."

"Como você sabia o código do interfone e quantos pares de chaves existem?"

"Fui eu que o inventei, é o ano em que nasci, e só você e eu temos as chaves."

Mil novecentos e oitenta e seis, ele tem apenas 32 anos, pensei, e voltei à conversa que me interessava mais do que a sua idade.

"E desde o dia em que cheguei à Polônia, seus homens também estão aqui?"

Massimo cruzou os braços sobre o peito, divertido.

"Claro, você não achou que eu iria te deixar sozinha, não é?"

No meu inconsciente, já sabia a resposta antes mesmo que ele respondesse. Eu sabia que a sensação constante de estar sendo observada não era do nada.

"E ontem? Você também mandou gente atrás de mim?"

"Não, ontem eu estava quase sempre perto de onde você estava, Laura, incluindo o apartamento do seu ex-namorado, se é isso que você quer saber. E eu juro a você que quando entrou no carro dele lá no clube, eu estava a ponto de sacar minha arma." Seus olhos estavam sérios e frios. "Vamos esclarecer uma coisa, pequena. Ou você não tem nenhum contato com ele, ou eu simplesmente vou me livrar dele."

Eu sabia que negociar com Massimo não faria sentido, mas dezenas de horas de treinamento em manipulação não foram em vão, então eu sabia como resolver aquilo.

"Estou surpresa que você o veja como um rival", comecei sem emoção. "Não sabia que você tinha medo da concorrência, até porque, depois do que vi nas fotos, ele não me parece uma concorrência. O ciúme é uma fraqueza, e só temos ciúme quando sentimos que o rival é digno dele. Ou seja, quando ele é pelo menos tão bom quanto nós, ou até melhor." Virei-me para ele e o beijei delicadamente. "Não imaginava que você tivesse fraquezas."

O Homem de Negro ficou sentado em silêncio, brincando com sua xícara de chá.

"Sabe de uma coisa, Laura? Você tem razão. Posso aceitar argumentos racionais. O que você sugere nesse caso?"

"O que sugiro?", repeti. "Nada, acho que essa fase da minha vida está fechada. Se o Martin pensa diferente, o problema é dele. Pode ser que ainda sofra, mas não me preocupa mais. Além disso, você deve saber que eu, assim como você, não perdoo traição. Falando nisso, o que você colocou na bebida dele no meu aniversário?"

Massimo largou a xícara e me olhou horrorizado.

"O quê?! Você pensou que eu não iria descobrir? É por isso que me proibiu de falar com ele, para eu não saber a verdade?", falei, lentamente, com os dentes cerrados.

"O que conta é o fato: ele a traiu. Além disso, nem todo mundo sai por aí trepando com uma garota depois de ingerir a substância em questão. Não era boa noite, Cinderela, nem ecstasy, pequena, era apenas uma droga que potencializava o efeito do álcool. Ele ia ficar bêbado mais rápido que o normal, só isso. Não vou negar que tive participação em garantir que ele não a seguisse imediatamente quando você correu do hotel. É claro que fiz com que ele ficasse para trás de propósito. Mas pense como isso mudou tudo, e se você realmente desejaria que tudo fosse diferente!"

Ele se levantou do tapete e se sentou no sofá.

"Às vezes tenho a impressão de que você se esquece de quem eu sou e o que eu sou. Você pode me mudar quando estou com você, mas não vou mudar para o mundo inteiro. E se eu quero algo, eu consigo. Eu iria te sequestrar mais cedo ou mais tarde, era só uma questão de tempo e de escolher um método ou outro."

Depois do que ouvi, fiquei com raiva. Eu meio que sabia que Massimo teria feito o que quisesse de qualquer maneira, mas o fato de que nada dependia de mim me deixava louca.

"Você realmente quer discutir sobre um passado sobre o qual nenhum de nós tem mais influência e sobre o qual não temos controle?", perguntou, inclinando-se em direção a mim e estreitando os olhos ligeiramente.

"Você tem razão", suspirei com resignação. "E Nápoles?", rebati, fechando os olhos com força, lembrando das palavras que tinha ouvido então. "Na TV, disseram que você morreu."

Massimo se espreguiçou, encostando-se nas almofadas do sofá. Ele me estudava, como se quisesse avaliar qual a dose de verdade que eu poderia suportar. Por fim, ele começou a contar.

"Quando deixei você no quarto do hotel e saí, fui até a recepção. Queria dar-lhe tempo para tomar uma decisão. Enquanto eu caminhava pelo corredor, vi Anna entrando no carro de seu meio-irmão. Eu sabia que se *don* Emilio esteve lá, algo devia ter acontecido."

Eu o interrompi.

"Como assim: *don*?"

"Emilio é o chefe de uma família napolitana que governa o oeste da Itália há gerações. Depois do que Anna disse quando nos encontrou, e conhecendo seu caráter, senti que estava tramando alguma coisa. Tive que deixar você, porque sabia que ela não suspeitava de que eu faria isso. E se Anna estava planejando te pegar para me acossar, acho que estraguei um pouco o plano dela. Voltei para o iate e voei para a Sicília. Para manter as aparências ao máximo, uma das mulheres que trabalhavam no Titã, e que mais se parecia com você, foi comigo. Ela vestiu suas roupas e foi para casa comigo, depois voamos para Nápoles. O encontro com Emilio tinha sido planejado com várias semanas de antecedência, temos muitos interesses em comum.

"Espere um minuto", falei. "Você estava se relacionando com a irmã de outro *don*? E pode isso?"

Massimo deu uma risada e tomou um gole de chá.

"E por que não? Além disso, parecia uma ótima ideia na época. A possível união de duas famílias enormes garantiria paz no longo prazo e o monopólio em grande parte da Itália. Veja, Laura, você tem uma visão errada da máfia. Somos uma empresa, uma corporação, e, como em qualquer negócio, também temos fusões e aquisições. A única diferença é que os métodos são um pouco mais brutais que em uma empresa comum. Eu estava totalmente preparado para o negócio que deveria assumir. Aprendi soluções diplomáticas e só recorro à violência quando é o último recurso. É por isso que minha família é uma das mais fortes e ricas entre as máfias italianas no mundo inteiro."

"No mundo?", perguntei confusa.

"Sim, faço negócios na Rússia, Grã-Bretanha, Estados Unidos... Seria mais fácil dizer onde não tenho negócios." A alegria e o orgulho pelo que sua família havia conquistado eram quase tangíveis.

"Tudo bem, e voltando ao que aconteceu em Nápoles...", insisti.

"Anna sabia do meu encontro com seu irmão, ela mesma me incentivou a vê-lo na primavera. Não podia recusar só porque já não éramos mais um casal, seria um insulto para Emilio e eu não podia fazer isso. Cheguei ao local designado levando comigo, como sempre, Mario, meu *consigliere*, e algumas pessoas que ficaram nos carros. As conversas não correram como eu queria e senti que havia algo que ele não estava me contando. Quando chegamos à conclusão de que o acordo era impossível, saímos do prédio. Emilio me seguiu e soltou uma torrente de ameaças, gritando como eu tinha tratado mal sua irmã, que eu a tinha insultado e mandado fazer o aborto de um filho meu. Então ele soltou a palavra que todos odiamos, porque quem tem um pouco de cérebro sabe que isso não leva a nada de bom: *vendetta*, vingança sangrenta."

"O quê?!", gritei, o rosto contorcido, como se sua história me causasse dor. "Isso só acontece nos filmes, não é?!"

"Infelizmente, não só nos filmes, é assim na *cosa nostra*. Se você matar um membro de uma família ou traí-lo, toda a organização vai atrás de você. Eu sabia que explicações e continuar a conversar não adiantariam. Se não fosse pelo lugar onde estávamos e pela hora, provavelmente tudo teria acontecido imediatamente, porém Emilio também não era burro, embora quisesse acabar com aquilo o mais rápido possível. Enquanto íamos da reunião para o aeroporto, nosso caminho foi bloqueado por dois Range Rover, dos quais desembarcaram os homens de Emilio e ele também. Houve um tiroteio em que acredito que ele foi morto por uma bala minha. Os *carabinieri* apareceram e eu tive de me esconder junto com Mario num lugar seguro e esperar. Os carros que permaneceram no local eram de propriedade de uma de minhas empresas. É por isso que os repórteres, que tinham poucas informações da polícia, me *mataram* e não *mataram* Emilio."

Eu respirava ruidosamente enquanto olhava para ele e tinha a impressão de que estava assistindo a um filme dramático sobre gângsters. E não sabia se eu e meu coração doente cabíamos naquele mundo, mas tinha certeza de uma coisa: eu estava loucamente apaixonada pelo homem que estava sentado à minha frente.

"Só para deixar claro, Laura, não existiu gravidez nenhuma, tenho muito cuidado com essa questão."

Enquanto Massimo falava isso, eu fiquei paralisada. Tinha me esquecido completamente do que Domenico dissera no dia em que deixei a Sicília.

"Você tem um microship implantado?", perguntei o mais calmamente que pude.

Massimo se ajeitou no assento e sua expressão mudou, como se soubesse aonde eu queria chegar.

"Tenho," disse brevemente, mordendo o lábio.

"Você pode mostrar para mim?"

Massimo tirou o agasalho que vestia e se aproximou de mim. Esticou o braço esquerdo e com a mão direita segurou a minha, apontando para um pequeno tubo sob a pele. Eu puxei minha mão como se a pele dele estivesse pegando fogo, e então toquei o mesmo ponto em meu corpo.

"Laura, antes que você fique histérica", começou ele, vestindo o agasalho, "naquela noite eu..."

Eu não o deixei terminar.

"Eu vou matar você, Massimo, é sério", sibilei entre dentes. "Como você pôde mentir para mim sobre uma coisa dessas?"

Eu olhava para ele, esperando que dissesse algo inteligente, e passaram pensamentos pela minha mente, *e o que vai acontecer se...*

"Me desculpe. Na época, eu pensava que a maneira mais fácil de mantê-la comigo seria tendo um filho."

Eu sabia que ele estava sendo honesto, mas geralmente eram as mulheres que prendiam os caras ricos dessa forma, e não o contrário.

Eu me levantei, peguei minha bolsa e me dirigi para a porta, e o Homem de Negro deu um pulo atrás de mim, mas eu acenei com a mão para que continuasse sentado e saí. Desci de elevador até a garagem, tentando me acalmar, entrei no carro e dirigi até o shopping que havia perto da minha casa. Encontrei uma farmácia lá, comprei um teste de gravidez e voltei. Quando entrei, o Homem de Negro estava sentado exatamente na mesma posição em que eu o havia deixado. Coloquei tudo na bancada e disse com voz firme:

"Você interferiu na minha vida me sequestrando, você pediu um ano, chantageando, ameaçando meus entes queridos de morte, mas não foi o suficiente para você. Você tinha que foder com tudo decidindo sozinho se seríamos pais ou não. Pois bem, *don* Massimo, agora vou lhe dizer como vai ser", soltei em voz alta. "Se daqui a uns minutos eu souber que estou grávida, você vai sair daqui e nunca mais serei sua."

Ao ouvir minhas palavras, o Homem de Negro se levantou e respirou fundo.

"Ainda não terminei", falei, afastando-me dele e indo para a janela. "Você vai ver a criança, mas não vai me ver, e ela nunca assumirá o poder depois de você nem morar na Sicília, entendeu? Vou dar à luz e criá-la, embora não me pareça certo, porque estou acostumada com o fato de uma família ser composta por pelo menos três pessoas. Mas não vou permitir que seus caprichos destruam a vida de um ser que não pode fazer seu próprio caminho nesse mundo sozinho. Entendeu?"

"E se você não estiver grávida?"

O Homem de Negro se aproximou e ficou de frente para mim.

"Então uma longa punição o aguardará", falei, virando-me.

No caminho para o banheiro, peguei o teste de cima da bancada de vidro e, com as pernas bambas, entrei e fechei a porta do toalete. Fiz o que as instruções mandavam e coloquei o teste sobre a pia. Sentei-me no chão, e fiquei encostada na parede, embora o tempo para o resultado já tivesse há muito passado. Meu coração batia tão forte, que quase podia vê-lo através da pele, e meu sangue latejava nas têmporas. Eu estava com medo e queria vomitar.

"Laura", Massimo bateu na porta. "Está tudo bem?"

"Espere um pouco", gritei. Ao me levantar, olhei em direção à pia. "Meu Deus...", sussurrei.

Capítulo 14

Quando saí, o Homem de Negro estava sentado na cama com uma expressão que eu nunca tinha visto nele. Seu rosto mostrava preocupação, medo, ansiedade e, acima de tudo, tensão. Ele deu um pulo ao me ver. Eu fiquei de frente para ele e estendi minha mão com o teste. Deu negativo. Joguei o teste no chão e me dirigi para a cozinha. Tirei uma garrafa de vinho da geladeira, me servi de um copo e esvaziei tudo. Até me deu uma tremedeira. Virei a cabeça e olhei para Massimo, que estava encostado na parede.

"Nunca mais faça isso de novo! Se decidirmos ser pais, assim será, mas ou por consentimento mútuo ou por acidente e estupidez dos dois. Compreendeu?"

Ele se aproximou e pressionou seu rosto com força contra meus cabelos.

"Desculpe, pequena", sussurrou. "Mas falando sério, eu lamento, porque teríamos um lindo bebê."

Ele se afastou rindo, como se soubesse que eu estava prestes a bater nele. Agarrando minhas mãos, que eu tinha levantado, continuou a me provocar.

"Se fosse um menino com a sua personalidade, ele se tornaria *capo di tutti capi* aos 30 anos, e nem eu mesmo consegui isso." Fiquei na frente dele e abaixei minhas mãos.

"Você está sangrando de novo," falei, abrindo o zíper de seu agasalho, que já estava todo manchado de sangue. "Nós vamos ao médico, e acho que essa conversa idiota já terminou: nosso filho não vai ser da máfia."

Ele pressionou seu corpo nu contra mim, completamente alheio ao fato de que estava me sujando. Massimo me fitou nos olhos com um sorriso e me beijou suavemente.

"Então", disse ele, fazendo uma pausa nos beijos, "vamos ter um filho?"

"Ei, pare, são apenas divagações ocasionais. Vista-se, vamos para a clínica."

Fiz curativo de novo em suas feridas e fui até o closet. Tirei minhas roupas manchadas de vermelho, vesti uma calça jeans clara desfiada, uma camiseta branca e calcei meus adorados tênis Isabel Marant. Quando acabei de me vestir, o Homem de Negro entrou no quarto e abriu um dos quatro enormes armários. Descobri espantada que estava repleto de coisas dele.

"Quando você teve tempo para desfazer as malas?"

"Ontem tive muito tempo durante o dia e à noite, e você não acha que fiz isso sozinho, não é?"

Eu nunca o via se vestir assim, ele parecia um cara normal, jovem e bem-vestido. Estava usando jeans azul marinho e um agasalho preto, com mocassins. Massimo estava fascinante. Foi até a mala que estava dentro do armário e tirou um pequeno estojo.

"Você se esqueceu de uma coisa", disse, prendendo no meu pulso o relógio que ele havia me dado há um tempo no nosso caminho para o aeroporto.

"Isso também tem GPS?", falei rindo.

"Não, Laura, é só um relógio. Basta apenas um transmissor e não vamos falar mais disso." Massimo terminou de falar e me lançou um olhar de advertência.

"Vamos, porque suas feridas logo irão se abrir de novo", ordenei, pegando as chaves do BMW.

"Você bebeu, então não vai dirigir", disse Massimo, colocando as chaves de volta na mesa.

"Tudo bem, mas você pode, não pode? Mesmo não sabendo dirigir um carro!"

Massimo se levantou, com um sorriso malicioso, e me observou com as sobrancelhas levantadas.

"Algum tempo atrás, eu corria em ralis, então, acredite, eu sei bem como trocar de marcha. Mas não vamos dirigir seu carro porque não gosto de dirigir ônibus."

"Então vou pegar um táxi."

Tirei meu telefone da bolsa e digitei o número, mas o Homem de Negro lentamente o tirou da minha mão e desligou o telefonezinho vermelho. Ele foi até o armário ao lado da porta e abriu a última gaveta. Tirou dois envelopes dela.

"Você não vasculhou aqui dentro, não é?", perguntou ironicamente, abrindo o primeiro. "Temos também outros meios de locomoção na garagem que me convêm melhor. Venha."

Descemos para o primeiro subsolo, Massimo apertou um botão no controle que estava segurando. As luzes de um carro brilharam numa das vagas da garagem. Caminhamos um pouco e vi uma Ferrari Italia preta. Parei e olhei incrédula para o carro esportivo achatado e encantador.

"O que mais te pertence aqui?", perguntei, vendo-o entrar.

"O que você escolher, pequena. Entre."

O carro por dentro parecia um pouco com uma nave espacial: botões e controles coloridos, um volante achatado na parte inferior. *Sem cabimento*, pensei. *Como alguém pode dirigir isso sem ler o manual?*

"Mais ostentação que isso é impossível!", comentei.

O Homem de Negro apertou o botão de partida e o carro rugiu.

"Podia sim, mas o Pagani Zonda chama atenção demais. Além disso, as condições das estradas polonesas não são boas o suficiente para que a suspensão dê conta."

Massimo ergueu as sobrancelhas, com ar divertido, e pisou no acelerador.

Saímos da garagem. Após percorrermos os primeiros metros, percebi que Massimo sabia exatamente o que estava fazendo quando se sentou ao volante. Passamos por consecutivos cruzamentos e eu indicava o caminho para um hospital particular em Wilanów. Escolhi esse hospital porque alguns médicos que eu conhecia trabalhavam lá. Eu os conheci em uma das conferências médicas que organizei e fizemos amizade. Em geral, gostavam de se divertir, comer bem, tomar bebidas caras e apreciavam minha discrição. Liguei para um deles, que era cirurgião, e disse que precisava de um favor.

Havia umas mulheres jovens sentadas na recepção do hospital; me aproximei de uma delas, me apresentei e pedi para ser ir ao consultório para ver o dr. Ome. Elas praticamente me ignoraram, olhando para o belo italiano que me acompanhava. Foi a primeira vez que vi mulheres reagindo a Massimo assim. Em seu país, a pele morena e os olhos negros não eram nada de especial, mas, na Polônia, eram considerados mercadorias importadas, muito vendáveis. Então eu repeti meu pedido, e a envergonhada jovem nos informou o andar e o número do consultório.

"O doutor já está esperando vocês", murmurou ela, tentando se concentrar.

Quando estávamos no elevador, Massimo tocou minha orelha com os lábios.

"Eu gosto quando você fala polonês", sussurrou. "O que me irrita é que não entendo nada. Mas isso é bom, porque nosso filho vai falar três idiomas."

Não tive tempo de retrucar porque as portas do elevador se abriram e saímos para o corredor.

O dr. Ome não era um senhor bonito de meia-idade, o que claramente agradou o Homem de Negro.

"Oi, Laura, como vai?". Ele estendeu a mão para me saudar.

Eu o cumprimentei e o apresentei a Massimo, avisando-o de que falaríamos em inglês.

"Este é meu..."

"Noivo", completou o Homem de Negro para mim. "Massimo Torricelli, obrigado por nos receber."

"Paweł Ome, muito prazer. Por favor, vamos nos chamar por nossos primeiros nomes. Em que posso ajudar vocês?"

Torricelli, eu ficava repetindo em minha mente, porque depois de todas aquelas semanas ainda não tinha ideia de qual era o sobrenome de Massimo.

O Homem de Negro se despiu até a cintura, e Paweł se calou.

"Estive caçando", afirmou Massimo, ao ver a reação do médico. "Um pouco demais de vinho *chianti* e esse foi o resultado", disse de maneira divertida.

"Eu te entendo muito bem. Uma vez, depois de uma festa, decidimos pegar – literalmente – um trem em movimento."

Enquanto contava a história, o dr. Ome deu a anestesia e suturou as feridas, prescreveu uma pomada, um antibiótico e ordenou a Massimo que "não coçasse os pontos".

Saímos do hospital e entramos no carro.

"Almoço?", perguntou Massimo, enquanto colocava uma mecha do meu cabelo atrás da minha orelha. "Não consigo me acostumar com essa cor. Eu gosto e combina muito com você, mas você fica como se...", Massimo pensou por um momento, "não fosse a minha Laura".

"Por enquanto, estou gostando e, além disso, é só cabelo, daqui a pouco mudo de novo. Vamos, conheço um ótimo restaurante italiano."

Massimo sorriu e digitou um endereço no GPS.

"Comida italiana se come na Itália. E aqui, eu acho, comemos comida polonesa, que eu saiba. Ponha o cinto."

Passamos pelas ruazinhas, e eu estava satisfeita com as janelas quase totalmente escuras do carro, porque, ao vê-lo, as pessoas ficavam tentando ver quem estava em seu interior.

O carro era exatamente como Massimo: complexo, perigoso, difícil de controlar e extremamente sensual.

Paramos no Centro, perto de um dos melhores restaurantes da cidade.

Quando entramos, o gerente nos cumprimentou. O Homem de Negro disse-lhe algo discretamente e o homem, após nos apontar a mesa, desapareceu. Passado algum tempo, um homem mais velho e elegante, com a cabeça raspada, apareceu. Ele estava vestindo um terno cinza-grafite com forro roxo, visivelmente feito sob medida, uma camisa escura desabotoada e sapatos deslumbrantes.

"Massimo, meu amigo!", exclamou ele e abraçou o Homem de Negro, que mal teve tempo de se levantar.

Não coce, não coce, eu repetia em minha mente.

"Que bom finalmente te ver no meu país."

Os homens trocaram gentilezas, lembrando da minha existência depois de algum tempo.

"Karlo, esta é Laura, minha noiva."

O homem beijou minha mão e acrescentou: "Karol", disse em polonês, "prazer em conhecê-la, mas você pode me chamar de Karlo."

Fiquei um pouco surpresa ao ver que Massimo conhecia o dono de um restaurante no centro de Varsóvia, embora ele nunca houvesse estado lá.

"Provavelmente minha pergunta não vai ser uma surpresa para vocês, mas de onde vocês se conhecem?", indaguei.

Karlo olhou interrogativamente para Massimo, que respondeu, olhando para mim com seu olhar cortante.

"Do trabalho. Fazemos negócios juntos. Os homens de Karlo pegaram você no aeroporto e a protegeram durante a minha ausência."

"Já pediram algo para comer? Se não, permitam-me que escolha para vocês", falou o anfitrião, sentando-se à mesa conosco.

Depois de vários pratos e garrafas de vinho, me senti empanturrada e cada vez mais deslocada, à medida que a conversa entre eles era voltada a assuntos profissionais. Pelo que disseram, concluí que Karlo era metade polonês, metade russo. Ele havia investido em gastronomia e tinha uma poderosa empresa de logística, que lidava com transporte internacional.

O telefone de Karlo tocou e o tirou da conversa extremamente entediante. O dono do restaurante nos pediu desculpas e saiu por um momento. Massimo olhou para mim e estendeu a mão para pegar a minha.

"Sei que você está entediada, mas, infelizmente, isso fará parte da sua vida. Você terá de comparecer a algumas reuniões e a outras, não. Tenho algumas coisas para discutir com Karlo." Ele baixou a voz e se inclinou ligeiramente em direção a mim. "E então voltaremos para casa para que eu possa te comer, comer cada partezinha do seu corpo", disse ele com toda a seriedade, semicerrando os olhos ligeiramente.

Essas palavras me deixaram excitada. Eu adorava sexo violento e sua ameaça era uma promessa pela qual valia a pena esperar.

Tirei minha mão da dele e tomei um gole de vinho enquanto me recostava na cadeira.

"Vou pensar sobre isso."

"Laura, não estou pedindo sua permissão, estou apenas informando o que vou fazer."

Vendo como Massimo me olhava, eu sabia que ele não estava brincando, mas aquele era um dos jogos que eu adorava jogar com ele. Ele estava sentado, calmo e sereno, mas, por dentro, estava fervendo. Eu sabia que quanto mais zangado ele ficasse, melhor seria o sexo.

"Acho que não estou com vontade esta noite", falei, e dei de ombros com certo desprezo.

O olhar do Homem de Negro chamejou de raiva tão intensamente que eu quase o senti me queimar. Ele não disse nada, apenas sorriu ironicamente, como se estivesse me perguntando silenciosamente se eu tinha certeza do que havia dito.

A atmosfera densa se desmanchou quando ouvimos a voz de Karlo, que se aproximou da mesa.

"Massimo, você se lembra da Monika?"

"Claro, como eu poderia me esquecer da sua linda esposa?"

O Homem de Negro caminhou até a mulher e a beijou duas vezes, depois apontou a mão na minha direção.

"Monika, esta é Laura, minha noiva."

Ela estendeu a mão para mim e a apertou com força.

"Olá, que bom finalmente ver uma mulher ao lado da Massimo, e não o Mario o tempo todo. Sei que é seu conselheiro, ou, como eles preferem dizer, 'consigliere', mas não posso dizer para ele que está usando sapatos lindos."

Apesar da diferença de idade que nos separava, eu soube, depois dessas palavras, que nos daríamos bem. Monika era uma morena alta de traços delicados. Era difícil dizer quantos anos tinha, pois não dava para esconder que ou ela tinha os genes de um alienígena, ou um excelente cirurgião plástico.

"Prazer em conhecê-la, sou Laura. Você tirou o comentário sobre sapatos da minha boca. Os seus são da última coleção da Givenchy, acho?", falei, apontando para as botas dela.

Monika sorriu consideravelmente.

"Posso ver que temos algo em comum. Não sei o quanto você se interessa pelo papo deles, mas sugiro que venha comigo para o bar. Garanto que a vantagem é divertir-se."

Monika riu, revelando belos dentes brancos, e indicou um lugar na outra extremidade do salão.

"Estou esperando socorro há uma hora, obrigada", disse, levantando-me.

Massimo não entendeu uma palavra do que falamos, porque o polonês, graças a Deus, ainda era uma língua estrangeira para ele. Ele olhou para mim enquanto eu empurrava minha cadeira para trás.

"Você está indo a algum lugar?"

"Sim, vou conversar com Monika sobre algo mais importante do que ganhar dinheiro, como, por exemplo, sapatos", disse, mostrando-lhe a língua de brincadeira.

"Então se divirta, terminaremos em breve. Como você deve se lembrar, temos alguns assuntos para resolver mais tarde."

Eu fiquei olhando para ele surpresa. *Assuntos?* De repente, seus olhos ficaram completamente pretos, como se suas pupilas estivessem inundando as íris. *Ah, aqueles assuntos*, pensei.

"Como eu já disse, *don* Massimo, vou pensar."

Quando quis passar pela mesa, ele agarrou meu pulso e se levantou vigorosamente do lugar, puxou-me para perto dele e, encostando-me contra a parede, me beijou profundamente. Ele agia como se não houvesse ninguém por perto, ou pelo menos como se a presença dos outros não o perturbasse em nada.

"Pense mais rápido, pequena", falou Massimo, afastando sua boca da minha e, em seguida, todo o seu corpo.

Ainda fiquei encostada à parede por mais um momento, observando-o de cima a baixo. Quando havia pessoas conosco, ele se tornava uma pessoa completamente diferente, como se colocasse uma máscara para elas e se livrasse dela quando estava comigo.

O Homem de Negro sentou-se na cadeira e voltou a falar com Karlo, e eu segui Monika em direção ao bar.

O restaurante, apesar de só servir comida polonesa, não era uma casa tosca com elementos folclóricos. Localizado dentro de um antigo casarão, ocupava quase todo o piso térreo. O pé-direito alto e as colunas largas que serviam de sustentação conferiam ao salão o ar específico do período pré-guerra. No centro dele, havia um piano preto, que estava sendo tocado constantemente por um homem idoso e muito elegante. Tudo, exceto o instrumento, era branco: as toalhas das mesas, as paredes e o bar, criando um todo coerente.

"Long Island", disse Monika, sentando-se na banqueta do bar. "Você quer igual?"

"Ah não, Long Island não vai ser bom, principalmente porque ontem foi uma noite difícil. Eu gostaria de uma taça de prosecco, por favor."

Por bastante tempo, nosso principal assunto foram as botas maravilhosas de Monika e os meus tênis. Ela me contou sobre a New York Fashion Week daquele ano, sobre o apoio que dava aos jovens estilistas poloneses e sobre como era difícil se vestir naquele país. Mas era óbvio que esse não era o motivo para me afastar do Homem de Negro.

"Então você realmente existe!", ela exclamou, mudando de assunto de repente e me olhando sem acreditar.

Por um momento, eu me perguntei o que Monika queria dizer com aquilo, até que me lembrei dos meus retratos na propriedade do Homem de Negro.

"Até eu acho difícil de acreditar, mas, ao que parece, sim. A única diferença é que estou com o cabelo louro já faz alguns dias."

"Quando ele te encontrou? E onde, antes de tudo? Conte logo, porque Karlo e eu estamos morrendo de curiosidade, bom, talvez ele um pouco menos, mas eu não estou me aguentando."

Passou um instante antes que eu lhe contasse brevemente nossa história inteira, omitindo detalhes desnecessários. Não sabia quantos deles poderia contar para uma mulher que havia conhecido havia pouco. Mesmo tendo a sensação de que conhecia Monika há anos, decidi ser cuidadosa ao me expressar.

"Uma tarefa difícil a espera pela frente, Laura. É um grande desafio ser mulher de um homem assim", me avisou Monika, enquanto olhava para o copo que girava em suas mãos. "Eu sei o que o seu homem e o meu fazem, então lembre-se: quanto menos você souber, melhor você dorme."

"Eu percebi que perguntar não é apropriado", sussurrei, fazendo uma careta.

"Não pergunte! Se ele quiser, ele mesmo lhe dirá e, se não disser, significa que o assunto não é da sua conta. E o que é mais importante: nunca questione suas decisões sobre segurança." Monika se virou para mim e fixou o olhar. "Lembre-se de que tudo o que ele faz é para te proteger. Uma vez eu não o escutei", disse, levantando as mangas de sua camisa branca. "E esse foi o resultado: fui sequestrada."

Olhei para seus pulsos, que tinham duas cicatrizes quase invisíveis.

"Me amarraram com fios. Karlo me encontrou em menos de um dia e nunca mais tive vontade de discutir com ele sobre proteção ou superproteção. Massimo será ainda pior porque durante muitos anos ele esteve à sua procura e acredita fortemente no significado da visão que teve. Ele irá tratá-la como o tesouro mais precioso, o qual acredita que todos desejam possuir. Por isso, seja paciente, acho que ele merece."

Sentei-me lá e tentei digerir o que Monika acabara de dizer. De fora da bolha que era a vida com Massimo, fui recebendo cada vez mais informações que fizeram com que eu percebesse que aquilo não era um sonho e, certamente, nenhum conto de fadas. A voz do Homem de Negro me tirou do turbilhão de pensamentos em que eu estava imersa.

"Caras senhoras, é hora de irmos, temos assuntos urgentes para resolver. Monika, foi muito bom vê-la novamente e espero que você e Karlo nos visitem na Sicília em breve."

Despedimo-nos e dirigimo-nos para a saída. Antes de eu sair, Monika agarrou minha mão e sussurrou:

"Lembre-se do que eu te disse."

Seu tom sério me apavorou. Por que alguém me sequestraria? E por que alguém a sequestraria?

"Entre, pequena", disse Massimo, abrindo a porta do carro para mim.

Eu balancei minha cabeça, afugentando aqueles pensamentos tolos, e fiz o que Massimo pediu.

"Você vai dirigir? Afinal de contas, você estava bebendo!"

O Homem de Negro se virou no assento e acariciou meu rosto com o polegar.

"Você bebeu, eu bebi uma taça durante toda a tarde. Ponha o cinto, estou com pressa de ir para casa", disse ele, puxando o trinco.

A Ferrari preta corria por Varsóvia, e eu queria saber o que Massimo estava planejando. Vários cenários passavam pela minha cabeça, o que só aumentava a minha curiosidade e excitação. Entramos na garagem sem termos trocado nem uma palavra no caminho. Foi exatamente como quando ele estava fazendo compras comigo em Taormina. A única diferença era que eu estava bem ciente agora de que ele não estava me ignorando, mas apenas focado. Quando saímos do carro, um segurança se aproximou de nós.

"Senhora Laura, já entregaram as suas encomendas. Elas estão na recepção do prédio, no térreo."

Surpresa, virei para o Homem de Negro, que me examinava com os olhos ligeiramente fechados.

"Não fui eu", disse ele, erguendo as mãos num gesto de defesa. "Todas as suas coisas da Sicília já foram entregues para você."

Pegamos o elevador até o hall e vimos um mar de tulipas brancas.

"Laura Biel," falei, caminhando até o recepcionista. "Disseram que há uma encomenda para mim."

"Isso mesmo, todas as flores que a senhora está vendo são para a senhora. Quer ajuda para levá-las para cima?"

Olhei ao redor do corredor de boca aberta. Havia centenas de tulipas. Fui até um dos buquês e peguei um bilhete escondido entre as flores: "Ele sabe de que flores você gosta?", via-se escrito no pequeno pedaço de papel. Passei ao seguinte e abri o cartão: "Ele sabe quanto açúcar você põe no seu chá?" Peguei outro cartão: "Ele conhece suas paixões?" Horrorizada, abri os outros bilhetes, peguei-os e os enfiei no bolso da calça jeans.

O Homem de Negro ficou ali, as mãos cruzadas sobre o peito, observando o que eu estava fazendo, até que arranquei todos os cartõezinhos.

"Sabe de uma coisa?", virei-me para o recepcionista. "Por favor, mande de volta ou jogue no lixo, a não ser que você tenha namorada, então ela na certa vai ficar feliz", falei, e apertei o botão para chamar o elevador. Massimo ficou ao meu lado e entrou no elevador sem dizer uma palavra.

Eu fui até a porta do apartamento e arranquei dela um envelope que estava ali. Entrei e me sentei no sofá, revirando os dedos sobre o papel branco. Naquele momento, ergui a cabeça e vi Massimo parado na porta. Seus olhos brilhavam de ódio e sua mandíbula estava tensa. Aterrorizada com a visão, comecei a andar em sua direção.

"Ele está me insultando", sibilou entredentes enquanto eu continuava à sua frente.

"Pare com isso, são apenas flores."

"Apenas flores, ok, mas o que tem no envelope?"

"Não sei, e, para ser sincera, não dou a mínima!", gritei exasperada e joguei o papel na lareira. Peguei o controle remoto na mão e acendi a chama, e em poucos segundos nosso problema tinha sido eliminado.

"Está melhor assim, *don* Massimo?" Eu o encarei, mas ele não reagiu. "Mas que merda, Massimo, você nunca lutou por uma mulher? Ele tem o direito de tentar, se assim o desejar, e eu tenho o direito de tomar minha decisão." Abaixei um pouco meu tom elevado da voz e segurei seu rosto zangado entre as minhas mãos. "Eu já fiz minha escolha, estou aqui ao seu lado. Então, mesmo que tenha uma orquestra daqui a pouco me fazendo uma serenata do lado de fora da janela e mesmo que Martin cante a serenata, nada vai mudar. Para mim, ele está morto, assim como o homem que você matou com suas próprias mãos na entrada da casa."

Massimo se levantou, me jogando seu olhar glacial. Eu sabia que o que estava dizendo não o alcançava. Ele sacudiu a cabeça para o lado e se libertou das minhas mãos, depois, furiosamente, foi para o quarto. Eu o ouvi tirar algo do closet e voltar. Ele passou por mim, carregando sua arma.

"Eu vou matá-lo", sibilou e puxou o telefone do bolso.

Aterrorizada com seu ar resoluto, fiquei observando-o. Eu não tinha ideia do que fazer para detê-lo.

Capítulo 15

Calmamente, peguei o telefone de sua mão e o coloquei no armário ao lado da porta. Virei a chave na fechadura e a escondi na calcinha, sem tirar os olhos do rosto do Homem de Negro. Emputecido, ele agarrou meu pescoço e me pressionou contra a parede. Seus olhos ardiam de luxúria e ódio. Apesar da força que Massimo pressionava contra mim, eu não estava com medo, porque sabia que não me machucaria, ou pelo menos era o que eu esperava. Fiquei parada com tranquilidade, com os braços relaxados, e mordi meu lábio inferior, ainda mirando-o provocativamente nos olhos.

"Me dê a chave, Laura!"

"Pegue você mesmo, se quiser", falei, desabotoando minha calça.

Massimo enfiou brutalmente a mão na minha calcinha, sem tirar a outra mão do meu pescoço. A fúria substituiu a luxúria enquanto eu gemia ao sentir seus dedos em mim.

"Eu acho que é mais para dentro", falei, fechando meus olhos.

Massimo não foi capaz de ignorar o convite.

"Pequena, se quiser jogar dessa maneira, você tem de estar ciente de que eu não vou ser gentil", avisou, acariciando meu clitóris. "Toda a raiva vai se concentrar em você, e tenho medo de que você possa não gostar da maneira como vou te tratar, então me deixe ir."

Eu abri meus olhos e olhei para ele.

"Venha me foder, *don* Massimo... por favor."

Massimo apertou mais meu pescoço e se encostou todo em mim, penetrando-me com os olhos frios como gelo.

"Vou te tratar como um trapo, entende, Laura? E mesmo se você mudar de ideia, não vou recuar."

Suas palavras me encheram de tesão. O medo e a consciência de que uma vida humana dependia de quão boazinha eu fosse me excitavam. A compulsão interior que sentia me inflamava e me fazia desejá-lo cada vez mais. E o pensamento de como ele poderia ser brutal e cruel para mim me deixou sem fôlego.

"Então faça isso," eu disse, colando seus lábios contra os meus.

O Homem de Negro se afastou de mim, me arrastou pela sala de estar e me jogou no sofá. Ele fez isso com tal facilidade que era como se eu fosse uma boneca de pano. Massimo apertou um botão no controle remoto e enormes cortinas encobriram todas as janelas. Ele foi até a porta e apagou a luz e, embora fosse apenas o início da noite, todo o apartamento ficou às escuras. Eu não sabia onde Massimo estava, porque meus olhos estavam se ajustando à escuridão muito lentamente. De repente, senti quando ele agarrou meu pescoço e colocou o polegar na minha boca, abrindo-a.

"Chupe", disse ele, tirando o dedo e colocando seu pau ereto no lugar. "Você quer cumprir o castigo pelo seu namoradinho, então, por favor, comece."

Ele segurou minha cabeça e começou a empurrar seu pau com força contra meus lábios, não me dando a chance de recuperar o fôlego. Massimo fazia isso mais e mais rápido até que comecei a sufocar. Ele puxou o pau lentamente, deixando-me tomar ar, e o colocou de volta; agora fazia mais devagar, mas enfiava bem mais fundo.

"Abra bem a boca, quero colocá-lo inteiro dentro da sua boca", disse, encostando minha cabeça no encosto do sofá e ajoelhando-se na minha frente.

Eu agarrei sua bunda e o puxei para mais perto. Senti seu pau repousar contra minha garganta, deslizando mais fundo. Eu memia de prazer, sentindo o gosto dele na minha boca. Eu não podia mais evitar de tocá-lo. Eu o empurrei suavemente e agarrei suas bolas pesadas. Brincava com elas, levando seu pau mais profundamente à minha boca. Massimo se apoiava com as duas mãos no sofá atrás de mim e respirava ruidosamente. Eu sabia que ele não tinha se satisfeito na noite anterior, e se eu fizesse com mais vontade, ele não demoraria muito para gozar. Eu o chupei com mais intensidade e mais rápido. O Homem de Negro agarrou meus cabelos e me soltou em cima da almofada, afastando-se de mim.

"Você não acha que eu vou te perdoar tão fácil assim, acha? Fique deitada e não se mova!"

Eu o desobedeci e levantei minha cabeça da almofada, tentando colocar o pau dele na minha boca outra vez. Furioso, Massimo agarrou meu pescoço e me pressionou contra o canto do sofá. Depois, ele me virou de bruços e, dessa vez, segurando-me pela nuca, puxou minha calça junto com a calcinha.

"Quer ver quanto tempo você aguenta, Laura? Logo vamos ter certeza do quanto você gosta de sentir dor."

Essas palavras me assustaram, comecei a me afastar, mas Massimo era definitivamente mais forte que eu. Ele passou os braços ao redor do meu corpo, em volta da minha cintura, e me levantou de forma que eu fiquei de joelhos, com a barriga nas almofadas. Quando empurrei minha bunda para cima, senti sua mão me atingir com força. Um gemido escapou da minha garganta, mas o Homem de Negro não parou. Segurando meus cabelos com uma das mãos, ele pressionou meu rosto com força contra a almofada, sufocando os gritos, e me deu um tapa novamente. Delicada e lentamente, deslizou seu dedo médio na minha boceta, e eu fiquei gemendo contente.

"Dá pra ver que você está gostando disso", falou. "Eu adoro o seu cheiro, Laura, que bom que você não teve tempo de tomar banho", disse, empurrando o dedo para dentro novamente.

Quando Massimo disse isso, tentei pular do sofá, mas ele me prendeu com o cotovelo, e com uma das mãos puxou meus cabelos. Eu estava com vergonha e embaraçada, não queria que continuasse.

"Massimo, me solte agora, ouviu?"

Quando ele não respondeu, gritei novamente.

"Vá se foder, *don* Massimo!"

Isso só piorou as coisas. Ao seu dedo médio, que se movia ritmicamente dentro de mim, Massimo juntou seu polegar, que lentamente enfiou em mim por trás.

"Seu cuzinho é tão apertado que eu não vejo a hora de enfiar", ele sussurrou, virando minha cabeça para o lado.

Quando seus dedos começaram a se mover loucamente dentro de mim, relaxei. Eu não sentia vontade ou força de lutar com ele, especialmente porque era tudo maravilhoso. O Homem de Negro sentiu que eu havia parado de resistir e soltou meus cabelos. Ele moveu a almofada sobre a qual eu estava deitada para que ficasse diretamente atrás de mim. Senti seu peito contra minhas costas e seu pau ereto cutucando minhas coxas. Enquanto ele continuava a mover sua mão, mordeu e beijou meu pescoço.

"Vou meter em você daqui a pouco, Laura, relaxe."

Eu não aguentava mais esperar, então abri bem as minhas pernas. Eu estava tão excitada que, se Massimo não o fizesse, eu mesma iria me enfiar nele.

Massimo agarrou meus cabelos novamente, como se esperasse que eu tentasse escapar a qualquer momento.

"Acho que você não me entendeu, pequena", disse, e lentamente começou a entrar em mim por trás.

Eu me enrijeci e parei de respirar, e ele enfiou um pouco mais forte.

"Relaxe, meu bem, eu não quero machucar você."

Apesar de toda a brutalidade que envolvia a situação, havia na voz dele um cuidado, e Massimo tentou ser o mais gentil possível. Eu confiava nele, sabia que queria me causar prazer, não dor. Comecei a respirar novamente e seus dedos viajaram para o meu clitóris, massageando-o suavemente.

"Muito bem, menina, agora empine bem a bundinha para mim", sussurrou ele, e senti que ele já estava todo dentro.

Ele lentamente puxava e enfiava o pau, sem parar de movimentar seus dedos, e a pressão estava me deixando louca. Depois de um tempo, Massimo acelerou e enfiou os outros dedos na minha boceta. Ele estava presente em todos os lugares do meu corpo. Eu me contorcia debaixo dele e gritava. Quando senti que estava no limite, disse num sibilo:

"Mais forte!"

O Homem de Negro obedeceu, me fodendo com tanta força que os orgasmos continuaram vindo um após o outro. Eu rangia os dentes, incapaz de conter a onda de prazer, e o som de seus quadris batendo contra a minha bunda parecia de aplausos. Eu senti que ele explodiu em algum momento e o ritmo de seus movimentos diminui. Todo o corpo do Homem de Negro começou a tremer e Massimo emitiu um intenso gemido, semelhante ao rugido de um animal furioso. Ele caiu sobre as minhas costas e não se mexeu por um momento. Sentia seu coração galopar e ele tentava acalmar a respiração frenética.

Massimo saiu de dentro de mim e caiu no chão, ofegando ruidosamente. Com as pernas bambas, fui ao banheiro tomar banho.

Quando voltei, Massimo não estava em lugar algum. Aterrorizada, fui em direção à porta e agarrei a maçaneta – estava trancada. Acendi a luz e vi que a chave estava caída no chão, ao lado da minha calcinha, e *don* Massimo, enrolado numa toalha, descia as escadas.

"Eu não queria incomodá-la, então usei o banheiro de cima", disse, desenrolando a toalha da cintura e jogando-a na escada.

A visão fez meus joelhos amolecerem novamente. Suas pernas longas e esguias culminavam em uma bunda maravilhosa. Ele caminhou lentamente em minha direção, sem tirar os olhos de mim. O tórax ferido não perdera nada de sua beleza e até ganhara uma nova. Massimo era perfeito e estava bem ciente de sua aparência. Ele se aproximou de mim e beijou minha testa.

"Tudo bem, pequena?"

Eu balancei a cabeça e peguei sua mão enquanto o levava para o quarto.

"Quero mais," falei, deitando-me na cama.

Massimo começou a rir e me cobriu com o edredom.

"Você é insaciável. Eu gosto disso. Mas a verdade é que esquecemos de comprar camisinhas na farmácia." Ele ergueu os braços. "Então, ou vou entrar de novo nesse seu cuzinho lindo, ou nada feito, porque não vou parar no meio, e aparentemente não é a hora de termos um bebê ainda."

Eu olhei para Massimo de um jeito divertido e fiquei de frente para ele.

"Então o que vamos fazer?", perguntei.

"O que as pessoas fazem na Polônia aos domingos à noite?"

"Eles vão para a cama porque se levantam cedo para trabalhar no dia seguinte", respondi com um sorriso.

Massimo me abraçou e pegou o controle remoto da TV.

"Então hoje vamos fazer como fazem os poloneses e vamos nos deitar, amanhã teremos um dia pesado."

Eu me levantei e olhei para ele com inquietação.

"Como assim pesado?"

"Tenho algumas coisas para resolver com Karlo e gostaria que você me acompanhasse. Temos de ir para Szczecin. Deveríamos ir de avião, mas eu sei o quanto você não gosta de voar, então vamos encontrá-lo lá. Bem, a menos que você queira ficar, mas esteja ciente de que a segurança não vai te largar nem por um minuto."

Essas palavras fizeram com que me lembrasse do que Monika havia me dito.

"O pessoal do Karlo vai me proteger?"

"Não, o meu. Comprei um apartamento do outro lado do corredor, então eles estão sempre o mais perto possível sem incomodar você. Há câmeras em todos os cômodos para que eu saiba o que está acontecendo na minha ausência e eles possam ficar de olho em você."

"Eu ouvi direito? *Don* Massimo, você não está exagerando?"

Achando engraçado, o Homem de Negro rolou na cama e, deitado de lado, me envolveu com a perna.

"*Don* Massimo ou talvez *don* Torricelli, já que você quer usar um tom tão oficial. Como está o seu buraquinho?", perguntou, acariciando minha bunda. "Laura, vamos ser claros: ainda quero matá-lo e vou fazer isso se ele zombar de mim novamente."

Eu falei, olhando bem para ele: "É tão fácil assim matar um homem?"

"Nunca é fácil, mas, se houver um motivo, fica muito mais fácil."

"Então, permita que eu fale com ele."

O Homem de Negro respirou fundo e se virou de costas.

"Massimo, eu te amo, então..."

Parei ao perceber o que acabara de dizer.

Ele se levantou e se sentou de frente para mim, fitando-me profundamente. Sentei-me para estar no mesmo nível que ele, fechei os olhos e abaixei a cabeça. Eu não estava pronta para fazer aquela confissão, embora fosse verdade.

Ele ergueu meu queixo com o dedo e disse com um tom sério e calmo:

"Repita."

Por vários segundos, prendi o ar e as palavras ficaram paradas na minha garganta.

"Eu te amo, Massimo", deixei escapar num suspiro. "Percebi isso no momento em que você me deixou no Lido, e depois, quando pensei que você estava morto, tive certeza absoluta disso. Afastei esse sentimento porque você era meu torturador e me aprisionou recorrendo a chantagens, mas, quando me deixou ir embora, eu ainda queria estar com você."

Quando terminei de dizer isso, lágrimas rolaram pelo meu rosto. Fiquei aliviada, queria que ele soubesse.

O Homem de Negro se levantou sem dizer uma palavra e desapareceu no closet. *Só faltava essa*, pensei, *daqui a pouco vai fazer as malas e se mandar!* Sentei-me na beira da cama e me cobri com a toalha que estava no chão. Quando voltou, Massimo estava vestindo a calça do agasalho e segurava algo.

"Não era para ser assim", disse, ajoelhando-se na minha frente. "Laura, eu queria que você se casasse comigo."

E abriu o estojinho preto que estava em sua mão.

Aos meus olhos era revelada a maior pedra que já tinha visto em minha vida. Atordoada, eu o encarei, buscando ar. Senti a tensão em meu corpo aumentar e meu coração acelerar, me senti mal. O Homem de Negro percebeu o que estava acontecendo e pegou um comprimido na mesinha de cabeceira, que colocou debaixo da minha língua.

"Não vou deixar você morrer até que diga sim", sussurrou com um sorriso, colocando o anel no meu dedo.

Senti a tensão deixar meu corpo e fui melhorando com o passar dos minutos. Massimo não desistiu. Ajoelhado na minha frente, ele aguardava minha decisão.

"Mas eu...", comecei, sem saber o que ia dizer. "É rápido demais. Não nos conhecemos bem, e no geral começamos meio assim...", gaguejei.

"Eu te amo, pequena, eu sempre vou te proteger e nunca vou deixar ninguém te tirar de mim. Farei de tudo para mantê-la tranquila e para que tenha tudo o que deseja. Se eu não ficar com você, Laura, não ficarei com ninguém."

Eu acreditava em tudo o que Massimo estava dizendo, senti que cada palavra era genuína, e aquela honestidade romântica custava-lhe muito. Na verdade, eu não tinha nada a perder. Em toda a minha vida, agi como os outros esperavam ou da maneira mais correta. Não me arriscava, porque tinha medo do que as mudanças trariam e se decepcionaria alguém. Além disso, existe um longo caminho desde o noivado até o casamento.

"Sim", sussurrei, ajoelhando-me ao lado dele. "Eu vou me casar com você, Massimo."

O Homem de Negro baixou a cabeça e respirou aliviado.

"Ai, meu Deus, o que é que eu estou fazendo?", falei, quase sussurrando, e encostei-me à cama. "Nós complicamos muito a nossa vida, você sabe, não sabe?"

Ele ficou em silêncio, sua cabeça baixa, imóvel.

"Preste atenção, Massimo, quero terminar o que comecei. Martin e a vida dele não me importam nada, mas não quero que você cometa um erro desnecessário por mim. Sou sua, apenas sua, e só eu posso fazê-lo entender isso. Um relacionamento é baseado na honestidade e na confiança, então, se você confia em mim, vai me deixar falar com Martin."

O Homem de Negro ergueu a cabeça e olhou para mim impassível.

"Mesmo em um momento como este, esse merda nojento está aqui. E essa é a única razão pela qual vou permitir esse encontro, para me livrar dele de uma vez por todas, e se isso não funcionar, faremos do meu jeito depois."

Eu sabia que Massimo estava falando sério e que eu teria apenas uma chance de salvar ou de acabar com a vida do meu ex-namorado.

"Obrigada, meu amor", falei, beijando-o ternamente. "Agora venha aqui, porque, como meu noivo, você tem mais responsabilidades."

Não fizemos mais amor naquela noite, mas não era preciso. A proximidade e o amor mútuos eram mais que suficientes.

Capítulo 16

Eu não gostava de acordar cedo, mas sabia que não tinha jeito, porque o Homem de Negro não me deixaria ficar em casa. Fui me arrastando da cama ao banheiro e fiquei pronta em menos de vinte minutos. Massimo estava sentado na sala, com o computador no colo e o telefone na mão, sério e concentrado. Ele estava de novo vestindo as roupas que eu estava acostumada a ver: uma camisa preta e calça de tecido escuro; parecia elegante e chique. Eu o observava por trás da parede, brincando com o enorme anel em meu dedo. *Ele será meu marido*, pensei, *e passarei o resto da minha vida com ele.* De uma coisa eu podia ter certeza – não seria uma vida chata e comum, mas sim uma mistura de filme de gângster com filme pornô. Após um minuto de observação, fui até o closet, escolhi peças que combinavam com a roupa do Homem de Negro e comecei a arrumar uma pequena mala. Quando entrei na sala, Massimo ergueu os olhos calmamente e me fitou. A calça de cor grafite e cintura alta alongavam minha silhueta. Da mesma forma, os saltos altos escondidos sob as pernas soltas da calça que os cobriam completamente combinavam que era uma maravilha. Eu escolhi para acompanhar um suéter de cashmere em um tom um pouco mais claro de cinza. Eu estava elegante e combinava perfeitamente com meu noivo.

"Senhora Torricelli, você parece extraordinariamente sedutora", disse ele, desligando o computador e caminhando até mim. "Espero que essa calça saia com facilidade e não amarrote, senão, você vai chegar um pouco menos chique."

Eu olhei para Massimo, achando divertido.

"Em primeiro lugar, *don* Massimo, sua maravilhosa Ferrari não é adequada para brincadeiras, porque é desconfortável, mesmo quando se dirige normalmente. Em segundo lugar, eu ficaria um pouco distraída com a presença dos nossos seguranças, então esqueça."

"Quem disse que vamos de Ferrari?"

Massimo ergueu as sobrancelhas e tirou outra chave da gaveta.

"Por favor", disse ele, abrindo a porta para mim e indicando o caminho.

Enquanto seguíamos rumo à garagem, quatro homens nos acompanhavam, então o elevador ficou bem cheio. Quando pensei em nossa aparência, achei engraçado: cinco caras, a maioria deles pesando mais de cem quilos, e uma loira minúscula. O Homem de Negro conversava com eles em italiano, como se estivesse lhes dando instruções.

Quando a porta se abriu no primeiro subsolo, todos os seguranças se amontoaram nas duas BMW estacionadas na entrada e nós fomos para os fundos da garagem. *Don* Massimo apertou um botão no controle remoto e me perguntei qual carro piscaria para mim dessa vez. Era o Porsche Panamera, obviamente preto e com janelas escuras. Dei um suspiro de alívio, porque a ideia de transar em uma Ferrari era aterrorizante, até mesmo para uma pessoa tão esportiva como eu. Massimo foi até a porta do passageiro e abriu-a para mim. Quando entrei, ele me encostou contra o vidro escuro e disse, respirando forte, em minha boca:

"A cada 100 km, vou comer você no banco de trás. Espero que o carro seja adequado para você."

Ele me excitava quando era dominador, eu gostava do fato de que muitas vezes ele não pedia a minha opinião, apenas me informava, mas eu gostava de provocá-lo. Deslizando no assento, falei:

"São quase seiscentos quilômetros, você acha que dá conta?"

Ele riu e, antes de fechar a porta, me lançou um aviso:

"Não me provoque, porque senão vou te comer a cada 50 km."

Passamos pela estrada para Szczecin conversando, fazendo bobagens e fazendo sexo na natureza, em parques florestais. Agíamos como dois adolescentes que pegaram o carro dos pais, compraram um pacote gigante de preservativos e decidiram cair no mundo em uma aventura. Cada vez que entrávamos num estacionamento, nossos seguranças desapareciam discretamente, dando-nos um pouco de privacidade e liberdade.

Passamos alguns dias lá; eu fazia visitas ao spa, enquanto Massimo estava trabalhando. Apesar das inúmeras reuniões, fazíamos todas as refeições juntos e todas as noites eu adormecia ao lado dele, para acordar em seus braços pela manhã.

Quando voltávamos para Varsóvia na quarta-feira, minha mãe ligou.

"Oi, querida, como você está?"

"Ah, estou ótima, mamãe, eu tenho uma montoeira de trabalho, mas, no geral, está tudo bem."

"Ah, que bom! Espero que você não se esqueça do casamento da sua prima no sábado."

"Puta merda!", grunhi direto no telefone.

"Laura Biel, isso é jeito de falar?!", me advertiu ela em um tom mais alto.

A palavra "puta" era uma das poucas palavras polonesas que Massimo conhecia, então, quando a ouviu, percebeu que eu não estava particularmente satisfeita.

"Como deduzo diante dessa declaração sucinta, você se esqueceu, então eu vou lembrá-la de que o casamento está marcado para as quatro da tarde, mas procure chegar mais cedo."

"Ô mamãe, foi de alegria! Claro que me lembro, pode confirmar duas pessoas."

Houve um silêncio significativo do outro lado da linha e, inconscientemente, senti o que ouviria em um momento.

"Como assim, duas pessoas? Quem vai com você?"

Pode me chamar de adivinha, pensei e mordi minha língua.

"Mãe, conheci alguém na Sicília, ele trabalha comigo e eu gostaria de levá-lo, porque, por sorte, ele está em Varsóvia por alguns dias em treinamento. Essa informação basta para você ou preciso enviar a certidão de nascimento dele por e-mail?"

"Então tchau. Até sábado!", disse ela ofendida e desligou.

Fiquei sentada, olhando através da janela para as árvores que se agitavam do lado de fora. Como poderia contar ao Homem de Negro que ele conheceria meus pais? Eu olhei para Massimo e me perguntei qual seria sua reação. Ele sentiu que eu o estava encarando e que havia algo de errado, então, na primeira saída da rodovia, ele estacionou o carro e se virou para mim:

"Pode falar," disse calmamente, franzindo a testa.

Duas BMW pretas estavam atrás de nós, e uma das pessoas saiu e caminhou em direção ao nosso carro. Massimo abriu a janela, acenou com a mão e disse duas frases em italiano. O homem se virou, parou ao lado do carro e acendeu um cigarro.

"No sábado, temos de ir visitar meus pais. Tudo o que vem acontecendo me fez esquecer completamente que minha prima ia se casar", expliquei carrancuda e cobrindo meu rosto com as mãos.

O Homem de Negro voltou a se ajeitar no assento e olhou para mim, sem esconder que estava achando a situação divertida.

"E daí? Isso é tudo? Eu pensei que tinha acontecido alguma coisa! Acho que tenho que começar a aprender polonês, porque entendendo apenas os palavrões, avalio a situação de forma errada."

"Vai ser uma catástrofe! Você não conhece minha mãe, ela vai te encher de perguntas. E além disso, terei de participar, atuando como intérprete, pois a única língua estrangeira que ela conhece é o russo."

"Laura", disse Massimo calmamente, tirando as mãos do meu rosto. "Eu te disse que meus pais se esmeraram na minha educação, além de italiano e inglês também sei russo, alemão e francês, então não será tão ruim."

Eu o encarei incrédula e me senti uma burra, porque só sabia falar uma língua estrangeira.

"Isso não me deixa nada calma."

O Homem de Negro riu e pôs o carro em movimento.

Já estava escuro quando chegamos. Massimo estacionou na garagem e tirou minha bagagem do porta-malas.

"Suba, preciso falar com Paolo", disse ele e começou a andar em direção aos carros estacionados do outro lado.

Peguei minha mala e segui em direção ao elevador, apertei o botão e percebi que não estava funcionando. Abri a porta e comecei a subir as escadas. Quando cheguei ao nível zero, vi centenas de rosas brancas. *Ai, meu Deus, isso não!*, pensei.

"Dona Laura!", gritou o recepcionista ao me ver. "Ainda bem que a encontrei, porque lhe entregaram flores novamente."

Em pânico, olhei em volta.

"O elevador não está funcionando, então ele vai ter de vir por aqui", murmurei.

"Desculpe, mas não estou entendendo", disse o recepcionista.

Havia flores demais para esconder e muito pouco tempo para tentar retirá-las do hall. Puxei o cartão de um dos buquês ao lado: *Eu não vou desistir.*

"Puta merda!", bradei, amassando o papel.

Nesse momento, a porta se abriu e Massimo entrou no hall. Ele olhou para o mar de flores à sua frente e cerrou os punhos. Antes que eu pudesse dizer uma palavra, eu o vi desaparecer e ouvi a pancada da porta sendo fechada. Atordoada, fiquei olhando para a parede enquanto as cenas do que iria acontecer passavam pela minha cabeça. O som do Porsche me tirou do meu entorpecimento. Os pneus cantaram quando o carro virou na ruazinha próxima à garagem. Corri em direção às escadas e subi correndo: em um minuto estava na porta. Com as mãos trêmulas, tentei inserir a chave na fechadura. Depois, peguei a chave da BMW de cima da mesinha de vidro e corri para a garagem. Ao sair com o carro, liguei para o número de Martin e rezei para que ele atendesse.

"Dá pra ver que dessa vez você gostou mais do presente", disse em voz baixa ao telefone.

"Onde você está?!", gritei.

"O quê?"

"Onde é que você está agora?!"

"Por que você está gritando? Estou em casa. Por quê? Você quer dar uma passadinha aqui?"

Meu Deus, isso não, pensei, e pisei no acelerador com mais força.

"Martin, saia de casa agora, entendeu? Me encontre no McDonald's aí do lado, estarei aí em cinco minutos."

"Acho que você gostou muito mesmo das flores, mas por que não vem aqui pra casa? Pedi sushi, venha, vamos comer juntos."

Irritada e apavorada, corri pelas ruas, quebrando absolutamente todas as regras de trânsito.

"Martin, porra, você pode sair de casa e me encontrar onde eu falei pra você me encontrar?"

De repente, ao fundo da ligação, ouvi o toque do interfone e meu coração quase parou.

"O interfone está tocando, acho que a comida chegou. Me encontre lá em cinco minutos. Tchau."

Gritei para ele, mas já não me ouvia e desligou. Eu liguei para o número dele novamente e Martin não atendeu, liguei de novo e de novo e de novo. Eu estava com medo, acho que nunca havia sentido tanto medo na minha vida. Eu sabia que era tudo culpa minha.

Quando cheguei, estacionei meu carro na rua e corri para o apartamento, digitei o código e corri escada acima. Eu agarrei a maçaneta e a porta se abriu. Na minha frente, vi os capangas do Homem de Negro e, com o que restava das minhas forças, cruzei a soleira e deslizei contra a parede.

Massimo, que estava sentado no sofá perto de Martin, deu um pulo e Martin o seguiu. O guarda-costas o segurou e o jogou de volta no lugar onde estava antes.

"Onde está seu remédio?", ouvi a voz do Homem de Negro distante, e ele me agarrou pelos ombros. "Laura!"

"Eu tenho", disse Martin.

Quando abri os olhos, estava deitada na cama do quarto e Massimo estava sentado ao meu lado.

"Você me dá mais razões para matá-lo do que ele próprio", sibilou furiosamente. "Se não fosse pela sua medicação deixada aqui..." Ele parou e cerrou o maxilar.

"Me deixe falar com ele", disse, sentando-me. "Você me prometeu isso e eu confio em você."

O Homem de Negro ficou em silêncio por um momento, depois disse algo em italiano e os homens que estavam na sala desapareceram pela porta.

"Tudo bem, mas vou ficar aqui. Sua conversa vai ser em polonês, não vou entender nada de qualquer maneira, mas pelo menos terei a certeza de que ele não vai tocar em você."

Levantei-me e, lentamente, ainda um pouco atordoada, fui para a sala, onde Martin, zangado, estava sentado no sofá grafite de canto. Ao me ver, seu olhar se suavizou. Sentei-me ao lado dele e Massimo sentou-se na poltrona perto do aquário.

"Como você está se sentindo?", perguntou com preocupação.

"De verdade ou como deveria? Estou furiosa até o limite e vou matar vocês dois. Martin, o que você está fazendo, para que isso?"

"Como assim? Estou lutando, não era isso que você queria? Você não esperava atenção e dedicação? Além do mais, acho que você deveria responder a algumas perguntas: por exemplo, quem são essas pessoas com armas e o que esse italiano está fazendo na minha casa?"

Baixei minha cabeça em sinal de rendição.

"Eu disse claramente que estava tudo acabado. Você me traiu, eu não perdoo a traição, e o homem sentado na poltrona é meu futuro marido."

Eu sabia que essas palavras machucariam Martin, mas era a única maneira de ele se afastar de mim e sobreviver. Martin me encarou com o rosto contraído, a fúria queimando em seus olhos.

"Então era isso, você queria se casar e eu não te pedi em casamento, então você achou um gângster italiano e planeja ser sua esposa? Você saiu de férias com esse seu bajulador aqui para procurar um otário. Que maravilha!"

O tom alto e zombeteiro de Martin provocou Massimo, que lentamente puxou a arma do cinto e a colocou no colo. Vendo isso, a minha ira em relação aos dois atingiu o limite. Eu já estava de saco cheio de toda aquela situação e de como estava me sentindo. Mudando o idioma para o inglês, para que ambos entendessem, eu gritei enquanto olhava para Martin:

"Eu estou apaixonada, entendeu?! Eu não quero ficar com você, você me traiu e me humilhou. No dia do meu aniversário, você agiu como um babaca e nada vai mudar isso, então eu nunca mais quero ouvir falar de você. E neste exato momento, estou farta de vocês dois e vocês podem se matar se quiserem!"

Eu me virei para Massimo: "Mas isso não vai mudar nada. Sou eu que decido sobre minha vida, e não qualquer um de vocês. Então parem de ficar no meu pé!", gritei e corri para fora do apartamento.

Massimo gritou algo para as pessoas que estavam no corredor, e elas me seguiram. Eu era muito mais rápida que eles e conhecia melhor o prédio. Cheguei ao meu carro e saí cantando pneu, deixando-os para trás. Em circunstâncias normais, eu sabia que eles provavelmente teriam atirado, mas daquela vez não podiam.

Meu telefone não parava de tocar e a mensagem "número desconhecido" aparecia no visor. Eu sabia que era Massimo, mas não estava com vontade de falar com ele, então desliguei o telefone. Fui até a casa de Olga e rezei para que ela estivesse lá. Apertei a campainha e, depois de um tempo, a porta se abriu e minha amiga apareceu de ressaca na minha frente.

"Ah, tá viva?!", disse ela, voltando para dentro. "Entre, a minha cabeça está para explodir, eu bebi demais ontem."

Fechei a porta e a segui até a sala. Olga se sentou no sofá e se enrolou em um cobertor.

"Desde sábado que eu estou saindo com esse loirinho da Ritual, acho que o menino se apaixonou, porque ele não me deixa em paz."

Sentei-me ao seu lado e não disse nada, só que, naquele momento, me dei conta de que havia deixado Martin e Massimo com uma arma e que tinha mandado que se matassem.

"Laura, você está pálida como as panturrilhas da Dominika que fez o ensino fundamental com a gente. O que aconteceu?"

Sacudi a cabeça e olhei para ela. Tive que lhe contar a verdade, porque todos aqueles segredos estavam me atormentando cada vez mais.

"Eu menti pra você."

Olga se virou para mim com uma careta.

"Eu não estou morando na casa de um amigo e não conheci um cara qualquer na Itália."

Levei umas boas duas horas para contar a história e, quando terminei, tirei o anel do bolso e coloquei no dedo.

"Aqui está a prova", falei com um suspiro, inclinando-me contra o encosto. "Bem, agora você sabe de tudo."

Olga estava sentada à minha frente no tapete e olhava boquiaberta para minha mão.

"Puta que pariu! É como se você tivesse me contado a história de um filme de aventura com um forte componente erótico. O que você acha que aconteceu com Martin?"

Os olhos de Olga brilhavam de animação.

"Meu Deus, Olga, nem quero pensar nisso, e você ainda fica perguntado para mim?!"

Depois de refletir por um momento, Olga pegou o telefone, digitou um número e ligou o viva-voz.

"Já vamos descobrir."

Os segundos seguintes se arrastaram indefinidamente: eu sabia que ela estava ligando para Martin.

No quinto toque, ele finalmente atendeu.

"O que você quer, ninfomaníaca?", Martin perguntou em voz baixa.

"Ah, é bom saber de você também! Estou procurando Laura. Você sabe onde ela está?"

"Quer saber de uma coisa? Você não é a única que está procurando a Laura. Não sei e não quero saber, porque isso simplesmente não me interessa mais. Tchau!"

Martin desligou e nós duas começamos a rir histericamente.

"Ele está vivo!", falei, incapaz de conter minha risada nervosa. "Graças a Deus!"

"Nem mesmo a *cosa nostra* siciliana conseguiu dar um jeito nele", acrescentou Olga, levantando-se do chão. "Já que todos estão vivos e eu já sei o que está acontecendo, por que não passa a noite comigo para o seu noivo ficar preocupado um pouco?"

Eu dei um suspiro de alívio e assenti.

Uma batida na porta interrompeu nossa diversão.

"A essa hora?!", Olga se admirou, indo para a porta. "Na certa é o lourão, já me livro dele."

Quando ela abriu, seguiu-se um silêncio mortal. Olga deu dois passos para trás e Massimo entrou no apartamento. Ele me encarou com seu olhar glacial e ficou parado no corredor como se estivesse esperando algo.

"Xiii, caramba, isso agora vai virar uma confusão e tanto", disse Olga em polonês, sabendo que Massimo não entenderia nenhuma palavra. "E então? Você vai ficar sentada aí, e ele assim de pé? E eu? Devo sair? Porque não sei mais o que fazer."

"O que você está fazendo aqui?", perguntei. "E como você me encontrou?"

"O carro tem um dispositivo de localização em caso de roubo e, além disso, sei onde sua melhor amiga mora. Não me apresentei", disse ele, olhando para Olga. "Massimo Torricelli."

"Eu sei quem você é", disse ela, apertando a mão dele. "Graças à descrição dela, não tive dúvidas de para quem abri a porta. Vocês vão ficar se encarando assim ou gostariam de conversar?"

Os olhos de Massimo se suavizaram e tive vontade de rir. A situação era tão absurda quanto tudo o que havia acontecido na minha vida naquelas últimas semanas. Levantei-me do sofá e peguei a chave do meu carro, fui até minha amiga e beijei sua testa.

"Estou indo, te vejo amanhã no almoço, ok?"

"Vai lá e trepa com ele por mim, tá? Ele é tão gostoso que estou toda molhada", respondeu Olga, dando um tapinha na minha bunda. "Quem sabe ele não tem um amigo?", acrescentou, enquanto nós dois cruzávamos a porta.

"Acredite em mim, você não iria querer isso pra sua vida."

Então acenei, me despedindo.

Massimo e eu saímos sem nos falar, apertei o botão para abrir as portas e entrei no carro. O Homem de Negro se sentou no banco do passageiro.

"Onde está o Porsche?"

"Paolo levou para casa."

Eu apertei o start e segui em frente. No caminho para o apartamento, também não dissemos uma única frase. Era como se cada um de nós esperasse que o outro começasse a falar.

Quando entramos no apartamento, Massimo sentou-se no sofá e passou a mão pelos cabelos nervosamente.

"Sua amiga sabe quem sou? Você contou tudo a ela?"

"Sim, porque eu estava farta e cansada de ficar desconfortável com suas mentiras, Massimo. Eu não posso viver assim, talvez quando estávamos na Itália fosse mais simples, porque lá todo mundo sabe quem você é, mas aqui é um mundo diferente, outras pessoas – pessoas queridas para mim. E toda vez que minto para elas, eu me sinto péssima."

Ele estava sentado, lançando-me um olhar vazio.

"Vamos voltar para a Sicília depois do fim de semana", declarou, levantando-se.

"Quem quiser voltar, que volte, eu não vou a lugar nenhum. Além disso, você deveria me pedir desculpas."

O Homem de Negro foi até mim, tremendo de raiva, seus olhos ficaram completamente escuros mais uma vez e sua mandíbula estava cerrada.

"Eu não o matei, então você não pode se queixar de nada. Fui lá para lhe informar sobre com quem estava lidando e para marcar claramente a linha que existe entre você e ele."

"Eu sei que Martin está vivo, também sei que ele vai me deixar em paz. Ele disse para Olga que não estava mais interessado em mim."

Massimo enfiou as mãos nos bolsos com indisfarçável satisfação e se moveu.

"Bem, seria estranho se, depois do que você lhe disse e do que ouviu de mim, que ele ainda tentasse fazer você voltar."

Franzi as sobrancelhas e olhei para ele interrogativamente.

"Eu não o matei, valorize isso", disse ele, beijando minha testa e desaparecendo no quarto.

Eu fiquei lá por um momento, imaginando como teria sido a conversa deles. Incapaz de conceber qualquer coisa, eu o segui. O Homem de Negro estava no closet, então passei por ele, fui ao banheiro e tomei um banho, sonhando em ir me deitar. Quando voltei, Massimo estava deitado na cama enrolado em uma toalha assistindo à TV. Ele parecia uma pessoa absolutamente comum, não alguém que havia ameaçado um homem com uma arma algumas horas antes. Mais uma vez, fiquei fascinada com sua personalidade intensa.

Para mim, Massimo era o homem perfeito, um verdadeiro macho, cuidador e protetor, mas, para o restante do mundo, ele era um mafioso imprevisível e perigoso. Tudo era estranho e emocionante, mas seria suportável no longo prazo? Desde a noite anterior, quando ele tinha se ajoelhado diante de mim, eu me perguntava se passar o resto da minha vida com ele era uma boa ideia.

"Laura, precisamos conversar", disse ele sem tirar os olhos da TV. "Hoje, além de você não atender às minhas ligações, você ainda desligou o telefone. Eu gostaria de que fosse a primeira e a última vez. Isso tem a ver com sua segurança. Se você não quiser falar comigo, atenda ao telefone e diga isso, mas não crie situações em que eu tenha de usar medidas extremas, como rastrear você."

Eu estava parada na porta do banheiro e estava com vontade de iniciar uma briga, contudo me lembrei das palavras de Monika e lamentei que ela estivesse certa. Fui até a cama e desenrolei minha toalha. Eu estava nua, mas ele ainda não tinha prestado atenção em mim. Furiosa com sua indiferença, deitei-me e me enrolei na colcha, aconcheguei a cabeça no travesseiro e adormeci imediatamente.

Fui acordada por um toque suave na entrada da minha boceta e senti dois dedos deslizando para dentro de mim. Naquele estado intermediário entre a vigília e o sono, eu estava confusa, sem saber se aquilo estava realmente acontecendo ou se era apenas minha imaginação.

"Massimo?"

"Sim?"

Ouvi seu sussurro sensual bem atrás da minha orelha.

"O que você está fazendo?"

"Eu tenho que meter em você ou vou ficar maluco", disse, empurrando seus quadris tão perto de mim que seu pau duro ficou contra a minha bunda.

"Não estou com vontade."

"Eu sei", confirmou ele, e meteu brutalmente.

Seu pau entrou onde ele tinha me deixado molhada com sua saliva. Eu gemia enquanto inclinava minha cabeça para trás contra seu ombro. Estávamos deitados de lado, seus braços poderosos ao meu redor. Os quadris do Homem de Negro estavam imóveis e suas mãos vagarosamente percorreram meus seios. Ele quase reverentemente tocou meu corpo nu, apertando meus mamilos com força de vez em quando. Seu toque intenso me acordou completamente, e o que fazia acendeu minha paixão.

"Eu quero sentir você, Laura", confessou ele enquanto meus quadris balançavam suavemente. "Não se mexa", falou.

Eu fiquei chateada, ele tinha me acordado, me deixado com tesão e agora queria que eu ficasse que nem um tronco de árvore?

Eu me desvencilhei de Massimo e me virei, jogando minha perna sobre ele; montei nele.

"Já, já você vai sentir mais fundo e mais rápido", disse eu, agarrando seu pescoço.

O Homem de Negro não se defendeu; ele agarrou meus quadris com as duas mãos e os moveu com delicadeza. Mesmo embaixo de mim, ele tinha que pelo menos aparentar dominação. Eu o apertei com força e me inclinei em direção a ele.

"Desta vez, sou eu que vou te foder", anunciei e calmamente comecei a balançar meu traseiro.

Enquanto meu clitóris se esfregava contra sua barriga, eu queria me mexer mais e mais rápido. Meus movimentos tornaram-se cada vez mais insistentes e implacáveis. O Homem de Negro enfiou os dedos em mim por trás, causando-me dor, e gemeu alto. Incapaz de suportar mais, dei-lhe um tapa forte no rosto com minha mão livre e comecei a gozar longa e intensamente. Quando o orgasmo dominou meu corpo, todos os meus músculos ficaram rígidos e petrifiquei. Massimo me agarrou com ainda mais força e começou a me mover ritmicamente e, depois de um tempo, senti seu dedo entrar, e gozei de novo, dando um grito, enquanto ele metia cada vez mais forte e mais fundo.

"Outra vez, pequena", sussurrou ele.

Eu tirei a mão que estava apoiada em seu peito e dei um tapa no rosto dele. Eu nunca tinha ficado no clímax por tanto tempo nem tido tantos orgasmos múltiplos. O Homem de Negro me virou de costas sem tirar o pau de dentro de mim e se ajoelhou na minha frente. Eu estava exausta, mas queria mais.

"Não tenho a intenção de terminar", disse ele, fazendo uma pausa e se deitando ao meu lado. "Além do mais, as camisinhas ficaram no carro, e não vou interromper nada."

Olhei para Massimo com espanto, mas não pude ver a expressão em seu rosto na escuridão. Eu tratava seu orgasmo como desafio e realização pessoal, que me dava mais satisfação do que quando eu mesma chegava ao orgasmo.

"Se você não quiser terminar, vou terminar por você", decidi e comecei a enfiar seu pau bem no fundo na minha garganta enquanto o apertava fortemente. O Homem de Negro ofegava profundamente, se contorcendo embaixo de mim, e seu corpo dava indícios de que ele estava pronto para gozar.

Peguei sua mão e coloquei no topo da minha cabeça, para dar um ritmo que combinasse com ele. Os dedos de Massimo puxavam meus cabelos e, pressionando minha cabeça contra seus quadris, me forçavam a abocanhá-lo todo.

Ele começou a gozar e uma onda de porra inundou minha garganta. Não consegui engolir, então uma parte escorreu pela minha boca. Massimo não se importou nem um pouco, já que estava deleitando-se com o prazer que meus lábios haviam lhe proporcionado. De repente, o aperto de sua mão afrouxou. Ele acariciou minha cabeça até que seu braço caísse sobre os lençóis. Levantei os olhos e depois lambi sua barriga de um modo vulgar.

"Você é doce," falei, e me deitei ao lado dele.

Apertei um botão do controle remoto que estava na mesinha de cabeceira e os LEDS de debaixo da cama brilharam, iluminando o ambiente de forma que eu pude ver seu rosto. Massimo estava deitado com a cabeça virada para o lado, lançando a mim um olhar apaixonado e zangado.

"Você é cruelmente depravada, Laura".

Ele ofegava, incapaz de acalmar a respiração.

"Será que a sua visão de mundo não inclui os aspectos sexuais?", perguntei provocativamente, lambendo o que restava de porra em meus lábios.

"Eu sempre pensava em como você seria na cama, mas em todas as vezes era eu que te comia, e não você a mim."

Aproximei-me dele e, beijando suavemente seu queixo, acariciei suas bolas.

"Infelizmente, eu tenho isso, de que às vezes também preciso de um pouco de poder. Mas não se preocupe, isso ocorre bem raramente, eu em geral prefiro ser escrava a carrasca. E não sou depravada, apenas pervertida, existe uma diferença."

"Se não for muito frequente, talvez eu possa lidar com isso de alguma forma. E pode acreditar em mim, pequena", disse ele, enquanto trançava os dedos nos meus cabelos, "você é depravada, pervertida, devassa e, graças a Deus, é minha."

Capítulo 17

Os dois dias seguintes foram bastante comuns, eu me encontrava com Olga, e Massimo, com Karlo. Tomávamos café da manhã juntos e assistíamos TV antes de dormir.

No sábado, acordei às seis da manhã e não consegui mais pegar no sono, porque a ideia de levar o Homem de Negro para a casa dos meus pais não me deixava em paz. Até algumas semanas antes, eu temia que eles morressem nas mãos dele e agora ele iria encontrá-los.

Quando Massimo finalmente acordou, pude começar os preparativos, fingindo que estava tudo bem. Fui até o closet para vasculhar os armários em busca da roupa certa. Eu tinha me esquecido completamente de que os melhores vestidos tinham ficado na Sicília. Desistindo, caí no tapete macio olhando para os cabides e cobri o rosto com as mãos.

"Tudo bem aí?", perguntou o Homem de Negro, com a xícara de café na mão e encostado ao batente da porta.

"O dilema-padrão de metade das mulheres do mundo: não tenho nada para vestir", respondi fazendo uma careta.

Massimo tomou um gole devagar, olhando para mim como se, subconscientemente, sentisse que o problema não era a roupa.

"Eu tenho uma coisa para você", disse, caminhando até a sua parte do closet. "Chegou na sexta-feira, foi o Domenico que escolheu, então espero que goste."

Ele colocou a mão dentro do armário e tirou um cabide com uma capa de pano com o logotipo da Chanel. Encantada, dei um pulo e me aproximei dele, lentamente abrindo o zíper. Até gemi quando vi um vestido curto de seda na cor nude. Tinha mangas compridas e um decote muito profundo e um drapeado vistoso. Era perfeito, simples, modesto e, ao mesmo tempo, sexy.

"Obrigada", falei, virando-me para Massimo e beijando-o no rosto. "Como posso retribuir o presente?", perguntei, deslizando lentamente para o chão e mantendo meus lábios bem onde estava sua braguilha. "Eu adoraria demostrar minha satisfação."

Massimo se encostou no armário e agarrou meus cabelos. Abaixei sua calça até os tornozelos e abri a minha boca para que ele decidisse quando e como gostaria que eu fizesse. O Homem de Negro me encarou com um olhar lascivo, mas nem ao menos pestanejou. Impaciente, tentei pegá-lo com a boca, mas então as mãos nos meus cabelos se fecharam, me impedindo o movimento.

"Desabotoe e tire o agasalho", disse ele, sem me soltar. "Agora, abra bem a boquinha."

Ele enfiou seu pau na minha garganta devagar, para que eu pudesse sentir cada centímetro dele entrando em mim. Eu gemia contente e comecei a chupar com gosto. Eu adorava fazer boquete nele, adorava o gosto dele e a forma como seu corpo reagia ao meu toque.

"Chega", falou após uns poucos segundos, tirando-o da minha boca e colocando a calça. "Você nem sempre pode ter o que quer, pequena, e, além disso, vai se atrasar para o cabeleireiro."

Sentei-me de cara feia e com tesão enquanto o observava sair do closet. Eu sabia que ele não se privava do prazer daquele jeito e que seu comportamento era deliberado. Olhei para o relógio e descobri que, na verdade, estava um pouco atrasada. Levantei-me em um pulo e corri para a cozinha, tomei um gole do meu chá e peguei um pão doce. Quando a primeira mordida passou pela minha garganta, eu me senti enjoada. No último momento, corri para o banheiro. Depois de algum tempo, ouvi a batida na porta. Eu me levantei, enxaguei minha boca e saí.

"Tudo certo?", perguntou, me olhando como se eu fosse uma criança pequena.

Baixei a cabeça e encostei minha testa contra seu tórax.

"São os nervos, a ideia de você se encontrar com meus pais me assusta. Não sei por que fui dizer que iríamos", acabei lhe dizendo. "Estou tensa, nervosa e adoraria ficar em casa."

O Homem de Negro se divertia observando a minha resistência.

"Será que se eu te foder de um jeito que você não possa nem se sentar depois você vai ficar mais calma e suportar o dia de hoje com mais facilidade?", perguntou com uma expressão muito séria no rosto, estreitando ligeiramente os olhos.

Eu pensei por um momento, avaliando se ainda estava enjoada ou se já estava me sentindo bem. Depois de muito pouco tempo de reflexão, cheguei à conclusão de que meu estado de espírito estava excelente, mas que o sexo poderia realmente melhorar meu humor e, acima de tudo, aliviar a tensão.

O Homem de Negro olhou para o relógio e agarrou minha mão, arrastando-me para a sala. Ele puxou minha calça em um movimento só, enquanto parávamos em frente à mesa de vidro.

"Se apoie na mesa", disse ele, colocando a camisinha devagar. "Agora empine sua bundinha para mim, vou te foder forte e rápido."

Ele fez o que havia prometido e, logo depois, já relaxada e, acima de tudo, mais tranquila, fui ao cabeleireiro.

Depois de mais de uma hora, voltei para casa, porém Massimo não estava em lugar algum. Peguei meu telefone e digitei seu número, ele não atendeu. Ele não tinha mencionado qualquer reunião ou encontro, então fiquei um pouco preocupada, mas decidi que ele era adulto e fui me maquiar. Depois de duas horas e de trinta ligações, eu estava muito brava. Fui ao apartamento em frente ao meu para tentar obter alguma informação com seus homens, mas, infelizmente, ninguém abriu. Olhei para o relógio e praguejei baixinho, porque àquela hora já deveríamos ter saído. Usando o vestido curto e justo e saltos altos exorbitantes, sentei-me no sofá, me perguntando o que fazer a seguir. Eu não queria ir, mas minha mãe não iria me deixar em paz se eu lhe dissesse em cima da hora que não iria mais. Peguei minha bolsa e a chave da BMW e fui até a garagem.

Enquanto dirigia, me perguntei como explicaria a ausência do meu acompanhante e decidi que inventar uma historinha sobre ele estar doente seria a melhor saída. Quando estava a cerca de 20 km do meu destino, vi no retrovisor um carro se aproximando muito rapidamente, e que, logo depois, passou por mim e bloqueou meu caminho. Eu parei. Massimo lepidamente saiu da Ferrari preta e caminhou em minha direção. Ele estava usando um elegante terno cinza que caía perfeitamente em seu corpo atlético. Ele abriu a porta e me deu sua mão para que eu descesse com mais facilidade.

"Negócios", disse Massimo, encolhendo os ombros. "Venha."

Eu estava sentada com as mãos no volante e olhava para a frente. Odiava a sensação de impotência que sentia regularmente por causa dos negócios secretos dele. Eu sabia que não deveria perguntar, e, mesmo se perguntasse, ele, de qualquer maneira, não responderia, e eu ficaria ainda mais furiosa.

Um momento depois, um SUV preto parou atrás do meu carro, e Massimo, já irritado, disse:

"Laura, se você não sair logo daí, vou arrastá-la para fora do carro, e seu vestido vai ficar amassado e seu penteado, estragado.

Com cara feia, dei-lhe a mão e entrei na Ferrari preta. Alguns segundos depois, Massimo estava sentado ao meu lado, sua mão sobre a minha coxa como se nada tivesse acontecido.

"Você está linda", disse, me acariciando com delicadeza. "Mas está faltando uma coisa."

Ele se abaixou e puxou uma caixa do porta-luvas: Tiffany & Co. Meus olhos brilharam, mas decidi não denunciar minha alegria e fingir indiferença.

"Você não vai me subornar com um colar qualquer", falei, enquanto ele abria o estojo, revelando o colar que cintilava com suas pequenas pedras.

Massimo o colocou ao redor do meu pescoço e o prendeu, beijando-me suavemente no rosto.

"Está perfeita agora", comentou ele, fazendo um movimento. "E esse colar qualquer é de platina com diamantes, então sinto muito se não atende às suas expectativas."

Gostava do seu sorriso sacana quando ele pensava que estava provando sua superioridade em relação a mim. Aquele seu jeito de ser me excitava e irritava ao máximo.

"Onde está seu anel, Laura?", perguntou, enquanto ultrapassava outro carro. "Você sabe que vai ter que contar para eles que vai se casar?"

"Mas hoje não dá, né?!", gritei exasperada. "Além disso, Massimo, o que devo dizer a eles? Talvez, por exemplo: 'então, eu conheci esse cara, porque ele me sequestrou e afirmou que teve uma visão comigo. Aí ele me aprisionou, me chantageou ameaçando matar vocês, mas, no fim das contas, eu me apaixonei e agora quero me casar com ele'. Você acha que é isso que eles querem ouvir?"

O Homem de Negro olhava para a frente e rangia os dentes, sem dizer uma palavra.

"Desta vez, quem planeja o que vai acontecer sou eu", afirmei. "Vou lhe contar como vai ser. Em algumas semanas, vou contar a minha mãe que estou apaixonada. Depois de alguns meses, que ficamos noivos, e isso vai fazer com que tudo pareça natural e muito menos suspeito para ela."

Massimo continuava olhando para a frente e eu quase podia sentir sua fúria.

"Você vai se casar comigo no próximo fim de semana, Laura. Não em alguns meses ou anos, mas daqui a sete dias."

Olhei para Massimo com os olhos arregalados e meu coração galopava tão forte que só ouvia suas batidas. Eu não suspeitava de que ele estivesse com tanta pressa, meu plano era que seria pelo menos no início do verão, certamente não dali a uma semana. Dezenas de pensamentos passaram pela minha cabeça, entre eles a pergunta básica: por que eu tinha aceitado?

O Homem de Negro parou em frente ao portão da entrada da casa dos meus pais.

"Escute, pequena, agora eu vou lhe dizer como vai ser", falou, virando-se para mim. "No próximo sábado, você se tornará minha esposa, e alguns meses depois vai se casar de novo comigo, para que seus pais tenham paz interior." Massimo aproximou seus lábios mais perto de mim e deu um beijo suave em minha testa. "Eu te amo, e me casar com você é a penúltima coisa que quero fazer na vida."

Ele estacionou na entrada de carros da casa.

"A penúltima?", perguntei surpresa quando ele parou.

"A última é ter um filho", disse, abrindo a porta.

Fiquei sentada, sem fôlego, puxando o ar, ainda incapaz de acreditar no que estava fazendo e no quanto minha vida havia mudado em menos de dois meses. *Controle-se*, disse a mim mesma ao sair. Ajeitei meu vestido e respirei fundo. A porta da frente da casa se abriu e papai parou na soleira.

"Vamos esquecer isso agora", eu disse a Massimo, oscilando ligeiramente nas pernas. "Não vá se esquecer da versão que combinamos!"

Massimo começou a rir e estendeu a mão com confiança para papai, que se aproximava.

Eles trocaram algumas frases em alemão, acho que nada importante, então meu pai se virou para mim:

"Querida, você está linda, esse cabelo loiro fica muito bem em você. E não sei se é mérito do homem ao seu lado ou da mudança no cabelo, mas você está esplêndida."

"Provavelmente os dois", respondi, beijando-o e me aconchegando em seus braços.

Fomos ao terraço e nos sentamos nas poltronas macias dispostas ao redor de uma grande mesa. Massimo, conforme eu havia lhe pedido, manteve uma distância adequada. Momentos depois, a expressão de seu rosto mudou. Ele estava olhando atrás de mim. Virei a cabeça curiosa – minha mãe, vestindo uma deslumbrante roupa cor de creme, se aproximava de nós, dando um sorriso radiante para o Homem de Negro. Eu me levantei e a beijei.

"Massimo, esta é minha mãe, Klara Biel."

O Homem de Negro se levantou, um pouco estupefato, mas rapidamente se recuperou e, falando em russo, cumprimentou-a, beijando-lhe a mão. Mamãe agradeceu-lhe sutilmente, até que seus olhos focaram em mim.

"Querida, você poderia vir até a cozinha comigo e me ajudar?", disse ela com um sorriso que só anunciava problemas.

Ela se virou e desapareceu dentro da casa, deixando os cavalheiros absortos na conversa; eu a segui rapidamente. Quando entrei, minha mãe estava de pé à mesa, com os braços cruzados sobre o peito.

"Laura, o que está acontecendo?", perguntou. "Você mudou de emprego, de residência, mudou radicalmente a sua aparência e agora trouxe um italiano para casa! Diga por que eu sinto que você está escondendo alguma coisa de mim?"

Como sempre, seu radar de mãe estava funcionando perfeitamente, e eu sabia que não seria fácil enganá-la, mas não imaginava que ela sacaria tão rápido.

"Mãe, é só cabelo, eu precisava de uma mudança. Já conversamos exaustivamente sobre a viagem e Massimo é um colega de trabalho, gosto dele e ele me ensina muito. Não sei o que dizer sobre ele, porque só o conheço há algumas semanas."

Eu sabia que quanto menos falasse, melhor seria para mim, porque não estava em condições de inventar mais mentiras.

Ela ficou lá, olhando para mim com os olhos ligeiramente fechados.

"Eu não sei por que você está mentindo para mim, mas, se você prefere assim, tudo bem. Lembre-se, Laura, eu enxergo bem e tenho alguma familiaridade com o mundo. Estou bem ciente do preço do carro estacionado na entrada. E não acho que um funcionário de hotel possa pagar por ele."

Em minha mente, gritei todos os palavrões que conhecia. Por causa do sumiço de Massimo, tivemos de trocar de carro; o plano inicial era chegar com o carro que meus pais já tinham visto.

"Além disso, eu sei reconhecer diamantes", continuou ela, correndo os dedos pelo meu pescoço. "E sei também quais são os vestidos da última coleção lançada pela Chanel. Lembre-se, querida, fui eu que apresentei você à moda."

Minha mãe terminou de falar e se sentou na cadeira, esperando uma explicação. Eu estava parada à sua frente e não conseguia pensar em nada inteligente para dizer. Resignada, afundei no assento ao lado.

"Então, será que eu deveria começar dizendo que ele é o riquíssimo proprietário do hotel? Ele vem de uma família rica e investe muito, nós estamos saindo e eu gostaria de que fosse algo sério. E não tenho nenhuma influência sobre os presentes que ele me dá e o preço de cada um deles."

Seu olhar me fitava e a cada segundo eles ficava mais suave.

"Ele fala russo lindamente, dá pra ver que é um homem estudado e bem-educado. Além disso, tem bom gosto para mulheres e joias", disse ela, levantando-se da cadeira. "Ok, vamos lá com eles, antes que Tomasz o aborreça mortalmente."

Meus olhos se arregalaram, pois eu não conseguia acreditar na mudança repentina no front de batalha. Sabia que meus pais sempre quiseram que eu me casasse com um homem rico, mas a reação de minha mãe me reduziu a milhares de pedacinhos. Depois de um longo momento, eu os juntei novamente e, muito atordoada, balançando a cabeça ligeiramente, sem acreditar, eu a segui.

Do lado de fora, estavam em uma discussão acalorada, mas infelizmente eu não tinha ideia do que falavam, porque não entendia nada de alemão, porém sabia que teria que tirar o Homem de Negro dali por um tempo, para lhe apresentar a nova versão da história. Para meu azar, meu pai não falava inglês, mas entendia muito.

"Massimo, vou lhe mostrar o quarto onde você vai dormir". Me aproximei, dando tapinhas amigáveis nele. "Além disso, papai, temos que ir logo, então vá se arrumar", acrescentei, virando-me para o outro lado.

"Caramba, já está tarde", disse papai, levantando-se em um pulo da cadeira.

Subimos as escadas e entramos no antigo quarto do meu irmão.

"Você vai dormir aqui, mas não é sobre isso que eu queria falar", sussurrei como numa conspiração, passando-lhe a nova versão dos acontecimentos.

Quando terminei, ele estava parado, com um ar divertido e as mãos nos bolsos, olhando ao redor.

"Eu me sinto um adolescente", disse ele, rindo. "E onde é o seu quarto, pequena? Você não está realmente contando com que eu vá dormir aqui, não é?"

"Meu quarto fica do outro lado do corredor, e, sim, você vai ficar aqui. Meus pais acham que esse relacionamento é platônico, por enquanto, então vamos manter as aparências."

"Me mostre seu quarto, pequena", disse ele, tentando parecer sério.

Eu segurei sua mão e o conduzi para o meu quarto pela porta ao lado. Era muito menor do que o que ele tinha reservado para mim na Sicília, mas me fez lembrar maravilhosamente bem de que eu não precisava de muito. Uma cama, uma TV, uma pequena penteadeira e centenas de fotos me lembravam dos tempos despreocupados da escola.

"Quando morava aqui com seus pais, você tinha namorado?", perguntou ele, olhando as fotos e sorrindo.

"Claro, por que você está perguntando?"

"Você fazia boquete nele aqui neste quarto?"

Surpresa, arregalei os olhos e olhei para ele incrédula, franzindo a testa. "O quê?"

"Não há fechadura na porta, então eu me pergunto onde e como você fazia isso, sabendo que seus pais poderiam entrar a qualquer momento."

"Eu o encostava na porta e me ajoelhava de frente para ele", respondi, colocando minha mão em seu peito e empurrando-o ligeiramente em direção ao batente da porta.

Massimo estava exatamente onde meu namorado ficava dez anos antes, e sem pressa abriu o zíper. Ajoelhei-me de frente para ele e empurrei com força sua bunda contra a porta.

"Não se mexa, *don* Massimo, e fique calado, esta casa é incrivelmente acústica", ordenei e coloquei seu pau na minha boca.

Eu o chupei rápida e ferozmente, querendo que ele gozasse o mais rápido possível. Depois de alguns minutos, senti sua porra inundar minha garganta. Eu engoli tudo polidamente e me levantei, limpando minha boca com os dedos. Massimo, de olhos fechados, mal conseguia ficar de pé, encostado no batente da porta.

"Eu gosto quando você age como uma puta", sussurrou enquanto fechava a braguilha.

"É mesmo? Sério?", perguntei com um sorriso irônico.

Arrumamo-nos, descemos as escadas e fomos para a igreja. Lublin era definitivamente menor que Varsóvia, e também havia menos carros da mesma categoria daquele em que estávamos viajando. Enquanto íamos para a igreja, os olhos de todos os convidados se voltavam para a Ferrari preta.

"Fantástico!", murmurei, encantada com a sensação que havíamos provocado.

Massimo saiu do carro com elegância, ajeitou o paletó e caminhou em direção à minha porta, abrindo-a um instante depois. Segurando sua mão, saí do carro, me escondendo atrás dos óculos escuros. A multidão que esperava ficou em silêncio e eu agarrei o braço do Homem de Negro com força. *É apenas sua família*, eu ficava repetindo esse mantra na minha cabeça e sorrindo artificialmente para todos.

A voz do meu irmão me tirou do meu entorpecimento.

"Ô, caçula, posso ver que as histórias da mamãe sobre seu trabalho de conto de fadas são verdade", disse ele, vindo até mim e me envolvendo em seus braços. "Você está ótima e anda por aí com italianos!"

Eu o abracei o mais forte que pude; nós nos víamos esporadicamente por causa da distância que nos separava. Meu irmão era meu amigo, um cara querido e um ideal inatingível. Ele era o homem mais inteligente que já havia conhecido, uma mente matemática invencível e, além disso, bonitão. Quando morávamos na casa de nossos pais, ele traçava todas as minhas colegas, uma por uma – para a grande alegria delas. Um homem completo, inteligente, bonito, elegante e severo. Éramos completamente diferentes em termos de personalidade e aparência. Eu – morena, pequena, com olhos quase pretos, ele – um loiro alto de olhos esmeralda. Quando era pequeno, ele parecia um anjo com seus cachos quase platinados.

"Jakub, irmãozinho, que bom ver você. Eu esqueci completamente que você estaria aqui. Deixe-me apresentá-lo", falei, mudando para o inglês com fluência. "Meu... Massimo Torricelli, trabalhamos juntos."

Os dois trocaram olhares, apertando as mãos, mas parecia mais uma luta que uma saudação.

"Ferrari Italia, motor quatro litros e meio, quinhentos e setenta e oito cavalos. Um monstro", disse Kuba – como eu familiarmente o chamava –, balançando a cabeça em apreciação.

"As chaves estão ali", disse Massimo, colocando os óculos.

Sua indiferença era desconcertante, mas não surtiu efeito em meu irmão, que olhou para ele com perspicácia, como se tentasse entrar em sua mente.

A cerimônia foi entediante e longa demais, e minha família inteira cravava os olhos no belo italiano ao meu lado. A única coisa pela qual rezei durante a missa foi para que a festa começasse logo, pois então a atenção dos convidados se voltaria para os recém-casados e a vodca.

Durante os votos, lembrei-me do que o Homem de Negro dissera quando estávamos indo para a casa dos meus pais: *em uma semana, estaremos como eles agora. Mas será que estou com vontade? Será que quero me casar com um homem que mal conheço e que me apavora e me irrita até o limite? Além disso, será que quero um relacionamento com alguém para quem não tenho nada a dizer? Alguém que sempre faz o que quer e não me deixa fazer muitas das coisas que amo, pensando que está me protegendo? Será que preciso disso?* Infelizmente, a triste verdade era que eu estava muito apaixonada por Massimo e pensar racionalmente não funcionava. Não conseguia imaginar perder Massimo mais uma vez, então o deixar estava fora de cogitação.

"Você está bem?", sussurrou ele quando a cerimônia acabou. "Você está muito pálida."

Na verdade, durante aqueles últimos dias, eu não andava me sentindo tão bem, estava cansada e completamente sem apetite, mas não era de se admirar – com a intensidade do estresse que vinha experimentando, eu devia agradecer a Deus por estar viva.

"Estou um pouco fraca, mas provavelmente são os nervos. Logo vou melhorar."

Depois da saída da igreja, tudo foi acontecendo mais rapidamente, todos estavam ocupados com os cumprimentos e a festa da minha prima Maria.

A festa aconteceu em uma mansão pitoresca a cerca de 30 km da cidade. O complexo era composto por vários edifícios, um hotel, um estábulo e um salão onde foi preparada a festa. Fomos os últimos a chegar, porque insisti que não deveríamos chamar a atenção outra vez, e o Homem de Negro excepcionalmente me atendeu. Passamos pela sala quase despercebidos e chegamos à mesa redonda onde era nosso lugar. Soltei um suspiro de alívio ao ver que Kuba também estava sentado lá. Meu irmão costumava ir a eventos como aquele sozinho e ficar paquerando. Ele adorava quando as mulheres ficavam caídas por ele e sucumbiam aos seus encantos e, eventualmente, iam para a cama com ele. Kuba era, cem por cento, um colecionador. No meu caso, o sexo era mais complicado e acontecia de eu sofrer por causa dos homens. O único sofrimento do meu irmão era quando uma recusa ocasional atrapalhava suas estatísticas.

Quando nos sentamos à mesa, descobrimos que uma das cadeiras estava vazia. Olhei para os rostos familiares que nos acompanhavam, tentando descobrir quem estava faltando. Eu não conseguia adivinhar. Quando as entradas chegaram, me lancei à comida – eu não tinha conseguido engolir nada desde o dia anterior, então, quando finalmente senti fome, meu apetite dominou meu juízo.

"Bom apetite!", ouvi uma voz familiar e ergui o olhar.

Quase cuspi a comida sobre a mesa. A cadeira vazia em frente foi afastada pelo meu ex-namorado, o cara que foi meu parceiro de dança por vários anos. *Cacete! Dá para ficar pior?*, pensei, enquanto olhava para ele.

Meu irmão me olhava por cima do prato com uma satisfação indisfarçável pela situação, sorrindo sarcasticamente. Felizmente, Massimo não percebeu nada, ou pelo menos assim me parecia. O fato de ele não entender nada de polonês me deixava a salvo.

Piotr sentou-se e começou a comer lentamente, sem tirar os olhos de mim. Aquilo acabou com o meu apetite. Enjoada, empurrei o creme de abóbora comido pela metade para longe, segurando a coxa do Homem de Negro sob a mesa. Ele acariciou minha mão com suavidade e me deu uma olhada como se me examinasse; ele me decifrava como se eu fosse um livro aberto, então eu sabia que mais cedo ou mais tarde teria que apresentá-lo a um homem do meu passado.

Piotr era uma parte da minha vida que eu queria esquecer. Nós nos conhecemos quando eu tinha 16 anos, começou com a dança e, como de costume, terminou num relacionamento. Primeiro, ele foi meu instrutor, depois, meu parceiro e, finalmente, meu carrasco. Ele tinha 25 anos na época e era cobiçado por todas as mulheres que olhavam para ele. Galante, bonito, atlético, confiante e, além disso, um dançarino. Infelizmente, ele também tinha seus demônios, sendo o principal deles a cocaína. Eu não vi nada de errado com isso no começo, até que seu vício começou a me afetar. Quando ele estava chapado, não se importava com o que eu sentia, pensava e queria, só se importava consigo mesmo. Eu, por outro lado, tinha apenas 17 anos e só tinha olhos para ele. Eu não sabia como deveria ser um relacionamento e como deveria ser tratada dentro da relação. Claro que eu não aguentaria cinco anos naquela relação patológica – quando estava sóbrio, ele tentava me oferecer o céu, desculpando-se profusamente por seu comportamento. Foi graças a ele, ou melhor, por causa dele, que fugi para Varsóvia. Eu sabia que, de outra forma, não conseguiria me libertar dele. Sua voz me tirou daquelas lembranças não necessariamente agradáveis:

"Tinto, se bem me lembro, não é?", perguntou Piotr, inclinando-se sobre a mesa com uma garrafa de vinho.

Seus olhos verdes me penetravam hipnoticamente e seus lábios enormes se curvaram em um sorriso sutil. Não havia como afirmar que ele houvesse perdido o seu magnetismo. Mandíbula forte, marcada, e a cabeça completamente careca não combinavam com a imagem do dançarino, mas isso o tornava ainda mais intrigante. Via-se que ele se exercitava menos que antes, porque havia ganhado peso.

Tomei um gole do meu copo e franzi meus olhos.

"Que raios você está fazendo aqui?", sibilei por entre os dentes com um sorriso bobo, para que os outros convidados, e um em particular, não percebessem o que estava acontecendo.

"Maria me convidou, ou melhor, o marido dela. Eu os preparei durante meio ano para a primeira dança e acabamos fazendo amizade. Além disso, eu já os havia encontrado uma vez, no aniversário de casamento dos seus pais, você não se lembra?"

Eu estava fervendo de raiva, me perguntando como minha prima podia ter feito isso comigo, quando senti a mão do Homem de Negro deslizar pelas minhas costas.

"Você poderia falar em inglês?", perguntou ele zangado. "Me irrita não entender nada."

Fiz uma careta e fechei os olhos, desejando morrer.

"Não estou bem, vamos dar um passeio", falei, levantando-me da cadeira, e Massimo me seguiu.

Fomos até o jardim ao lado do prédio e nos dirigimos aos estábulos.

"Você sabe andar a cavalo?", perguntei, querendo tirar sua atenção do meu estado de espírito.

"Quem é aquele homem, Laura? Quando ele apareceu, você ficou toda tensa."

Massimo parou e ficou me observando, mantendo as mãos nos bolsos.

"Meu parceiro de dança. Você não respondeu se sabe andar a cavalo", continuei.

"Apenas um parceiro de dança?"

"Meu Deus, Massimo, que importa isso?! Não, não apenas, mas não quero falar sobre isso. Eu não fico perguntando sobre as suas ex-namoradas."

"Ah, então vocês ficaram juntos? Muito tempo?"

Respirei fundo e tentei conter minha irritação.

"Alguns anos. Lembro a você que, quando me conheceu, eu não era uma virgem, e não importa o quanto tente, você não vai mudar isso. Você não tem uma máquina do tempo, então apenas não pense nisso e não me obrigue a falar sobre isso."

Furiosa, voltei para o salão. Já tinha se passado a primeira dança e os convidados começaram a se divertir a valer na pista de dança. Quando entrei pela porta, minha prima saiu correndo da pista e agarrou o microfone.

"Nossa primeira dança foi trabalho do fantástico instrutor que está aqui conosco hoje. Piotr, convido você a vir aqui ao meu lado. E, por uma engraçada coincidência, encontra-se aqui hoje sua parceira de dança de longa data, minha prima Laura."

Quando ouvi isso, pensei que ia desmaiar. *Que porra ela está tramando?!*

"Venham nos dar esse prazer e mostrar como se dança!"

Soaram os aplausos no salão e Piotr segurou minha mão e me puxou para a pista de dança. *Vou vomitar*, pensei enquanto o seguia.

"Enrique Iglesias, *Bailamos*, por favor", gritou para o DJ. "Salsa, querida...", ele sussurrou e ergueu as sobrancelhas, jogando o paletó alegremente numa cadeira qualquer.

Estava ao lado dele, agradecendo a Deus por Piotr não ter escolhido um tango. Quando ainda estávamos juntos, nosso tango terminava na cama todas as vezes.

Os primeiros sons do violão vieram do alto-falante e eu olhei para a porta, onde Massimo estava encostado no batente, os olhos queimando de raiva. Ao lado dele, vi meu irmão se inclinando para ele, explicando-lhe algo. Eu não tinha ideia se ele estava lhe dizendo por que estávamos na pista de dança ou apenas conversando, mas o olhar de Massimo ainda estava repleto de fúria. Larguei a mão de Piotr e corri para o Homem de Negro, beijei-o o mais forte que pude, para que ele sentisse que eu era só dele, e com um sorriso, cercada por gritos de "bravo!", voltei para a pista de dança. O DJ começou a tocar *Bailamos* mais uma vez e eu assumi a posição. Foram os três minutos mais longos da minha vida e o maior esforço que já fiz para dançar. Quando finalmente me abaixei para fazer a reverência, uma tempestade de aplausos e vivas ressoou na sala. Maria correu até nós, nos beijando e abraçando, e minha mãe recebeu os parabéns dos convidados. Me afastei lentamente e fui em direção a Massimo.

Ele ainda estava de pé, com uma cara de pedra, quando me aproximei dele.

"Querido, eu não poderia dizer não, é minha família", gaguejei, tentando acalmá-lo. "Afinal, é só uma dança."

O Homem de Negro continuou no lugar sem dizer uma palavra, depois se virou e saiu. Eu queria segui-lo, mas ouvi a voz da minha mãe atrás de mim:

"Laura, querida, vejo que o aprendizado não foi em vão e você ainda é brilhante nisso."

Eu me virei e ela se jogou em meus braços, me beijando e me olhando.

"Estou tão orgulhosa de você!", disse quase chorando.

"Ah, mamãe, foi tudo por sua causa."

Ficamos ali paradas, recebendo parabéns de vez em quando, até eu me lembrar de Massimo.

"O que aconteceu, querida?", perguntou minha mãe, vendo a mudança de humor em meu rosto.

"Massimo está com um pouco de ciúme", sussurrei. "Então ele não ficou nada feliz com o fato de eu estar dançando com meu ex."

"Lembre-se, Laura, você não pode permitir que ele tenha explosões de autoridade sem sentido. Além disso, ele tem que entender que você não pertence a ele."

Como ela estava enganada. Eu pertencia a ele inteiramente e sem limites, não se tratava de ter sua permissão ou não, mas o quanto me importava com o que ele sentia. Eu sabia que sua abordagem autoritária em relação a mim se devia à sua educação e às condições em que viveu, e não ao seu desejo de me escravizar.

Saí e vasculhei todo o complexo, mas ele não estava em nenhum lugar. A Ferrari preta ainda estava no estacionamento, então ele não tinha voltado para casa. Por uma janela aberta em um dos prédios, ouvi uma conversa em inglês e reconheci a voz do meu irmão. Fui até lá.

"Boa noite", falei, olhando para a mulher na recepção. "Estou procurando meu noivo, um italiano bonito e alto."

A garota sorriu e olhou para o monitor do computador.

"Apartamento 11, no terceiro andar", disse ela, apontando para as escadas.

Eu cheguei à porta e bati, e um momento depois meu irmão a abriu.

"Irmãzinha, o que está fazendo aqui? Piotr ficou entediado com a dança?", sussurrou ele ironicamente.

Eu o ignorei e entrei no cômodo, cruzando o corredor para a enorme sala de estar. Massimo estava sentado em um sofá de couro ao lado de uma enorme mesa de centro, virando o cartão de crédito entre os dedos.

"Você está se divertindo, querida?", perguntou e se inclinou sobre a mesa.

No centro da mesa, pude ver um pó branco espalhado, que o Homem de Negro estava organizando em fileiras curtas. Eu estava parada, olhando para aquela imagem, quando meu irmão apareceu com uma garrafa de Chivas.

"Esse seu cara é legal", disse, enquanto me cutucava com o ombro, e sentou-se ao lado dele. "Ele sabe como se divertir."

Don Massimo inclinou-se sobre a mesa e, tapando uma das narinas, inspirou uma fileira com a outra.

"Massimo, podemos conversar?"

"Se você quer me perguntar se pode participar, a resposta é não."

Depois dessa declaração, meu irmão caiu na gargalhada.

"Minha irmã e coca seriam uma combinação mortal."

Nunca tinha experimentado drogas em minha vida, não por escolha, mas por medo. Eu via o que elas faziam com as pessoas e como tudo se tornava imprevisível depois de alguém usá-las. Aquela cena trouxe de volta minhas piores lembranças e uma sensação de pavor que eu nunca mais queria experimentar.

"Kuba, você pode nos dar licença?", perguntei ao meu irmão.

Vendo minha expressão, ele se levantou devagar de sua cadeira e colocou o paletó.

"Já estava indo mesmo, porque a loira da mesa três não quer me deixar em paz."

Na saída, ele se voltou para o Homem de Negro:

"Depois eu volto!"

Levantei-me e observei Massimo inalar outra fileira, bebericando um gole do líquido cor de âmbar. Depois de um tempo, me aproximei e me sentei ao lado dele.

"É assim que pretende passar a noite?", perguntei, sentando-me na poltrona.

"Seu irmão é um cara ótimo", disse, como se não tivesse ouvido a pergunta que eu fizera. "Muito inteligente e com grande conhecimento na área de finanças. Nós precisamos de um contador criativo na família."

A ideia de que Kuba pudesse pertencer à máfia fez com que me sentisse mal.

"Está delirando, Massimo? Ele nunca vai pertencer à família."

O Homem de Negro começou a rir ironicamente e tomou outro gole.

"Não cabe a você decidir, pequena. Se ele quiser, farei dele um homem muito feliz e rico."

O fraco do meu irmão, além do amor pelas mulheres, era o amor desenfreado pelo dinheiro.

"Será que algum dia poderei dizer alguma coisa? Será que a minha opinião será levada em consideração em algum assunto? Se não, estou cagando para esta vida!", gritei e me levantei da cadeira. "Já estou por aqui de não poder influenciar em nada e de não poder mandar na minha vida durante todas essas semanas."

Furiosa, saí da sala batendo a porta, desci as escadas e me sentei no caramanchão do jardim.

"Foda-se!", sibilei por entre os dentes.

"Problemas no paraíso?", perguntou Piotr, sentando-se ao meu lado com uma garrafa de vinho. "Seu amigo a deixou zangada?" Ele tomou um gole direto da garrafa.

Olhei para ele por um momento e estava prestes a me levantar quando decidi que realmente não queria fugir dele. Estendi a mão, peguei o vinho da mão dele e comecei a entornar na garganta sem moderação.

"Calma, Laura, você não quer cair de bêbada aqui, não é?"

"Nem sei mais o que quero. E ainda você aqui também. Por que você veio?"

"Eu sabia que você estaria aqui. Quantos anos já? Seis?"

"Oito."

"Você não falou mais comigo, não respondeu aos meus e-mails, não atendeu o telefone. Você nem me deixou pedir desculpas ou explicar."

Eu me virei para ele irritada e peguei a garrafa da mão dele novamente.

"Explicar o quê? Você tentou se matar, bem na minha frente."

Ele baixou a cabeça.

"É verdade, eu era um idiota. Depois disso, fui para a terapia e não me droguei mais desde então. Tentei organizar minha vida, mas depois de um tempo percebi que você provavelmente era a única mulher com quem eu poderia viver, e parei de tentar. Não sei o que estava pensando ao vir aqui, acho que esperava que você estivesse sozinha e talvez..."

Eu levantei minha mão para calá-lo.

"Piotr, você é passado, esta cidade é passado, e minha vida está diferente agora e eu não quero você nela."

Ele se inclinou e se recostou no sofá.

"Eu sei, mas não muda o fato de que é bom ver você, principalmente porque você está ficando mais bonita a cada ano que passa."

Ficamos sentados conversando sobre o que tinha acontecido durante todos aqueles anos, sobre meu começo em Varsóvia e sua escola de dança. Uma garrafa de vinho, depois outra e mais outra.

Capítulo 18

Acordei com o sol forte brilhando diretamente no meu rosto e uma enorme dor de cabeça.

"Ah, Deus!", gemi, levantando-me da cama.

Olhei em volta e percebi que definitivamente não estava na casa dos meus pais. Entrei na sala e ver a mesa do apartamento me fez lembrar dos acontecimentos da noite anterior: Massimo debruçado sobre o pó branco, minha conversa com Piotr e mais nada. Peguei o telefone e liguei para o número do Homem de Negro: ele não atendeu. *Ai, as consequências de ontem!*, pensei, embora no fundo eu estivesse feliz por não ter de falar com Massimo naquela ressaca gigante.

Fui ao banheiro e tomei um longo banho, depois fui até a janela e vi o SUV preto e Paolo fumando um cigarro na frente dele. Olhei para o lugar onde a Ferrari preta estava estacionada no dia anterior – ela não estava mais lá. Eu me vesti e desci.

"Onde está *don* Massimo?", perguntei a Paolo, que apagou a bituca do cigarro.

Ele não me respondeu, apenas apontou para o banco do carro e, quando entrei, fechou a porta. Dirigimos até a casa dos meus pais e Paolo parou na frente sem entrar na propriedade. Meu motorista saiu do carro e abriu a porta.

"Vou esperar aqui", disse ele, entrando no carro.

Com os sapatos na mão, subi a ladeirinha. Apertei a campainha e, depois de um tempo, minha mãe abriu a porta com uma leve careta.

"Não há nada como sair à francesa e voltar de manhã", disse ela, estremecendo ligeiramente. "Venha, eu fiz o café da manhã."

"Já volto", falei, indo para o meu quarto para trocar de roupa.

Quando me sentei à mesa, minha mãe me entregou um prato de bacon com ovos.

"Bom apetite!"

O cheiro de comida fez com que tudo me viesse à garganta e saí correndo para o banheiro.

"Laura, você está bem?", perguntou ela, batendo na porta.

Saí, enxugando o rosto com a mão.

"Exagerei no vinho ontem. Você sabe onde está o Massimo?"

Minha mãe me olhou indagadora.

"Eu pensei que estivesse com você. Como você chegou aqui?"

Não adiantava mentir, então disse a verdade.

"O motorista me trouxe; eu disse a você que ele também tem negócios aqui, um funcionário dele estava me esperando. Meu Deus, como minha cabeça está doendo!", murmurei, caindo sentada na cadeira junto à mesa.

"É, estou vendo que, depois da dança, a festa foi para outro lugar."

Fiquei sentada olhando para ela e tentei me lembrar do que havia acontecido, mas sem sucesso. Peguei minhas coisas e, depois de tomar chá com meus pais, me preparei para a viagem.

"Quando você volta?", perguntou minha mãe, despedindo-se de mim.

"Vou para a Sicília na próxima semana, provavelmente não volto logo, mas vou ligar."

"Cuide-se, querida", disse ela, me abraçando com força.

Dormi durante todo o caminho até Varsóvia, acordando apenas duas vezes e tentando em vão falar com o Homem de Negro pelo telefone.

"Dona Laura, chegamos." A voz de Paolo me acordou.

Abri os olhos e descobri que estávamos no terminal de embarques VIP no aeroporto de Okęcie.

"Onde está o Massimo?", perguntei, sem sair do carro.

"Na Sicília; o avião já está esperando", disse, segurando minha mão.

Ao ouvir a palavra avião, comecei a procurar, nervosa, pelos comprimidos na bolsa, peguei dois e me dirigi ao balcão de check-in. Trinta minutos depois, eu já estava sentada no avião particular, tonta, esperando a decolagem. A ressaca não era propícia para viagens, mas, combinada com os sedativos, fiquei ainda mais sonolenta.

Depois de quase quatro horas, chegamos à Sicília, onde um carro que eu já conhecia bem me esperava no aeroporto. Ao chegarmos em casa, Domenico me cumprimentou na entrada da casa.

"Olá, Laura! Que bom que você já chegou!", disse ele, me abraçando com força.

"Domenico, que saudade de você! Onde está *don* Massimo?"

"Está na biblioteca, ele tem uma reunião e pediu para você descansar da viagem. Vocês vão se ver durante o jantar."

"Não achei que viríamos embora tão de repente. Minhas coisas da Polônia já estão aqui?"

"Eles vão trazê-las amanhã, mas acho que depois que eu terminar de encher o seu armário, nada vai lhe faltar."

Enquanto caminhava pelo corredor, parei na porta da sala onde o Homem de Negro estava. Eu ouvi uma discussão em voz alta lá dentro e, apesar da minha vontade enorme de entrar, resisti.

Tomei banho e me arrumei para o jantar. Não sabendo completamente o que tinha acontecido na noite anterior, decidi me vestir maravilhosamente, só para garantir. Entrei no closet e escolhi meu conjunto favorito de lingerie de renda vermelha. Fui até o armário e tirei do cabide um vestido preto solto, na altura do tornozelo. Calcei sandálias com salto tratorado e fui para o terraço. Massimo estava em uma conversa telefônica, sentado à mesa posta e iluminada por velas.

Eu me aproximei, beijei seu pescoço e me sentei na cadeira ao lado dele. Sem interromper a conversa, ele me examinou com um olhar obscuro e frio que não anunciava nada de bom.

Quando terminou, colocou seu celular sobre a mesa e tomou um gole da taça à sua frente.

"De que você se lembra da noite passada, Laura?"

"Acho que da coisa mais importante: de você de frente para uma mesa cheia de coca", lancei ironicamente.

"E depois?"

Eu pensei por um momento e comecei a ficar com medo. Não tinha ideia do que havia acontecido depois da segunda garrafa de vinho com Piotr.

"Fui bater papo e estava bebendo vinho", respondi, encolhendo os ombros.

"Você não se lembra de mais nada?", perguntou Massimo com os olhos semicerrados.

"Lembro-me de ter bebido muito. Porra, Massimo, o que você quer com isso?! Você vai me dizer o que aconteceu ou não? Eu apaguei de novo, isso é tão terrível assim? Fiquei chateada com você e com o que vi, fui ao jardim e encontrei Piotr lá. Ele queria conversar e bebemos vinho demais, só isso. Além do mais, você me deixou sem dizer uma palavra mais uma vez, estou de saco cheio de você desaparecer toda hora."

O Homem de Negro recostou-se contra a cadeira e seu peito subia e descia mais e mais.

"Isso não é tudo, pequena. Quando seu irmão voltou para me encontrar depois de um tempo, ele me disse por que você reagiu daquele jeito ao ver a cocaína. Eu queria te encontrar e então vi vocês." Sua mandíbula ficou tensa. "No começo, de fato, vocês estavam conversando, mas depois seu coleguinha começou a exagerar e ficar expansivo demais e tentou se aproveitar do estado em que ele te deixou de propósito." Massimo fez uma pausa e seus olhos ficaram completamente negros.

Ele se levantou da poltrona e jogou a taça no chão. O vidro se espatifou em centenas de pedaços.

"Aquele filho da puta queria te foder, entendeu?!", gritou ele, cerrando os punhos. "Você já estava tão inconsciente que chegou a pensar que era eu que estava ao seu lado. Você estava se entregando, então eu tive que interromper."

Sentei-me assustada e tentei me lembrar do que tinha acontecido, mas tudo que eu tinha era um buraco negro na minha cabeça.

"Minha mãe não me disse nada. O que aconteceu? Você bateu nele?"

Massimo começou a rir com sarcasmo enquanto se aproximava e, virando-me junto com a cadeira, apoiou as mãos nela, uma de cada lado.

"Eu o matei, Laura", sibilou ele entredentes. "E antes disso, ele confessou o que fez com você no passado, quando vivia chapado. Se eu soubesse disso antes, não teria deixado que ele passasse pela porta do salão onde você estava." Podia-se ver as emoções quase rasgando seu corpo. "Como você pôde não me contar sobre isso e me deixar comendo à mesma mesa que aquele degenerado?!"

Atordoada e apavorada, eu tentava respirar. Eu rezava para que Massimo estivesse mentindo.

"Acho que ele tinha planejado desde o início traçar você ontem à noite, mas minha presença frustrou um pouco suas expectativas. Então ele esperou o momento certo – ele tinha drogas com ele, que eu acredito que tenha colocado na sua bebida. Para provar que não estou mentindo, faremos um exame de sangue em você."

Massimo deu um passo para trás e pousou as duas mãos na mesa.

"Quando eu penso no que aquele puto fez com você enquanto você estava com ele, eu tenho vontade de matá-lo outra vez."

Eu não sabia o que estava sentindo – o medo se misturava em mim com a raiva e a impotência. Ele tinha matado um homem por minha causa, ou talvez estivesse apenas blefando, talvez ele quisesse me dar uma lição de novo e me assustar. Levantei-me devagar da cadeira, Massimo se aproximou de mim, mas estendi a mão para afastá-lo e cambaleei enquanto ia em direção à casa. Chocando-me contra as paredes, cheguei ao meu quarto e tranquei a porta. Eu não queria que ele entrasse, não queria vê-lo. Tomei uma pílula para acalmar um pouco meu coração acelerado, tirei a roupa e fui para a cama. Eu não podia acreditar no que Massimo tinha feito. Depois que os remédios fizeram efeito, adormeci.

No dia seguinte, fui acordada por uma batida na porta.

"Laura", ouvi a voz de Domenico. "Você pode abrir?"

Fui até a porta e girei a chave. O jovem italiano entrou na sala e olhou para mim com simpatia.

"Domenico, gostaria de lhe pedir uma coisa, mas não quero que *don* Massimo saiba."

Ele estava de pé e olhava para mim confuso, pensando no que iria responder.

"Depende de qual será o pedido."

"Eu gostaria de ir ao médico, não tenho me sentido bem e não quero preocupar Massimo."

"Mas você tem o seu médico, ele pode vir aqui."

"Eu quero ir a outro, você pode fazer isso por mim?"

Não me dei por vencida.

Domenico se levantou e me observou atentamente.

"Claro, a que horas você quer ir?"

"Me dê uma hora", falei enquanto entrava no banheiro.

Eu sabia que o Homem de Negro iria descobrir tudo de qualquer maneira, mas eu tinha que verificar se ele estava realmente falando a verdade e se dois dias antes eu não estava apenas sob efeito do álcool.

Antes das 13h, entramos no carro e fomos a uma clínica particular em Catânia. O dr. Di Vaio me atendeu quase imediatamente. Não era o cardiologista que eu tinha visto antes, mas um clínico geral, porque foi o que eu havia requisitado. Expliquei o que queria verificar e pedi a ele que fizesse exames. Enquanto esperava o resultado, Domenico me levou para um café da manhã tardio e, às 15h, voltamos à clínica. O médico me convidou para ir a seu consultório, sentou-se na cadeira e examinou calmamente os papéis.

"Dona Laura, na verdade, existem substâncias intoxicantes no seu sangue, para ser exato, a quetamina. É uma substância psicoativa que causa amnésia. E é esse fato que me preocupa, devemos pedir uma série de exames e consultar um ginecologista."

"Um ginecologista? Pra quê?"

"A senhora está grávida e precisamos ter certeza de que não aconteceu nada com o bebê."

Fechei os olhos e tentei digerir o que tinha acabado de ouvir.

"O quê?"

O médico me olhou surpreso.

"A senhora não sabia? Os exames de sangue mostram que a senhora está grávida."

"Mas eu fiz o teste há vários dias, e antes eu tinha menstruado, então como isso é possível?"

O médico sorriu gentilmente e apoiou os cotovelos na mesa.

"Veja bem, pode levar um tempo, até três meses na gravidez, para que seja confirmada. O resultado do teste depende de muitos fatores, incluindo o tempo de fertilização. Vamos pedir exames e ultrassom, o ginecologista vai dar mais detalhes para a senhora. Só precisamos coletar mais uma amostra de sangue."

Eu fiquei lá sentada, fechando minhas pálpebras com força e me sentindo tonta.

"O senhor tem cem por cento de certeza?", perguntei novamente.

"De que a senhora está grávida? Absolutamente."

Tentei engolir, mas minha boca estava completamente seca.

"Doutor, o senhor manterá seu sigilo médico, certo?"

Ele confirmou, balançando a cabeça.

"Então eu desejo que absolutamente ninguém seja informado sobre os resultados dos meus exames."

"Entendo, claro, será assim. A recepcionista irá encaminhá-la para a sala de exames e depois marcará uma consulta com o ginecologista."

Eu apertei sua mão e saí do consultório com as pernas bambas. Fui primeiro tirar sangue novamente e depois fui à sala de espera onde Domenico estava.

Passei por ele sem dizer uma palavra e fui para o carro. Quando se juntou a mim, Domenico me olhou interrogativamente. Os acontecimentos dos últimos dias, minha raiva, tudo perdeu a importância: eu estava grávida.

"Laura, e aí? Está tudo bem?"

Juntei todas as forças que tinha e respondi com um sorriso falso:

"Sim, estou com anemia e é por isso que me sinto cansada o tempo todo. Tenho que tomar suplemento de ferro e vai passar."

Eu estava em transe, como se soubesse o que estava acontecendo, mas não compreendesse. Eu ouvia um estrondo na minha cabeça e minha pele era tomada de suor e depois eu ficava toda arrepiada. Tentava não respirar muito alto, mas foi inútil tentar recuperar o fôlego.

O carro começou a andar e eu tirei meu telefone do bolso e liguei para Olga.

"Oi, vadia", ouvi a adorável saudação ao telefone.

"Olga, você vai estar muito ocupada na semana que vem?"

"Como é que vou saber? Se não levar em consideração aquele loiro que me fode como um foguete, provavelmente não muito. Meu caso viajou para conquistar mais mercados de cosméticos, então com certeza vou ficar entediada. Por quê? Você tem alguma proposta para mim?"

Domenico me encarava sem entender nenhuma palavra, e fiz força para tentar agir com naturalidade.

"Você viria aqui para minha casa na Sicília?"

Houve um silêncio perturbador do outro lado da linha.

"O que houve, Laura? Por que você viajou logo? Você está bem?"

"Olga, apenas me diga se você vem", eu sibilei irritada. "Vou providenciar tudo, só me diga que sim, por favor."

"Querida, é claro que vou, diga-me quando e onde devo estar. Aquele Homem de Negro, o semideus, ele te fez alguma coisa? Se for isso, vou matar o filho da puta e a máfia dele vai fazer merda comigo."

Achando graça, recostei-me no assento.

"Não, estou bem, só preciso de você aqui. Te aviso quando tudo estiver organizado, faça as malas."

Coloquei o telefone de volta na bolsa e olhei para Domenico.

"Eu gostaria que minha amiga viesse me visitar amanhã, você poderia cuidar da viagem dela da Polônia para cá?"

"Então ela vai ficar para o casamento, não é?"

Porra, o casamento! Por causa das revelações da noite anterior e daquele dia eu tinha me esquecido completamente.

Será que todo mundo sabe do casamento menos eu?

Domenico encolheu os ombros se desculpando e digitou um número no teclado do telefone.

"Eu vou cuidar de tudo", disse, colocando o fone no ouvido.

Quando o carro estacionou na entrada, saí sem esperar que o motorista abrisse a porta para mim e me dirigi para a casa. Andei pelo labirinto de corredores e entrei na biblioteca. Massimo estava sentado a uma grande mesa com alguns homens. Todos ficaram em silêncio quando me viram. O Homem de Negro disse algo para eles e se levantou da cadeira.

"Precisamos conversar", falei, cerrando os dentes.

"Pequena, agora não, eu tenho uma reunião. Podemos fazer isso de noite?"

Fiquei lá olhando para ele e tentando acalmar meus nervos. Eu sabia que, no meu estado, ficar agitada não era aconselhável.

"Preciso de um carro, mas sem motorista, quero dar uma volta e pensar."

Ele olhou para mim me examinando e estreitando os olhos.

"Domenico vai lhe dar um carro, mas você não pode ficar desprotegida", sussurrou. "Laura, está tudo bem?"

"Sim, quero refletir longe deste lugar."

Eu me virei e fechei a porta atrás de mim. Aproximei-me do jovem italiano, que estava parado à porta.

"Eu preciso de um carro. Massimo disse que você me daria um, então eu queria a chave."

Sem uma palavra, ele se virou e seguiu rumo às escadas que levavam à entrada dos carros. Quando estávamos saindo, Domenico me parou na porta.

"Espere aqui, vou pegar seu carro."

Um momento depois, um Porsche Macan cereja estava estacionado à minha frente.

Domenico desceu e, entregando-me a chave, disse:

"É uma versão turbo com motor muito potente, chega a quase 270 por hora, mas é melhor você não dirigir nessa velocidade", advertiu ele com uma risada. "Por que você quer ir sozinha, Laura? Por que você não fica aqui e conversamos? *Don* Massimo vai trabalhar até tarde, vamos beber um pouco de vinho."

"Não posso", falei, pegando a chave de sua mão.

Entrei no interior cor de creme do imponente veículo e fiquei paralisada: botões, centenas de botões, interruptores, controles. Como se não bastasse, para o motorista, apenas os pedais e a caixa de câmbio. O jovem italiano se aproximou e bateu na janela.

"O manual está no porta-luvas, mas, para resumir, aqui você tem o controle do ar-condicionado e a transmissão é automática, mas você provavelmente já percebeu isso". Domenico então listou todas as funções do carro, uma por uma, e eu comecei a sentir lágrimas surgindo em meus olhos.

"Ok, eu já sei de tudo agora, tchau", interrompi-o, ligando o carro e pisando no acelerador.

Quando saí da propriedade, um suv preto me seguiu. Não tinha vontade de ter companhia, muito menos uma que ficasse me controlando. Assim que entrei na rodovia, pisei no acelerador com mais força e senti a potência que Domenico havia mencionado. Corria feito uma louca, ultrapassando os carros, até que o suv preto do meu segurança desapareceu no espelho retrovisor. Na primeira saída, virei para Giardini Naxos. Eu sabia que eles não iriam adivinhar que eu estava voltando para a cidade.

Parei no estacionamento do calçadão e desci. Pus os óculos escuros e fui para a praia. Me sentei na areia e uma torrente de lágrimas escorreu de meus olhos.

"Mas que merda eu fiz? Vim para cá há dois meses passar férias, me tornei a mulher de um chefe da máfia, e agora vou ter um filho dele!", rugi, chorando; não era apenas choro, era um rugido selvagem de desespero. Fiquei sentada imóvel enquanto as horas passavam como se fossem apenas minutos. Centenas de pensamentos passavam pela minha cabeça a cada segundo, inclusive o de me livrar do problema que eu estava carregando dentro de mim.

O que vou dizer à minha mãe, como vou contar para o Massimo, o que vai acontecer depois? Como pude ser tão estúpida, por que fui para a cama com ele e por que foi que confiei nele?

"Puta merda!", gemi, colocando minha cabeça entre os joelhos dobrados.

"Eu conheço essa palavra."

Olhei para cima e vi o Homem de Negro sentando-se ao meu lado na areia.

"Pequena, você não pode fugir dos seguranças, eles não fazem isso para te irritar, apenas para protegê-la."

Seus olhos demonstravam bastante preocupação e me penetravam com perguntas.

"Desculpe, eu tinha de ficar sozinha. Não levei em consideração que esse carro também tem GPS, e tem, não é?"

Massimo fez que sim com a cabeça.

"Eles terão grandes problemas se perderem você, você deve estar ciente disso. Se uma garotinha sabe despistá-los, como eles podem te proteger?"

"Você vai matá-los?", perguntei apavorada.

O Homem de Negro riu e passou a mão pelo cabelo.

"Não, Laura, isso não é motivo para matar alguém."

"Eu sou adulta e posso cuidar de mim mesma."

Ele me envolveu com o braço e me puxou para si.

"Não duvido. Agora me diga o que está acontecendo, por que você foi ao médico?"

Ah, muito obrigada, Domenico, pensei, encantada com sua discrição.

Estava abraçada a Massimo, aninhada em seu pescoço. Eu me perguntei se deveria contar a verdade a ele ou se, para mim, seria mais conveniente mentir.

"Isso tudo foi demais para mim. Fui para a clínica para saber se você estava certo e estava. Havia quetamina no meu sangue, então não me lembrava de nada. Massimo, você realmente o matou?"

Eu me levantei e tirei meus óculos.

O Homem de Negro se virou para mim e segurou minha cabeça suavemente com as duas mãos.

"Dei uma surra nele e o levei para o lago perto dos estábulos. Eu só queria assustá-lo, mas depois que comecei, não consegui parar, especialmente porque ele confessou tudo. Sim, Laura, eu o matei e os homens de Karlo cuidaram do resto."

"Meu Deus!", sussurrei, com lágrimas escorrendo pelo meu rosto. "Como você pôde? Por quê?"

Massimo se levantou e pôs as mãos em meus ombros. Seus olhos estavam quase completamente pretos e gélidos.

"Porque quis. Não pense mais nisso. Como você mesma disse: você não tem uma máquina do tempo, então não pode fazer nada a respeito."

"Me deixe em paz, eu quero ficar aqui sentada sem você", disse, quase engasgando, sentando-me outra vez na praia.

Eu sabia que ele não iria embora, então eu tinha de dizer algo que o convencesse e me proporcionasse um momento de paz. Paradoxalmente, não estava preocupada com a morte de Piotr, mas apenas em dar à luz um filho do homem que estava diante de mim.

"Você matou um homem por minha causa. Você impôs a mim uma culpa que não posso suportar. Minha vontade agora era entrar num avião e nunca mais ver você. Portanto, você vai honrar meu pedido ou este será nosso último encontro."

Ele ficou olhando para mim por um momento, depois começou a caminhar em direção ao calçadão.

"Olga chega ao meio-dia de amanhã", disse ele enquanto se afastava e desaparecia no SUV preto.

O sol começou a se pôr e me lembrei de que quase não havia comido nada naquele dia. Agora eu não podia mais ter aquele estilo de vida. Levantei-me e fui para o calçadão, em direção aos restaurantes coloridos. Caminhando pela calçada, percebi que estava ao lado do restaurante onde vi Massimo pela primeira vez. Vendo-o, um calor passou pelo meu corpo, que estremeceu. Tudo era muito recente e, no entanto, desde então tanta coisa tinha mudado. Na verdade, tudo tinha mudado.

Entrei e sentei-me a uma mesa com vista para o mar. O garçom chegou com extraordinária rapidez, cumprimentando-me em inglês fluente, e desapareceu, deixando o cardápio. Eu o folheei, me perguntando o que eu poderia comer, se havia algo que eu não podia comer ou então o que deveria comer, dada a minha condição. No final, optei pelo prato mais seguro – pizza.

Dobrei as pernas na cadeira e peguei o telefone. Eu queria falar com minha mãe. Em outras circunstâncias, ela seria a primeira pessoa para quem eu ligaria com as boas-novas, mas não naquele momento. Pois a notícia da gravidez não era nada feliz, e eu teria que expor todas as minhas mentiras, o que provavelmente faria seu coração se despedaçar.

Depois de comer minha pizza e beber um copo de suco, entreguei ao garçom meu cartão de crédito, olhando para o mar quase negro.

"Dona Biel, me desculpe", ouvi atrás de mim. "Não a reconheci com essa cor de cabelo."

Eu me virei para o homem e o olhei com ar indagador.

O jovem garçom estava ao lado da mesa e entregou a mim o cartão com as mãos trêmulas.

"Eu realmente não estou entendendo. Como você deveria saber como eu sou?"

"Temos uma foto sua como convidada VIP, que nos foi dada pelo pessoal de *don* Massimo. Desculpe novamente, a conta não foi cobrada."

"Vou pedir mais suco de tomate, por favor," falei, virando-me.

A ideia de voltar para a mansão e encontrar o Homem de Negro fez meu estômago embrulhar.

A hora seguinte passou despercebida e decidi que precisava voltar e dormir. *Amanhã, a Olga vai estar ao meu lado e vai dar tudo certo, eu vou poder chorar o quanto quiser.*

"Vejo que você está muito entediada, deixe-me lhe fazer companhia", disse o jovem moreno, sentando-se na cadeira ao lado. "Eu ouvi você falando com o garçom, de onde você é?"

Olhei para o estranho com meus olhos cheios de raiva e frustração.

"Eu não quero companhia."

"Ninguém vai ficar aqui se quiser ficar sozinha, mas às vezes vale a pena desabafar com uma pessoa que apareceu por acaso, porque a avaliação dela não vai ser importante para você e vai te aliviar."

Ele me divertia e me irritava ao mesmo tempo.

"Eu entendo sua encenação de camaradinha compreensivo, mas, em primeiro lugar, eu realmente quero ficar sozinha e, em segundo lugar, você pode ter problemas por se sentar aqui, então eu o aconselho a procurar outra coisa que o interesse."

O homem não desistiu e se aproximou de mim.

"Você sabe o que eu acho?"

Eu não dava a mínima sobre o que ele achava, mas sabia que não calaria a boca.

"Não acho que o cara em quem você está pensando te mereça."

Eu o interrompi, dirigindo-me a ele:

"Eu estou pensando que estou grávida e que vou me casar no sábado, por isso levante-se e vá ver se eu não estou lá na esquina."

"Grávida?", ouvi uma voz atrás de mim.

O cara se levantou como se tivesse se queimado e quase fugiu da mesa, e Massimo lentamente tomou seu lugar.

Meu coração batia que nem louco e Massimo me encarava com seus enormes olhos negros. Eu engasguei e me virei para o mar, para evitar o contato visual.

"E o que eu deveria dizer a ele? Que você vai matá-lo? É mais fácil e seguro mentir. Além disso, o que você está fazendo aqui?"

"Estou aqui para jantar."

"Não tem comida em casa?"

"Estava faltando você à mesa e, além disso, vou viajar amanhã e queria me despedir."

Eu me virei para ele e fiz uma careta, franzindo a testa.

"Como assim vai viajar?"

"Eu tenho de trabalhar, pequena, mas não se preocupe, voltarei a tempo de me casar com você", disse, piscando para mim. "Queria te levar comigo, mas já que sua amiga vem, aproveite e faça uma despedida de solteira. O cartão de crédito que você recebeu junto com a chave do apartamento é seu, então comece a usá-lo. Você ainda não tem seu vestido de noiva."

Sua voz calorosa e sua preocupação me tranquilizaram e garantiram que ainda não era hora de ele saber. Eu estava completamente confusa – como Massimo era de verdade? –, mas, ao mesmo tempo, adorava sua imprevisibilidade.

"Quando você vai voltar?", falei, com um tom de voz evidentemente mais suave.

"Assim que tiver tudo acertado com a família que controla Palermo. A morte de Emilio vai me causar certos problemas, mas não fique pensando com sua linda cabecinha nisso", disse ele, levantando-se do lugar e me beijando na testa. "Se você já comeu e está pronta, então vamos. Eu queria me despedir de você em casa."

Chegamos ao carro e entreguei a ele a chave do Porsche.

"Você não gosta dele?", perguntou Massimo, abrindo a porta para mim.

Eu entrei e esperei que ele entrasse.

"Não é isso, é lindo, mas é tremendamente complexo, e, além disso, eu gosto quando você dirige."

Por um momento, hesitei em colocar o cinto de segurança, li uma vez que mulheres grávidas não deveriam fazer isso.

"Como você sabia onde eu estava?"

O Homem de Negro começou a rir e arrancou cantando pneu, e eu pude sentir toda a potência do motor turbo.

"Lembre-se, menina, de que eu sempre sei o que você está fazendo."

Depois de alguns minutos, estacionamos na entrada reformada da casa. O Homem de Negro saiu do carro e abriu a porta para mim.

"Eu vou para o meu quarto", murmurei, passando a mão delicadamente na barriga.

"Claro, mas eu mudei o seu quarto, então me deixe mostrá-lo a você", disse, pegando minha mão.

"Eu gostava daquele", falei, enquanto ele me puxava pelo corredor.

Capítulo 19

Paramos em frente a uma porta no último andar e Massimo segurou a maçaneta e a abriu. Eu vi um cômodo que ocupava todo o andar da casa.

As paredes eram revestidas de madeira escura do chão ao teto, e um grande sofá claro em formato meia-lua ficava no centro, e, diante dele, um televisor estava suspenso acima da lareira. Mais adiante, havia apenas janelas e as escadas de acesso ao mezanino, onde ficava o quarto com uma enorme cama preta apoiada em quatro colunas — parecia o quarto de um rei. Adiante havia um closet e um banheiro, seguidos de um terraço com vista para o mar.

"A partir de hoje, este é o seu lugar, ao meu lado, Laura", disse Massimo, empurrando-me contra a balaustrada, enquanto eu olhava para o horizonte, atordoada com a vista. "Eu mandei que trouxessem suas coisas, mas você não vai precisar de nada esta noite."

Senti seus lábios vagando pelo meu pescoço e seus quadris se esfregando e começando a se movimentar contra as minhas costas. Eu me virei para encará-lo e respirei fundo.

"Massimo, hoje não."

O Homem de Negro apoiou as mãos, uma em cada lado da grade, me prendendo em um abraço. Ele me olhou indagativo, quase me penetrando com seus olhos negros.

"O que está acontecendo, pequena?"

"Não estou me sentindo bem, acho que ainda são os efeitos da festa de sábado."

Percebi que meus argumentos não eram particularmente convincentes, então mudei minha estratégia.

"Quero ficar abraçada com você, tomar um banho, assistir a um pouco de TV e dormir. Além disso, em alguns dias vamos nos casar, então, vamos manter as boas maneiras e esperar até sábado."

Massimo ficou surpreso e me encarava, incapaz de acreditar no que estava ouvindo.

"Boas maneiras? Eu sou de uma família da máfia, lembra? Ok, querida, vai ser como você quiser. Além do mais, dá para ver que algo está errado, então hoje vou me contentar em esfregar suas costas."

Com ar divertido, Massimo me conduziu pelo cômodo.

"Ah, não, vou tomar banho sozinha, nós dois sabemos o que acontece quando tomamos banho juntos."

Uma hora depois, estávamos ambos na cama assistindo à TV.

"Você vai precisar aprender italiano. Se vai morar aqui, deve conhecer o idioma. Cuidaremos disso a partir de segunda-feira", disse Massimo, mudando para o noticiário local.

"Você também vai aprender polonês? Ou sempre vai falar em inglês no meu país?"

"Quem disse que não estou aprendendo?", perguntou, me abraçando e passando os dedos pelos meus cabelos. "Fico feliz que Olga fique com você por alguns dias, acho que vocês vão precisar de um pouco de liberdade. Mas nem pense que a segurança vai ficar em casa, e não fuja deles, porque não quero ficar nervoso." Ele uniu minha mão à dele. "Se você quiser mergulhar ou ir a uma festa, fale com Domenico, ele providenciará tudo, Laura", disse num tom sério. "Lembre-se de que muitas pessoas já sabem quem você é. Estou bastante preocupado com sua segurança, mas sem a sua cooperação, o trabalho dos guarda-costas não terá sucesso."

Fiquei intrigada com o sentido dessas palavras e a expressão triste do Homem de Negro.

"Eu estou sob alguma ameaça?"

"Pequena, sua vida corre perigo desde o momento em que a trouxe para casa, então, deixe-me cuidar disso para que nada de ruim aconteça com você."

Instintivamente, pus a mão sobre a minha barriga sob as cobertas. Eu sabia que agora era responsável não só por mim, mas também pelo pequeno ser humano que crescia dentro de mim.

"Vou fazer o que você quiser."

Surpreso, Massimo levantou-se um pouco e olhou para mim, franzindo as sobrancelhas.

"Laura, não estou te reconhecendo: por que essa submissão repentina?"

Eu sabia que ele tinha direito de ser informado sobre o nosso filho, também sabia que precisaria ter essa conversa, contudo não queria fazer isso naquele momento, antes de sua partida. Achei que não era o momento certo.

"Eu percebi que você está certo. Sou uma garota inteligente, lembra?"

Eu o beijei e voltei a ficar encolhida sob seus braços.

Por volta das 7 da manhã, fui acordada com uma cutucada suave: o pau duro de Massimo pressionava minha bunda, aconchegado em seus quadris. Virei minha cabeça levemente em sua direção e achei engraçado descobrir que Massimo ainda estava dormindo. Deslizei minha mão lentamente entre nós e segurei seu pau. Comecei a massagear da base até a ponta. O Homem de Negro gemeu baixinho e rolou de costas. Deitei-me de lado, apoiada no cotovelo, observando sua reação ao que eu fazia. Eu movimentei minha mão cada vez mais rápido e mais forte em seu pau. A certa altura, Massimo abriu os olhos e, quando me viu, se acalmou e os fechou novamente. Ele deslizou a mão sob as cobertas e esfregou suavemente minha calcinha de renda.

"Mais forte", sussurrou ele.

Obedeci ao seu comando e senti a mão que me tocava se mover e alcançar minha boceta molhada. Ele respirou fundo e começou a se deliciar, contorcendo-se de prazer, e seu pau crescia e ficava cada vez mais duro.

"Senta em mim", disse ele, lambendo os lábios e jogando as cobertas no chão.

Diante dos meus olhos havia uma ereção matinal tão incrível que eu me senti pegando fogo.

"Nada disso, querido", falei, beijando seu queixo. "Quero te satisfazer assim."

"E eu quero entrar em você."

Quando disse isso, eu o senti se contorcer e colar seu corpo ao meu. Ele puxou a renda da calcinha e meteu em mim com brutalidade. Eu gritei, cravando minhas unhas em suas costas. Ele me movia forte e intensamente até se lembrar de que não poderia gozar porque não tínhamos preservativos. Massimo tirou seu pau de dentro de mim e, ofegando ruidosamente, passou por cima da minha cabeça, apoiando as mãos na parede atrás da cama.

"Termine pra mim", ofegou ele, e deslizou seu pau pela minha garganta.

Suguei forte e rápido, meus dedos acariciando suavemente suas bolas.

Um momento depois, senti seu corpo empinar e uma onda de porra inundou minha garganta. Ele gritou alto, apoiando as mãos na cabeceira da cama. Quando terminou, caiu ao meu lado, tentando recuperar o fôlego.

"Você pode me acordar assim todos os dias", disse ele brincando.

Tentei engolir tudo, mas senti o conteúdo do estômago subir para minha garganta. Pulei da cama e corri para o banheiro, batendo a porta. Inclinei-me sobre o vaso sanitário e comecei a vomitar. Quando terminei, encostei-me na parede e lembrei de que estava grávida. *Meu Deus, que drama!*, pensei. *Se todo boquete que eu fizer nele acabar em vômito, acho que não faço mais isso pelos próximos meses.*

Massimo parou na porta do banheiro e cruzou os braços sobre o peito.

"Aquela pizza de ontem me fez mal, já de noite eu tinha sentido que alguma coisa não estava bem."

"A pizza te fez mal?"

"É, e também as drogas mudam o gosto e o cheiro da sua porra, então leve isso em consideração da próxima vez que você quiser cheirar", falei, levantando-me e pegando minha escova de dentes.

O Homem de Negro estava encostado no batente da porta me estudando atentamente.

Terminei de escovar os dentes e o beijei no rosto enquanto passava por ele.

"É muito cedo, acho que ainda vou me deitar um pouco."

Deslizei para debaixo das cobertas e liguei a TV, e Massimo ainda continuava parado na porta, desta vez de frente para o quarto. Eu zapeava os canais, sentindo seus olhos em mim.

"Antes de eu viajar, gostaria de que um médico a examinasse", disse ele, indo até o closet.

Quando falou isso, meu coração parou. Eu não sabia que médico Massimo queria chamar, mas nem mesmo um curandeiro poderia adivinhar uma gravidez pela verificação do pulso. Pelo menos era isso o que eu esperava.

Depois de vinte minutos, Massimo parou ao lado da cama. Ele parecia exatamente como no primeiro dia em que o vi no aeroporto. O terno preto e a camisa escura combinavam perfeitamente com a cor de seus olhos e o bronzeado. Com aquela roupa, Massimo era o gângster extremamente autoritário e indomável. Mantendo a calma e olhando para a TV, falei:

"Não acho que indigestão seja um bom motivo para chamar um médico, mas faça o que quiser. Eu mesma vou dar o diagnóstico e prescrever o tratamento. Remédio em gotas para o estômago, chá amargo e frutas secas. Devo também prescrever algo para você por essa sua ansiedade em relação a mim?"

Massimo se aproximou de mim sorrindo levemente.

"É melhor prevenir do que remediar, certo?" Eu o agarrei pelo cós da calça. "O boquete de manhã não foi remédio suficiente, senhor Torricelli? Talvez você não esteja totalmente satisfeito."

O Homem de Negro riu enquanto acariciava meu rosto.

"Ainda não estou saciado de você, mas agora, infelizmente, não tenho tempo para ficar satisfeito por completo. Prepare-se para a nossa noite de núpcias, vamos compensar, pequena."

Ele se inclinou em direção a mim e me deu um beijo longo e apaixonado na boca e depois seguiu rumo às escadas.

"Lembre-se: você me prometeu que não fugirá e que deixará que a protejam. Tenho um aplicativo no meu telefone que me diz onde você está. Eu mandei que instalassem no seu também, assim você vai ficar mais tranquila. Domenico vai lhe mostrar tudo. Se você não quiser dirigir o Porsche, os motoristas podem levá-la, mas não pegue nenhum dos carros esportivos. Tenho medo de que você não saiba lidar com eles, meu bem. Planejei algumas surpresas para você, para que não fique entediada. Vá procurá-las. Elas estão onde foram os primeiros lugares a que fomos juntos. Vejo você no sábado."

Quando ele desapareceu escada abaixo, senti lágrimas brotando em meus olhos. Pulei da cama e corri atrás de Massimo. Eu pulei no colo dele e comecei a beijá-lo loucamente.

"Eu te amo, Massimo."

Ele gemeu e me encostou na parede, enfiando sua língua até no fundo da minha garganta. "Fico feliz que você me ame. Agora, vá para a cama."

Eu fiquei com os olhos vidrados observando-o abrir a porta.

"Logo vou voltar", sussurrou ele, fechando a porta.

Fiquei parada assim por um momento, pensando se toda vez que ele viajasse, eu ficaria rezando para que voltasse são e salvo. Afastei os pensamentos ruins e fui para o terraço. Outro lindo dia estava nascendo na Sicília. O céu levemente nublado dava lugar ao sol, que rompia em meio às nuvens, cada vez mais ousado. Sentei-me na poltrona e fiquei observando o mar que se agitava ligeiramente. Senti um cobertor macio deslizar de maneira delicada pelas minhas costas.

"Trouxe um pouco de chá com leite", disse Domenico, sentando-se ao lado. "Além disso, alguns remédios para a anemia."

Ele colocou os frascos de medicamentos na mesa à minha frente e começou a mencioná-los:

"Ácido fólico, zinco, ferro e tudo o mais de que você precisará no primeiro trimestre."

Sentei-me, olhando para Domenico com os olhos bem abertos.

"Você sabe que estou grávida?"

O jovem italiano fez que sim com a cabeça, sorrindo, e acomodou-se na cadeira.

"Não se preocupe, só eu sei. E não tenho intenção de compartilhar o que sei com ninguém, pois acredito que isso é assunto seu."

"Mas você não contou ao Massimo, contou?", perguntei assustada.

"Claro que não! Tem coisas em que nem a família pode se envolver, Laura. É você que tem que contar a ele sobre isso, mais ninguém."

Soltei um suspiro de alívio e tomei um gole da minha caneca.

"Estou rezando para que seja uma menininha", falei com um sorriso triste.

Domenico se virou para mim e riu de um jeito amável.

"Uma mulher também pode, eventualmente, ser a chefe da família", respondeu ele ironicamente, erguendo as sobrancelhas.

Dei um tapa no ombro dele.

"Não diga isso, não tem graça nenhuma."

"Já pensou no nome?"

Fiquei paralisada olhando para Domenico. Eu sabia da gravidez desde o dia anterior e ainda não tinha pensado nisso.

"Por enquanto, tenho que ir ao médico para me informar de tudo, e depois vou pensar nesses detalhes."

"Marquei uma consulta para você amanhã, às 15h, na mesma clínica. Agora, vista-se e venha tomar café. O fato de eu saber do seu segredo me obriga a ter um cuidado especial com sua alimentação."

Ao passarmos pelo quarto, percebi uma caixa enorme em cima da cama. "O que é isso?", perguntei, virando-me para Domenico.

"Um presente de *don* Massimo", explicou ele, com um sorriso significativo, e desapareceu escada abaixo. "Estou esperando no jardim."

Desembalei a caixa e vi duas caixas menores com o logotipo da Givenchy no topo. Eu as peguei e abri. Eram as botas maravilhosas que a esposa de Karlo estava usando quando nos conhecemos. Eu era loucamente apaixonada por aquelas botas, mas ninguém normal gastaria quase sete mil zlótis (quase mil e seiscentos euros) com botas. Até dei pulinhos de alegria ao vê-las — os dois pares eram do mesmo modelo, apenas diferiam na cor. Eu as segurei, abraçando-as com força, e fui para o closet. Observei as dezenas de coisas lindas penduradas nos cabides. *Não vou caber em nada disso daqui a alguns meses*, pensei. *Não vou poder beber no Réveillon, nas festas com Olga e, por Deus, como vou explicar isso aos meus pais?* Resignada, sentei-me na grande poltrona, ainda segurando minhas botas, e uma torrente de pensamentos se acumularam em minha cabeça.

Ocorreu-me: *tenho que ir para a casa da minha mãe, antes que dê para notar, e aí depois vou dar a desculpa do trabalho, são só alguns meses.* No entanto, meu plano brilhante tinha um problema — o bebê acabaria por nascer e para mim seria difícil explicar esse fenômeno aos meus pais.

"Ah Deus, que cagada!", falei, levantando-me da cadeira.

Enquanto eu ainda estava com a silhueta esguia, decidi usar ativamente o que havia no closet. Para o primeiro dia com Olga, escolhi as botas claras que o Homem de Negro tinha me dado. E vesti shorts brancos e uma camisa cinza esvoaçante com as mangas compridas puxadas. Maquiei meus olhos com suavidade e penteei cuidadosamente meu cabelo louro genialmente cortado no formato bob. Quando terminei, já eram mais de 10h da manhã. Coloquei minhas coisas na minha bolsa Prada cor creme e pus meus óculos aviador dourados. Ao sair, parei em frente ao espelho que ficava ao lado da porta e até dei um gemido. O meu look do dia custava tanto quanto o meu primeiro carro, isso sem contar o relógio exorbitantemente caro, óbvio, porque se eu o levasse em consideração, chegaria ao valor de um apartamento. Eu me sentia atraente e cheia de classe, mas será que aquela ainda era eu?

Não pensava que Domenico fosse se importar tanto com meu estado. Quase à força, como minha mãe, ele continuava me fazendo comer toda hora.

"Domenico, porra! Você não sabe que gravidez não é inanição?", bradei irritada, quando ele serviu outra porção de ovos no meu prato. "Não quero comer mais, vai me deixar enjoada de novo. Vamos embora porque vou chegar atrasada."

O jovem italiano olhou para mim com pesar.

"Quem sabe você come uma maçã no caminho?!"

"Meu Deus! Pegue para você e pare com isso, seu psicopata!"

O percurso até Catânia foi espantosamente curto, ou talvez, como sempre, eu precisasse de mais tempo para refletir. Para deixar Massimo mais calmo, resolvi pegar um carro com motorista.

Estacionamos no terminal de desembarque. Estava feliz por ficar a sós com Olga. Domenico sentiu que eu precisava disso e ficou na propriedade. Quando vi que minha amiga estava chegando, não esperei a porta se abrir, corri em sua direção.

"Essas são aquelas botas Givenchy que eu não tenho dinheiro para comprar?", perguntou quando eu me joguei em seus braços e a abracei com força contra mim. "Não adianta me segurar, vou tirá-las de você de qualquer maneira!"

"Oi, querida. Que bom que você está aqui!"

"Pois é, você me ligou de um jeito e falando naquele tom e na mesma hora eu soube que não tinha saída."

O motorista pegou a bagagem e abriu a porta para nós.

"Mas que chique!", disse Olga, sentando-se no carro. "Temos motorista? Agora estou curiosa para saber o que vai acontecer depois."

"Segurança, equipe de serviço e controle", expliquei, encolhendo os ombros. "GPS, provavelmente grampos telefônicos e gângsteres a cada passo dado. Bem-vinda à Sicília!" Abri bem os braços e sorri com sarcasmo.

Olga estremeceu um pouco e olhou para mim como se estivesse tentando tirar um raio-x da minha cabeça.

"O que está acontecendo, Laura? Já faz muito tempo que não ouvia você falar como ontem."

"Eu ia te contar umas mentiras, mas não acho que faça sentido. Vou me casar no sábado e gostaria de que você fosse minha dama de honra."

Olga continuou sentada me encarando com a boca aberta.

"Você endoidou?!", gritou ela. "Entendo a explosão de amor pelo mafioso e o fato de você querer tirar uma casquinha dele, ainda mais porque ele te dá uma vida de conto de fadas, tem um pau que chega até o joelho e parece um deus, mas, *casar*?! Depois de só dois meses que vocês se conheceram? Sou eu quem acredita totalmente no divórcio, não você. Você sempre quis um casamento romântico, uma única vez, para a vida toda, um lar, filhos. O que está acontecendo com você? Ele te obrigou, não é? Puta merda, vou fazer picadinho dele se ele obrigar você a fazer qualquer coisa! Você saiu do país, ele te transformou em uma boneca da *Vogue*, e agora você vai se casar!", gritou Olga, mal conseguindo puxar o ar.

Eu me virei para a janela do carro, sem poder mais ouvir seus gritos.

"Estou grávida."

Olga se calou e seus olhos se arregalaram tanto que eu tive certeza de que logo sairiam das órbitas e rolariam pelo tapete.

"Você está o quê?"

"Eu descobri ontem, por isso queria que você viesse. Massimo ainda não sabe de nada."

"A gente pode parar? Preciso acender um cigarro."

Pedi ao motorista para encostar em algum lugar perto dali, assim que possível. Olga saltou do carro como se estivesse pegando fogo, então, por fim, parou e acendeu um cigarro com as mãos trêmulas. Depois de fumar um sem dizer nada, fumou outro e, dando uma tragada, começou:

"Você vive em uma gaiola... de ouro, mas ainda é uma gaiola, e agora tem mais essa. Você percebe no que está se metendo?"

"O que você acha que eu devo fazer agora? Já aconteceu, não vou tirar o bebê." Eu estava sentada, fitando-a, e o tom da minha voz aumentando. "Você está gritando comigo como se achasse que sou uma incapaz e não soubesse o que estava fazendo. Sim, fui burra, sim, não pensei direito, sim, fiz merda, mas não tenho uma máquina do tempo. Então, se você tem uma dessas, me dê, e se não tem, cale a boca e comece a me apoiar. Porra!"

Olga ficou olhando para mim enquanto eu me afundava em lágrimas.

"Venha aqui", disse, apagando o cigarro. "Amo você e o bebê..." Ela ficou em silêncio por um momento. "Pelo menos ele vai ser lindo, com uns pais desses, não pode ser de outro jeito."

Passamos o restante do caminho em silêncio, como se cada uma de nós precisasse organizar na cabeça aquilo que ouvimos. Eu sabia que Olga estava certa. Suas palavras eram meus pensamentos pronunciados, mas isso não mudava o fato de que minha vida tinha saído completamente de controle.

Quando chegamos em casa, falei para ela:

"Vamos tentar nos divertir, não quero pensar mais nisso tudo."

"Desculpe", conseguiu falar por trás dos óculos escuros. "Mas você não me preparou para essas notícias."

O carro foi pela entrada onde Domenico estava me esperando. Olga olhava de um lado para o outro, em choque com o que via.

"Puta que pariu! Igual à mansão do seriado *Dinastia*! Você mora aqui sozinha com ele ou isso aqui é um hotel?"

Ela me fez rir com o que disse e senti que seu bom humor tinha voltado.

"Eu sei, é um pouco assustador, mas você vai gostar, vamos", falei, enquanto o jovem italiano abria a porta do meu lado.

Eu os apresentei e observei espantada como eles imediatamente gostaram um do outro. O fato de que isso aconteceria era bastante óbvio, porque Olga, assim como eu, amava moda e se encantava com caras charmosos e bonitos.

"Ele deve ser gay", disse ela, enquanto caminhávamos pelo corredor. "E é bom que ele não nos entenda", se engasgou, rindo.

"Vou decepcionar você, mas a palavra gay é a mesma em muitas línguas, então a probabilidade de ele entender é alta", sussurrei.

Ao passar pelo meu antigo quarto, lembrei-me das palavras de Massimo naquela manhã, sobre os primeiros lugares em que transamos e as surpresas.

"Espere um minuto", pedi, segurando a maçaneta.

Entrei e me senti calma. Tudo era tão meu, familiar e intocado. Lençóis trocados e nenhuma roupa no closet — só aquilo era diferente. Havia um envelope preto na cama. Sentei-me no colchão e abri. Dentro havia um voucher para um spa de luxo e uma nota: "Aquilo de que você gosta." Eu abracei o papel junto ao coração e senti saudade do Homem de Negro — mesmo longe de mim ele podia me surpreender. Peguei meu telefone e liguei para Massimo.

"Estaremos no fim do corredor", disse Domenico, arrastando Olga com ele.

Depois de três toques, ouvi um sotaque familiar.

"Estou pensando em você", sussurrei no fone.

"Eu estou pensando em você, pequena. Aconteceu alguma coisa?"

"Não, acabei de encontrar um envelope e queria agradecer."

"Só um?", perguntou surpreso.

"E tem mais?"

"Tente se esforçar mais, Laura. Houve mais de uma primeira vez. Olga já chegou?"

"Sim, obrigada, já estamos em casa."

"Divirta-se, querida, e não se preocupe, está tudo indo bem."

Apertei o ícone vermelho, finalizando a ligação, e saí em busca do restante das surpresas.

Havia muitas opções passando pela minha cabeça, mas eu não sabia por onde começar. O mais lógico era seguir os rastros de nosso passado em comum.

"Biblioteca", sussurrei e fui pelo corredor. Havia outro envelope preto na cadeira onde me sentei na primeira noite. Abri e encontrei um cartão de crédito com a nota: "Gaste tudo!". *Ai, meu Deus, não quero nem imaginar quanto dinheiro tem aqui*, pensei. Depois fui para o jardim, em direção ao sofá, onde beijara Massimo.

Havia um envelope preto sobre o assento e, dentro dele, um convite para o nosso casamento e uma pequena frase que eu já esperava: *Eu te amo*. Abracei o envelope e fui para casa atrás da minha amiga e do jovem italiano.

Encontrei-os no terraço, no final do corredor, não muito longe do meu antigo quarto. Era óbvio que eles tinham agradado um ao outro.

"Champanhe no café da manhã", disse Olga, erguendo sua taça de Moët Rosé. "Seu mafioso cuidou bem de nós."

Ela apontou para o enorme recipiente de gelo, onde havia várias garrafas da minha bebida favorita. Domenico encolheu os ombros se desculpando e me entregou um copo de suco de tomate.

"Encomendei um vinho espumante sem álcool da França, mas só chega amanhã."

"Então, agora, sem exageros", falei, sentando-me na grande poltrona branca. "Posso passar alguns meses sem sentir o gosto do álcool."

Olga se encostou em mim e me aconchegou em seus braços.

"Mas por quê? Além disso, como você vai se casar em poucos dias e Massimo não sabe nada sobre o bebê, vale a pena pelo menos manter as aparências. Água com gás com gosto de champanhe não vai lhe fazer mal."

A ideia de ter que organizar e subordinar minha vida inteira àquele ser ainda não nascido me apavorava, e isso era apenas o começo.

Eu sabia que as coisas mais difíceis que me esperavam aconteceriam em alguns meses.

"Domenico, eu queria almoçar na cidade. Você pode fazer uma reserva para nós?"

O jovem italiano serviu outra taça para minha amiga e desapareceu.

"E por que você não contou ao Massimo sobre o bebê?"

"Porque, até que ele saiba, eu tenho uma escolha. Olga, eu não queria este filho, mas também sei que não poderia me livrar dele. Além disso, o Massimo ia viajar e eu não queria que ele mudasse seus planos por minha causa. Contarei a ele depois do casamento."

"Você acha que ele vai ficar feliz?"

Fiquei em silêncio por um momento, olhando para o mar.

"Eu sei que ele vai ficar louco de alegria. Porque, na verdade, essa gravidez 'não planejada' foi planejada por ele." Fiz uma careta e encolhi os ombros enquanto Olga me observava com os olhos arregalados.

"Como assim, cacete?"

Contei a ela sobre meu implante e nossa primeira noite no iate. Expliquei por que ele mentira para mim. Mencionei que estava no meu período fértil na época e sobre o teste cujo resultado tinha dado negativo.

"Bem, então acho que, como se isso não parecesse uma idiotice total, engravidei quando transamos pela primeira vez."

Olga ficou em silêncio por um momento, analisando toda a história. Então ela tomou um gole da taça e disse:

"Não quero cair no tom irracional de uma cartomante, mas você sabe que casos assim raramente acontecem. Talvez seja o destino. Talvez fosse isso mesmo que tivesse de acontecer, Laura. Foi você quem sempre me disse que tudo na vida tem algum motivo. Você já pensou no nome do bebê?"

"Tudo está acontecendo tão rápido que ainda não pensei nisso."

"Mas polonês ou italiano?"

Eu a encarei, procurando a resposta para sua pergunta.

"Não sei, gostaria de juntá-los de alguma forma, mas acho que vou esperar o Massimo para resolvermos. Não vamos mais falar nisso, vamos comer alguma coisa."

Passamos a tarde fofocando e relembrando histórias de nossa infância. Sempre soubemos que seríamos mães, mas os planos eram de que seria uma decisão deliberada, e não por mero acaso. Quando chegamos em casa, já era tarde e Olga estava visivelmente cansada.

"Venha dormir comigo esta noite", falei, olhando para ela com meus olhos de cocker spaniel.

"Claro, querida!"

Eu a peguei pela mão e a puxei escada acima. Quando entramos na cobertura, ela ficou petrificada:

"Puta que pariu!", soltou ela com sua graça natural. "Laura, quanto dinheiro você acha que ele tem?"

Dei de ombros e me dirigi para a escada que levava ao mezanino.

"Não tenho nem ideia, mas é exageradamente, é demais da conta. Isso me assusta um pouco, porém não vou negar que é muito fácil se acostumar com o luxo. Mas nunca pedi nada a ele, nunca precisei, até recebo o que não preciso."

Sentamo-nos na cama e apontei para a porta aberta do closet.

"Quer ver um verdadeiro exagero? Vá até lá! Com tudo o que há em meus armários, é possível comprar alguns apartamentos em Varsóvia."

Quando Olga passou pela porta, eu a segui. A luz se acendeu e ela pôde ver um armário de mais de 50 metros de comprimento. Na parede oposta à entrada, havia prateleiras com sapatos, do chão ao teto, de Louboutin a Prada. Uma escada móvel estava presa a eles, e graças a ela eu podia facilmente pegar o que estava no alto. No centro da sala havia uma ilha iluminada com gavetas para relógios, óculos e joias, e um lustre de cristal gigante acima dela. O interior era preto e os cabides eram separados por painéis de espelhos. Meus pertences ocupavam todo o lado direito e o lado esquerdo era de Massimo. No canto próximo à entrada do banheiro, havia uma poltrona enorme e macia sobre a qual Olga, chocada, caiu.

"Puta merda! Não sei o que dizer, mas com certeza não sinto pena de você."

"Nem eu, mas às vezes acho que não mereço tudo isso."

Olga se levantou da poltrona, caminhou até mim e me pegou pelos ombros.

"Mas que bobagem é essa?!", gritou, me sacudindo. "Laura, você está com um milionário, você o ama e ele ama você, você dá a ele tudo o que ele quer, e agora você vai dar a ele um filho. Você não precisa ser tão rica quanto ele para lhe dar o que deseja e precisa. E se ele pode e quer presentear você, qual é o problema? Você está encarando tudo isso da forma errada!" Olga me ameaçou com o dedo. "Para ele dez mil é o mesmo que dez euros para você, não o meça com a sua régua financeira, porque a escala é diferente."

Achei que parecia lógico o suficiente.

"Se você tivesse tanto dinheiro quanto ele, não gostaria de lhe dar o mundo inteiro?", continuou.

Eu balancei minha cabeça em concordância.

"Você mesma pode ver isso, então seja grata pelo que tem e não pense em bobagens. Venha dormir, mamãezinha, porque estou caindo de sono."

Capítulo 20

No dia seguinte, tomamos o café da manhã tarde demais, e ficamos deitadas na cama até meio-dia.

"Você tem que fazer uma coisa pra mim", disse eu, voltando-me para Olga. "Tenho uma consulta com um ginecologista hoje, mas pedi para que seja em seu nome, então, basicamente, você é a paciente hoje."

Olga olhou para mim, levantando uma sobrancelha.

"Não sei até que ponto Massimo consegue controlar o que eu faço. O plano é dizer a ele que você esqueceu a receita de suas pílulas anticoncepcionais e que vamos à clínica. Assim, ele não ficará surpreso com a minha presença lá, se for verificar onde estou."

Olga ainda comia o pão doce, engolindo-o com café.

"Você é foda, sabia? Ele vai descobrir de qualquer maneira, mas tudo bem, faça o que achar melhor."

"Obrigada, e depois da consulta iremos a Taormina. Quero vestir minha dama de honra e preciso encontrar um vestido de noiva", falei, sorrindo. "Você sabe o que isso significa?"

"Compras!" gritou Olga e começou a dançar ao lado de uma cadeira com o pão doce na boca.

"Ganhamos um cartão de crédito de Massimo, e temos que usá-lo. Tenho um pouco de medo do limite disponível. Ok, vou ligar para ele, só quero tirar isso logo da cabeça."

Fui até o meu sofá favorito.

O Homem de Negro engoliu a história das pílulas de Olga com surpreendente facilidade, apenas se certificando de que não era nada sério, e era apenas sobre contracepção, e continuou a conversa, mudando o assunto para nosso casamento. Ele disse que não teríamos uma festa e que seria uma celebração muito íntima. Por fim, estranhamente se calou.

"Massimo, está tudo bem?", perguntei inquieta.

"Sim, só queria já estar em casa agora."

"São só mais três dias e você estará em Taormina."

Houve um silêncio eloquente no telefone, e ele, suspirando, falou:

"Não se trata do lugar, mas é que você não está a meu lado. Lar para mim é onde você está, não onde a casa fica, pequena. Até porque também temos um apartamento em Palermo."

Ouvir essa palavra — temos — me trouxe uma sensação calorosa e boa, eu tinha saudade dele. Só percebia isso quando falava com Massimo ao telefone.

"Tenho de desligar, Laura, talvez você não vá poder entrar em contato comigo até sexta-feira, mas não se preocupe e use o aplicativo no seu celular se sentir necessidade."

Voltei para a mesa, apertando o telefone contra mim.

"Mas você o ama! É surpreendente", disse Olga, balançando-se na cadeira. "Você ouve a voz dele ao telefone e, se pudesse, se teletransportaria para fazer um boquete nele."

"Pare de me sacanear e vamos logo. Vamos encontrar algo no meu armário para você vestir. Logo após a consulta no médico, a gente vai gastar dinheiro e vamos parecer modelos da *Vogue*."

Vasculhar o armário demorou muito tempo e, se não fosse por Domenico, provavelmente, eu teria chegado atrasada à consulta médica.

Ficamos na soleira, prontas para sair. Usei botas iguais às do dia anterior, só que pretas, e um vestido preto leve tomara-que-caia. Olga, por outro lado, estava *a la* prostituta rica, usando shorts Chanel curtos e claros, de cintura alta, que quase mostravam a bunda, e um top da mesma cor. Desenterrou uns sapatos de saltos exorbitantes Giuseppe Zanotti que tinham detalhes em dourado e óculos claros. Nós definitivamente não parecíamos uma mulher grávida e sua amiga sustentada pelo amante.

O dr. Ventura ficou surpreso com a entrada de duas mulheres no consultório. Eu rapidamente expliquei a ele que precisava do apoio da minha amiga, porque meu noivo havia viajado. Ele concordou que Olga permanecesse na sala durante o exame, que ocorreu atrás do biombo. Quando terminamos, me vesti e me sentei ao lado de Olga. O médico pegou as folhas impressas e colocou os óculos.

"A senhora definitivamente está grávida, no início da sexta semana — é isso que mostram o ultrassom e os exames. O feto está se desenvolvendo bem, os resultados dos seus exames são satisfatórios, mas estou preocupado com o seu coração doente. Isso pode dificultar o parto. Será necessário consultar um cardiologista o mais rápido possível e trocar a medicação, e é melhor a senhora não ficar nervosa. Nada de emoções muito fortes ou ansiedade", advertiu ele e se voltou para Olga. "Por favor, cuide da sua amiga. O próximo período será o mais importante para o desenvolvimento do bebê. Vou prescrever uns suplementos e, se a senhora não tiver nenhuma pergunta, nos vemos em duas semanas."

"Na verdade, eu tenho uma: por que eu estou perdendo peso?"

O dr. Ventura recostou-se na cadeira e tirou os óculos.

"Acontece com frequência de as mulheres ganharem peso rapidamente, mas também podem perder muito peso no início da gravidez. Peço que coma razoavelmente, mesmo que não esteja com fome. Se a senhora passar o dia todo sem apetite, coma alguma coisa à força, porque o bebê precisa de comida para crescer."

"E o sexo?", perguntou Olga.

O médico pigarreou e me olhou interrogativamente.

"Com o meu noivo, é claro. Existem contraindicações?"

Sorrindo simpaticamente, ele respondeu:

"Não, não existem, faça sexo o quanto quiser."

"Muito obrigada", falei.

Apertei sua mão e nos despedimos.

"Nota dez, estamos grávidas!", disse Olga alegremente, quando já estávamos indo para Taormina.

"Temos que bebemorar, quer dizer, eu vou beber e você vai ficar olhando."

"Você está de bobeira?" Fiquei em silêncio, examinando minha consciência. "Meu Deus, que bom que o bebê está saudável, eu bebi tanto ultimamente, e também aquelas drogas."

Olga fez uma careta e se remexeu na cadeira.

"Que drogas, Laura? Afinal, você nunca usou nada!"

Contei rapidamente a história do casamento, poupando-a dos detalhes da morte de Piotr.

"Mas que cafajeste!", disse Olga. "Eu sempre te disse que ele era um idiota! Tomara que morra, puto do caralho!"

E ele morreu mesmo, pensei, balançando a cabeça para tirar dela aquela lembrança.

No caminho até as compras, pegamos Domenico na mansão, pois ninguém conhecia os segredos das melhores e mais caras butiques da cidade como ele. Taormina é um lugar maravilhoso, extremamente bonito, mas, infelizmente, não há lugar para estacionar.

"Ok, vamos descer e dar uma volta", disse nosso guia, abrindo a porta.

Dois seguranças desceram do carro que nos seguia e, dessa vez, caminharam a uma distância suficientemente grande de nós.

"Domenico, eles sempre vão me seguir assim?", perguntei, estremecendo.

"Infelizmente sim, mas depois você se acostuma. Vamos começar com a noiva ou a dama de honra?"

Eu sabia que não seria fácil para mim encontrar um vestido, então decidimos começar por mim. Na verdade, por um lado, não me importava, já que ninguém me veria mesmo, mas, por outro, queria ficar deslumbrante para Massimo. Passamos por várias lojas de marca, mas em nenhuma delas havia alguma coisa que me chamasse a atenção. Não fosse pelo fato de Olga estar carregada de bolsas como uma nômade, eu provavelmente ficaria um pouco brava, mas sua alegria compensava a falta do vestido.

"Ok, não vamos achar nada aqui, de qualquer maneira", disse Domenico. "Vamos ao estúdio de uma amiga minha que é estilista, almoçamos por lá e, devo dizer, estou me sentindo estranhamente tranquilo, porque acho que você encontrará o que procura lá, com ela."

Seguimos pelas ruas estreitas, descendo escadas e passando por sucessivos becos. Paramos em frente a uma pequena porta cor de berinjela. O jovem italiano digitou um código e subimos.

Acho que ele conhece bem a dona, já que ela lhe deu acesso ao estúdio..., pensei.

Foi um dos lugares mais mágicos que já vi. Toda a casa era um único espaço aberto, sustentado apenas por algumas colunas ornamentadas com lâmpadas que lembravam pompons brancos e cinza. Dezenas de vestidos pendurados nos cabides: vestidos de noite, de casamento e de coquetel. Havia um espelho enorme no canto perto das janelas com vista para a baía. Estendia-se do chão ao teto e, levando-se em consideração que o pé-direito era muito alto, devia ter cerca de quatro metros de altura. À sua frente estava um tapete vermelho, e, perto dele, havia um sofá branco monumental acolchoado. De repente, uma mulher alta, esguia e incrivelmente bela apareceu no ateliê. Cabelos pretos compridos e lisos soltos caíam-lhe ao longo de seu rosto magro, e ela tinha lábios e olhos grandes, que faziam com que parecesse uma personagem de mangá. Simplesmente perfeita. Com um vestido curto e justo, ela exibia pernas maravilhosas e uma falta absoluta de seios — assim como eu. Dava para ver que se cuidava e se exercitava muito, mas ainda assim sua silhueta era feminina e sexy.

Domenico se aproximou e ela o cumprimentou calorosa e afetuosamente. Eles ficaram abraçados por vários segundos, como se nenhum deles quisesse se soltar primeiro.

Aproximei-me lentamente e estendi-lhe a mão.

"Olá, sou Laura."

A bela italiana soltou Domenico e me beijou nas duas bochechas com um sorriso radiante.

"Eu sei quem você é e, com certeza, você fica muito melhor loira", disse ela. "Eu sou Emi e tive a oportunidade de ver o seu rosto em dezenas de pinturas na casa de Massimo."

Ao dizer isso, ela levou embora um pouco do sorriso em meu rosto.

Na casa do Massimo — e o que ela estava fazendo na casa dele e por que se tratam com tanta informalidade?

Lembrei-me de Anna, a ex-namorada extremamente bonita do Homem de Negro.

Emi também faz parte de sua coleção? Domenico não me colocaria sob tal estresse, a não ser que...?

Minha cabeça estava explodindo com aquela enxurrada de pensamentos.

"E, por falar nisso, Domenico", disse ela ao jovem italiano. "Como está seu irmão? Faz muito tempo que não o vejo e sinto que precisa de alguns ternos."

"Irmão?", repeti depois dela, franzindo a testa e olhando para Domenico com ar questionador.

Ele se virou para mim e, calmamente, sem nenhuma emoção, disse:

"Eu e o Massimo tivemos o mesmo pai, então somos meios-irmãos. Se você quiser, conto mais para você em casa, e agora vamos de uma vez por todas tratar do casamento."

Fiquei olhando para eles enquanto Olga se encaminhava para os cabides. Não sabia o que mais me interessava: a relação de Emi com Massimo ou o fato de Domenico ser seu meio-irmão.

"Laura", disse Emi a mim, "você já pensou em algo? Algum modelo? Tecido?"

Dei de ombros.

"Querida", disse Domenico, dando um tapinha na bunda dela, "surpreenda-nos."

Fiquei completamente pasma, porque eu também estava convencida de que ele era gay, e agora aquilo era surpreendente.

"Esperem", falei, acenando com os braços, e todos os três olharam para mim. "Expliquem uma coisa para mim, porque estou perdida: qual é a relação entre vocês dois?"

Os dois começaram a rir e a bela italiana abraçou Domenico.

"Nós somos amigos", começou divertida, "nossas famílias se conhecem há anos. O pai do Massimo e do Domenico era amigo do meu pai desde o ensino fundamental. Eu até tive uma quedinha pelo Massimo uma vez, mas ele não se interessou e o irmão mais novo me arrebatou." Ela beijou a bochecha de Domenico. "Se você está interessada em detalhes, dormimos juntos. É certo que agora um pouco menos, desde que você apareceu, mas ainda damos um jeito", disse ela, piscando para mim. "Quer saber de mais alguma coisa ou vamos começar a cuidar do vestido? Eu não trepo com o Massimo, se é que isso lhe passou pela cabeça, prefiro os mais novos."

Fiquei envergonhada, mas, por outro lado, aliviada depois de ela ter me dado essa informação sucinta e meu humor definitivamente melhorou.

"Eu gostaria de muita renda; de preferência, tudo de renda. Renda italiana, clássica, leve e sensual."

"Você tem necessidades muito específicas, e acontece que, recentemente, fiz um vestido para um desfile e acho que você pode gostar. Venha!" Emi segurou minha mão e puxou a cortina grande. "Domenico, peça o almoço e tire o vinho da geladeira, é sempre mais fácil pensar depois de tomar uma taça de vinho."

Depois de dez minutos lutando com o vestido e um milhão de alfinetes presos para ajustá-lo a mim, saí e parei em um patamar no centro do tapete vermelho entre o sofá e o espelho.

"Cacete!", gemeu Olga. "Laura, você parece..." Ela fez uma pausa, e lágrimas começaram a escorrer por suas bochechas. "Você está tão linda, querida!", sussurrou, de pé atrás de mim.

Levantei o olhar e, quando me vi no espelho, fiquei surpresa. Pela primeira vez na minha vida eu estava usando um vestido de noiva e pela primeira vez na minha vida eu via um modelo tão impressionante.

Não era branco, seu tom era ligeiramente pêssego, e com decote nas costas e uma delicada renda. Bem acinturado e mais soltinho na altura dos quadris, tinha uma cauda muito longa, com pelo menos dois metros de comprimento. Na frente, o decote em formato V caía como uma luva em meus seios pequenos e o sutiã era dispensável. Havia um delicado adorno de cristal sob o busto, que iluminava o conjunto, cintilando levemente. Era ideal, era perfeito, e eu sabia que o Homem de Negro ficaria impressionado.

"Você precisa de um véu", disse Emi. "E de um que cubra suas costas, porque, você sabe, estamos na Sicília, e aqui os padres não regulam bem das ideias." Ela bateu na testa com o dedo indicador. "Tenho algo adequado para ela." A estilista desapareceu entre os cabides e depois de um tempo colocou em mim uma renda delicada, quase totalmente transparente, que me cobriu como um casulo. O tecido era tão transparente que eu ficava completamente visível, mas escondia o corpo o suficiente para não perturbar o padre.

"Agora ele não vai poder reclamar", opinou Olga, balançando a cabeça. Ela estava sentada no sofá, bebendo a terceira taça de vinho. "Não pensei que seria de primeira, nem que seria tão fácil, mas você está um tesão."

É verdade, eu estava incrível e sabia que Massimo teria a mesma opinião. Quanto mais eu me olhava no espelho, mais percebia que ia mesmo me casar e, aos poucos, comecei a sentir alegria.

"Tudo bem, tire isso de mim ou vou começar a chorar", falei, descendo do estrado e arrastando o véu junto com a cauda.

Quando me libertei do vestido, algumas iguarias de frutos do mar estavam na mesa perto do sofá. Todos nós nos sentamos nas cadeiras brancas e começamos a comer.

"O vestido estará pronto e ajustado amanhã", disse Emi entre mordidas. "Domenico o levará para a mansão, e espero que você me empreste esse jovem esta noite."

Eu ri e abracei com força minha amiga Olga, que estava sentada na cadeira ao meu lado.

"Eu já tenho uma companheira para as noites solitárias, então pode pegá-lo." Olhei para o jovem italiano. "Eu acho que vai ser ainda melhor você ficar por aqui e garantir que Emi termine no prazo."

"Eu sempre tenho de ficar de olho em alguém. Se não é na namorada fugitiva do meu irmão, então é a minha namorada na máquina de costura. Que destino o meu! Um é o *don* e o outro é a babá."

Emi cutucou-o com o ombro e lançou-lhe um olhar desafiador.

"Se você não quiser, não precisa tomar conta."

Domenico se inclinou em sua direção e sussurrou algo em seu ouvido, e ela lambeu os lábios. Eu estava com ciúme, não do meu assistente — melhor dizendo, do meu cunhado —, mas porque eles estavam juntos naquele momento e podiam desfrutar um do outro. Não sei se Massimo e eu poderíamos ser assim um com o outro.

"E quanto a mim?", perguntou Olga. "Naquele monte de roupas que compramos, não há um vestido que combine com o seu."

Emi largou o garfo, depois de comer um pedaço de polvo, e encaminhou-se para um dos cabideiros.

"Vejo que o estilo puta te agrada", comentou ela, voltando com um vestido. "Mas aqui não dá, principalmente nessa igreja que o Massimo escolheu. Experimente este aqui."

Olga fez uma careta e pegou o vestido e, postando-se atrás da cortina, disse:

"Laura, venha ver como eu me sacrifico por você."

No entanto, quando saiu e ficou na frente do espelho, ela mudou de ideia. O vestido que estava usando era da mesma cor que o meu, mas definitivamente diferia no corte e no comprimento — um elegante tubinho de alças, todo de seda macia e fosca. Valorizava perfeitamente sua bunda, a barriga lisa e os seios enormes.

"Que bom que não vai ter festa, porque estou com os joelhos presos", disse Olga, arrastando-se até nós. "Dançar, com esse vestido, só se a música for bem lenta, mas o modelo é maravilhoso."

Fiquei aliviada ao ver como minha amiga estava fantástica e que estávamos prontas para o grande dia.

Quando terminamos de comer, já era bem tarde e a noite havia caído sobre Taormina.

"Laura", disse Domenico, enquanto eu me despedia de Emi. "Se acontecer alguma coisa, me ligue."

"Mas o que pode acontecer?", perguntou Olga irritada. "Você é pior e muito mais sensível que a mãe dela."

"Vou acompanhá-las até o carro", afirmou ele.

"Quer saber de uma coisa, não estou cansada e gostaria de dar um passeio, o que me diz, Olga?"

"Na verdade, por que não? A noite está quente e estou aqui há dois dias e ainda não vi nada."

Domenico não ficou particularmente satisfeito com a nossa ideia, mas ele não poderia nos proibir, especialmente porque eu tinha guarda-costas atrás de mim o tempo todo.

"Me dê um minuto, vou ligar para os rapazes. Quando vocês descerem, esperem por eles, por favor, se eles ainda não estiverem lá. Ou melhor, eu vou descer com vocês."

"Domenico, você está doente!", gritei, empurrando-o da porta. "Consegui dar conta de tudo durante quase trinta anos sem caras armados na minha cola, e desta vez também será assim. Não me enerve!"

Ele fez uma careta, os braços cruzados sobre o peito.

"Só peço que esperem por eles", sibilou entre dentes quando fechei a porta.

"Nós nos vemos amanhã. Tchau!", gritou Olga e descemos as escadas.

Esperamos um pouco pelos senhores tristes e, quando eles apareceram ao longe, começamos a caminhar pela rua.

A noite estava maravilhosa e quente, e as ruas da pequena cidade estavam lotadas de turistas e residentes. Taormina fervilhava de vida, música e aromas maravilhosos de comida italiana.

"Você se mudaria?", perguntei a Olga, agarrando seu braço.

"Para cá?", indagou com surpresa. "Sei lá, não há nada que me segure na Polônia, mas aqui, além de você, nada me atrai."

"Isso não é o suficiente?"

"Aparentemente não, mas lembra quanto tempo demorei para me mudar para Varsóvia? Não gosto de mudanças e tenho medo de mudanças drásticas."

Ah, claro que sim! Lembrava-me de quanto tempo fiquei convencendo Olga a ir morar comigo.

Morei em Varsóvia por oito anos. Fugi para lá de Lublin por causa do amor doentio de Piotr. Quando me mudei para a capital, não tinha onde morar e o emprego que me foi oferecido atendeu às minhas aspirações profissionais, mas não às financeiras. Mamãe ainda não consegue entender o fato de eu ter feito essa escolha, embora ela provavelmente agora ache que foi uma boa jogada. De um lado, havia um emprego como gerente de vendas de um hotel cinco estrelas, que me oferecia um salário de fome, mas eu, pelo menos, tinha cartões de visita e um ego inflado. Do outro, um salão de beleza exclusivo, que queria que eu fosse *hair stylist* deles, mas, para mim, isso significava "servir" constantemente mulheres ricas e pomposas. O paradoxo era que, como gerente, ganhava três vezes menos do que tinham me oferecido naquele salão. Infelizmente, a perspectiva de carreira venceu e decidi ir para a indústria hoteleira.

Mais tarde, surgiram mais hotéis e outras relações malsucedidas; a hotelaria é um trabalho de 24 horas por dia, sete dias por semana. Pode ser um ótimo negócio para um solteiro, mas é um drama para uma pessoa que tem um relacionamento. Ter de escolher entre passar um tempo com a pessoa querida ou trabalhar é algo constante e muito cansativo. Então, ou terminava o relacionamento, ou largava o emprego. Finalmente, quando decidi ficar sozinha e encarar o cargo de diretora de vendas, algo mudou dentro de mim. E como eu tinha muito dinheiro guardado, poderia mandar aquilo tudo para o inferno e procurar um trabalho que me trouxesse mais alegria. Martin me incentivou bastante a tomar essa decisão, achava que eu estava sendo usada o tempo todo, mas a verdade é que ele precisava de uma cozinheira e de uma faxineira em tempo integral.

"Laura, mas você sabe...", a voz de Olga me tirou das lembranças. "Se você quiser, eu posso vir aqui de vez em quando e, quando o bebê nascer, posso ficar durante algum tempo. É verdade que não tenho a menor ideia de como cuidar de crianças, tenho medo delas e acho que, se elas se cagarem, eu vou sair correndo, mas, por você, eu acho que aguento."

"Porra, me diga você: como é que eu vou aguentar isso?", falei, balançando a cabeça. "Normalmente, eu chamaria minha mãe para vir me socorrer, mas quando ela vir isso tudo, esses homens com armas, a casa, os carros, ou ela vai me matar, ou ela mesma se mata, ou mata todos eles."

"E a mãe do Massimo? Não vai te ajudar?"

"Sabe de uma coisa, os pais dele estão mortos. Eles morreram em um acidente de barco, provavelmente foi um atentado, mas não ficou provado que a explosão e o naufrágio do iate foram causados por terceiros. Aparentemente, a mãe era incrível, afetuosa, e ela o amava muito. Ele fala sobre seus pais esporadicamente, mas, sempre que fala sobre a mãe, seus olhos mudam. E o pai, você sabe, chefe de uma família de mafiosos, mais autoridade do que apoio emocional. De sua família, com o que aconteceu hoje, só conheço Domenico."

"Eu me pergunto: por que é que eles esconderam o fato de serem irmãos?", indagou Olga, me puxando para outra ruazinha.

"Eu não acho que eles estavam escondendo, eles simplesmente não me disseram nem me ocorreu perguntar. Parece que Massimo o escolheu como meu tutor porque é em quem mais confia."

"E você se lembra de quando o Mariusz, aquele cara que trabalhava no mercado imobiliário, também arranjou um tutor para vócê?" Olga ria alto. "Foi só um golpe, o cara acabou se revelando um psicopata total."

Eu balancei a cabeça e estremeci com a lembrança. Uma vez, eu estava namorando um cara que realmente queria se mostrar para mim e, desse modo, conquistar meu coração. Ele vivia mesmo acima da sua condição financeira, como mais tarde se viu, mas, no início, decidiu dar um golpe para chamar a atenção e quando fomos, eu e Olga, para o clube, ele anunciou que não poderia ir, mas que enviaria seu "homem" para nos acompanhar. Mariusz deu-lhe dinheiro para cuidar de nós e, a princípio, de fato, ele fez isso, ele pagou, cuidou de nós e afugentou os admiradores. Mas então ele bebeu um gole a mais e virou uma aberração. Começou a nos bolinar, fazer cenas, gritava e nos insultava, e como Olga conhece quase todos os seguranças do clube, depois de um tempo, ele levou um soco na cara e foi para casa chorando.

"Que figura! E eu preferia esse tipo de festa, quando íamos nós duas sozinhas, e todos pensavam que éramos prostitutas."

"Sim!", gritou ela. "Nós nos vestíamos de branco naquela época, e tinha aquele cara fazendo aniversário. Foi insano!"

Eu segurei sua mão com mais força.

"Você sabe que não vai ser mais assim, não sabe?", falei com pesar. "Agora tudo vai mudar, terei um marido, um filho, o pacote completo, e tudo aconteceu em menos de três meses."

"Acho que você está exagerando", disse Olga. "Olhe, você pode facilmente contratar uma babá e, durante as viagens frequentes do Massimo, vai ter que pensar mesmo em ter uma, porque você não vai conseguir lidar com tudo sozinha. Além disso, com quem você vai deixar seu filho, por exemplo, se tiver de comparecer a algum jantar oficial? Comece já a pensar nisso."

"E para quê?" Dei de ombros. "Eu sei que o Homem de Negro tomará a decisão de qualquer maneira, e eu não terei nada a dizer. A segurança de seu filho estará em jogo." Eu balancei minha cabeça com horror. "Meu Deus, ele vai perder o juízo de tanta preocupação!"

Olga riu alto e eu fiz o mesmo.

"Ou ele vai trancar vocês no porão, só para ter certeza."

Caminhamos ainda por mais uma hora, relembrando os tempos não tão velhos assim, até que ficou bem tarde. Decidimos esperar um pouco e deixar os seguranças nos alcançarem; quando isso aconteceu, pedi que nos levassem para casa.

Capítulo 21

No dia seguinte, acordei sozinha na cama, Olga não estava em lugar algum. *Por que ela acordou tão cedo?*, pensei, enquanto procurava o telefone na mesa de cabeceira para verificar a hora.

"Mas que merda!", xinguei, ao ver o número 13 no visor.

Não achava que pudesse dormir tanto, mas o médico mencionou sintomas como fadiga severa, que eram normais no estado em que eu me encontrava.

Sentindo-me meio zonza, fui ao banheiro para me arrumar um pouco e depois fui atrás da minha amiga. Saí para o jardim e encontrei Domenico tomando café.

"Bom dia! Como está? Tenho jornais para você", disse, empurrando uma pilha deles para mim.

"Não sei como me sinto, porque ainda não despertei. Cadê a Olga?"

O jovem italiano tirou o telefone do bolso, ligou e, logo depois, um rapaz entregou-me chá com leite.

"Olga está tomando sol na praia. O que você quer para o café da manhã?"

Coloquei minha mão sobre a boca. Ao pensar em comer, tudo o que havia em meu estômago veio até a garganta. Fiz uma careta e acenei para Domenico.

"Estou com enjoo, ainda não quero nada, obrigada. Vou para a praia."

Peguei uma garrafa de água e fui para o cais.

Desci as escadas e senti o calor. A lancha atracada no píer me lembrou do pânico que senti ao fugir do chuveiro onde Massimo estava cheio de tesão, com o pau bem duro.

"Por que você está olhando para esse barco como se quisesse dar para ele?", ouvi uma voz e vi Olga seminua saindo da água.

"Vocês treparam no barco, admita!" Ela não se dava por vencida.

Com um sorriso enigmático e uma sobrancelha ligeiramente levantada, me virei para ela enquanto ela se aproximava.

"Você tem uns peitos bonitos", observei. "Agora já sei por que Domenico estava lá sentado todo tenso."

"Ele estava aqui e me trouxe uma garrafa de vinho, queria muito olhar meus olhos. Pena que você não viu. Dormiu o bastante?", perguntou ela, deitando-se na espreguiçadeira.

Deitei-me ao lado dela, de frente para o sol.

"Não sei, acho que eu poderia dormir o dia todo. Me sinto meio doente."

"De qualquer forma, você não tem nada para fazer, então durma ou vá buscar seu biquíni, vamos tomar um pouco de sol antes do casamento."

Não sabia se podia tomar sol, nem me ocorreu perguntar ao médico.

"Mas talvez eu não possa tomar sol durante a gravidez."

"Eu não tenho ideia, estou longe de ser mãe. Pergunte ao tio Google."

Na verdade, essa era a jogada mais lógica. Tirei meu telefone do bolso e digitei minha pergunta. Depois de olhar os sites por um tempo, virei para o lado, em direção a Olga.

"Olhe só, já me bronzeei o suficiente, então escute: 'Sob a influência do sol, a nossa pele produz vitamina D, que é muito necessária para o desenvolvimento do bebê. Basta que a futura mamãe caminhe na sombra. O banho de sol não é aconselhável, entre outras coisas, porque é difícil proteger-se completamente da prejudicial radiação ultravioleta; a pele da gestante é muito sensível e o sol pode irritar, causar manchas e desidratar o corpo, o que não é bom para o bebê'."

Olga se virou para mim e, tirando os óculos, disse:

"Você tomou litros de vinho já grávida, porque não sabia, e tomar um sol vai lhe fazer mal? Isso é absurdo."

"Agora eu sei, e não vou me arriscar a ter uma mancha de gravidez enorme no meu queixo. Temos um convite para ir ao spa, então decida — ou você fica deitada aqui envelhecendo sob a influência da radiação ultravioleta, ou vamos nos embelezar um pouco."

Mal terminei de falar e Olga já estava parada ao lado da minha espreguiçadeira, bolsa na mão, colocando um pareô.

"E então? Vamos?"

Uma hora depois, estávamos prontas para partir e Domenico trouxe meu Porsche cereja.

Ele saiu do carro e fez uma careta de leve.

"Não fuja deles", disse e apontou para o SUV preto que acabara de estacionar atrás do meu carro. "Massimo ficará muito bravo e depois eles levam uma surra."

Eu acariciei seu ombro e abri a porta.

"Já discuti isso com *don*, então fique tranquilo. Você já inseriu o endereço do spa no GPS?"

Domenico balançou a cabeça e ergueu a mão se despedindo.

"Que nave espacial!", disse Olga, olhando para o interior do carro. "Mas, caralhos que me fodam! Quem precisa de tantos botões, afinal, isso é só um carro! Volante, pedais, caixa de marchas e bancos. Para que serve esse aqui?"

"Não aperte, pelo amor de Deus! Daqui a pouco você vai nos ejetar que nem de uma catapulta ou vamos virar um avião." Dei um tapa na mão de Olga quando quis apertar outro botão. "Não toque nisso", balancei a cabeça em sinal de negação. "Eu disse a mesma coisa quando o ganhei, mas parece ser seguro." Mexi os ombros resignada.

Quando saímos para a rodovia, decidi mostrar a Olga o que havia aprendido sobre o carro com minhas habilidades táteis e o que eu gostava nele, e pisei no acelerador. O motor rugiu e o carro voou.

"Uau! Corre pra cacete!", gritou Olga alegremente, aumentando o volume da música.

"Agora você vai ver como os caras atrás da gente vão entrar em pânico. Eu já escapei deles uma vez."

Era uma corrida com obstáculos, evitando carros que iam muito mais devagar do que eu. Naquele momento, eu estava muito feliz que foram homens que me ensinaram a dirigir. Meu pai sempre colocou muita ênfase na direção segura e confiante, e é por isso que eu e meu irmão concluímos cursos de direção evasiva. A pretensão não era nos tornarmos infratores de trânsito, mas sim aprendermos a como reagir em situações de perigo. De repente, ouvi sirenes da polícia atrás de mim e vi dois homens em um Alfa Romeu sem placa.

"Mas que porra é essa agora!", resmunguei, indo para onde eles indicavam.

O homem de uniforme caminhou até o vidro e falou algumas palavras em italiano. Abri os braços e tentei, em inglês, explicar a ele que não entendia nada do que era dito. Não tive sorte porque nem ele nem o colega sabiam outro idioma. Quando conseguimos nos comunicar por sinais, concluí que deveria mostrar-lhe os documentos. Peguei o documento do carro e o entreguei ao policial.

"Que merda!", sibilei, virando-me para Olga. "Não peguei minha carteira de motorista da outra bolsa."

Ela olhou me censurando e endireitou os seios.

"Então vou lá fazer um boquete neles, o que você acha?"

"Não me faça rir, Olga, estou falando sério."

De repente, o suv preto parou atrás de nós e os dois homens que me protegiam saíram. Olga, vendo a cena, disse:

"Agora é que estamos fodidas de vez."

Todos os quatro se encontraram, cumprimentando-se com um aperto de mãos. Parecia um pouco como encontrar amigos na estrada e não uma batida policial. Eles conversaram entre si por um tempo, então o policial veio até minha janela, entregando os documentos do carro.

"*Scusa*", murmurou ele, tocando a aba do boné com o dedo.

Olga me olhou surpresa.

"Ele ainda se desculpou. Surpreendente!"

A polícia foi embora e um dos meus guarda-costas foi até a janela e, inclinando-se para me ver, disse calmamente:

"Se a senhora quiser testar o carro, podemos ir para a pista de corridas, mas temos permissão de *don* Massimo para tirar o carro da senhora caso tente fugir outra vez, então, ou a senhora irá no nosso carro, ou dirigirá com calma."

Fiz uma careta e balancei a cabeça.

"Desculpe."

O restante do caminho foi percorrido sem pressa e sem excessos. Quando chegamos ao spa, ficamos surpresas com o luxo e a variedade de tratamentos oferecidos. Pelo fato de oferecerem também tratamentos para gestantes, pude aproveitar sem medo os benefícios que o belíssimo lugar oferecia.

Passamos quase cinco horas lá. Qualquer homem que ouvisse isso provavelmente daria com a cabeça na parede, mas uma mulher sabe quanto tempo é necessário para se cuidar. Tratamento facial, tratamento corporal, massagem e, depois, o de sempre: pedicure, manicure e cabeleireiro. Devido à cerimônia no sábado, escolhi cores parecidas com as do vestido. Eu tinha que estar o mais pronta possível, por isso confiei na habilidade do cabeleireiro e pedi que as raízes fossem tingidas. Para minha alegria, Marco, cem por cento gay, cumpriu perfeitamente a tarefa que lhe foi confiada, o que me incentivou a, além disso, aparar um pouco o cabelo. Perfumadas, lindas e relaxadas, sentamo-nos no terraço e o garçom nos serviu o jantar.

"Você está comendo pouco, Laura, essa é sua primeira refeição do dia. Você sabe que não pode fazer isso, não é?"

"Me deixe em paz, toda hora tenho vontade de vomitar. Será que você comeria com apetite estando assim? Além do mais, estou nervosa por causa de sábado."

"Você tem dúvidas? Lembre-se de que você não precisa fazer isso, afinal, filho não significa casamento, e casamento é um relacionamento que deve durar para sempre."

"Eu o amo, quero me casar com ele e dizer o quanto antes que teremos um filho, porque me preocupo muito com o fato de Massimo ainda não saber", declarei, deixando meu prato de lado.

Depois da entrada, da sopa, do prato principal e da sobremesa, eu mal conseguia me mexer. Rolamos até o carro e entramos nele com grande dificuldade.

"Estou enjoada de novo, mas desta vez por ter comido demais", falei, ligando o motor.

No espelho retrovisor, vi as luzes do SUV escuro piscando e comecei a andar. Liguei o GPS e o configurei para o endereço salvo por Domenico como *casa*. Devido à hora tardia, havia pouco trânsito e poucos carros na rodovia. Pressionei o botão do piloto automático e descansei minha cabeça no braço esquerdo, com o cotovelo apoiado no vidro. O câmbio automático tinha tanto pontos positivos quanto negativos: o sujeito não sabia o que fazer com as mãos, ou, pelo menos, com uma delas. Olga mexia no telefone, sem prestar atenção em mim, e eu estava com vontade de dormir de tanto que tinha comido.

Dirigindo ao longo da encosta do Etna, vi um fio de lava vertendo: a visão era incrível e aterrorizante ao mesmo tempo. Olhando para a cena incomum, eu nem percebi que o SUV atrás de mim estava se aproximando perigosamente de nós. Quando desviei o olhar para o espelho, senti a batida na traseira do carro.

"Que porra eles estão fazendo?!", gritei. Então o carro bateu no Porsche novamente, tentando nos empurrar para fora da estrada. Pisei no acelerador até o limite e comecei a correr pela rodovia. Joguei minha bolsa para Olga e, engasgando de nervosismo, falei:

"Ache o telefone e ligue para o Domenico."

Em pânico, Olga vasculhava a bolsa com as mãos trêmulas, e, depois de um tempo, ela encontrou o celular. O SUV escuro não desistia, continuava nos seguindo, mas o motor do meu carro era mais potente, graças a Deus, o que nos dava uma chance de fuga.

"Você só precisa apertar o número, o telefone está conectado ao viva-voz."

Olga apertou o ícone do telefone verde e, quando ouvi os bipes, rezei para que Domenico atendesse logo.

"O que vocês tanto fazem aí?", ouvi a voz do meu futuro cunhado ao telefone.

"Domenico, estão nos perseguindo!", gritei.

"Laura, o que está acontecendo, quem está perseguindo vocês? Onde você está?"

"Nossa segurança está louca e eles estão tentando bater em nós. O que eu devo fazer?

"Não são eles, eles me ligaram cinco minutos atrás para dizer que ainda estão esperando no spa."

Senti uma onda de terror inundar meu corpo, não podia entrar em pânico, mas não tinha ideia do que aconteceria a seguir.

"Não desligue", falou Domenico.

Ao fundo, ouvi-o gritar algo em italiano e, depois de um tempo, ele voltou a falar comigo.

"A segurança já foi, logo vou ver a sua localização. Não tenha medo, eles logo a alcançarão. A que velocidade está indo?"

Aterrorizada, olhei para o visor.

"Duzentos e sete por hora", gaguejei, impressionada com os números que via.

"Escute, não sei que carro está perseguindo você, mas como você pensou que era o nosso, provavelmente está sendo perseguida por um Range Rover. Não há desempenho como o do seu carro, então, se você acha que consegue ir mais rápido, eles vão perder vocês de vista."

Pisei no acelerador e senti o carro zunir. As luzes do veículo que me perseguia ficaram para trás.

"Daqui a 15 km haverá uma saída para Messina, pegue essa saída. Meus homens já estão indo na sua direção e a segurança está a cerca de 30 km atrás de você. Lembre-se de que haverá pedágio depois da saída, por isso comece a frear, mas se não se livrar deles até lá, não abra as janelas nem saia do carro de jeito nenhum. O carro é à prova de balas, então eles não vão poder fazer nada com vocês."

"O quê? Eles vão atirar em mim?"

"Eu não sei se vão atirar, mas lhe digo uma coisa: não saia do carro, porque aí dentro você estará segura."

Ouvi o que Domenico disse e senti meus ouvidos zumbindo e meu coração batendo forte. Eu estava usando minhas últimas forças. Olhei para o espelho e vi que os faróis do carro estavam ficando mais distantes lentamente; pisei no acelerador ainda mais forte. *Mas o que fazer? Ou vou morrer num acidente ou eles vão me matar*, pensei. No caminho, apareceu a placa indicando a saída.

"Domenico, apareceu a saída!"

Eu o ouvi dizer algo em italiano e depois de um tempo ele falou em inglês:

"Ótimo, eles já estão chegando no pedágio. Um BMW preto e quatro pessoas dentro. Você vai reconhecer o Paolo quando o vir, fique o mais perto possível."

Comecei a frear na saída da rodovia e rezei para que já estivessem me aguardando. Quando virei na curva seguinte, vi um BMW preto parar e quatro homens correram para fora dele. Pisei no freio e, depois de um tempo, parei, quase batendo na traseira do carro dos homens de Domenico.

Paolo abriu a porta e me puxou toda trêmula para fora do carro, me transferiu para o banco de trás do BMW e saiu correndo cantando pneu em direção ao pedágio. Tentei respirar devagar, para acalmar meu coração. Ouvi a voz de Domenico falando calmamente em italiano com meu motorista.

Naquela confusão, eu tinha me esquecido completamente de Olga. Ela estava imóvel com os olhos fixos no para-brisa.

"Olga, tudo bem?", sussurrei, agarrando-a pelo braço.

Ela se virou para mim, seus olhos vidrados com lágrimas. Olga soltou o cinto de segurança e foi para o banco de trás, caindo em meus ombros, chorando.

"Que porra foi essa, Laura?"

Sentamo-nos abraçadas uma à outra, chorando e tremendo, como se estivesse fazendo trinta graus negativos. Senti o quanto minha amiga estava apavorada; era a primeira vez em que a via em tal estado. Apesar de como me sentira apenas um instante atrás, eu sabia que precisava cuidar dela naquele momento.

"Está tudo bem agora, estamos seguras, eles só queriam nos assustar."

Eu mesma não acreditava inteiramente no que estava dizendo, mas tinha que a tranquilizar a todo custo.

Chegamos à entrada da casa, onde Domenico já estava nos esperando. Assim que o carro parou, a porta do motorista foi aberta, onde eu estava sentada. Eu saí e caí em seus braços.

"Não aconteceu nada com você? Você está bem? O médico está a caminho."

"Estou bem", sussurrei, ainda segurando-o.

Olga saiu do carro e se apertou embaixo do outro braço dele.

Domenico nos levou ao grande salão no térreo. Vinte minutos depois, o médico apareceu, aferiu minha pressão e me deu um remédio para o coração, sem encontrar ferimentos, e cuidou de Olga. Ela ainda não sabia como lidar com o que havia acontecido, por isso ele lhe prescreveu sedativos e pílulas para dormir. Domenico pegou Olga, que estava meio grogue, pelo braço e a acompanhou até seu quarto. Depois que eles saíram, o médico me aconselhou a visitar o ginecologista imediatamente para verificar se o bebê estava bem. Eu estava me sentindo muito bem, tanto quanto você consegue se sentir bem depois de uma aventura daquelas, então fiquei tranquila quanto ao resultado do exame. A batida não tinha sido forte, o cinto mais apertou a minha clavícula do que a minha barriga, mas eu compartilhava da opinião de que valia a pena ter certeza. Depois de um tempo, Domenico voltou, o médico se despediu e foi embora.

"Laura, me escute, você tem de me contar exatamente o que aconteceu."

"Saímos do spa, o manobrista me deu a chave do carro..."

"Como era esse manobrista?" Domenico se intrometeu, me cortando.

"Não tenho ideia, parecia italiano, não fiquei olhando para ele. Quando entramos no carro, o SUV escuro nos seguiu. Achei que fosse a segurança.

Então, quando entramos na rodovia, começou o horror, e você sabe do restante da história, porque falei com você o tempo todo."

Quando terminei de falar, o telefone de Domenico tocou e ele saiu da sala furioso.

Alarmada, eu o segui. Domenico quase saiu correndo pela porta da frente e foi em direção aos meus seguranças, que tinham acabado de estacionar na entrada. Quando os homens se aproximaram dele, ele primeiro derrubou um deles com um golpe forte, e depois o outro, chutando-o ainda. Os homens do BMW, que estavam por perto, seguraram o motorista no chão e Domenico furiosamente o espancou.

"Domenico!", gritei, com medo do que via.

Lentamente, ele se levantou do chão, deixando o homem quase inconsciente, e se aproximou de mim.

"Meu irmão vai matá-los de qualquer maneira", disse ele, enxugando as mãos manchadas de sangue na calça. "Vou acompanhar você até o quarto, vamos."

Sentei-me na cama grande e Domenico foi se lavar. Senti que as drogas tinham começado a fazer efeito e eu estava um pouco entorpecida e sonolenta.

"Laura, não se preocupe, isso não vai acontecer de novo. Vamos achar quem perseguiu você."

"Prometa que não vai matá-los", sussurrei, olhando-o nos olhos.

Ele fez uma careta e encostou-se no batente da porta.

"Eu até posso prometer, mas a decisão é do Massimo. Não pense nisso agora, o principal é que você está bem."

Ouvi uma batida na porta. Domenico desceu e voltou com uma xícara de chocolate quente.

"Normalmente eu lhe daria álcool", disse ele, colocando a xícara na mesinha ao meu lado. "Mas a situação é tal que só lhe resta leite. Eu tenho que ir, mas vou esperar você se trocar e ir para a cama."

Fui até o closet e coloquei uma camiseta de Massimo, voltei e me enfiei embaixo das cobertas.

"Boa noite, Domenico, obrigada por tudo."

"Desculpe", disse ele, desaparecendo escada abaixo. "Lembre-se de que você tem um botão ao lado de sua cama. Se precisar de alguma coisa, aperte."

Virei de lado e liguei a TV, apaguei todas as luzes com o controle remoto e descansei minha cabeça no travesseiro. Assisti a um pouco do canal de notícias e nem sei quando adormeci.

Acordei no meio da noite e a TV ainda estava ligada sem volume. Virei para o controle remoto que estava na mesa de cabeceira e fiquei paralisada. Massimo estava sentado em uma poltrona ao lado da cama, me observando. Fiquei ali deitada por um momento, olhando para ele sem ter certeza se ainda estava dormindo ou se era verdade.

Depois de alguns segundos, o Homem de Negro se levantou e caiu de joelhos, pressionando sua cabeça contra minha barriga.

"Meu amor, me desculpe", sussurrou ele, envolvendo seus braços com força em volta de mim.

Eu saí de seu abraço e me ajoelhei ao lado dele, aconchegando-o contra mim.

"Você não deve matá-los, entendeu? Nunca lhe pedi nada, mas agora estou lhe implorando. Não quero que outra pessoa morra por minha causa."

Massimo não disse nenhuma palavra, apenas ficou aconchegado em mim. Ficamos sentados em silêncio por vários minutos, e eu ouvia a sua respiração, que me acalmava.

"É minha culpa", disse, dando um passo para trás e me pegando em seus braços.

Ele se levantou e me deitou na cama, cobrindo-me com o edredom, depois sentou ao meu lado. Só então eu realmente acordei e comecei a apreciar a visão à minha frente. Via-se que tinha chegado com pressa, porque nem deu tempo de trocar o smoking. Eu passei as mãos nas lapelas do seu paletó.

"Você estava numa festa?"

O Homem de Negro baixou a cabeça e puxou do colarinho a gravata-borboleta previamente solta.

"Eu falhei com você. Prometi que iria protegê-la e que nada aconteceria com você. Eu estive fora por três dias, e você escapou milagrosamente da morte. Não sei ainda quem estava ao volante nem como aconteceu, mas juro que vou encontrar quem quis fazer isso", bradou Massimo e se levantou da cama. "Não sei, Laura, se isso tudo é uma boa ideia. Eu te amo mais que qualquer coisa no mundo, mas não posso imaginar você perdendo sua vida por minha causa. Mostrei o mais vil egoísmo ao trazer você para cá, e agora que tudo está tão instável, como você pode ver, não tenho mais certeza de nada."

Eu o encarei horrorizada com o que ele dizia.

"Eu creio que você deve viajar por algum tempo. Estou providenciando muitas mudanças pela frente e, até que elas se concretizem, você não estará segura na Sicília."

"Do que você está falando, Massimo?", falei, levantando da cama. "Agora você quer me mandar embora para outro lugar, dois dias antes do casamento?"

Ele se virou para mim e me agarrou com força, olhando nos meus olhos.

"Você quer isso mesmo? Laura, talvez eu realmente devesse ficar sozinho. Eu escolhi esta vida e não lhe dei uma escolha. Eu estou condenando você a viver comigo, a permanecer em perigo constante."

Ele me soltou e começou a andar em direção às escadas.

"Eu fui estúpido em pensar que seria diferente, que poderíamos dar um jeito." Ele parou e se virou. "Você merece coisa melhor, pequena."

"Puta merda, eu não acredito!", gritei, correndo até ele. "Agora é que você começou a pensar dessa maneira? Depois de quase três meses, depois de nos declararmos e depois de você me fazer um filho?!"

FIM

Agradecimentos

Todos temos uma pessoa na vida que acredita em você mais do que deveria.

No meu caso, essa pessoa é a minha irmã por opção: Anna Mackiewicz.

Obrigada, querida, por frequentemente me incentivar a publicar este livro. Deu certo.

Obrigada por sua fé nisso.

Mãe, pai: obrigada por me fazer ser quem eu sou. Por poder conversar sobre sexo, amor e sentimentos.

Amo vocês demais.

E, acima de tudo, eu gostaria de agradecer ao homem que me deixou, partiu meu coração e me inspirou a fazer o livro que você segura em suas mãos agora.

K.M.: muito obrigada.

FONTE More Pro
PAPEL Pólen Soft 80 g/m^2
IMPRESSÃO Imprensa da Fé